トルストイ　新しい肖像

Count Leo Tolstoy
A New Portrait
E. J. Dillon

E・J・ディロン
成田富夫訳

成文社

トルストイ　新しい肖像――目次

トルストイ　新しい肖像

序章

伯爵トルストイの人生には、おそらく、ロシアをよく知るごく少数の人々を除けば、イギリスにおいてもまた他の国でも、まったくと言っていいほど知られていない逸話がある。限られた消息通のみが知る話も、完全な形のものではない。トルストイ伯に関する記録文書を自由に閲覧することのできるソヴィエト政府なら、その全生涯におけるあらゆる逸話を把握しているのではないかと思われるかもしれない。確かに彼らはいろいろ知っているであろう。しかし、彼らがすでに手にしている逸話の中にも多くの撚糸が欠けているのだ。これまでも度々言及してはきたが、私がいま初めて詳細に公表する逸話について言えば、それは『わが信仰』の著者の星明りの道に影を落とす程度のものである。

トルストイは全生涯を通じてひとつとして物事を全うしていない。彼は大学を中途でかえ、学部もかえた。軍役に就いたが、それも投げ出した。よき領主になり、農民たちの父になろうと試み、村を改革しようと努力はしたが、それも諦めた。家畜飼育者に、ワイン製造者になろうとし、靴をつくり、ストーブをつくり、土地を耕し、森を伐り開き、水を運び、農民たちの小屋に屋根を葺くことを試みたが、しかし、それらすべてを全うしなかった。要するに、彼はなんにでも手を出したがすべて放棄したのである。それは、彼が成し遂げることができないというのではなく、ひとつ事に長く留まることができない――すべてそのように熱中し易くまた冷め易かったのである。彼は、光栄ある文学活動をさえ放棄した。あたかもその頭脳は、負の電流に犯されているように見えた。とはいえ、それでもやはり、彼はひとりの芸術家とみなされねばならない。常に創作し、新しいことを試み、そうして、それなくしては彼の偉大な小説は決して書かれることはなかっただろう。

トルストイは、ロシアにおいても他の国においても、その名前もさることながら、それ以上に多くのことによって知られた。彼の幼年期や青年期の作品群、『戦争と平和』や『アンナ・カレーニナ』などの大作は、文学が与えうる最高の名誉を彼に与えた。しかし、そうした結果に彼は満足しなかった。彼は、さらなる称賛と喝采に飢え、渇望し、それを与えうる立場にある人々との接触を心がけた。そのような人々の中には、誠実さにおいていかがわしいと思われる人物もいた。あくことなき名声のために、すでに獲得していた評価を遺憾として、『アンナ・カレーニナ』を書きかえることまでした。

彼は、シェイクスピアをすらその文学の殿堂の座から喜んで追放してしまうような作家であった。イギリス詩の称賛者たちを偽善者と決めつけ、『リア王』を悪趣味な作品と公言してはばからず、ワーグナーを嘲笑し『ニーベルンゲン』を批難した。ゲーテの『ファウスト』を弾劾し、ベートーベンの『第九交響曲』を扱き下ろし、現代文学の最高傑作としてディケンズの小説やジョージ・エリオットの『アダム・ビード』、ストウ夫人の『アンクル・トムの小屋』を取り上げた。彼はカーライルに反感を覚えた。カーライルの貴族政治礼賛や英雄崇拝、民衆嫌悪に異議を唱えた。それはトルストイにとって忌むべきものであった。レスコフは、一八九三年十月四日付でトルストイにこんな手紙を書いている。「私はあなたがガストン・ボアジールを褒めているのを耳にしました。彼があなたを喜ばせたことは大変嬉しいことですが、しかし一方、カーライルの英雄たちがなぜあなたを喜ばせないのか分からないのです」。トルストイは自らの芸術をも過小評価する芸術家であり、実際自らの作品を頑として認めなかった。彼の歴史や伝統への蔑視は、科学や芸術に対して表明した軽蔑と同じである。トルストイは、「記録や伝統といった付帯的状況に依拠すること」を嫌っていたと言って間違いあるまい。

彼は、今日存在するいかなるキリスト教宗派とも係わりを持とうとしないキリスト教徒であった。彼は宗教の提唱者であったが、イエスの神性も、霊魂の不滅も、神の存在さえ信じてはいなかった。彼の宗教においては、自らが自らの神であった。

彼は、社会的つながり、政府、法、権威、財産を廃棄しようとした社会の再建論者であった。彼は無政府主義者であると同時に、貴族の中の貴族でもあった。彼はロシアの百姓を装ったが、決して貴族階級の一員であることを止めはしなかった。彼はロシアの民衆や貴族の生活や思考や活動の様々な壮大ですばらしい情景を描き、ロシア文学を世界文学の中の高みにまで押し上げることに貢献した、霊感を受けた特別な作家であった。彼はスラヴ派の雄であったが、その小説は西欧的であった。彼はまた、キリスト教の「狂ったムッラー」〔ムッラーとは、イスラム教の聖職者やモスクでのリーダー格の人物への尊称〕とも呼ばれ、そのような資質から、ある教義を説くかと思うと別の教義を実践し、その説教に耳を傾ける素朴な心の人々の信仰を揺さぶり、誤って導くような矛盾の塊であった。

彼の中には、早い時期からふたりのトルストイがいた。ひとりは背中をロープで鞭打つ禁欲的な少年であり、ひとりはベッドに横たわって小説に読み耽る怠惰な少年であった。彼の精神も肉体もともに激しく、そして常に相反していた。彼は五十になるまで、その相克を主として肉体的側面から見るような状況に支配された。その肉体的存在が非常に活き活きと明瞭に表現されているために、我々は時に圧倒的な存在感を持つ、男女の輝かしい姿にあふれた小説を読むことができるのである。その後、激変とも思えることが起こるが、実際には以前からの相克に依拠するところの立ち位置を変えたに過ぎず、そこから禁欲主義、肉体の否定、禁欲による精神生活涵養の試みへと推移していったのだ。しかし、こうした傾向は彼の回心以前に書かれた作品を通じてもたどれるものであって、その哲学の最重要点が新しく人類の兄弟愛となったこと以上に新しいことは何もないのである。

モスクワやヤースナヤ・ポリャーナの窓から彼は世界を眺め、そして、独自の基準で世界を判断した。世界が痙攣的苦悩にあえいでいると見做し、来るべき大混乱の最初の兆候によって、祖国の人々に審判の日に備えるように呼びかけた。私は、彼の提案で英語に訳すためにヤースナヤ・ポリャーナで手に入れた彼のタイプ原稿のことをよく憶えている。私はロンドンに行き、それを故ハイデマン氏に差し出した。ハイデマンは、著者の名前を聞いたときには喜んだが、原稿の題名を聞いたときにはがっかりしたように見えた。それでも彼はそれを受け取り、翻訳者としての私の仕事に対して相応の報酬を支払うことを申し出た。私がそれを読んだのはその時だけであり、驚きあきれて、ページをめくるごとに私の心は沈んでいった。トルストイが福音書に関してなした結論は、ヴォルテールの著作やローマ時代のケルススの中にさえ見いだされるようなものであった。トルストイ自身が発見したと思い込んでいる事柄は、四世紀にはすでに知られていたような古い真理であり誤謬であったのである。

トルストイの宗教は、その政治理念と同じく、信徒たちを互いに平等であると見做し、いわゆるヒエラルキーのないものであった。しかし、これは追放しようと意図された組織と比べても進歩のないものであった。社会はひとつの生きた有機的組織体として構成されているものである。各パーツがほとんど同じものの寄せ集めならば組織体自体も単純な作りとなり、社会は野蛮なものとなる。一方、組織体が複雑でその構成要素が分化されていると、各々、要素は分業化し、それらの間の関係は多様になる。ヒエラルキーなき社会、あるいはないに等しい社会は未開社会だ。より文明化された社会は専門化されている。トルストイが導入しようとしている均一性は現代社会を未開社会から区別している諸条件の撤廃を意味しているとしか言いようがない。

道徳的エネルギーを呼び覚まし、人々の上にふりかかろうとしている恐ろしい変化についての活き活きとした感覚を目覚めさせようとしたトルストイの影響力は、微々たるものに見えたに違いない。それは彼自身なり、彼の同時代人の多くが予見し予言する危機の甚大さによって、または彼の説教の力強さによって我々がその影響力を評価するとしたら、あまり影響力はなかったと言わざるをえないだろう。彼の失敗の原因――というのも、それはまさしく失敗であったから――はいろいろあった。そのひとつに、当時一般的なロシア知識人たちの中に拡まっていた宗教への無関心がある。知識人たちの多くは、宗教的意見なり伝統なり宗教に関する印象くらいは持っていたが、確固たる意見を有してはいなかった。当時の神学書や論文にしても、それらがたとえ世俗の神学者ホミャコーフや、哲学詩人ウラジーミル・ソロヴィヨフによって書かれたものでも、読書人たちによって買い求められる機会はほとんどなかった。経済学、政治学、文学こそがはやりの学問だったのである。

失敗のもうひとつの要因は説教者の人柄であった。トルストイは、宗教問題へ真摯に強い関心を寄せている人々からは、決して預言者として真面目に受け取られることはなかった。初めから彼は、狂信者とか、バランスの欠けた思索家とか、狂信的革新家として類別されていた。彼は、小説家として栄光をかちとる一方で、ツァーリズムとその所業全体への個人的な対立や、社会の全体的な枠組みを壊そうとする影響力から、自由主義者・急進主義者・革命家たちの間でも、もてはやされた。そのことが、来るべき大変動に対する彼の貢献であり、また、彼が享受した人気の秘密の一端でもあった。

トルストイは、生れ育ちや趣向、偏見においては一貴族であったが、身体つきや顔立ちは武骨なロシアの農民のようであり、その主義においては暗愚な無政府主義者であった。このことは、政治的煽動者としての彼には力となるものであったが、宗教的改革者としての彼にとっては弱点であった。イエスの宗教はこの世だけのものではないが、それに反し、トルストイの宗教はこの世で始まってこの世で終わりで、決してそれを超えるものではなかった。彼の耳には、四方八方から、民衆の悲惨さ、上層階級の専制と不正、聖職者たちの空虚さ、政治家たちの偽善性、社会とその制度の腐敗についての猛烈な批難の声が聞こえてきた。とりわけ司法行政においては、この腐敗の例がいたる所で見られた。アレクサンドル二世の下での改革〔農奴解放令の発布〕以来、長官たちによって打ち出された善意の努力にもかかわらず、帝国内での秩序ある裁判過程は見られなかった。

ここで私自身の経験を話そう。私は、ある夏の午後、パブロフスク公園での流行の野外コンサートのひとつに出席していた。その時、同じくそこにいた内務大臣が音楽の合間の休憩時間に、退役した提督アプラクシンの話を聞いていた。大臣は、ある青年の強情さをアプラクシンが嘆くのを聞き入れ、その青年が私の教え子でもあったために、私に二言三言質問してから、その場で「自分の一存のみにより」、その青年をコーカサスに送ることを決めてしまった。副官として勤務するようその地の連隊のひとつに勝手に編入させることにしてしまったのである。私の若い教え子は、フランスで教育されていたのでロシア人についての知識は大変僅かであったが、それから数日したある日の早朝、秘密警察の訪問を受け、連れ去られた。その後彼の姿を目にすることはなかった。

トルストイはこのような私の苦情に耳を傾けた。そして自身も似たような苦情を惹き起こす権力濫用を目の当たりにした。そこで彼は、豊かな想像力でもってそれらの苦情を憎しみの炎へと煽り立てた。彼は、公共生活のあらゆる部門に、社会組織の崩壊しつつあるあらゆる構造の中に無政府主義を認め、僅かな仲間と共にそれを指摘し、その矯正方法として無政府主義をひとつのシステムとして提唱した。毒をもって毒を制する、という同種療法の原理である。彼は適格な言葉で、そして神の権威で武装したエレミヤなりエゼキエル〔共に旧約聖書に出てくる古代ユダヤの預言者〕なりの声調で時宜を得た警告を発した。だが、その説教は、キリスト教の概念の衣装としてはあまりに貧弱な衣をまとっていたので、正教会信徒のみならず分離派教徒たちにも認めてはもらえなかった。奇妙な皮肉であるが、トルストイが政治社会体制の無政府状態に立ち向かった方法は、完全な無政府主義を万能薬として提供することであった。彼の人格や行為は、その作品以上により将来についての漠然とした予言であり、それらが示しているものは社会と文明の凋落であった。

単調な日常生活では、トルストイは、その行動がしばしば衝動的で、深い思慮の結果であることがあまりない人間であった。知性は鋭いが、しかし鍛練されたものではなかった。自分が認められたいという欲求と他人に対する嫉妬はしばしば、本来備わっているはずの心の寛大さを失わせた。彼は滅多に他人を褒めることはなく、たとえ褒めてもその称賛の対象は消滅してしまうのだ。彼が自ら高く評価する人々というのは、きまって専門的批評家たちの評価に値しないような人々であった。もし人がトルストイに、現代の著名人についてどう思うかと尋ねれば、彼は自らを貶める者の席に置くので、しばしば人は彼のことをロシアのテルシーテース——その役目はすべての者の欠点を見つけ出して、誰に対しても決して良い言葉を発しない——と見做したくなるのだ。彼の妻でさえ、日記の中にこう書いている。「きょう主人は私に言った。『お前は何とすばらしく私の原稿を清書し、私の書類を整理してくれることか。ありがとう』と。ひとがどんなに一生懸命に仕事をしようと、あの人からお礼を言われることは滅多にないこと……」。

彼は宗教の名の下に、倫理や政治や社会関係についてのまったく新しい自由裁量的概念を思想界に引き入れようとした。彼の休むことのない心は、世間の無関心さに挑戦しつづけ、その成功技術の練達さは、彼自身を絶えず公衆の面前に曝しつづけた。彼は、カヴール伯爵によって示された精神に刺激されていたようである。カヴールは、彼の新聞の中で証明されたことであるが——自分の政策や人柄に対して最も痛烈に風刺的に攻撃する新聞社に対しても定期的に寄附をしていた、ということである。それは、なかなか信じがたいことであったが、事実であることが間もなくわかった。伯爵の考えでは、人気を必要とする野心的な政治家にとっては、英雄としてでないならば悪漢としてでも、表舞台に留まることこそが重要なのだ。それゆえ、カヴールは喜んで、自分を攻撃する新聞に金を払ったのである。トルストイは、記事の書き手に金を渡すことはなかったけれど、ほぼ誰からも好意を得た。そしてちょっとした風聞にも異常なほど敏感なのであった。

偉人たちにもいくつも弱点はあって、冷静になった時には心から恥じ入ってしまうような子供じみた虚栄心に苦しんでいる者がいるということは、よく知られた事実である。自らの力の自覚とそれへの誇りが、青年時代この方、トルストイをずっと特徴づけてきた。彼は、最初は他人よりも優れていると感じることを好み、それから自分は別格であると感じていい気分になり、加えてその相違を際立たせることを誇りとした。それゆえ彼の喜びは、既成理論に挑戦したり、規定見解に異議を唱えたり、空疎な慣習を嘲笑したりすることにあった。歴史上の証拠も、科学者たちの総意も、トルストイの批判主義や単なる憶説に直面したときには煙の如く消え失せてしまう。天才は決して天才とは群をなさず、ましてや凡人とは群をなさないものだ。天才は常に他人とは異なった存在であろうとする。だからといって、やり方が違うというだけでは十分ではない。ライバルたちより上手くやることが重要なのである。

トルストイを支配している情熱は、名声愛――ほとんどの偉人たちが完全には克服することのできない弱点――であった。名声のために彼は犠牲を払った。名声のために、彼は新聞記者や批評家たちと良い関係を結ぼうと画策してきたが、彼らとの友好の中には、教養あるロシア人なら誇りとしないものもあった。この名声愛のために、彼は世の中に自分の存在を思い起こさせる機会を期待して、待ちながら、常に油断なく気を配っていた。彼は、新聞の中にその方法を見出す記事がないままに何週間も過ぎようものなら、むっつりと不機嫌になった。そしてついに彼は、「トルストイの御用達の新聞社」とされるような、小さな報道機関と関係を築くに至った。

E・J・ディロン

サッリア・バルセロナ
一九三三年五月

第1章　祖先

ゲーテは言った。ある詩人が本当に伝えたいことの意味や重要性を正しく読み取るためには、その生誕の地に詣でるべきである、と。なぜなら、最も独創的な天才といえども、その国や時代や環境の落とし子であるからだ。彼の感情や思考や活動の根源は彼が生まれた土壌の中に深く根差しており、それらの成長は同胞たちの信念や希望や努力によって育まれているのである。現代の導き手の中で、レフ・ニコラエヴィチ・トルストイ以上にゲーテの言に当てはまる人物はいない。すなわち彼は、このように際立って優れた人物のひとりであり、その強さや弱さを構成する要素のほとんどを祖国によっているのである。

トルストイはロシア人のなかのロシア人といってよく、ロシア人を他国民と分かつところの良い資質も悪い資質も彼というひとりの人格の形に具現化された。彼らの尽きざる神秘主義、その発作的な衝動、気まぐれな英雄主義、神秘的なまでの喜びと悲しみ、世界を変革することに熱狂するかと思うと耐えがたいほどの悪弊に甘んじ固執すること、その子供じみた馬鹿正直さと病的なまでの不信、そしてこうしたものがことごとく、ヴォルテールが革命前世代のフランス人の典型であるというのと同様に、トルストイを十九世紀後半のロシア人の典型にさせた。

それまでツァーリの支配地域を越えてまではほとんど知られていなかったスラヴ人の心理は、トルストイが世界を舞台に意識的あるいは無意識的に演じた様々な役割の中でその本来の姿を現したのみならず、徐々に彼の性格が開示され、さらに次々にこうむった多くの変化の中にさえも、人はすべてのスラヴ人を特徴づけている思想や感情や本能の、あの解きがたい縺れを、また表向きは何の理由もないあのエネルギーの突然の発動を見てとることができる。だから、人間感情の全領域を駆け抜けるときのあの彼の気まぐれさとか、あらゆる矛盾の極限にふれる思想の領域に関して、著作を通してのみ彼を知る人々にとっては、多くの人間の人格を再現する粉砕されたモザイクという漠然とした印象だけが残ることになる。著作だけから判断すると、彼の人生と作品との間には、タルソスのサウロと使徒パウロとの隔たり〔初期キリスト教の使徒であり、新約聖書の著者のひとりパウロは、ユダヤ名でサウロとも呼ばれ、古代ローマの属州キリキアの州都タルソスの生まれであった。そのサウロが回心してキリスト教徒になったことを踏まえている〕よりも大きな連続性の欠如が存在することになるが、しかし全体として見れば、それらのちぎれた糸も巧みに織り上げられたものの欠かせない織り糸であると分かるのだ。

伯爵トルストイは生まれながらの貴族であり、もって生まれた気性、受けたしつけや教育、停滞しない精神、といったことからも貴族主義者であった。彼は自らの長く波乱に満ちた生涯を通じて、大事のみならず些事においても、平凡な一般大衆――日々の飲食、睡眠、結婚、子供の養育に呻吟する――の群れから抜きんでることに力を注いだ。その目的や理念も、希望や信念や嫌悪も、彼が初めてカザンの貴族学生たちに仲間入りしたその日から、サンクトペテルブルグの宗務院の破門宣告によって世界の注目を集める時まで、じつに多様な変化を経た。だが、彼の性格は最初から不動のものであり、本質的には死に至るまで変わらなかった。実際にはしばしば明らかに矛盾した行為として現れることがあるけれども、さまざまな動機の中でもひとつの命令には敏感であり、また、常にただひとつの目標に向かおうとしていた。

伯爵家の年代記は十七世紀に初めて書かれているが、レフを除けば著名な人物をひとりも輩出してはいない。彼の祖先たちはボヤーリン(1)と呼ばれる特権貴族階級に属しており、歴史上知られている彼らの初代は波乱にとんだ生涯を送った。ピョートル・アンドレーヴィチ・トルストイは抜け目のない観察者であり、広い見識と柔軟な考え方の持ち主であった。だが何よりもまず賢明な廷臣であり、臨機応変、当意即妙の言葉を発して、また、あらゆる陰謀や裏切り行為に対しては、それを彼自身や仲間が犯しているときでも、もっともらしい言い訳を見つけることができる人物だった。

そうした政治的な風見鶏が、一六八二年に起きた銃兵隊反乱軍ストレリツィの中心人物なのであった。彼は皇女ソフィアの信を得て、彼女の異母弟であり後に大帝と呼ばれるピョートルに向かって兵を挙げたが、運命はこの動きに微笑むことなく、ツァーリ〔皇帝〕・ピョートルの迅速果敢な対応によって、野心的な指導者たちの計画はくじかれた。ピョートルは反乱を鎮めた。その異母姉ソフィアを恐ろしい女子修道院に押し込めるとすぐさま、彼はもはや過去のものとなった大義に加担した多くの貴族たちを、この上もない残酷なやり方で処刑した。しかし抜け目のないピョートル・アンドレーヴィチはまんまと死をまぬかれる。非情に、かつ絶妙なタイミングで夕日崇拝から日の出崇拝へと宗旨替えをして、彼は新ツァーリ〔ピョートル一世〕の許しを得たばかりか、徐々に取り入ることに成功した。とはいえ信頼を得るところまでには至らなかった。ツァーリは許しはしたが決して忘れることはなく、許された者たちがその誤った行為なりツァーリの温情なりを記憶から消すことのないように、それを見せつけたのである。夜中の狂宴で気の置けない騒がしい仲間たちの真ん中に座っているときでも、彼は、ときどき、ずるがしこい廷臣の鬘を剥ぎ取っては、それを床に投げつけ、その武骨な掌で禿げ頭を乱暴にたたきながら、こう叫んだ。「頭よ、頭よ、そちがかように賢くなければ、とうに打ち首にしていたであろう！」

寝返った後のピョートル・トルストイの唯一の目的は、とにかくツァーリに気に入られることだった。その目的のためならば手段を択ばなかった。ツァーリは判断力や情報収集能力に優れた人材を必要としていたので、有能な相談役であれば多少の欠点は大目に見ることにしたのである。トルストイは、外国旅行をすることによって、また漫然としたものではあったが、生来の趣味である読書に耽ることによって、世界に関する知識を広めていた。彼は、ツァーリが関心を持っていると知ると、その多くの問題について健全かつ無難な意見をまとめ上げ、常にその意見を確かなものにまで持ち上げることができるほどの練達の士であった。それゆえ、その弁舌は決して昇進を妨げることなく、さらにのし上がるためにやることは何でもやった。金と甘言が彼にコンスタンチノープルのロシア大使の地位を得させた。その地位は、当時、以前より困難というわけではないにしても、ずっと危険なものだった。彼は戦争勃発のために本国に召還される前にスルタンの命令で捉えられ、土牢に四年間監禁された。また、民衆による略奪や放火によって屋敷が全焼した際にすべての財産を失った。しかし、そのような辛苦や損失はツァーリによって十分に報いられたし、オランダ・フランスを巡るツァーリの歴史的旅行(2)にも同行したのである。

かくして、ピョートル・アンドレーヴィチの廷臣としての仕事は、何としてでもツァーリの寵愛という細い渡り綱から落ちずに曲芸を続ける巧妙な軽業師的策略の連続となった。彼はこれ以上はない不快な仕事もふたつ返事で引き受けた。それによって、廷臣はいつでも君主の幸福に尽くすものであることを示したのだった。その仕事は、亡命中であったツァーリの息子アレクセイの探索だった。

トルストイは、自ら志願してアレクセイの探索に出かけた。そしてこの不幸な若者を巧みに説き伏せてロシアに連れ戻し、拷問にかけ処刑に至らしめた。(3) 皇太子は父を恐れ嫌っており、軽率にも父の死を願うような発言を繰り返し、それよりも悪いことがわが身に降りかかることを見越して亡命していた。というのも、皇帝である父親はアレクセイに対して、前もって簡潔に以下のようなことを文書で通達していたからだ。すなわち、「行いを改めるか、僧服を着て修道院に入るか、ふたつにひとつだ、さもなければお前を通常の罪人と同様に、相応の刑に処するだろう」という最後通牒である。

アレクセイはこれを受けて直ちに逃亡し、最初はウィーンに、次にチロルに移り、最終的にナポリに逃げ延びてその所在を明かさなかった。ピョートル・トルストイとニコライ・ルミャンツェフはアレクセイを追った。八方手を尽くしてトルストイはついにアレクセイをナポリのセント・エルモ城で発見した(一七一六年)。若い皇太子は会見で狼狽した。ロシアで自分を待ち受けている運命を漠然と予感して、彼は、当初断固として逃亡地を去ることを拒否した。しかし、トルストイは狡猾に彼の心配を鎮め、徐々に希望に目覚めさせ、信頼を獲得し、抗し難い魅惑の条件を提供した。一旦ロシア国境内に入れば、当時はまだ愛人にすぎなかった女性と結婚することができると確約したのだ。気が弱く経験も未熟であった若者に対し、トルストイはずるがしこく言葉巧みであった。不幸な星のもとに生まれた皇太子は終には廷臣の甘言と確約に屈し、新たに世に出て自らの生涯を切り開こうと夢みて希望に胸を膨らませて帰国した。だが、都では、最も恐ろしい死が彼を待ち受けていた。ツァーリに対して企てられた陰謀のすべてを洗いざらい吐かせるために、彼はまずすさまじい拷問にかけられた。八日間にわたって[4]、最も耐え難い拷問が規則正しく執行されて、ついに八日目に、正式な死刑判決が下された。そして規定の方法で処刑される前に、彼は息絶えた。

この忌むべき使命の成功によって、ピョートル・トルストイはツァーリから伯爵の称号を授かったが、民衆からは「死刑執行人[5]」というあだ名を頂戴した。数年後、彼の不幸な犠牲者であるアレクセイの息子がピョートル二世という名のもとに即位したときには、ピョートル・トルストイの手柄は罪とされ、その報酬は処罰に変じた。すべての名誉と称号をはく奪されて、彼は首都から追放され、アルハンゲリスクの彼方のソロヴェツキー修道院に収容された。そこで彼は無残な胸のむかつくような生活を強いられ、無知で頑なな世俗的な修道士たちに取り囲まれて、病んだあげくに死んだのである。彼が遺した中央・西ヨーロッパの旅行記や、オヴィディウスの『変身譚』についての正しい翻訳は、同時代人たちが単に口達者とか日和見主義者としてのみ見ていた人物の文学的才能と洗練された趣味を立証している。トルストイがピョートル一世から伯爵の称号を受けたのは一七二四年五月であったが、ピョートル二世が、トルストイ及びその子孫たちは永久にそれを失効すると宣言したのも、三年後の同じ月であった。当時にあっては、父の罪はしばしばその子孫にまで降りかかるものであり、トルストイの息子イヴァンは、不名誉な父親のために大審院長の職から解任され、とある修道院に幽閉されると、そこで短く単調で惨めな人生を終えた。

十八世紀前半のロシア君主の庇護下に生きることの荒々しい喜びの数々は、現在ではブハラやアフガニスタンでしか見られないような、強烈に危険の香りがするものであった。君主のちょっとした気まぐれや一言、または大臣の失策によって、繁栄か悲惨か、生か死かの明暗が決まった。今日ではどこでも、運命の歯車は、専制下に於けるほど速く回ることはなく、また、それほど突然に、あるいは諮意的に変化を起こさない。トルストイ一族はそのすべての両極端を経験したと言える。例えば、ほとんど知られることもなく、また、噂にされることもなく生きた、少しも目立たないイヴァンには、アンドレイという名のひとりの息子がいた。彼がレフ・トルストイの曽祖父であり、一七六〇年には皇太后エリザヴェータ・ペトローヴナから伯爵の称号を返還されたのである。そのお陰で、作家の祖父の代は伯爵という爵位の恩恵に浴したのだが、またもや不名誉な行為でそれを失っている。一八〇三年に死んだこのアンドレイについては、作家の祖父イリヤの父であることを除いてはほとんど知られていない。イリヤのほうは、カザンの知事となり、偉大な小説家の手で『戦争と平和』において実名のまま活き活きと描写されている。

伯爵イリヤ・トルストイは、のんきな兵士だった。彼の主たる目的は人生という川の流れに従って自らの船を滑らかに進めることであったが、不幸にして暗礁や浅瀬を避けて通る技術に欠けていた。彼は、結局のところ、一兵卒でしかなかったのである。そして、次のことはしばしば、信頼され責任ある地位に就くために唯一十分な資格であったわけだが、普通に教育を受けた人間には備わっているはずの、生活の知恵で研ぎ澄まされた母親の英知のような管理運営能力が、彼には不運にして欠けていた。フランスの侵略者達がロシアから追い出された後、伯爵イリヤは急きょカザンに派遣され、ツァーリの名のもとにその州を統治することになった。そこでの成功のために必要なのは、都の中央官僚が苦情で煩わされぬように治める能力だった。彼は五年間その地位にあったが、もし彼に普通の知性なり、平均的な意志力なり、行政官的能力が備わっていたならば、生涯その地位にあり続けたであろう。十九世紀の最初の四半世紀では、カザンという半タタール的都市のロシア官僚制は本質的には二十世紀中国の官僚制と何ら変わるものではなく、サンクトペテルブルグ中央官僚によってカザンの官僚たちに求められる水準は決して高いものではなかった。しかし、伯爵イリヤ・トルストイの指揮下では、まるでカオスの時代が地上に戻ってきたようであった。賄賂や無法状態が横行し、治安は著しく悪化した。苦情の声は高く、陳情が増え、影響力のある人物が告訴人となる事態も生じるようになった。ついに大臣が重い腰を上げた。ふたりの元老院議員が調査のためにカザンに派遣された。結果は知事に不利なものとなり、トルストイは直ちに解任され、傷心のあまり数日後に死んだ。

彼はゴルチャコフ公女と結婚し、公女は彼との間に四人の子供を産んだが、その一番上が伯爵ニコライ（一七九七〜一八三七）、つまりレフ・トルストイの父親であった。ふたつの事情のために、一族の中のこの人物は少々興味を引く。それは、彼がロシアの文豪のひとりの父であること、加えて、『戦争と平和』の読者にはよく知られている登場人物ニコライ・ロストフのモデルであることだ。彼の言動のどれもが、現存する文献を読む限り、それ自体では年代記中で語るほどの価値あるものではない。彼の天才的な息子は、一度ならず父の肖像を描こうとした。しかし、彼は早くに父を失い、またその情報も大きく伝聞に依拠していることから、結果は、ほとんど伝記作家の知識に付け加えるものがない。ロシアでは、今日と同様当時でも、あらゆる公務員と軍人の職歴の簡潔な事実記録は保存されており、各人の勤務状況・報酬・処罰・その他特記事項に関する文書は、火災で焼失するか、紛失でもしない限り残っているものだ。伯爵ニコライ・トルストイの関連文書も、今なお公文書館に保管されているが、そこにはこう書かれている。「貴族ではあるが、農奴を所有しない」。言い換えれば、彼は困窮していたのであり、その当時は、国家に奉仕することで自分の運命を切り開いてゆく望みをいだくことはできない状態だった。彼はナポレオン討伐戦に参加しており、諸国軍に加わってパリに入城しているが、彼が大佐の階級を得て英語通訳としての報酬を受け取ったのは、一八一九年に退役軍人リストに名を連ねてからであった。

彼が無一文になったのは、災難や不幸のせいではなく、賭博のせいであった。カードとさいころが、当時のロシア貴族の間で巨額の金をやりとりさせ、賭け事への情熱はトルストイ家の人々の中にも駆け巡っていたようだ。のちにより有名になった息子がおぼれたのと同じように、ニコライも、完全に賭け事に取り付かれており、父親から受け継いだ広大な領地を賭けで失ってしまったことが、その不安定な人生の一大事のひとつだった。しかし、財産と農奴を失うことになったその向こう見ずさが、それらを取り戻す方法へと彼の目を開かせた。その当時の常套手段であったが、彼は裕福な女性と結婚することによって、どうにか「将来を立て直した」のだった。相手は、およそ人好きしない容貌ですでに若くもないが、将来は財産が約束されているボルコンスカヤ公女で、歴史に名だたる名家の出であった。彼女は、確かな筋からしても「何千の農奴」を所有していると言われるほどの財産家であり、その膨大な所領の中にヤースナヤ・ポリャーナと呼ばれる領地があって、その名称は後に文明社会の中で人口に膾炙する言葉となる。この打算による結婚の話は『戦争と平和』の中でも語られ、そのエピソードの事実への忠実さは、大作家の微笑ましい性格の一端を示すものだ。四人の息子たち、すなわちニコライ、セルゲイ、ドミートリー、レフと、ひとりの娘マリアがこの結びつきの果実であり、この結婚は、より好ましい吉兆のもとで結ばれたほかの多くの結婚よりも幸福なものであったといわれている。

息子たちの中で一番若いレフ・ニコラエヴィチ・トルストイは、一八二八年九月九日（露暦八月二十八日）に、トゥーラ県の母の所領ヤースナヤ・ポリャーナで生まれた。それは絵のように美しい広々とした平野の中に、なだらかな丘と窪地とがうねるように広がっており、さらに老木の生い茂る森がそちこちに点在する広大な領地であった。しかし、屋敷から遠く離れると、人影少なく陰鬱な色彩の荒野が果てしなく続き、その上には寂寥が漂っていた。

原註

（1）ロシア貴族。

（2）一七一六年。

（3）父と子の最後の会見が、レフ・トルストイの友人であり、私の友人でもあるニコライ・ゲーによるすばらしい絵画の主題である。

（4）六月十九日から二十六日まで。

（5）トルストイ自身がアレクセイの死に関与した、という噂が当時広まっていた。皇太子は正式に死刑を執行されたと当時は思われていたが、彼は拷問中に死んでいた。

第2章　幼年時代

——耕耘の頃——

幸福のために、多大な、永続的影響を及ぼすものを、トルストイは人生の始めから奪われていた。我々が最初に、そして、最も長く安んじた心でいられる、また、ある詩人が寒い夜々にも蒸し暑い日々にも護ってくれる葉群に例えた、あの最初で最も純粋な愛情を、トルストイはまったく知らずに育った。彼がどのような心理的才能なり倫理的傾向なりを両親から引き継いでいるか、ということを論じるには、彼は両親のことをあまりに知らなすぎている。どうみても、両親のどちらも、彼の道徳的あるいは知的成長に何らかの永続的な影響を与えている、とは言い難い。なぜなら、母親は、彼が満二歳になる前に死に、そして七年後には父親も失くしているからだ。父親が教育的資質においてことさら秀でていたとか、あるいは、ともかくも子供のしつけに熱心であったというようには見えなかった。このようではあったけれども、トルストイ家の子供たちの教育は、女帝エカテリーナ時代以来ロシアの貴族家庭において慣例となっていたように、ドイツ人やフランス人の住み込みの家庭教師たちによって助けられながら、母親代りの叔母たちによって行われていた。叔母たちの中で、オステン・サッケン伯爵に嫁していた年長の叔母〔父の妹〕が、一八三七年に兄が亡くなったとき、後見人として自ら最初に兄の子供たちの世話にあたった。三年後には彼女自身も亡くなったので、妹のペラゲーヤ・イリイニシナ・ユシコヴァが幼い子供たちの養育に奔走し、レフ・ニコラエヴィチの心に拭い去り難い印象を刻み付けることとなった。

この婦人が自らにかかる重い責任を完全に意識していたかどうか、あるいは、それを遂行するに適していたかどうかについては、かなり疑問の余地がある。しかし、彼女には子供たちを引き取る権利があった。彼女の夫は、一八六九年まで生きた人であったが、軽騎兵の指揮官であり、洗練された鋭い才知の持ち主だが、一方賭事に凝り快楽を好む放蕩者でもあった。彼の妻は、知性は人並みながら、心優しく敬虔であり、また性道徳という観点からは、フランスのデュ・バリー夫人、イギリスのネル・グウィン〔フランス王ルイ十五世の公妾とイングランド王チャールズ二世の寵姫で、共に男性遍歴の末に下層から成り上がった女性〕と同様、もっぱら肉体面の弱さに基づく規範の逸脱を安易に容認してしまうような婦人であった。彼女は、自らも貴族社会の一員であることを誇りとし、実際にそれを特別なグループとして、他の並の人間たちとは異なる種族であると見做していた。彼女が、灰色の群衆たちを高みからまったくの軽蔑の目でもって見下すからといって、何も驚くにはあたらない。それは、現実生活において貴族の幸福に欠かせぬもの――農奴が優しい者にも気難しい者にも嫌悪の情をいだかせる存在たる農奴たちを見下すのとなんら変わらない。彼女は、生命は永遠であるということを堅く信じていたが、しかし、できることなら死の門をくぐることなく自らの天国を手に入れたいと願った。なぜなら彼女は、死については荒々しいまでの恐怖感に満たされていたからである。しかも、その圧倒的な死の恐怖の幾分かを自分の若い甥に伝えようとした。そのため、死を恐れる思いは、トルストイの中にその後何十年にもわたって根付き、あたかも沈黙と憂愁におおわれた寄る辺ない海の上で金縛りになったようであった。人生の砂が急速に崩れつつあった八十代、彼女は余命を手放すことを極端なまでに嫌がって、教会から施される末期の聖餐――最後の旅路で心を強めると言われている――からも顔を背けたという。一八六九年の夫の死後、彼女はキエフに身を引き、修道女たちの営むある修道院の小さな独居室でその生涯を終えた。

この善意の婦人が感受性の強い若い甥の前に据えた人生の理想は、社会的地位であり、世俗の幸せであり、同じ貴族社会の若者たちよりも秀でることであった。教育は、要するに、この幸福な目標への準備にすぎなかった。教育とは願望の研磨であり、手段の調達であった。そして、その手段の調達とは主として、ありもしない教養をあると見せかけるための、言い換えれば、ただの点棒〔トランプなどの得点の計算に使う〕を本物の硬貨として受け取らせるための工夫のようなものであった。青年は、洗練され、輝き、そして座談の名手となるのが望ましく、また何にも増して必要なのは、上流社会の貴婦人たちとの日常的社交の巧みさと実践的知識であると考えられていた。それゆえ叔母は、有望な若者の訓練に必要なものは、紳士の、育ちの良い妻との大人の交際（ありていに言ってしまえば愛人関係となること）こそが一番だと考えた。教育の目的と手段をこのように要約した敬虔な婦人は、甥を優しく愛した。それゆえ、彼女は、甥がこれらすべての修養段階を経て、なかんずく、最後のハードルを乗り越えることを切に望んだ。それと同じ信念と願望が甥自身の活力を煽り、またその後の人生の年月の間、彼の努力を形作っていった。もしこの信念なり願望なりがまったく実現しないときには――彼自身の証言が信じるに値するなら――その判断力を歪め、感情を鈍らせ、まさに彼自身の存在をも危うくさせかねない程度にまで、他の手段がとられた。「私の心優しい叔母は――」と、才能豊かな甥は、経験に基づく確信と悔悛の念から生まれた心痛のために『わが信仰』へと転生したのちに、こう書いている。「私の心優しい叔母は、本当に素晴らしい女性であったが、常に私にこう言っていた。彼女が私に望むものの中で何にも増してひとつのこと――育ちの良い既婚女性との愛人関係は、『一介の青年がしでかしがちな、ありふれた女性とのありふれた密通のようなものとは違うのだよ』。私の幸福に対する彼女の願望のもうひとつは、私が副官になること、それも皇帝の副官になること。私にとって最も幸福なことは、私が裕福な花嫁を見つけることであり、さらにその花嫁が持参金として非常に多くの農奴をもたらすことだった。私は今、そんな時代を恐れと嫌悪の心痛む感情なしには思い起こすことができない[1]」。

幸福の本質についてのこのような奇妙な概念は、トルストイの青年期の活動に一定の傾向を与えたのみならず、反動的な意味ではあるが、転生後の人生の全過程にも同程度の影響を与えている。ある時期に宣言された幸福の手段は、他の時期では単に逆転しているだけである。快楽主義は禁欲主義として放棄された。贅沢な暮らしは菜食主義に取って代えられ、貧しさが裕福に置き換えられ、地位は卑しいものとして拒絶された。しかし、決してもともとの円の大きさが広がったのではなく、また究極の目標が変化したわけでもない。幸福というものが常にその中心にあり、それに至る道程のみが変化しただけである。これが、偉大なロシアの小説家の人生において、十分に記録されるに値する基本的事実だ。天与のものであり、また心優しい叔母によって補充された素材は、ある時は従順に（彼女が設定したモデルに倣って）、またある時は反抗的に（彼女のモデルとはまったく反した型を求めて）、その後の年月の間に、彼女の天才的な弟子によって形作られていった。しかし、それらの素材は、もともと最初から備わっていたものである。奔放な性的歓喜、宗教的熱望、死の恐怖、仲間から一目置かれることなどが、ある時は東を向き、ある時は西を向きしながら、多才な建築家が常に建ち上げようと努力していたすべての建造物の土台にあったものなのである。

十九世紀初期の――子供たちに教育を与え得る、ないしはその意思のある階層におけるロシアの教育というものは、今日ではとうてい教育とは呼ばないような初歩的過程にあった。それは、他人に好印象を与え、うわべの心地よさを極める技術を伴った当世風の会話の実践的訓練を意味している。教育といっても、ほとんどそれを超えるものではなかった。人格の構築、意志の鍛練、その中から道徳性が育つ、生まれながらの社会的本能の開花、否、教育本来の目的のために、生まれつつある知識欲を研ぎ澄ますことさえ、どれも一様にその目指すものからは遠いものであった。ひとりのドイツ人およびフランス人、もしくは、イギリス人の家庭教師は、時にはこれら三人とも大変その資質の疑わしい個々人ではあったが、彼らの中で子供たちへの教授を分担し、各自の母国語の会話と筆記を教え、加えて今日有益であり安心であると考えられる以上に、より大幅に委任された親権を行使した。両親は原則的には、教育者たちから渡される判決文の最高裁判官である。同時に、特別な楽しみの提供者となった。要するに、家庭は国家の縮図であったのである。父母あるいは後見人は、ほとんどきちんとした教育的展望を持つことはなかった。そしてしばしば家庭教師たちですらカリキュラムなしで働き、非常に多くを偶然に委ねていた。十分な教育が施されることが少年を大学に入学させる条件なのであるが、当時当たり前だった低い水準にも達しない場合には、たいてい寺院の扉が黄金の鍵を持って開けられた。

トルストイの『幼年時代』と題された作品の中で、我々は、現代医学にも見られるような緻密さで、非常に多くのことが自然や少なからぬ偶然に委ねられている、その一種奇妙な心の形成についての見事な描写を見ることができる。これらの魅力的な描写は、厳密な自叙伝的意味での自身の人生に関するあらゆるエピソードというわけではない。時間によって熟成され、芸術家の心の色合いでやわらかく彩色されているけれども、家庭とその頃の雰囲気の思い出とが混じり合った彼の幼年期の心理的情景であった。作品は、ある意味ではゲーテの『詩と真実』〔晩年のゲーテが自らの青年時代を振り返って記した自伝〕、また他の面ではゴットフリート・ケラーの『緑のハインリッヒ』〔スイスのゲーテと呼ばれたケラーの自伝的長編小説。十九世紀教養小説の代表作〕にも似たものである。それは、花が、枯れはしないがはじめからひどく傷つけられる運命にあるほど、あまり好ましくない雰囲気や環境の中での成長を余儀なくされた子供の心の発育についての素朴な記録である。しかし、ヨーロッパ的名声を得たトルストイは、すでにそこに芽生えており、彼のすべての傾向や具体的行動の多くがくっきりと際立っていた。我々は、そこに幼年期、少年期、そして青年期と、彼に馴染みであった幾人かの人物を認める。例えば、カルル・マウエルには、一本気で真心はあるが教養はないドイツ人教師の面影が見られ、抜け目なく俗物的で、虚栄心の強いサン・ジェローム は彼の実際のフランス語教師であったし、サン・トマに対しては、少年は早くから我慢できない嫌悪感を抱いていた。

西欧諸国、とりわけ英語圏の国々では、普通、子供たちの成長は社会や自然が顕著な役割を演ずる過程である。彼らは自分の友だちをすべての階層の中から選ぶ。そのため趣味や関心においてそれほど自分とは繋がりのない者たちとも常に接触しており、鋭く尖った石が海辺の砂利の中で洗われるように角が取れ、ゆっくりと丸くなり磨かれてゆく。少年たちは多く戸外で過ごし、暑さ、寒さやさまざまなストレスに慣らされ、スポーツの試合や伝統的な校風、意見の相違や喧嘩、世論を通じて、身体を鍛えるように自らの意志を鍛え強くし、年長者たちの厳しさと克己心の一端を会得していく。少しずつではあるが彼らの無節操な自己愛は減っていき、礼儀という美しく硬い磨かれた外皮で覆われるようになる。少年たちの中で確立する、名誉の意味、真理や義務の基準、権利と責任の尺度についての概念が、父親たちのそれと非常に似てくるので、種々多様な問題に対しても、多少は彼らの国家観に似たものになる。

一方、トルストイの幼・少年期のロシアでは事情は異なっていた。家柄の良い生まれの子供はしばしば温室育ちであり、近親者によって甘やかされ、長い冬の間は暖か過ぎる部屋の扉の内に閉じ込められ、その心は看護婦や家長や家庭教師の実験に供せられ、活動範囲は、その地域でも滅多に集うことのない特別に用意されたごく少数の子供たちからなる狭められた社会的枠内に限られた。したがって、子供たちは、若い時期のシャカムニやアビシニアのラッセラス王子〔サミュエル・ジョンソンの哲学小説の主人公〕のように、大きな世界から効果的に遮断された。子供たちの人間や物事についての、また、生活やその状況についての概念は、時には非常に粗雑、あるいはまったく誤ったものであったりするので、聞き慣れた言葉であっても、その真の意味は、苦しみや悲しみをきっかけとして心のうちに内発的に生まれるまでは分からないということもしばしばだった。

トルストイが自伝的スケッチ『少年時代』の中で子供らしく述べているひとつの出来事(2)は、昔ながらの馴染みの言葉と一緒になった新しい概念のこの突然の襲来を物語っており、同時に、小説家の心理分析の細やかさの格好の見本を提供している。幼い少年イルテニエフは、母を亡くしてひとりの幼い少女と一緒に祖母の家に行く途中である。彼はその少女に対して子供が子供に感ずるような愛情を懐いていた。彼は、自分たちの新しい生活がどのようなものになるのか、その同伴者の意見を得ようとしていたが、彼女のほうは話す気分になれないでいた。けれども彼が質問をし続けて少女を煩わしたので、ついに彼女はだしぬけに真実を語り始めた。すなわち、彼女が思っていることは、自分たちはこれきり別れなければならないかもしれない、なぜなら自分の家族は貧しく、彼のほうは豊かであるから。加えて、そのような場合には、自分は修道院に入って尼になるのだ、と本音を打ち明けたのである。

「『あなたたちはお金持ちだけど、あたしたちは貧しい』――この言葉とそれに伴う概念とが、慣れない奇妙さで私を襲った。その当時の私の考えでは、貧しいといえば物乞いや農民を思い浮かべたので、この概念を頭の中で淑やかで可愛らしいカーチャと結びつけることはできなかったのである。ミミーとカーチャは常に我々と一緒に暮らし、すべての物を分かち合ってきたので、いつまでもそうするものという気がしていて、他のことは思いもよらなかった。……今はじめて、私の頭の中に新しい考えが入ってきた。我々、すなわち我々の家族だけが、この世界に生きているわけではないのだ。すべての関心が我々だけに注がれているのではなく、我々とは何の関係もなく、我々のことなど考えたこともなく、その存在にさえ気づいていない人々による別の生活があるのだ、ということに、私はその時はじめて明確に気づいたのである。疑いもなく、このようなことはすべて、それ以前にも知っていたはずだ。しかし、今気づいたような知り方ではなかったし、意識してもいなければ、感じてもいなかったのである」。

一八三七年に父が死んだ後、レフはモスクワに連れていかれた。そこでは、一番上の兄が大学入学試験の準備をしていた。しかし、同年まもなくして、彼らは長兄を除いて全員ヤースナヤ・ポリャーナへ戻った。長兄はそのまま受験勉強を続け、一八三九年にモスクワ大学の数学科に入学し、レフは大学に入るための自分の番が来るまでヤースナヤ・ポリャーナに留まった。

身近な者たちの記憶の中に貯えられた、あるいはトルストイ自身によって作品の中に描かれた子供の頃の彼の性格の特徴は、大人になってもその強さと程度が変わっただけである。自己分析と自意識、それらは多くの者たちにとっては自己愛を形作るものであるが、そのふたつが、トルストイの文学上の自己であるニコライ・イルテニエフの性格を織りなしていた。彼は、胎児の頃から魂の分析主義者であり、産着を着た懐疑主義者であり、子供らしからぬ夢の夢想家であった。彼は気が狂いそうなまでに物思いに沈み込み、絶望に陥らんばかりに突き詰めて考え、愛は嫉妬で逆上するほどのものだった。彼は引きこもりがちであり、憂わし気で、病的なまでに感じやすく、そして、しばしばよくない、褒められたことではない行為に対しても他人のせいにしがちであった。ある朝、心優しいドイツ人の家庭教師が、彼を起こそうとして頭の上で紙風船を破裂させると、眠たげな子供はぶつぶつ言う。「先生はどうしたら僕をからかうことができるか、きっとそれしか考えていないんだ！」そして自問する。「先生はどうして兄さんに対してはこういうことをしないのだろう？」それで、その答はこうであった。「ヴォロージャは僕より年上で、僕は末っ子だもの。だから先生は僕を苛めるんだ」。

まだ十二歳の少年であったとき、彼は九歳の可愛い少女のことがはた目にもわかるほどたまらなく好きになり、『幼年時代』のある短い章の中で、初期の文学作品のすべてを印象づける素晴らしい簡潔さでもって自らの感情の物語を語っている。この物語の一節は、最も早い時期から彼の観察力が異常に発達していて、ことのほか興味深いのは、それが媚態を帯びた女性の装いが男性の性の発揚に及ぼす魅力として応用されていることである。そしてそれは三十二年後に描いた『クロイツェル・ソナタ』の女主人公の身体にぴったりしたニットの服とそれがいかに彼女の魅力を高めているか——それひとつを見てもよくわかる。

「私は、毛虫の進む方向に木の葉をあてがって葉っぱごと虫を持ち上げようと努めているカーチャの肩ごしにのぞきこんだ。

女の子たちの多くは、襟あきの広い服がずりさがると、引き上げて元の位置に戻そうとして、肩をきゅっとしゃくる癖があるものだ、ということに私は気づいていた。さらにまた、ミミーがいつもそのしぐさに怒って、『そんなのは女中のする癖です』と言っていたことも思い出した。毛虫の上に屈み込んで、カーチャはまさにそのしぐさをした。ちょうどその時、風が彼女の白い首からネッカチーフを捲き上げた。この動作をしたとき、彼女の肩は私の唇から指二本分くらいのところにあった。私はもう毛虫なんぞに目を向けず、カーチャの肩をじっと見詰め続け、それから必死の思いでそこにキスをした。彼女はふり返らなかったが、私は彼女の首と顔が赤く染まったのに気がついた」(3)。

トルストイが人生のために鍛えられた道筋を要約するには、大変僅かな言葉で足りる。彼の記憶力は家庭教師たちによってかなり活発に働かされ、野心のほうは近親者によって熱心に形成され、してまた、これらのふたつの自然本能は、雑草のように、実際双方の成長を阻むことのなかった少年の孤独な心に暗い陰を落とすようになるまで、伸びるがままに、はびこるがままにされた。そのようにして、輝くために必要とされるその才能は日々磨かれ輝かされたけれども、精神や心や意志といったより堅実な才能のほうは、試されることなく、訓練されることもなく、未発達のままに置かれた。それ故彼は、土の中の植物のように、堅い暗がりを避けて、曲りくねった道を手探りしながら障害物を押し除け、光を求めて上へ上へと自らの道を切り拓いていった。彼が見たり聞いたり、そして、喜んで臆測したりする物事の意味は、神聖なまでに自分自身の心に任され、また乱暴なまでの臆測が知識の座に取って代ったその心は愛情を求め、それにすがるためにある時はこちらを向き、またある時は自らの狭い付き合いの中のあの少女に対象を求めたが、空しく撥ね返されると、彼の心は自らが創った内なる世界へと引き籠もってしまい、その冷たい抽象からは温かさも優しさも消滅した。信頼という元気づける強心剤も、また、責任という健康によくない辛苦も彼の意志力を強めることはなく、また奮起させることもなく、彼の意志力は次第しだいにはかない願望や、躊躇や、気任せさに分解してゆく。そして主として肉体的原因からのみ生起してくる神経症的な苛立ちによって長らく分裂状態にさらされていたのであった。

トルストイが子供の心の成長について描いた簡潔なスケッチの中で自らを示したように、少年時代の彼の思考、努力、理念、恐れ、疑いと行動の動機などは、伝記作家のみならず心理学者にとっても興味あるものである。彼の幼年時代についての見事な絵には描かれていないけれども、『クロイツェル・ソナタ』の著者がいかに嫉妬を語るのに適していたかを証明するある特徴的な出来事を、彼の親類たちのひとりが証言している。トルストイは、この少女を偏愛し、独りよがりの嫉妬が高じて、彼女が他の少年に話しかけることなど、思いもよらない気持ちになっていた。ある日、彼女はそのことに気が付かなかったのか、ほかの誰かと話し込んでいた。そのため彼女の幼い崇拝者は怒りを募らせ、感情を制御することができなくなって、ついに気が狂ったように彼女をバルコニーから突き落としたのであった。(4)

トルストイは子供の頃、すでに老成した人のように話したが、大人になると、今度は我儘な子供のように行動した。たまたま彼が目にしたものや、年長者によって発せられた一言がきっかけとなって、いきなり先に進みはじめた心の思いは、果てしない大海原で自らを見失ってしまうのだった。

同様に、ちょっとした言葉や、ふとした一瞥、笑いや自己愛は、何日も何週間もとことん彼を痛めつけた。これらの欠点は間違いなく生来のものであるが、しかし彼を取り巻く環境はそれを修正するどころか胆汁を蜜に混ぜ合わせたように、幼・少年期を損なった。

普通の子供たちの場合、人格形成上の主要な要素となる微妙な名誉感覚が、若いトルストイの場合には本来の健康的なものから病的な自己愛へと歪められた。そして熟練教師にとっては最も効果的な補助教材であるごく自然な好奇心も、彼の周りでは公然と健全な心の糧を求めるどころか、子供のまだ訓練されていない頭脳に未熟な概念を強制的に育ませるものであった。それゆえ、精神と心、思考と感情は不健康な色合いを帯び、外界との関係も、それによって深刻なまでに傷つけられた。それが非常に深刻であったので、彼の意識にまで到達した初期の頃の印象の多くは、絡み合い濁ったものになっていた。

通常の子供の心は、ある時は滑らかに満々とした水をたたえ、またある時は砕け散る飛沫の水面に目をやる時の、その思いを映す流水のようなものである。けれども、若いトルストイの心のイメージは、ある面では、すべての色合いを閉め出した、急流となって流れ下る、歪められた絵のようで、もっぱら山間の大激流にも似たものであった。大人たちの下らぬ長談義から逃げ出すことのできる子供の天国も、自由に跳び回ることのできるアスポデロスの野〔ギリシア神話に出てくる天国の水仙の草地〕も、また、奇跡を起こす心を遙か遠くの世界から呼び寄せることのできるアラジンの魔法のランプも、彼は持ち合せていないように見えた。時にはキリスト教的天国を、またある時は中世的地獄を見ながら、まったく孤独に現実を生きた。徐々に正義や自己憐憫の感覚が彼を世界の改革やより良き競争といった夢へと駆り立てたが、しかし、そのような理念の実現の手段は、オルフェウス的というよりもネロ的なものであった。

彼の心の作用に悪い方向性を与え、長年にわたって痛々しいまでに影響し続けたもうひとつの原因があった。自分の肉体的な醜さという圧倒的な感覚である。美しさを崇め、礼儀に適った若者を理想化し、容貌に対してその見返りを用意する世間にあっては、容貌の醜さは、どんな償いをもってしても洗い落すことのできない、原罪にも似た汚れをもって生まれてくるに等しいものであった。大きな頭、ただの点になる前に稲妻のようにギラリと光る小さな灰色の目、ぶ厚くめくれた唇、だだっ広い鼻、それからいやに突き出た額――それらは、絶えず注目を浴び、いわれなき批評を招くものであった。少年がこの醜さのためにどれだけ不相応な苦悩に耐えていたかは、本人以外には誰にも分からない。自分ではどうにもできないことから蒙ったこの不公正は、世間と流動する思潮についての彼の考えに、ひねくれた態度を与えたに相違ない。彼自らこう書く。「私をしばしば絶望の瞬間が襲った。私のような、こんな幅の広い鼻や、ぶ厚い唇や、小さな灰色の目をした人間にとっては、この地上での幸福はありえないのだと、悲観したものだ。私は、神が奇蹟を行って私を美男子に変えてくれるよう祈り、美しい顔のためになら、いま自分の持っているものすべて、将来得られるかもしれないものすべてをささげてもいいとさえ思った(5)」。

レフ・トルストイがそうありたいと願っていた肉体的優雅さや立居振舞いの問題では、彼の兄たちが物事を一層悪くさせた。中でも、二番目の兄はその気性も容貌と調和していた。自身の醜さに関する鋭い自意識は末弟レフの心を蝕み、気難しくさせて、性格を些か不自然にした。彼自身、よくその問題を取り上げて書いている。「私は生来内気であるが、しかし、この性向は醜さを意識することによって一層強められた。ただ、今となってはこう思って満足している。外貌自体は人間の性向にさほど強力な影響を及ぼすものではなく、こちらが人の目を引いたり反発を起こさせる力があると思っているほどには影響力を持たないのである。私は、このようにして自己愛を、自分で自分を慰めるまでに自らを状況に慣れさせていった。ちょうどイソップの狐のように、ぶどうはまだ酸っぱいのだ、と言い聞かせながら。つまり私は、美しい外貌が与える、あのヴォロージャが享受している楽しみを、すべて軽蔑することに努めた。私はこのように全身全霊でもって彼を羨み、誇り高い孤独から喜びを引き出そうとして、私の心の力と想像力のすべてを振り絞った(6)」。活発な幼い頭脳が、こんなことで、なぜ、どうして、とその理由をこうまで熱心に見極めようとするのは、まったくもって微笑ましい世の中ではない。

新たな混乱の要素が、ある公立学校から来たひとりの少年によってトルストイの未熟な思考形態の中にもたらされた。その子は日曜の一日を家で過ごすためにやってきた。彼は、当時まだ十歳であったトルストイに(7)、小学校では、生徒たちは神はいないということを発見している、と語った。上の兄は耳をそばだて、目を皿のようにしてその興味ある発言に聞き入った。若者たちはすぐに議論し始め、レフも議論に加わることを認められた。「私たちは、その理論を特別に興味を引くもの、まったく真実であり得るものとして熱心に受け止めた」。十歳での懐疑主義は、日常的な精神状態ではないものの、それが入り込んだ時には心に深い溝を残し、生来の信仰への素質を踏みにじるものであった。これは、彼の幼年時代の宗教的教えに与えられた最初の荒々しい衝撃であった。彼が心から奇蹟を懇願していた神――それを願ったけれども空しかったわけだが――は、結局のところ単なる人間の創作にすぎなかったのだ。

醜い体のために傷つき悩んでいた心が、そこに慰めと安らぎを見つけ得るとした唯一の砦が、かくして根底から揺さぶられたのである。この不毛な否定の精神が若きトルストイの心にいかに長く留まったか、我々にはそれを推し測る術はないが、しかし、何年か後になって、レフの兄のドミートリーが、失っていた信仰を見出し、キリスト教の教義と一致した生活を取り戻すようになったとき、レフと他の者たちはそのことを喜び、ドミートリーにノアというあだ名をつけた。

かくして、水先案内人も航路を指し示すものもなく、また、共感できる友人も有能な導き手もないままに、寂しい少年は自らの才能だけを頼りに読書に耽った。けれども、大人の生活やその方法を見れば見るほど、彼にとっては毎日が謎に満ちていた。はじめから彼の感覚的本性は、自発的に周りの世俗的世界からは距離を置いていたが、独創性のない因習的な見方には従わず、自分独自の尺度で計ることは決して止めなかった。彼の著しく醜い顔立ちとその思いこみによれば、他者の中にあるはずの軽蔑やそねみの感情が、自身と遊び仲間との間に障壁を生み出した。そしてこのことがより鋭く彼と仲間たちすべてとの競争を煽り立てることになった。かくして、物思いにふけることがますます日常化し、心の解放は妨げられ、少年の心はしばしば、口にはされないが感じとられる、他人からの非難中傷の恐ろしさに打ち砕かれるのであった。また、人間や物事に対する粗雑な概念を、信仰や知識の本質的な火でもって融かし、統合的なものへと流し固める鋳型を持っていないために、彼は不調和と矛盾のカオスとの虚しい闘いの中に取り残された。次第に彼は自意識という深みに沈み込み、糸口を手探りし、兄たちからそれを受け取ることもあったが、彼のそのような自家製理論への欲求は徐々にすべての現実から離れはじめ、病的になって、やがて自らの新しい世界観が創り出されていった。それは、実際、彼を最も苦しめていたこのような混乱から解き放ちはしたが、他人からは、道徳的に有害とまでは言わないにしてもよくないものとして中傷されることになった。

彼の社会理解は本質的には共感からのものではなかった。彼は実際社会を知らなかった。自分の道を押し進めようとしたけれども、自力では融かし破ることのできない、堅く凍てついた取り付く島もない外殻によって撥ね返された。彼は、同年齢の子供たちや若者たちに備わった純粋な親密さからくる、力みのない自己放棄を伴った優しい心の温もりや愛情に、決して安住したことはなかった。彼の優しい心は、眠らずに不健康に目覚め、新しい印象に対してもすべて篩にかけて精査することに熱心で、尊敬すべき信仰行為も自明なものとすることを嫌がった。彼が描く知人の素描が風刺的であり、また、英雄についての彼の視点が、面白味のない現実から遠く離れた幻想的過去に投映されているというのも、決して不思議ではない。身近な人物や物事を拡大鏡や顕微鏡を通して見るというぞっとしない習慣は、決して一過性のものではなかった。それは、死に至るまで彼の顕著な特性のひとつであり続けた。

彼の仲間はほとんど年長者たちであったが、高貴な本性を持ち向上心をもって努力することで、彼らと比較して自らを省みる手段を与えてくれるような秀でた少年少女に出会うことはなかった。トルストイが語るには、仲間内には誰ひとりとして、彼自身が共鳴し、共通した立場を作れるような精神の持ち主はいなかった。それゆえ、彼がまもなく自らを、孤高の存在として、誰からも誤解され糾弾される特異な存在として、鵞鳥の群れの中の一羽の白鳥と見なすようになったのも避けられないことであった。この優越感とその結果としての孤立感が、まったく脇に押しやられるということは一度もなかった。文学的成功がほとんどすべての扉を彼に対して開いた後になっても、内気な人間嫌いであり続けた。そして、社会改革の中で自らの内なる悪魔を矯正しようとするようなことは、彼自身決して思いつかないのであった。世界は悪魔たちで溢れている、と自らが言っていたのだが。

このような状況の下では、彼の観察力は異常なまでに鋭くはなるが、しかし、得られる印象は、子供じみた理論の成果としてのみ役立つものに過ぎなかった。若者に固有の一般化への志向は、普通は経験というもので歯止めがかかるものであるが、若いトルストイの場合には病的なまでにそれに傾倒した。感情や思考の領域では、彼は、悪さや悪口や欠点のすべてを最大限に誇張し、そして、それらに普遍性の印を貼り付けるという嫌な習慣にまで陥った。彼の幼い少女、楽しい可愛らしい遊び友達に対する嫉妬は、その対象の想定上の欠点をなぞっただけのものであるが、膨み拡って、ついにはそれは女性全体までを包括するものとなった。「私は突然、女性全般に対して、特にソーネチカに対して、軽蔑をおぼえた。こんなお遊びなんかまったく楽しくない、こんなのはお転婆な小娘にこそふさわしい遊びだ、と自分に請け合って、いつになく思い切って暴れて、勇ましいところを見せ、みんなをあっといわせてやろうという強い思いに駆られた[8]」。そして彼は、実際にそれをやり遂げたが、皆を十分に驚かすものではあっても品性を高めることからは程遠い行いであったため、結果として丸一日謹慎を申しつけられた。ゆえに、いったん舞い上がった気分は絶望へと道を譲ったのであった。

ほんの僅かな表面的なショック、不親切な行為、きつい言葉、冷たい一瞥も彼を自分の中に閉じ込めさせ、憎悪や、復讐願望や、侮辱感情を助長させたので、それは実際の加害者以外にも周りの多くの者たちを困惑させた。否、それは彼自身がユーモアを十分に解さないため、ただ単に自分が恐れていたことを臆測しただけのことであった。「時々私の頭には、私は皆に嫌われている、憎まれてさえいるという考えが浮かんだ。嫌われるのには、何か私の知らない原因があるに違いない、という思いもあった。その時には、祖母をはじめ馭者のフィリップにいたるまで、誰もが私を憎み、私が苦しむことに喜びを見出している、と確かに思えたものだ。私は父と母の子供ではなく、ヴォロージャの弟でもなく、憐みから引き取られた不幸な孤児か棄て子であるに違いない……その時は惨めであるが、それは私の罪ではなく、そうあるのが生まれた時からの私の運命であるから仕方ないのだ、と考えて自分を慰めた……別の時には、神という考えがうかんできて、軽率にも『神が私を罰するのはなぜですか』と尋ねる。『僕は朝晩お祈りを忘れたことはないはずなのに、なぜ苦しまねばならないのですか？』私はこう明言できる、すなわち、少年時代を通して私を悩まし続けてきた宗教的疑念に対して私が第一歩を踏み出すのは今であり、そしてこれは、不幸が私を不満や不信に駆り立てたからではなく、摂理の不公正という考えからである、と。この考えは、この時期の完全な精神的混乱に加えて一昼夜の孤独の間[10]に私の頭脳の中に入り込み、あたかも雨後のスポンジのような土壌の上に悪い種子が播かれたように、急速に成長し、根を張り始めたのだ[11]」。

しかし、この優しい年齢の時期に、人間の運命について最も深く印象づけられたものは、死という避けられない事実であった。突然稲妻のように啓示が訪れて、トルストイの心に永久に焼き付いたように見えた。敏感すぎる若い心に「墓という心を萎えさせる知識」を最初にもたらしたのが、父か、叔母か、それとも親戚の誰かの死であったのかどうかは重要ではない。それは早くから与えられ、長く印象を残した。トルストイが最初の印象について我々に残した興味深い記録の中で、彼は、その教訓を受け取った時の様子や自身の未熟な概念の混沌とした宝庫の中にそれを収めた位置づけのことを、理想と現実との混じり合った素晴らしい色彩で描いている。彼の心を捉え縛り付ける畏怖の念や、好奇心、苦痛といった複雑な感情の多くは、おそらく、ほとんどの子供に共通したものである。彼の病的なまでに内省的な心に特別に影響を与えているいくつかのことが、顕著な一節で語られているが、その一節に、幼い彼が母の冷たくなって魂の抜けた体が棺の中に横たえられている部屋の中にいかにしてこっそりと忍び込んだかが描かれている。部屋では、詠唱司祭がひとり、最も離れた片隅で単調に物憂げに詩篇を詠んでいた。死がつくり出したものをもっと調べるために、彼は椅子によじのぼった。恐怖に魅入られてその場に釘付けにされ、子供らしい思考の迷路で迷っていると、「ドアが軋み、交代の詠唱司祭が部屋に入ってきた。その物音が私を我に返らせた。最初にうかんだ考えは、私が泣きもせず、何ひとつ感動的なところのない態度で椅子の上に突っ立っているので、このお坊さんは私を憐みか好奇心から椅子の上にのぼった心ない少年と思うかもしれない、というものだった。そこで私は、十字を切って、頭を下げ、泣き出した。

……葬儀の前も後も、私は休みなく泣きつづけ、悲しみにくれていた。しかし、私はその悲しみを思い起こすだけでも恥ずかしい。なぜなら、その悲しみは今でもまだ、他の誰よりも落胆している顔つきをしたことで損なわれているからである。ある時は私が他の人々に与えている効果について気をもんでいたり、またある時はミミーの被り物や列席者の顔つきを評価することをそそのかす意味のない好奇心によっても……これ以上に私は、自分は不幸なのだという認識から一種の喜びを引き出していた。私は哀れさの意識を目覚めさせようとしていた。そして、私の中で純粋な悲しみを抑え込んでいたのは、何よりもこの利己的な感情であった」[13]。

このような性格の嘆かわしくも躾の欠如した少年にとっては、若さからの情熱によってさらに力を弱められた良心からの警告力を頼りに人生の淵や落し穴を安全に渡ってゆくのは、ほとんど不可能なことであった。

原註

（1）『キリストのキリスト教』八―九頁、英語版。
（2）『少年時代』一四四―一四九頁。
（3）『幼年時代』第九章。
（4）C・A・ベルス著『Recollections of Count Leo Tolstoy』（Heinemann 一八九三年、一一頁）。
（5）『幼年時代』九六頁。
（6）『少年時代』一五六頁。
（7）トルストイは自ら、当時は十二歳であった、と言っているが、一方でそれは一八三八年のことであったとも言っていることから、十歳四か月を超えるものではなかったであろう。『キリストのキリスト教』三頁。
（8）『少年時代』一八二頁。
（9）幼年時代、少年時代、青年時代のスケッチは厳密にいえば伝記ではない、ということを忘れてはならない。それらの価値は主として、それらが作者の魂の開示に与えているすばらしい洞察の中にある。
（10）彼は、丸一昼夜、暗い押入れの中に閉じ込められた。
（11）『少年時代』一八八頁。

（12）この記述における素描の構成は、むろん、事実に沿ったものではない。トルストイの母は、彼が書いたように考え行動したとするにはあまりに若いうちに死んでいる。しかし心理状態の描写は驚くほど真に迫っている。

（13）『幼年時代』一一三頁。

第3章　少年時代――播種の頃――

幼年の頃のあのとらえがたく消え入ってしまいそうな印象が、少年時代のよりはっきりとした形を持ったものへとゆくりなくも固まってゆくあの影のような輪郭線を、トルストイほど繊細な感覚と確固とした手法でもってなぞった芸術家は他にはいない。偶然のひとつの会話、曙光のような新鮮な光が不意に心へ差し込むこと、これまで体現されなかった理念の結晶化ないし新しい感情の開花などが、彼にとっての理性の成長における新しい段階を特徴づけるのに役立った。子供がこのような段階に入ると、その子のあらゆる印象や、それを基にこれまで築いてきたすべての人生観は蜃気楼のように薄くなり、つかの間、砂漠か乾いた塩地のように心に映じるものの、まったく消え失せてしまう。トルストイの幼年期から青年期への過程の中でこのような変化の基底にあった主要な理念および感情は、光や影や形は変化しながらも、彼をして、哲学を駆使し、芸術を鼓舞し、宗教的情熱を駆り立てることを決してやめさせることのなかったもの――それは、女性、死、幸福、そして神である。

これらの画期的な変化の中にあって、当時まだ十四歳であった彼に、二十五歳であった使用人のひとりを女中として見るのではなく、彼もそう認めているように、はじめて、自らの幸福や心の平安さえも手中にしている――そんなひとりの女として彼女を見るようになった。その変化ほど、彼の心を震わせ感情を昂らせたものは他にはない。少年時代の思い出として語られるその物語は、若いトルストイの身に起きた出来事とは細部においてかなり異なっているようだ。けれども、微妙な分析の一例として、また生き生きとした心のありようとしても、それには、一行一行において絶対的な真理の刻印が押されている。そこには、人は、少年が性的な下心をもった兄と純潔な田舎娘との間で交わされるお喋りを夢中で盗み聞きする時のような、頬にさす熱い血潮の迸りや目に宿る不浄な光の閃きを見、また、高鳴る胸の鼓動を聞きながら、思想と感情の大混乱を思い描く。自らの心の内の悪魔を研究した大家の手によって、人間の胸の内の淫らな獣性の最初の覚醒は書かれたのである。

この問題に長く気を留めようとは思わない。どうもそれは、アングロ・サクソン文学では控え目に触れられる、徹底した写実主義では決して扱われない数少ないテーマのひとつであるからである。たとえトルストイの考えに基づいて、幸福と不幸や、善と悪との相違なり境目は、互いの両性間の関係にすぎないものだとしても、この問題は、トルストイの人生においては普通の問題に比べてより大きな範囲を占めている。人類によって受け入れられている道徳規範の条項の内で、性愛の問題で許容範囲を定めたり理想範囲を示したりするものほど、時代と場所に応じて急激な変化をこうむっているものはない。ロシアや他の多くの国々では、今なお農奴制廃止が現世代の人々の記憶の中に生きていて、行為が黙認され、それに基づいて打ち建てられた原則や、明らさまな言葉の遣り取りも許容されているが、しかし、それらは、沈黙に逃避したり、婉曲な表現で考えを述べたりしがちなアングロ・サクソン人にとっては、衝激的なものであった。かと言って、そのような扱いの相違が、比較されるふたつの民族の間の倫理的資質の相違を真に暗示するものである、と見るのは早計だ。唯一の公正な基準は、その国とその時代の啓蒙された世論の基準である。今から約七十五年前のロシアでは、この問題に関する当時の一般的概念は、誇張なしにとても緩やかなものであり、若きトルストイの理論や実践について語られる良し悪しについても、いずれもそれらは同時代のもの、であった。

この召使についての逸話は、これまでの高い身分からの没落を示す話としてではなく、トルストイがそれを通して善と悪との果実についての理論的知識を初めて得た顛末の素描としてのみ話されているものである。この問題での彼の役割は単に立ち聞きする者にすぎなかったけれど、彼の兄と召使の娘の唇からこぼれたすべての言葉に貪るように耳を傾けた聞き手であった。そして、まったく奇妙なことに、彼は、召使の娘によって兄に対してなされた批難から、罪の果実は実際には美味なるものであるに違いない、という結論を引き出した。しかし、これは彼がその果実をもぎ取り味わう機会とはならなかった。それどころか、彼は、心の中で自分の醜さに耐えながら自らはそのような楽しみを享受できる立場にはないこと、そのような楽しみは好ましい外貌を前提にするものだ、とその時の彼には思えたのだった。だが、一度目覚めた情熱が眠ることはなかった。これ以後、彼が形づくり、風の中に散らし、ある時には何時間もかけて作り直す、未来についての陽の光に彩られた雲の絵の中で、彼女が彼を舞い上がらせる理想は、彼の喜びと悲しみを形作り、感情を慰めつつ、太陽の周りの小さな衛星のように、彼を周回した。本を手にして試験の準備にいそしむさなかにも、また山積みされた数学の問題に向き合って四苦八苦している時にも、「女性の足音と女らしい衣擦れの音」は、彼の敏感になった耳を捉えたし、すべての学問による一般化は、彼の熱を帯びた頭からは亡霊のように消え去り、大地から発芽しようとする熱情の現実に曝された。足音の主はおそらく祖母付きの老女中であるという事実を、自分の意思では押しつけ納得しようと努めるものの、空しく、「万が一彼女だったらどうしよう？」という疑念が強力に彼の注意を釘付けにする。そして、折角の機会がむなしく擦り抜けてしまうのが嫌で、階段の踊り場に飛び出してはみるが、やはり老女中であったと知って落胆する。しかし、この失望が情熱を鎮めることはなかった。ひとたび動き始めたものは止まらず、心の平安は暫く戻ってこないのであった(1)。

しばしば、道徳的な病いの胚芽をも内包するこのような不健全な夢想と並んで、宗教的感情が急速に成長し始め、自然に当時の流行にならった形をとる。神の愛と恐れ、神の意思と思われる言葉に触れ従うこと、教会の訓示の厳格な遵守と、これらすべてを乗り越えてさらに困難な仕事を成し遂げたいとする衝動、より耐え難い不自由を切望する思い――それらこそが人生のこの危機において熱心な若い信者によって遂行された多種多様な敬神的行為の源であった。それらを生み出した動機は彼の最初の懺悔であり、その最も深い根拠は神の怒りへの恐れにあった。

ロシア正教会における懺悔は、今日のローマ・カトリック教会におけるものよりも頻繁ではなく、厳格徹底したものではない。しかしより広い、非教会的意味で、それはロシアのスラヴ系住民たちの個性的特徴であり、彼らの生来の性向は、原初の頃からさえも、アーリア系種族の他のどの民族たちのそれよりも真のキリスト教精神を持しており、仏教とも共通したものを含んでいたようである。温順なこと、哀れみや諦観に基づく忍耐強さが、明らかに前キリスト教時代から記録されるロシア人の性格の道徳的要素である。嫌疑をかけられて逮捕された何百人という罪人たちのひとりでさえも、自分が背負わされている罪を否認するものはまずいない。ひとつの罪しか負わされていない多くの者たちも、自らの良心の上にのしかかる他のすべてのことを自由に告白する。トルストイのポズヌイシェフのように、汽車の中でたまたま乗り合わせた旅行者が、彼の名誉に瑕をつけ、彼の人生の汚点となるような恥ずべき話を、見も知らない人なら驚くような、しかし、聞き手が自然と同情したくなるような率直さでもって語るのだ。しかし、トルストイの行ったこと以上に、顕著な事例は他にはないであろう。執筆活動を始めて以来ずっと、彼はほとんど公然と懺悔を公表してきた。最初期のスケッチである『幼年時代』から、晩期に日の目を見るようになった倫理・宗教的小論文にいたるまで、彼は、自分の意思のすべてを開示し、知性の捩れや、性格の歪みを、ほとんど比肩され得ないほど、また、凌駕され得ないほどの容赦ない率直さでもって赤裸々にし、解剖してみせた。この英雄的なまでの勇気は、一個人の心の作用は他のすべての者のそれと同一であるとか、それゆえ、一個人の経験は、多くの者にとって有益であるとする誤った信念から出たものであるのかどうか、などと考えても無駄である。だが、彼の歪曲された一般化傾向は、しばしば民族的特質も、個人的特質も、全人類的特性として類別化しようとするという事実（ごまかし）を見て見ぬふりをすることはできない。

そう考える理由があってのことだが、もし『少年時代』における話がトルストイ自身の経験であるとするならば、彼の初めての神聖なる懺悔の話は、わくわくするほど興味のある心理学的記録を我々に提供してくれる。その大いなる日の前夜、彼は非常に思慮深く落ち着いていたが、それでいて宗教的にも高揚し、緊張していた。謙譲と慈悲が彼の態度を形成し、彼の行為を鼓舞していた。彼は冗舌散漫な会話にもあえて敬意をもって聞き入ったが、これほど厳粛な時でなかったならば、それは彼の仮借なき批判を呼び起こし、むかつくような吐き気を催させたであろう。彼は、同情や反感にとらわれず、すべての人に対して謙遜の気味をもって愛想の良さと親切さを浴びせた。それまでは礼儀正しい無関心さをさえ決して示す気になれなかった憎たらしいフランス人家庭教師にさえ、彼の善意を分け与えた。しかし、この友好的感情の流れの下には強い逆流が渦を巻いていて、より一層世俗的な方向へと流れていた。この輝くばかりの愛情豊かな親切さの奥深くに、彼は自ら、精神的でない現世的動機の流れを見てとった。例えば、彼の周りの誰もが、彼の「優しさと殊勝さ」に特別に心打たれてはいない、と思えば心痛む棘を感じないではいられない——そうすばらしいまでの率直さで認めている。しかし、それにも増して、彼は暫くの間は男らしく自分のやり方を守った。そして、すぐにもその頂点に到る。

さまざまな善き決心が彼の心の中を駆け回る。過去を恐れて、彼は、これからは砂時計が流れ落ちる時に始まるあの果てしない未来のためにのみ生きようとする。そのためには、行動規則が困難な航海のための海図として役立つように描かれねばならず、遊び友達や家庭教師との付き合いを減らして、彼は、将来にかけての、神や、隣人や、そして自らに対しての義務の一覧表を書き出すことに本気で取り組み始めた。けれども、紙に罫を書きながらもそれを消し、そして、この書き損いは新たな一連の思いを想起させるが、その間にも彼は、何よりも先ず、新たな生活のためのまとまった完全な規範を組み立てねばならない、と気づく。したがって、彼は義務の一覧表はそのままにして、直ちにこのより緊急の仕事に取りかかる。しかし、どうしたものか、その項目以上には先に進むことができない。その間にも、懺悔と許しの運命的な時はやってきて、未だ書かれざるこの義務の遂行を急ぐことになる。

懺悔の前に司祭が祈禱文を詠唱している間にも、神聖な畏れの感情が彼を圧倒した。約束された精妙な悦びがないので、彼はそれをしっかりとつかみ、矛盾する感情を閉め出し、不穏な考えを鎮めることに努める。儀式が執り行われ、清澄と幸福が彼の心に住みつき、喜ばしく燃え立つような白熱と自己満足によって己れの存在を明らかなものにする。彼自身は生まれかわったのに、家具や部屋や彼の周囲のものがそれに応じて変化していないために、彼は痛々しいほどの驚きに打ちのめされる。

夜になるとこの宗教的歓喜は言い知れぬ恐怖へと変わった。なぜなら、夜の闇とともに、ひとつの罪を告白するのを忘れていた、という恐ろしい気づきが訪れたからである。実際彼は喜んでしたわけではないけれどもそれを隠していた――このことは、まったく許されないことに違いない。故意に隠したのではなく、見落としたのだ……にもかかわらず彼は、自分はそのような破戒を贖うにはどんな罰も残酷すぎるものではない程の忌まわしい罪人である、と見る。あらゆる瞬間が、神の指は彼を突然の死で打たんがために動き始めているのではないか、という恐怖に変わる……。しかし、このような嵐の雲も徐々に銀の縁飾りで明るく輝き始め、翌朝早く修道院に赴き、神の厳粛なる下僕たる彼の聴聞司祭の足許に身を伏して、改めて自らの罪を懺悔しようという考えが思い浮んでくる。こう決心することで心は安らぎ、(破られることがなければ)安らかな眠りに入ってゆく。

少年の心にとり付いた恐れと希望はかくも強いものであったので、夜の間に幾度となく飛び起き、寝過ごしてしまうのではないかとまた怖くなった。ついに夜が明けると、若い悔悛者は顔も洗わず、髪もとかさず、衣服には枕から抜けた羽毛を付けたまま、心をもう一度免罪させるために勇んで出かけていった。ポケットにはわずかな小銭。ともかく馬車をひろう。が、席に着くやいなや、馭者が道を間違えて彼をどこか分らないところに連れて行くのでは、余分なお金を取られるのではないかと心配になる。

しかし、彼は間違いなく目的地に着く。修道院に入ると、一群の黒衣の修道士たちに出会うが、最初に頭に浮かんだのは、彼らは心の中で自分をどういう階層の人間と見るだろうか？　ということであった。彼の熱い主要な願望は他のことを啓発することにあったにもかかわらず、暫くの間は、この疑問が彼の心を引き付け、惑わせていた。ついに自分の聴聞司祭を見つけると、彼は誇り高くいようと自らの自尊心と格闘しながら、自己の良心を赤裸々に曝け出した。司祭は彼の話を聞き、彼の頭に手を置いて神の祝福のあらんことを祈った。それゆえ、彼の心は半ば感極まった至福で燃え始めた。再び揺れる馬車に席をとった彼は、今や自分の行いが司祭の心にどのような印象を与えることができたか、と自問し始める。「今、あの司祭はきっと、これまでの人生の中で私ほど公正な心を持った若者に出会ったことはなく、また、今後も会うことはないだろうと考えているに違いない。私は、そう確信する。そして、そのような確信が、この感情を誰かと分ち合いたいという喜びを私の中に呼び覚ました[2]」。それゆえ、彼は、言い忘れていた罪や、自分が二回懺悔したことや、自分の現在の喜びの感動を、聞く耳持たない不信心な馭者に話す。彼は、このあとすぐに教会に行くために着更えをしようと思ったが、彼が着て行きたいと思っていた衣服が用意されていないことに困惑する。彼は不満気に別の服を着る。そして気持が高揚していたことで、自分の心の中の奇妙な思いと絶対的不安とが混り合うのを感じた。

ある時には、幸福とは外的要因からもたらされる結果ではなく、外的要因に対する我々の関係から生じるもの、したがって、これまで自らを苦しめてきた自分は不幸にはなりえない、という考えが閃めいた。この発見から実践までの隔りは短く、すぐさま実行に移す。押し入れの中に入り込み、彼は、目が涙で一杯になるまで裸の背中を鞭で打った。

このようなことの歴史的評価はともかくとして、それらが、作家の心の状態の素描として、また、彼の人生の危機的時期の心の蓄えの目録として貴重なものであることは否めない。けれども、重要なことは、具体的な細部よりもむしろ、彼の感情や意志の作用に、交互に刺激と方向性を与えている影響が、性と宗教の命題であり、そして後者は死という慢性的恐怖と結びついている、という基本的事実にある。

しかし、これらの問題も、自我がその中心となる別の思考体系と交錯していた。どんなに強い感動も、突然の至上の幸福の喜びも、その幸福が彼にもたらす変化や、彼が他人に与える印象に及ぼされるこれらの変化の影響についての自らの深い懸念を、全面的に拭い去ることはできなかった。悲しみや喜び、怒りや優しい愛情にかかわらず、彼は、周囲の人々の心に、自らの人柄がどのように映っているかを一瞥することは、決して怠らなかった。悲しみの淵に沈んでいても、歓喜の陶酔に浸っていても、彼には、新しい状態の中で自分が他人にどのように見えているかという懸念が常に存在し、時には姿勢を変えさせ、また時には、主潮とは正反対の向きに流れる感情の暗流さえも作り出す。この自己凝視の習慣は、おおかた異常なまでの自己愛の結果であり、彼の意志を弱め、知性を曇らせることになった。[3]

「私の厄介な論理的思考の趣味は、意識を極度に不自然な程度にまで発達させたため、時々ごく単純な事柄の思考から始めると、自分自身の思考の分析という出口のない堂々めぐりにはまり込んでしまう。そうなるともはや、今しがたまで自分の注意を引き付けていた問題に留まることができず、自分が何を考えているかということを考え始める。私は今何を考えているのだろうかと自分で自分に問いかけ、私は何を考えているかということを考えているのだ、と答える。では、今はまた何を考えているのか？私は何を考えているかということを考えている、と今考えているところだ、等々……理性は曇っていたようである」[4]。

また別の時、兄と喧嘩したあと、彼は廊下で兄とすれ違う。その時の彼の最初の衝動は、行って仲違いを友好的方法で解決することであったが、しかし、彼はそれをしなかった。「ふたりの目があった。私は、兄が私を理解してくれたことを、そして、兄にわかってもらえたと自分が理解したことを、さとった[5]」。

疑念の悪魔が時折彼の心を鷲掴みにし、彼をまさに狂気の淵へと追いたてることがあった。これはさほど不思議なことではない[6]。そのような時、彼は次のような固定観念に悩まされる。この広大な宇宙には自分以外、いかなる人も物も、存在しない。物体は決して物体ではなく、人がそれらに心を向ける瞬間に生じ、存在するようになる単なる映像でしかない。このような時、彼はこの理論を検証することに熱中し、自然の未知なることをとらえようとして躍起になり、これらの姿が自動的に現われてくる前に、無をかいま見てみたいという望みをいだいて、突然逆の方向へとこうべをめぐらすのだった[7]。

こうして意志は弱まり、行動は大幅に思慮の質を失って、しばしば衝動に支配されるようになる。このように不健康な状況の時期には、ちょっとした突然の儚さの閃きが、個人を災厄へと招いたり、罪を犯させたりする。それは、歯車の外れた機械が、それを直し正常に作動させようとする手をずたずたに切るようなものである。トルストイほどこの悲劇的な救いの無さをより鋭く感じ、より写実的に描写した者はいない。考え得るあらゆる制約を外した、このような精神の朦朧状態にあって議論している時、彼は公然と教師に反抗し、実際その教師の顔を平手打ちしたのであるが、そこで彼はいくつかの注目すべき発言をしているので、そのような言葉は物議をかもすとしても見過ごすわけにはいかない。

「私の少年時代、ことに、あの惨めな状況にあったあの日の精神的状態を思い出すと、何の目的もなければ、傷つけたいという願望からでもなしに、好奇心に駆られて、無意識の行動欲から、ただなんとなく、きわめて恐ろしい犯罪をやってしまう可能性があることが、私には非常によくわかる。人間には、未来が陰鬱な色褪せた色彩で染められているように見え、人の心にそれを凝視させることを尻込みさせ、すべての知的活動を止めさせ、そして、未来はやって来ない、過去すらも無かったのだ、と己れ自身に信じ込ませようとするような、そういう瞬間があるものである。心は、もはやすべての意思の決定を判定することができず、そして、生きている力の唯一の主要な源泉が本能だけであるような時には、経験もなくそのような状態になりやすい子供は、少しの動揺も恐れもなく、好奇の笑みを浮かべて、自らが住まい、また自らが優しく愛している兄弟や父母たちが眠っているわが家の床下に薪を積み、火をつけて煽る。同じように、思慮の欠如に支配された状態の――人は、それを狂気と呼んでいるが――十七歳の農民の少年が、自分の年取った父親がうつぶせに眠っている寝台の下で鋭い手斧の刃を確めながら、突然、斧を振り上げ、打ち下ろす。それから、ものぐさ気な好奇の目でもって、切断された首から床へと流れ落ちる血潮を見詰める……。これと同じような思慮の欠如の影響の下で、人は……ある種の喜びを感じる。自分の額に弾を込めた拳銃をあててこう言う。『もし、これで引き金を引いたらどうなるだろう』。あるいは、社会全体がおべっか使いの敬意を表する、ある高名な人物をじろじろ見て、こう考える。もしも彼の近くに行って、その鼻をつまみ、『おい、おっさん、一緒に来いよ』、とでも叫んだならどうなるか(8)」。

このようなことが実現されることを期待して待機している悪の幻影のいくつかであるが、彼は、外の世界の冷酷さからの気晴しを求めて心の迷路をさ迷っていたので、そのような展望は彼の血を凍らせた。それらはサタンの悪意に満ちた残酷さで武装した肉体的病いであり、善と悪との境界を消し去ってしまうような闇の影であった。あたかも夢遊病者が放心状態にあって大きく口を開けた深淵の方へと歩を進めているところでふと我に返ったかのように恐怖にうち震えつつ、彼は闇の影から間一髪飛びのいたのかもしれない。このような初期の陰鬱な黙想の回想が後に蘇ってきて、罪と罰の既成の理論を全面的に再構築し、法廷も裁判官も警察も牢獄も廃止されなければならないという信念を、強化したのかもしれない。彼は、ジョゼフ・ド・メーストル〔徹底した反合理主義、反啓蒙主義の思想家〕とともにこう言うだろう、「私は悪漢の心がどういうものかは知らないが、正直者の心がどういうものかは知っているつもりである。それは恐ろしいものだ」。

無計画な教育過程が少年の精神や感情や意志に作用した仕方は、このように奇妙なものであった。彼の同時代人についても、道徳的精神的なもつれや捻れが同じような要因から生ずるのを目にはするが、その影響はさしたるものではない。トルストイの精神の仕組みは、他の子供たちよりもより細やかに、より巧みに、より分析的にできていたのだ。彼の自己愛——彼のすばやく変化する気分の定点——も、より発達した過敏なものであり、彼の気性は人好きのするものでなく、社会的本能は未発達であった。それゆえ世間を読み解く方法も知らないため、もって生まれた資質に頼るほかなく、また、世間の辛さや悪意に曝されたときには、一方では宗教が、他方では性的喜びが彼を支えていたように見える。そして、これらからの約束があがなわれるまでは、彼は、張りつめた想像力でもって心に妄想の絵巻を描き出すことによって自らを慰めた。このようにして彼は、信仰と懐疑との両極間を、また歓喜と絶望との両極間を揺れ動き、その間にも、ある時は肉体的渇望から、またある時には精神的情熱から、モチーフを引き出したのだった。

原註

(1)『少年時代』二五九頁。
(2) 前掲書、二四五—二四六頁。
(3) 前掲書、二〇五頁。
(4) 前掲書、二〇六頁。
(5) 前掲書、二〇五頁。
(6) 前掲書、一五三頁。
(7) 同箇所。
(8) 前掲書、一八三頁。

第4章　大学への準備

当時のロシアの大学は、学問と国家というふたりの主人に仕えていた。そして若い世代に、大学はふたつの利点を与えた。ひとつは知識への鍵、もうひとつは社会的地位や政治的特権や個人的名誉への通行証である。西欧の人間にとっては、学問と、市民的公務や社会的地位がこのように緊密な関係にあることを理解するには努力を要する。

ロシア市民は、他のいかなる国の市民たちよりもはるかに厳密に二大勢力に分けられていたといってよい。それは特権なき無産階級と様々な特権を持つ貴族階級であり、前者は社会構造の重さを支える荒削りの支柱、後者はそれを飾るために設置された女人像柱にたとえられる。前者は支払う義務があるが後者には課せられることのない直接税が、長い間、ふたつの階級を分ける境界線のひとつであった。しかし、しばしばさらにやっかいな状況があった。例えば、農民は、名目上は行きたいところに自由に移住することができたが現実には土地に縛り付けられていた。田舎を出て町に移住するには金とまことしやかな言葉によってその権利を買わねばならず、それが得られた後もいつでも取り上げられる可能性があったのである。農民は、犯罪や違反のためにではなく、また、事実かでっち上げかに関わらず、隣人たちの密告によってシベリア送りになることがあった。人づきあいが悪い、仲間たちと気持ちよく協力することができないというだけで追放の十分な理由となった。一般庶民の行為は制限され、ほとんど尊重されず、数少ない権利も滅多に行使されたことがない。貴族階級層の特権や気まぐれに抵触すれば、庶民の権利などはたちまち脇に掃きやられてしまう。教育も訓練されることもなく、大衆は子ども扱いされた。それは運命論と支配者への恭順、盲目的な信頼の奇妙にまじりあったものだった。それが、ロシアの人民の顕著な特性のひとつである。

非特権階級の若者が生涯にわたる辛苦と屈辱とから脱する方法はただひとつ――それは大学に入って卒業することだった。四年間の課程の終わりに授けられる卒業証書は、農民という出自のしがらみを断ち切り、あらゆる伝統的な権利は勿論のこと、多くの特権を与えてくれる。公務員への道が開かれ、士官の肩章にも手が届く。外交官への道が開けて、耐え続ければやがては勲章と称号で報われる。才能と勤勉によっては大臣の職を得られる可能性さえあった。中世時代、身分は低いが才能ある努力家に対して教会が行っていた救済を、トルストイの時代は大学がその役目を果たした。非特権階級中のより有能な少年に対してその力を及ぼしていたといえる。

貴族の子弟であっても、信頼と報酬の約束された地位に就きたければ教育的粉ひき場ともいえる教育機関を通らなくてはならない。しかし、彼らの選択肢は平民たちのそれのようにひとつの類型だけに狭められてはいなかった。彼らには、陸軍学校、海軍学校、法律学校などがあり、そのすべてが大学と同水準にあったが、入学ははるかに容易であった。これらの教育機関の入学資格試験は、ドイツと同様ロシアにおいても、ギムナジウムや国立の初等学校での長期間の準備学習を含むものだったからである。実際、この恐ろしいまでの徒弟制度は、絶対的な必須課程ではなかったけれども、それを選択すること、すなわち、七年ないし八年間そこで教えられるすべての学科の試験に合格するのは、大変なことだった。十九世紀の前半は、この恐ろしい試練は多少緩くなり、生徒の知識の不足は常に親の金や教師の善意で償われた。このような理由から、レフ・トルストイやその兄弟たちは、保護者達が彼らを大学に行かせることに決めていたことから、初めは予備教育を家庭で受け、それから大学のある町に遣られた。そこで、未来の試験官たちと十分に接触が持てるまで、予備的な教育が続けられた。モスクワが最初に選ばれた町であり、長兄のニコライはそこで勉強を始めた。しかし最終的にはカザンが選ばれた。当時カザンには叔母のユシコヴァ夫人が住んでいたからである。

若いレフは、フランス人家庭教師に伴われてその地へ赴いた。その教師に対する反感は、年を経て鋭さが少し失われてきていた。フランス語は上流社会の言語でもあることから、他の教科を勉強する必要がある時でさえも無視することはできず、見せかけと楽しみの技術に長けたサン・トマは、若い生徒を社会のフリーメイソン風のミステリーへと誘い込んだ。二年間トルストイはカザンの初等学校に通い（一八四二―四四年）そこで彼は必修科目の授業を受ける一方で、試験の時の頼みの綱となるはずの教師たちと親交を結ぶことに熱心に取り組んだ。自信もなく才能もなくて、両親が富裕である者たちが例外なくそうであったように、レフの親戚たちも、当時はやりであった方法をすべて行使した。かくして彼らは、スポエフなる、大学の理事である恰幅の良い試験官にレフの「指導」を任せた。スポエフは、ロシア文学の教授であると同時に、大学入学資格試験の受験者たちの判定にあたるラダマンテュス〈冥府の裁判官のこと」でもあったからである。

学僧のスポエフは、若い紳士たちを自宅に呼んで個人教授をした。そして、最終的に彼らに十分な知識の貯えを与えられなかった場合は、必要不可欠な厳しい試練でもって彼らを試す手段を採った。富裕な者たちの息子らの間で引く手あまただったこのような割の良い仕事には、高額な謝礼が用意された。この面白みのない人物と少年との関係については、とくに語るべきことはない。語るとすれば、レフが将来の大学の仲間たちと知り合ったのがスポエフの家であったこと、そしてその仲間たちのひとりがナザレフであったことである。このナザレフこそ、十六歳の時の、トルストイ自身が描いた自画像や彼の心理状態の記述を検証するために、唯一の信ぴょう性ある資料を我々にのこした人物なのである。

トルストイの自画像は、光と影の配分は申し分なく、我々が見てきたように、まさしく十六歳の少年のそれである。彼は仲間を信じず、軽蔑しながら、精神は未だに混迷と暗闇を抱え、秩序と明るさからはほど遠い混沌の中に生きていた。そこでは自己愛と自尊心が彼の磁石の針を狂わせ、あらゆる行動に影響を及ぼす主要な力である。彼は仲間たちを羨ましがったり、軽蔑したりする。彼らの社会は疎ましいものである。トルストイは、自分よりも秀でている人物と交際することに耐えられない。彼は、称賛に値する行為に対しても、それを無価値であるとか、利己的動機ゆえの行為だと決めつける。物事の究極的な原因や、本性からの促しと倫理的義務との間の歴然とした矛盾についての彼の不断の沈思黙考が、哲学者たちをさえ悩ませた諸問題に彼を取り組ませた。そして、彼を駆って夢の中に、あるいは啓示宗教によって指し示される希望の中へと、逃げ道と慰めを求めさせた。しかし、彼の心を占めていることも目的も、その白昼夢も決断も散漫で、相互に関連し合うものではなかった。それらを溶かし、融合してしまうような内なる炎がなかった。自己愛がそれらすべてを照らすひとつの灯りであり、気分の変り易さが、万華鏡の回転のように、新しい人物や絶えず新鮮な色の配分を運んできていた。

すでに引用している作品の中の、彼が描いているイルテニエフの若さについての奇妙に色彩豊かな絵画は、自伝的というよりも別の観点から教訓的である。そこからは、健全な自尊心としばしば間違えられる自己愛の芽を育てることは、子供にとっては悲しい間違いとなるという有益な教訓を得ることができる。

「勉強は脇に置いて、私の心を占めていたものは、寂しさと、気紛れの夢や言い訳と、世界で最も強い人間になる目的で実行する体育と、何の明確な目的も考えもなく、部屋という部屋をぼんやりと歩き回ること、ことに婦人部屋のある廊下をうろつき廻ることや、姿見で自分自身を見詰めることであった。けれども、姿見を見ると常に悲しみと落胆の思いがわいてきて顔を背けるのだった。私は、自分の容貌は醜いだけでなく、そのような場合によく言われるような陳腐な思い遣りの言葉は、私にとっては何の慰めにもならないということを確信させられた。私は、自分の顔は印象的だとか、知的で高貴だとか言えなかった。そこには、何であれ秀でたものはひとつもない——特徴は、ありふれて粗野で醜い種類のものばかりであった。私の目は小さく、灰色で、ことに私が姿見の中をしげしげと覗き込んでいる時には、思慮深いというよりはむしろ愚鈍であった。ましてや、私には男らしいものは何ひとつなかった。背丈は決して低い方ではなく、年の割にはかなり屈強なほうではあったけれども、私の外見の特徴といえば、軟弱で精彩を欠き、ぼんやりとしていた。それらには、貴族的なところは何もなかった。それどころか、私の顔は、普通の農民たちの顔に似ていて、私の手足は農民と同様に大きなものであった。当時、そのようなことは私にとって恥ずかしい事だったのだ[1]」。

彼の夢は四つの感情の糸で織りなされていた。その感情の第一は、「彼女への愛」であった。それは、いつも同じようにして、いつでも思いに耽けるために面前に思い浮かべられる空想上の女性に対する愛である。この「彼女」とは、「可愛いソーニャにいくらか似ており、浴槽で洗たくしている時のワシーリイの女房マーシャにも少し似ていて、ずっと以前劇場でうちの隣のボックス席で観劇していた白い首に真珠のネックレスをした女性の面影もあった[2]」。第二の憧れは、第一のものの一種の結果ともいえるものであり、「愛の愛」とでもいうべきものであった。「私は、すべての者が私を知り、愛することを望んだ。私の名前を、ニコライ・イルテニエフと言わなければならないと思い、こう言うことですべての者が感動し、私の周りに集まり、何か私に感謝すべきである、と思った。第三の感情は特異なまでの幸福への願望であり、溢れるばかりに力強くしっかりと根を張ったものであったので、それは狂気にまで高揚した。私は、もう間もなく何か特別な出来事の結果として、自分は突如世界中で最も金持ちで最も有名な人物になると確信していたので、絶えず何か魔法的な幸運を待ち受ける不安な期待の状態にあった……[3]。第四の要素は、悔恨の念と混ざり合った自己嫌悪であったが、一方、悔恨は幸福の希望とも混ざり合ったものであるので、それは全体として悲しみではなかった[4]」。

この非現実的な夢想の世界のために、彼は自らが属する社会から孤立した。彼は、今自分のことがどう思われているかという疑念で心を苦しめずには、また、周りの者たちの、自分を裏切るような言葉や顔付きにじっと注視せずには、仲間内で一言も発することができず、一歩も前に歩み出すことができなかった。例えば、初めて知人宅を訪問した折、彼は世間一般の若者のひとりとして、頃合いを見計い、立ち上って別れを告げたいと思ってもそれができないのだった。「私は、立ち上がって出て行きたいのだが、それには、まず何処に足を置き、自分の頭や手をどうすれば良いかを決めなければならない……[5]」。このようなことが、交際に伴う通常の気配りについて彼にもたらされる影響であった。自分よりも優れている、あるいはそう思われる人々からは、彼は、どんな事でもすべてを遠ざけた。そうしなければ、心の均衡が乱れたからだ。「青年期には」と彼は書いている。「私は自分より上と思われる人物との関係を好まなかったのみならず、そのような関係は、侮辱からの絶えざる恐怖から、彼らに対する私の自立を証明せんがために私の心を全力でもって緊張させることで、耐えがたい苦痛となった[6]」。試験では、教授のひとりによって、試験志願者の枠内に他の若者たちと横並びに分類されたことで彼の自己愛は傷つけられた[7]。また、ギムナジウムの生徒たちが彼を仲間のひとりとして扱い、手から手へ渡すように彼に仲間への本を託したり、通りすがりに肘で押して追い越していったりしたので、彼は、皆をすっかり軽蔑の目で見下した。「私は、自分ではこれらの学生たちより上であると考え、したがって、彼らは私に対してそのような身勝手をするべきではない、と感じた[8]」。

学生ナザレフは、トルストイと共にスポエフの予備課程にいつも通っていたが、彼はトルストイとの出会いをこう書き残している。「その気取った冷たさや、逆立った髪の毛や、瞬きする目の中の侮蔑的な表情によって、トルストイは私に反感を懐かせた。そのように奇妙で、私には理解しがたい自惚れと、とてつもない独りよがりに浸った青年に出会ったことは未だかつてなかった……。講義が終わると、彼は一言の別れの言葉もなく退去するのが常であった。試験の日には、伯爵は親族か家庭教師に伴われ、正装してお出ましになった[9]」。この肖像は、トルストイ自らが描き残しているものとまったく同じである。

レフは、いっときは長兄ニコライの例に倣って数学の研究に身を捧げることに決めていたが、カザンに到着するやその計画を放棄し、彼は将来の仕事の分野として東洋言語学部を選択した。この学部については、二十世紀初頭までは全ロシアの中でここカザン大学にしか存在しなかったのだ[10]。彼は、通常の一般的な必須科目に加えてアラビア語やタタール語の基礎を学んだ。

大学入学試験は彼の生涯の節目となった。それは、夢の王国の扉を開くことを意味した。運命の朝、それは一八四四年五月であったが、彼は生まれて初めて正装し、頭のてっぺんから足の先まで新調されたものばかりの装いで試験に臨んだ。彼が大学に到着し、従僕が外套を脱がせて「私はこれ見よがしの美しい装いでナザレフの前に立った時、その目が眩む程のきらびやかさに良心の呵責のようなものを感じた」。しかし、明るく照らされた講堂に足を踏み入れ、立派な制服や完璧な正装で装った何百人という若者たちを見た瞬間に、冷酷な変化が彼の感情を襲った。「その時、私は一般の注目を引くことに絶望し、家でも大学のエントランスでも、高貴で威厳ある外観と、意に反して所有することに遺憾の意をあらわにしていた顔の表情に、極度の小心と落胆が広がった[11]」。

そして失敗を避けるためにとられた種々の配慮にもかかわらず、試験は成功しなかった。古代、中世、近世の世界史のみならず自国の歴史においても、伯爵は、五点満点中一点をもらっただけであり、それは、その科目についての彼の知識は、まったくの無知よりはましであるということのみを意味するものであった。地理や統計などの五科目においても結果は同じであり、したがって、学部は彼に入学許可を与えなかった[12]。計算や代数と、フランス語、ドイツ語、アラビア語、タタール語の文法といった他の特定科目では、伯爵の到達度は満点として認められたが、評価としては、入学確定後の場合にのみ役立つものであった。三か月後に、彼は失敗した科目で再試験を受けて、やっと入学を許可された。かくして、ようやく目標は達成された。彼は自分の理想を実現し、「立派な若者」として前途に花を咲かせるチャンスを得たのである。

原註

(1)『青年時代』二三四頁。
(2) 前掲書、二四一頁。
(3) 同箇所。
(4) 同箇所。
(5) 前掲書、三〇二頁。
(6) 前掲書、二六四頁。
(7) 前掲書、二九五頁。
(8) 前掲書、二六三頁。
(9) ザゴスキン『The Historical Messenger』(ロシア語)、一八九〇年十一月号。彼に付添ったのは、フランス人家庭教師であった。
(10) 当時では、その講座はカザンにあった。一八五四年にその講座はサンクトペテルブルグに移されたが、それは今も存続している。

（11）『青年時代』二六一頁。

（12）『The Historical Messenger』一八九四年一月号。

第5章　最初の理想

トルストイにとって、大学生活は手段というよりむしろ目的であった。それは個人的自由の時代の始まりを意味した。以後彼は、ルールがよく分からないゲームの駒として他人によって動かされるのではなく、自分自身の衝動に従って行動することになる。他の若者たちが大学を目指した動機、例えば学問への愛や、公務に就く資格や地位を得たいという願望などは、彼にとっての依り拠にはならなかった。彼は学問に対しておよそ何の関心もなく、彼が学問を信じていたとは言い難い。彼の野心は、行政組織の中で出世の階段を上ることでもなく、ただ貴族社会の中で輝き、これ以上出遅れることなく「立派な若者」になることであった。それゆえ彼は、独自の貴族的偏見を分厚くしっかりと身にまとい、その障壁でもって教授たちや学生たちから一線を画した。心の内で自分自身を満足させることができる精神的必需品——魂の全活力がその瞬間に向けられる社会的理想は、生きんがための日々の戦いの推移に対して無感動な眼差しを向け、軽蔑的な笑みを浮かべる、傲慢で優雅な伊達男のそれであった。トルストイは、大学というまったくお門違いな領域の中で自らを目立たせようと骨を折る、そういう者たちのひとりであった。

トルストイにとって「立派な若者」とは、ストア哲学者たちのいわゆる「賢人」に等しいもの――大衆をはるかに凌駕するグループの成員にふさわしい、貴族階級の典型のような青年のことを指していた。けれどもその優越性は、単に外面的なことにのみ基づくものであった。つまり、良家の生まれであり、礼儀作法をわきまえていて如才なく、フランス語を完璧に話し、洒落た着こなしができるといったことである。その類のことについてのトルストイ自身の記述は読むに値する。それは次のようなことを明らかにしている。すなわち、彼が味わった多くの挫折や、ファッションの世界で輝くために得た機会の少なさにもかかわらず、ユシコヴァ叔母さんから受けた刺激は、それを使いつくすには未だ遙かに及ばないほど甚大なものであったということだ。彼が言うには、社交界は自分を締め出し、大学も最初は自分を拒絶した。しかし後者と同様前者の場合もその評価は最終的なものではなく、容易に覆されるものだと内心信じて疑わなかった。それゆえに彼は、十九世紀前半には半ばタタールの町であったカザンの歓楽街へ入り浸ったのだった。

「私が執筆を始めた青年期における、人々に関する私のお気に入りの類別は、人々を、『礼儀に適っている人（かくあるべき立派な人）』と、『礼儀に適っていない人』とに二分することであった。この後者の部類はさらに、『完璧には立派でない人』と『普通の人』とに分けられた。『礼儀に適った立派な』人々を私は尊敬し、彼らを私自身と同じステージに立つに値する人々と考えた。第二の部類に対しては軽蔑を装ったが、本心では彼らを毛嫌いし、彼らに対しては一種傷つけられた人格という偏見を懐いていた。第三の範疇である普通の人々に至っては、私にとって存在しないも同然だった」。

「私の立派さについての理想は、第一に欠かせない条件として、フランス語を優雅に話すこと、とりわけ上手に発音することを必要とした。フランス語の発音が下手な人は、すぐさま私に嫌悪の感情を惹き起こさせた。『できもしないのに我々と同じように話したいと思うからには、あなたには話したい特別な何かがあるのかね？』。私はその人に心の中では悪意に満ちた微笑でもって尋ねた。立派さの第二の条件は、長く伸ばして磨いた、清潔な爪を持つことであった。第三は、どのようにお辞儀をし、ダンスをし、会話をするかをわきまえていることであった。第四は特別重要なことで、いつでも優雅で侮蔑的な退屈の表情を浮かべて、あらゆることに無関心を装うことであった。これらすべてに加えて、実際に話しかけなくとも、相手がどんな階級に属するのかを判断できること……」。

「そんな立派さは無理だと十分承知しながらも、そのような思いが私に深く根ざしていたということは、奇妙なことだった。おそらく、そのような思いに強くかられた理由は、自分がそれを獲得しようと、大変な努力を費やしたからに他ならない。十六歳という人生の最良の時期に、私がこの資質の追求のために血迷い、何と多くの愚行を重ねたかを考えるのは恐ろしい。そのようなことはどれも、私の親しい者たち、ヴォロージャとか、ドゥブコフとか、知り合いの多くの者たちにとっては何でもないことらしかった。私は羨望の念をもって彼らを見つめつつ、密かにフランス語やダンスの練習に励み、無関心や退屈の気風を育て、爪を磨いた……それでも自分が目的を達成するには、まだまだ多くのことがなされなければならないと感じた。私は、有名な芸術家であれ、学者であれ、人類の恩人であれ、もしも彼らが『立派な人』でなければ尊敬しなかっただろう。『立派な人』は彼らとは比較にならないほどの高みに立っているのだ。絵を描き、作曲し、本を出版し、善行をなせば――『立派な人』はそうした功績に対して彼らを称賛しさえする（誰がなしたことであろうと、良いものは良いと褒め讃えないわけがないが）――だからと言って、彼が、彼らと並び立つことはない。なぜなら、彼は『立派』だが、彼らは『立派ではない』からだ。理由はそれだけで十分。つまり思うにこういうことだ――『立派でない親兄弟を持った人がいればかく言うべし。それは不幸なことだ、しかし彼らと私との間にはいかなる共通する点もない』と(1)」。

トルストイは偏執狂のようにこの鬼火を追い求めたが、鬼火は彼の掌中をすり抜けた。確かに、彼はカザンの軽薄な仲間内では一目置かれたけれども、決してそこで気に入られたというわけではなかった。彼の強い個人意識――それは若者の衝動性や最近の束縛からの解放感とつり合うものではあったが――は彼が受け継いでいる社会的本能の全き発露を効果的に妨げていた。彼は、常に仲間たちから超然としていて、親しい友人とも距離を置いていた。そしてついには、自分の貴族グループの同輩たちをも、彼らが他の学生集団を見下すのと同様に、非常に傲慢な態度で見下した。正式な舞踊会やダンスパーティーや演奏会や飲み会やで、大学での一年はあっという間に終わってしまった。

学生仲間のナザレフは、トルストイについてこう述べている。彼は「大学では、いわゆる貴族趣味に取り付かれ、私の挨拶にもほとんど応えようとしなかった。なんだかそれは、駿馬に跨った自分とは一緒に歩けないだろうと言っているようだった(2)」、トルストイ自身も、『青年時代』の何個所かでこの証言を証明しているように見える。通常彼自身の肖像と目されている人物イルテニエフは、誰に対しても感じる自身のはにかみと冷やかさを、また、自分よりも勝っているか、あるいはそう思われる者たちに対する反感の感情を告白している。例えば、ある個所では――「青年期には、私は、自分より上と思っている人々と交際を持つことが嫌だった。のみならず、彼らと関係すれば、傷つけられるのではないか、というのいつもの恐怖のために、また彼らに対して私の優位性を証明しようとして全知力を緊張させようとする、言葉にできないほどの苦痛を味わった」。

ロシアの大学では、学生の進展状況を知るためにも、学生生活を続けるに適しているかを試すためにも、毎年五月に学年末試験が行われた。当時のカザン大学では同様に前期試験も行われたが、試験はさほど厳しいものではなかったようである。加えて内実よりも名ばかりを求め、知識よりも資格取得により熱心であった学生たちには、試験をやり過ごす更なる奥の手があった。そういう学生たちは、学問的必要性からの履習とは関係のない動機から科目を選択することを知っていた。前世紀末にひとりの若者がギリシア語の試験に臨んだが、彼は滅多に講義室に姿を見せなかった。年間を通して扱われるテーマについてもほとんど何も知らなかった。教授はぶつぶつ言いながら彼に悪い点をつける。「先生は私に何点下さったのですか」とその学生が尋ねる。「二点だが、君はそれさえ、もらうに値しないぞ」と教授。「私は毎日生活のために出稽古をしていますが、先週はほんの僅かの温い食事さえとっていなかったのです。どうか私にもっと良い点を下さい。このままでは私は路頭に迷ってしまいます」。「仕方がないなあ。それなら四点にしてあげよう。だが次回はもっと勉強しなければ駄目だぞ」。人情味のある試験官のおかげで、この若者の履歴は救われた。(4) このように、ひとりの貴族の人生行路は、学問への道ではないとしても学歴が保証する名誉への道としてなら、未来の小説家にも開かれていたのだ。したがって僅かな精神的努力があれば、十分な成功を収めることができたはずである。しかし、トルストイの活力は生の喜びのために飲み干され、意志は弱められ、その意欲は自惚れで麻痺させられていた。試験は易しく、教授自身の手によって行われたが、それでも彼は合格しなかった。事実、彼は進級を認められなかった。追試を受けても、彼のとった点は進級資格には不十分なものだったので[5]。

この挫折は彼の自尊心を傷つけた。弱点である、極度に鋭い感受性のために、彼は人生のこの時期における敗北と屈辱に耐えることができなかった。それゆえ、若者らしいエネルギーと負けん気で失敗をとりもどそうとはせず、あっさりと東洋学部に背を向けて、法学部に鞍替えした。ある意味この選択は、怪我の功名となる可能性もあった。当時、法学部にはそれなりに名の知れた教授たちがいて、常日頃鋭い観察力を持ち好奇心旺盛な学生なら、彼らから学び得るものは多かったはずである。なのに若い伯爵は、学ぶ気分になれないでいた。

『青年時代』の中でおおよそトルストイの自画像と見做されているイルテニエフは、田舎町のおぞましい快楽の中に浸り切っている間、自らが意識していた思想や感情について、興味ある一瞥を与えている。とりわけ、我々が入手し得る僅かなその当時の記録が、その言葉を完全に裏付けていることは貴重である。当時のトルストイの学生仲間の回顧録は、十分に記す価値のあるものである。ナザレフと彼は、ほとんど毎日回廊で顔を合わせていた。なぜなら、今や彼らは同じ学部に属していたのであるから。ふつうならば親しく会話を交わし、ナザレフは喜んで青年貴族と親交を持ったことだろう。しかし彼は、トルストイが自らを包みこんでいる自惚れとよそよそしさという氷の殻を溶かす望みを見出すことができなかったのである。

「私は、同じような困惑した感情と好奇心でもって横柄な伯爵の姿を見続けた。彼は明らかに試験の失敗で気が塞いでいた。この時期、ライヒテンベルグ公爵がカザンにやって来て、その来訪を祝う舞踊会やその他の祝賀行事が開催された。大学当局は貴族団長主催の舞踊会に招かれる学生たちの名簿を作り、トルストイもその一員であった。公爵が去って、舞踊会が貴族階級の学生たちの語り草となったとき、トルストイは、他の者たちにはかくも楽しく関心をもたせる話題にも加わることなく、ひとり超然としていた。同輩たちが彼のことを、大変な奇人で哲学者であると見做したのは当然だ」。

ナザレフとこの「尊大ぶった人物」は一度、このような経験をすればおよそどんな学生でも大学生活の間じゅう親密な関係になれるような、少なくともよい知り合いにはなれるような状況にそろって投げ込まれた。ふたりは、講義に遅刻したか、私語で他の学生たちを煩わせたか、いずれにせよ何らかの理由で、二十四時間留置される大学拘置所の囚人仲間となったのである。罰則は大変緩やかなものであったが、貴族の称号を持つ囚人に対しては更なる手心が加えられた。トルストイは自分付きの従僕に付き添われる特権を享受した。

「マントを脇に放り、帽子を脱ぐこともなく、私の存在など無視して、伯爵はせわしく歩き廻り、今窓の外を見たかと思うと、今度はコートのボタンを掛けたり外したりし、自らの愚かしい立場で感じる苛立ちと不満の明らかな徴候を示していた。この振舞いに鋭く痛みを感じながらも、私はその場に横になり、顔を本で隠し、伯爵のことを見ていない振りをした。彼は突然扉を開け、従僕に、あたかも自分の家に居るかのごとく命令口調で言いつけた。

『御者に（おそらく馭者は通りへの出口で待機していたのであろう）、窓の下で馬を走らせるように伝えよ』。『はい、ただいま』と従僕は答え、いらいらした伯爵はできるだけ時間を潰すために窓のひとつに陣取った。私は本を読み続けた。しかし、もはやこれ以上自分の感情を押えられなくなり、起き上がって窓の方へと行ってみた。窓の下では御者が、馬を並足で走らせたり、すばやく早足にさせたりし、伯爵の前を通り過ぎる時にはしばらく手を拡げてポーズをきめたりして通りを駆け続けた」。

「我々は最初、馬について若干言葉を交わした。そして一時間も経たないうちに、当初ふたりの間に同時に出現した奇妙な憎しみよりも、話題そのものがはるかに身近で親しみのわく、活発で果てしない議論に引き込まれた……」。

「思い起こせば、トルストイは私が読んでいた『悪魔』[6]をちらりと見て、概して詩について辛辣に語り、それから私の傍に置かれているカラムジンの歴史書の一冊に気づいて、歴史などは最も退屈でほとんど無益な学問であるとして攻撃を始めた。『歴史とは』と彼は尊大ぶって大声を出した。『寓話と、大勢の無益な人間の群れで彩られた何の役にも立たない細事の寄せ集めにすぎない。イーゴリの死、オレーグを噛んだ蛇――寓話にすぎないこのようなことはいったい何なのか？　イヴァンとタムロードの娘との二回目の結婚式が一五六二年八月二十一日に行われたこと、四回目はコルトフスカヤとで一五七二年であったことなどが何だというのか。それなのに私はこれらすべてを頭の中に詰め込むことを求められ、もしも覚えていなければ「落第」だ。そもそも歴史はどのように書かれるのか？　すべてのことは、事前に歴史家が造った鋳型の中に押し込められるのだ。イヴァノフ教授はこの時期のイヴァン雷帝についての講義で、雷帝は以前は有徳の支配者であったが、一五六〇年から気違いじみた野蛮な専制君主に変わった、という。いったいなぜそうなったのか？　ところが君はそんなことを問題にしようともしない』[7]」。

この幽閉中の不似合いなふたりの学生の間では、議論――あるいはむしろ独白――が、夜通し続いた。

大学も、学問も、教授たちも性急に天秤にかけられ、不足があると、トルストイは自らの鬱積をそれらすべてに見境なく浴せかけた。

性急な一般化は間違いなく青年の特徴である。それは、ことに若いロシア人の心に深く根差していて、レフ・トルストイの場合には病的な域にまで達していた。ひとつないしふたつの顕著な事実の個人的体験とか、独立的現象についての個人的知識とか、移り気な気分から生じた好悪の感情などが、啓示を信じたり教義を説いたりするにあたっての理論の裏付けにたびたび利用された。ロシア史は、実際、陰鬱な単調さによって特徴付けられていて、それにふさわしい人物や場所の名前で満ち満ちているが、それらは炎と流血の絵図の単なる額縁に過ぎない。しかし、だからと言って、歴史とは概ね、役に立たない日付と混ざり合った一連の老婆の昔語りにすぎない、という結論を引き出してしまうのは性急である。また、当時のカザン大学は、決して模範的な高等教育機関ではなかったのだが、それがそのまま大学全般、ましてや帝国内でのその種の教育機関にすべてあてはまるものでないということも同じように真実である。

「学問の殿堂は」とナザレフは続ける。「トルストイが飽きることなく批判の対象にした言葉だ。彼は、自らは真面目くさっていながら、教授たちの肖像を二言三言でさっと描き、しかも余りにも滑稽な姿で描き出すので、私は断固無感動を装おうとしたけれども、最後には気が狂ったように笑いこけた。『そして、そのことすべてを無視して』とトルストイは結論した。『我々は互いに、有益なものとしての「学問の殿堂」や、著名な人々から袂を分かつ権利を持っている。では、我々は大学から何を持ち出せばよいのか？　よく考えて、私に良心的に答えてほしい。我々が、出てきた村に戻るにあたって大学から何を携えていくべきか？　我々は何の役に立てるのか？　誰が我々を必要とするだろうか？』そう主張した。私は一方的に聴くだけで、頑固に沈黙を守った。夜が明けて扉が開き、看守が入ってきてお辞儀をしてから、あなた方は自由でありそれぞれの家に帰ってよい、と告げた。トルストイは帽子を目深にかぶり直し、ビーバーの毛皮襟のついたマントを羽織って軽く私に会釈すると、学問の殿堂に射るような視線を放ち、従僕と看守を従えて拘置所を後にした(8)」。

このような特殊な状況下で一夜を過ごしている間には遠慮の氷も解けて、このふたりの若者は、以前よりもずっと友好的な関係になっただろうと人は思うに違いない。しかし、トルストイは自分とは同類でない者たちや、同類であっても「立派」でない者たちをことごとく避け、立派な者たちとさえも純粋な友情で温められることは決してなかった。我慢して交わりはしたが、決して馴染みはしなかった。

大学では、真剣な勉強よりも理想のその「立派さ」を達成すること――人生の横道でバラの蕾を摘むこと――が重要だった。彼は、学問上の込み入った問題を議論することにも、社会生活における厄介な問題を解決することにも前向きではあったが、そのような問題は押しなべて、事実や内在する原理についての十全な知識を前提として論ずるものである。しかし、資料を確認し、原理を判断する資格を得ようとする骨折りは、彼にとって魅力あるものではなかったようだ。この点においては、程度こそ違え仲間の多くも似たようなものであった。よく知られているのは、衝動的な高潔さ、抽象的理念への素朴なまでの愛着心、さらに、厳正な事実や散文的な細部に対する無関心さがロシアの学生の特徴だ、ということである。彼らの多くはシラーのドン・カルロスのように社会を変革することに憧れており、現行の社会に対して批判的であり、多くの者が社会改革のための荒々しい試みに一命を賭することを至上の志と考えていた。そうした問題への若いトルストイ伯爵の関心は、まだ突発的で長続きしないものにすぎなかった。彼は流行的なもののもたらす楽しさとか、「立派なこと」への関心がことさらに深かったので、より高度な問題に思いをめぐらすことはなく、真剣な努力にも駆り立てられなかった。勉強を怠り、歴史の講義以外ほとんどの講義を欠席し、概して大学生活は高尚なクラブか仲間内の階級的差別の場であるかの如くに過ごし、将来をなりゆきに任せた。このような暮らしから生じた成果はすぐに結実し、熟して収穫された。見方によっては、しかしそんな彼の努力も、まったく無益であったわけではない。彼が最も熱心だったものについては仲間たちも認めて、「美しきレフ」なる綽名を奉ったのである。

来るべき前期試験のことなど、少しも真剣に考えていなかった。『青年時代』の主人公は言う。「この冬中、私は次のような靄の中で過ごすことに甘んじた。すなわち、自分は今では成長し、『立派に』なったので、『試験をいかにクリアすべきか』という疑問が脳裏をよぎった時でも、自分を仲間たちと比較してこう思った。つまり、彼らは自発的に試験に備えていても、大半は『立派であること』を求めてはいない。それゆえこの点で私は明らかに彼らに勝っている。したがって私は試験に合格するに違いない――そんなぼんやりとした期待の中にいたのである」(9)。とはいえ、彼はまだ己れの社会的優位に頼りきってはいなかった。最も平民的な学友と接触することで、付け焼刃の試験対策もした。そのため、持ち前の鋭い観察力は、自分と彼らとの間の真の相違を浮かび上がらせた。他人に対しては公平であり、自分に対して嘘をつかないという誠実さ。それが生涯を通じての彼の顕著な倫理的特徴である。彼は周囲の人々の心理を自らのメスをもって生体解剖しながら、同時に自己の解剖も行った。そのときは真面目で気難しくなるのであった。彼は知った。仲間の学生たちが赤貧と劣悪な環境にもかかわらず、教養を積んでいることを。彼らは、トルストイよりもフランス文学やイギリス文学についてよく知っていた。彼らの音楽の趣味も、少なくとも自分と同等だった。「要するに、私が優秀さの印として自慢していたすべてのものを、フランス語とドイツ語の発音を別にすれば、彼らは私が知っている以上に知っており、そのことを決して鼻にかけなかった[10]」。

前期試験は一八四六年一月に実施され、トルストイがそれに失敗することは確実であった。教授たちのうちふたりは、彼は自分たちの講義に一度も出席したことがなかったと断言し、他の教授たちの中でただひとりだけが彼に満足のいく点を与えた。彼自身が試験について書き残している話は、生き生きとしていて詳細であり、芸術的ですらある。彼の仲間ナザレフによって記録に残されている話は、歴史的であり散文的であった。大学の大講堂における教授と学生との口頭試問の様子を、ナザレフは次のように書いている。「法学部一学年の学生たちは、心配のため心ここにあらずという様子で、歴史教授による口頭試問を待っていた。トルストイの名が呼ばれた。彼は机の方に進み出て小さな紙片を取り上げた。私はできるだけ近くに躙り寄り、何が起こるかを辛抱強く待った。私は興味津々だった。かつての仲間がどのように自らを際立たせるか？　なぜなら私は、ひそかに、彼なら断然平均点以上をとるものと思っていたからである。ゆっくりと一分が過ぎ、二分が経過し、さらに数分が過ぎた。その間、私はがっかりしながら、トルストイが時に顔を赤らめ、無言のまま紙片を見続けているのを見守った。ついに教授から、別の用紙〔別の問題〕に換えたらどうか、という助言がなされた。彼はそれに従ったが、結果は同じことであった。今度は教授も同様に沈黙を保ち、嘲けるような毒気のある視線をトルストイに据え続けた。じつに痛々しい光景だった。伯爵は紙を元に戻すと、踵を返し、誰にも気を止めず、ゆっくりと扉の方に歩いて行った。『零点だ！　零点だ！　彼は零点を取った！』[11]と、学生たちは私の周りで囁き合った。

私は興奮し、気が動転した。最寄りの貴族グループの中でもひときわ高貴な婦人たちが、まるで舞踏会のために集まったかのように、歴史の教授に駆け寄って、伯爵を寛大に扱うよう嘆願したが、教授からは一点も与えないという厳しい返事を受け取った。そんな噂が拡まった。『教授は巧妙に嘆願を切り抜けた。彼はまったく正しい。彼はうまくこの件を処理した』というのが学生たちの評判であった」。

しかし、この挫折の後もトルストイは大学に留まり、後にはロシア史で最高点をとるという満足を得た。この成功の種明かしは、彼がたまたま学生仲間のひとりと競争をしたその方法から推測されるものである。彼らは、ふたりのうちのどちらがより記憶力に恵まれているか試してみることにしたが、それは全課題をもれなく記憶するのではなく、それぞれヤマを張ってひとつの課題の答を暗記したのだ。幸運にも、トルストイが次の試験で採り上げた紙片は、正にその時の課題だった。それはマゼッパに関する問題で、トルストイはあたかも教科書を読み上げるように淀みなく答えた。それ以外の質問はなかったので、最高得点をとることになったのである。

しかしながら、そんな逆転劇も、トルストイに大した影響を与えなかったようだ。

彼は、なおも饗宴の輪の中心にいて、なおも流行の狂信的な信奉者であり続けた。「実際、ときどき、暫くなりとも自分自身と平民仲間との対照を知り、彼が求め得る優位は、フランス語とドイツ語のより正確な発音と、高級な素材でできた流行仕立ての服と、純粋なリネンのシャツと、きれいに磨かれた爪だけではないのか。夜中にそんなことに思いを巡らす時には、自分が思い描く優位には真の基礎などないのではないか、これらはどれも単に愚かなことにすぎないのではないか、と自問するのだった[12]」。そして夕方には、「私の確信の中で修正されるべき点はないかどうか、私の確信の中に間違ったものがないかどうかと自問するのだが――朝になって陽の光が差してくるとともに私は再び『立派』になり、次第にひどく嬉しい気分になって、もはやどんな変化をも望まなかった[13]」。自分の確信は間違っており、自分の行動は批難されるべきものであるという気持ちから、いや自己満足こそ大事だとする気持ちにあっさり転換してしまうことが度々あった。彼の人格は、ひとつの確固たる理念もないまま、また恒久的な支配感情も持たないまま、すばやく変化するひとつながりの精神状態からなっていた。求心力を喪失した後は、心理的混迷がやってきた。当時、彼はしばしば、流行の騒々しい娯楽や荒々しい快楽に慰めを求めることで、心の内なる悲痛な黙想から逃避した。こんなことがあった。あるフランス人の芸術家が大学の大講堂で活人画のシリーズを公開するにあたり、それをトルストイが手助けした。それはすこぶる興味があった。トルストイ自身、このような創造的なグループの一員でもあったので、ロシアの農民を代表して出演した。その際、彼が身にまとったのは、後年、思想や活動の変化の象徴として装った粗末な普段着だった。しかし、彼の心を強く打つような問題意識は一夜限りのもので、朝日が昇れば靄とともに消え去ってしまう。そんなうわついた時間の浪費にもかかわらず年度末試験は辛うじて通ったのだが、合格が許された最低点での進級なのだった。

この時期のトルストイの、自分の兄弟たちとの関係については、ほとんど知られていない。長兄のニコライは、モスクワ大学の数学科に在籍していたが（一八三九年）、試験のひとつが不合格だったため、カザン大学に移ってきた。そこには三人の弟たち――セルゲイ、ドミートリー、レフ――が学んでいた。

四人の兄弟のひとりひとりは、性格的にはそれぞれ異なっていたが、宗教性とかだらしのなさという点では共通していたように見える。セルゲイについては、女性美の熱心な崇拝者として知られていたということが記録に残されており、その方面の魅力に関しては、彼は特別に敏感だった。この感受性のせいでよく判断が曇らされ、行動そのものが義務や世間的な関心のレールから外れがちであった。そのためにひどいしっぺ返しを喰らった。カザンで彼は返済不能の借金をしてしまい、ついにはどこか他の土地に移らざるを得なくなった。一族の歴史から消え去る前に、彼はジプシー女との愛に溺れ、彼女が卑しい舞台に上って歌うことで生活費を得るようになり、最後には彼女と結婚した。次兄のドミートリーは、いかにも極端な信仰心に幸福を見出して、しばしば弟レフの軽蔑と嘲りを呼び起こした。彼の超自然への憧れは、夢想や静謐な神秘性の中にその最大の滋養ある食物を見出すが、そのような芽は、絶えずロシア人の心には芽生えているものである。彼は罪深いこの世を避けた——断食をし、祈り、教会での宗教的活動に参加して、ことさらに穢れなき生活を送るように気を配った。レフによれば、かつてカザン大学の主監が、レフと兄ドミートリーを舞踊会に招待しようとしたが、この過度に敬虔な若者ドミートリーを説得することができなかったという。その時レフは、聖櫃の前で舞ったダビデ王の例を持ち出して彼の疑念を払おうとした。レフがいちばん好きであった兄弟は長兄ニコライだった。ニコライの生死は小説家の魂の中に深い永続的な痕跡を残している。

続く数か月の間（一八四六—七年）は、トルストイは大変勤勉だった。力を引き出したのは、よく勉強する学生の月並な義務感ではなかった。彼の野心は、山肌を苦労してよじ登るのではなく、いきなり山頂に飛び上ることであった。若者の活力をもってすれば、すべてのことは容易であり不可能はないように見える。しかし、自らの潜在的能力に対して若いトルストイは――彼はそれを天使アブディエル〔ミルトンの『失楽園』に出てくる悪魔と戦った天使〕の信仰でもって信じていたが――まったく自信過剰であった。彼は、日頃から尊敬していたひとりの教授が提示した非常に困難な問題に取り組み始めた。取りかかったのは、女帝エカテリーナの新法典の計画について徹底的な分析を行い、その概念をモンテスキューの法の精神の基底になっている原理と比較することだったが、取っ掛かりが見つからなかった。しかし、トルストイはその思い付きにわくわくしていたのだが、まだほとんどその仕事に取りかかってもいないうちに、またしても彼は、例の「立派な若者」のサークルの義務と喜びのために、その課題を脇に放り出した。

次の試験が迫っていた。すでに危機意識は薄れていたが、それでも不合格の可能性は予想していたように見える。ロシア史の教授はトルストイの調書の上に、「非常な怠け者」と記した。世界史の調書にも同じような評価が載っている。東洋学部での総合評価は落第であったに等しい。たとえ彼がそのまま在籍したとしても、つまるところ学年末試験までは留まることはなかっただろう。一八四七年四月、彼はそのような場合の常として、主監に健康上の理由及び家庭の都合により退部の許可を求める手紙を書いた。大学当局は、寛大にもその要請に応じて、学業上の怠慢には触れず、本人の実力以上の立派な証書を彼に与えた。

原註

(1)『青年時代』三六一―三六三頁。

（2）ザゴスキン『The Historical Messenger』一八九〇年十一月号。
（3）『青年時代』二九五頁。
（4）この本の著者は、当時その学部に居た。
（5）参照、『Histor. Mess』一八九四年一月号。当時の大学議事録には次のような記載事項がある。「トルストイ、教会聖書史―不合格。世界史―不合格。文学史―不合格。アラビア語―不合格。行動―4」。そして、これらの記載事項の反対側の関連箇所には結論が下されていた。「原級留置」、即ち留年。
（6）優れたロシアの詩人レールモントフの詩。ルビンシュタインは同じ名前の歌劇の中でそれを音楽に仕立てた。
（7）『Histor. Mess』一八九〇年十一月号。
（8）前掲書。
（9）『青年時代』四一七頁。
（10）前掲書、四二四頁。
（11）得点は五段階評価であった。最高点は五であり、それは追加点で強調された。一はとてつもなく悪い点である。零は絶望を超えたものである。『Histor. Mess』。
（12）『青年時代』四二四頁。
（13）前掲書、四二七頁。

第6章　教えるために学ぶことを断念する決意

このように大学における自らの精神修養や意思の制御に、トルストイは手ひどく失敗した。けれども一方で、自分以外の人間に教育を施し啓発することならうまくいくのではないかと秘かにうぬぼれていた。幸いにも若者にはあらゆることが可能に思え、大きな夢や、高潔な目的のためならば、失敗がどんなに屈辱的であろうともたいしたことではない。トルストイの意図はすばらしく、もしも善意だけで、惨めで暗愚な農奴たちを豊かで開明的なそれへと変えられるものならば、帰郷した時には、彼はその偉業を成し遂げていたことだろう。なぜなら、ヤースナヤ・ポリャーナは母によって彼に遺産として残されたからだ。そこは彼が生まれた場所であった。学生時代には毎夏そこを訪れ、休暇中は森や林を歩き回って過ごしたものだった。その地に彼は、今や良き領主として、農奴たちの所有者として、意気揚々と戻ってきたのである。この当時、ロシアの地主（ポメーシチク）は、土地をも、そこに暮らす農奴たちをも所有していた。彼は主人であり、農奴たちを売ったり、贈り物にしたり、カード遊びのかたに失ったり、財産のように自由に扱うことができたのである。農奴たちは、汚れて不潔きわまりない泥の小屋に住んでいた。黒パン、キャベツのスープ、蕎麦粥が彼らの主食であった。ビザンチン的な聖像で煌びやかに彩られた教会での斉唱や、揺れる香炉、ろうそくの炎のゆらめきの他には、いかなる精神的欲求も満されることのない生活。彼らの主な楽しみは飲酒であった。中には金を蓄えている者もいたが、そのことは隣人にも隠していた。疑い深さと不信とずる賢しさが生き抜くための武器であったが、だからといって、真の道徳性の基底には必ずある他人の苦しみへの憐みや同情を欠かすことはなかった。

これらが、今、トルストイが、いかなる訓練も受けることなく、自己流にその精神的道徳的条件や物質的運命を変えようとしている人々なのであった。彼は、自らの存在の中に深い根を下ろしていなかった初期の頃の信仰を脱していた。彼の言によると、彼は、祈ることも、断食することも、あるいは教会奉仕に出ることも止めていた。「私は神を信じていた、あるいは、神の存在を否定しなかった[1]」。したがって、彼は、農民たちに与える生き生きとした信仰も、また、彼らの生命を醸すような偉大な理念も持っていなかった。後年と同様当時にあっても、彼の目標は幸福になることであった。それは彼が奏でる唯一の旋律であったし、また、その旋律は、魂をかき立てる歌を生み出し、人々を行動へと目覚めさせた。彼は、十九歳の若造がたったひとりで領地の大勢の農民たちを蘇らせ、数か月ないしは数年のうちに、彼らを積り積った無知と嫌悪すべき不潔さというぞっとするような生活から救い出し、ついにはまぎれもない理想郷を形成するという考えを、馬鹿馬鹿しいとは思わなかった。しかし、叔母は別な考えを持っていた。この女性は、かつて密通を教養と洗練を獲得するための手段と公言してはばからなかった世俗的なあのユシコヴァ叔母ではなく、エリゴーリスカヤ——甥に働きかけてしっかりと手助けできる別の叔母であった。この善良な女性は、甥っ子よりも農民のことを知っており、彼女の助力には懐疑主義が混じってはいたが、それを警句という形で慎重に包み隠していた――「幸福を他人に授けるよりも、自らのために苦心して作り出すことの方が難しい」。

権力を意識することは荒々しい喜びである。自己満足の感情は、それを上手に使いこなしている場合にはより洗練されていると言えるが、トルストイの自惚れはあまりに強かったので、叔母の控えめな落胆に気付くことができなかった。それゆえ彼は、緊褌一番、仕事に取りかかった。汚れたあばら屋に農民たちを訪ね、彼らにその惨めな運命について語り、その改善はいかに容易なことであるかを説いた――もう少し精を出して一生懸命働き、飲酒を控えなさい、そうすれば出ていく金も少なくなる。私がそのために正しい指示を下し、それが守られれば、好ましい変化は現実となるだろう。崩れそうな泥小屋に代ってこざっぱりした小屋が建てられ、もっとましな農機具が買えるだろうし、節約された酒代で暮らしがさらに豊かになるではないか、と。奇妙なことにトルストイには、ツルゲーネフがしたように自分の農奴を解放する気は起きなかったようだ。その理由はともあれ、彼は、節倹、清潔さ、真面目さ、勤勉、そして早急な改革についての福音を説き続けたが、鳴き立てる鴨にではなく真っ先に飛び立つ鴨にこそ野鴨の群はついてゆく、という諺には思い至らなかったのは事実である。彼は、自分の言葉が馬の耳に念仏となることを知ってひどく失望した。

第一に農民たちは、関心が持てないことに無遠慮に干渉してくるこの若い紳士を信用しなかった。自分たちの享受している僅かの自由を削るわけではないが、強制されて貢いでいる自分たちの苦労の産物で暮すだけでは、この若主人は不足なのだろうか？　へそくりを出させたり、僅かな節約の支出を管理したり、唯一の楽しみを取り上げたりするそんな権限をなぜ持っているのか？　農民たちは先祖代々暮らしてきたように暮らしたいだけであり、青二才の新奇な考えは有難迷惑と感じた。そこで彼らは、表向きはうやうやしく彼を歓迎したが、その助言には従えない理由をなんだかんだと並べ立てた。理由の中には、実際もっともなものもあったはずである。こうしてこの試みは話だけで終わったのだった。トルストイは、農民が自分たちの惨めさに無関心で、それを正そうとする者に対して恩知らずであることにひどく胸を痛めた。農民を啓発する使命や、その使命が抱える困難に対して、自分には適性がないと見るようになったのは、ようやく晩年になってからである。しかし、彼が運命と人間たちが野獣化させた者たちを救おうとしたことは、後のち熱心な改革者たちに喜びや感動を与えたのは事実だった。

それは大変短い期間の経験であった。一八四七年四月、彼はカザン大学を去ってヤースナヤ・ポリャーナに向ったが、同じ年の秋にはすでにサンクトペテルブルグにいて、農奴たちの粗野な物質主義がずたずたに引き裂いてしまったのと同じように脆い新しい蜘蛛の巣をせっせと編んでいた。大学というものにこれまでたびたび文句を言ってきたにも関わらず、最初のうちだけは魅力を感じた、というのも大学が彼の考えを称賛したからである。大学がトルストイにとって、もはや入門者に存在の神秘を解き明かすことを学ぶ望みをかなえてくれる神殿ではないとしても、少なくともそれは、地位や昇進への架け橋ではあった。大卒資格は、彼にとって価値あるものすべてへの通行証だった。いくらか躊躇した後、彼はペテルブルグ大学法学部の学生名簿に名前を登録し、研究課題として刑法を選んだ。しかし、彼の意志力は努力を持続させるには十分でなく、首都の誘惑は、知識への愛や昇進の願望よりも強いものであることが証明された。ネヴァ河の岸辺で様々な経験をする中で、彼は、奇妙で哀れむべきタイプの人々と交わるようになり、その内の幾人かは彼の人生観や行動に一定の影響力を及ぼした。このような人々の中にルドルフという名のドイツ人音楽家がいた。彼は、真の芸術家の心を持って放浪者の生活を送っていた。トルストイはその男を気に入って、いくつかの公共娯楽場で彼に会い、彼を自らの人格の中に取り入れた。トルストイは、カザンでの音楽修行の成果には彼なりの自負があったが、同輩たちの多くが、彼のうぬぼれの確たる根拠はないことを知っている、ということも分っていた。今や彼はより真剣に、芸術の中の芸術に身を捧げられるその機会が嬉しかった。

このような状況下ゆえ、大学での彼の勉学に多くを期待することはできなかった。一八四八年、春になりネヴァ河の氷が融け始めるや否や、トルストイは新たな衝動に駆られ、大学での研究には永遠の別れを告げて、領地で荒々しく生きようとの喜びとともに急ぎ戻っていった。

狩猟、カード遊び、深酒と、なおも大きな快楽のために時間が毎日潰されていった。改革への情熱も消え去っていたレフと、いろいろあって借金のためにカザンを追われていた次兄セルゲイと、流浪の音楽家ルドルフとは、キルケーの杯〔キルケーはギリシア神話に登場する美しい魔女。ホメロスの『オデュッセイア』では主人公一行がキルケーの島に一年間足止めされ、歓待される〕を底まで飲み干したかのように歓楽に耽った。総じて、三人の歓楽は、それぞれの特別の趣向で異なっていた。かくしてレフは、他の害ある娯楽の間にも、ルドルフによって偉大なドイツ音楽家たちの美の中に導かれ、ベートーヴェンに対して深い尊敬を懐いた。この趣向が育ち成長した不釣合いな環境や、この最高の芸術作品と結びついた彼自身の堕落的交際が、彼の転生に至る激変をなすに大いに寄与していたかどうかは、満足には解決されえない問題である。いそいでモスクワを訪れたが、そこでは金がカードテーブル越しに人の手から手へと渡り、セルゲイが結婚するまで愛したジプシー女たちの歌に聴き入るうちに、眠れぬ夜が過ぎていった。これらは、ジプシーという名をヨーロッパで物乞いと一緒にするに至った穢らわしい手合いではなく、流浪する民の中の最も音楽的な人々から形成される一階層であった。

この頃に、トルストイは初めて文学に心引かれるものを感じ、自分が見たままにジプシーの慣習に関する記事を書こうと思ったが、実行には至らなかった。彼は怠惰とうわついた生活に浸りきり、そのような暮らしが死ぬまで続くかに見えたが、モスクワの賭博場でつきに見放され、それが終止符となって、コーカサスに逃亡せざるを得なくなったのだった。その地では負債の支払いのために金を節約せざるを得ず、彼は百姓小屋で隠者のように暮らした。間もなくして大叔父の勧告に従い、トルストイは、一八五一年に軍隊に入り、コーカサス高原の部族との小競合いに何度も参加し、一度は捕虜となって危うく命を落とすところであった。

コーカサスの雄大な景観は、それまで眠っていたトルストイの創造力をすぐに目覚めさせた。軍務についた一年後には、彼は最初の文学作品『幼年時代』をペテルブルグに送り、世間に公表した。この作品に続いて『地主の朝』やその他のスケッチ類が発表され、それらは首都の第一級の文学評論家たちのひとりに高く評価され、トルストイは新しい理想とより高い希望の織物を織り上げた。輝かしく始まった軍隊での経歴は、彼が書いたある作品のために短期間で終った。それは上官たちに彼を異動させた方がよいと思わせるものであったため、彼は急使としてペテルブルグに送り返された。一八五六年の秋に彼は自分の使命を辞任し、ツルゲーネフと暮らした。(2) ツルゲーネフはトルストイを首都の文学仲間と接触させたが、彼はすでに『セヴァストーポリ』やその他の作品で文壇に知られていた。作家たちの多くは、自分たちは今やペンを脇に置いて期待の新人に道をあけなければならない、と言った。

しかし、トルストイの性格は変わらず、それが表に現われるや否や、彼の作品に引き付けられていた人々は皆反発した。多くの人々が被った彼の冷淡さ、独りよがりとけなされた彼の尊大さ、自らもどうにもならないと認めている教条主義などが、人々との会話を困難にさせ、議論を不可能にさせた。当時の主要な月刊評論誌『現代人』を発行している文学同人のひとりは、彼について以下のように記している。「伯爵トルストイは内気な人々のひとりではない。彼は自らの才能の力を知っていながら、わざとらしい何気なさを装っているように私には感じられた」。ツルゲーネフも初めて彼を知った時、こう言っている。「彼の言葉や動作には何ひとつ自然なものはない。彼は、我々の前では常に気取っている。私には、知性的人間の中にある、あのような没落貴族の愚かな誇りを説明することができない」。

一八五七年、彼は外国に行き、新しい、得難い仲間と知り合いになった。彼の人生に重要な影響を及ぼした人物のひとりがジョゼフ・プルードンで、トルストイは、彼とはゲルツェンを介して個人的に知り合った。ゲルツェンはツルゲーネフへの手紙の中で、トルストイについて次のように言っている。「彼は頑固で駄弁も弄するが、飾り気のない善人である」。

トルストイのイギリスについての印象は否定的なものだった。友人のチチェーリンは、彼にイギリスについての教訓を与えている。彼はこう書いている(3)。

「あなたのイギリスの印象について尊重はするけれども、あなたはあまりに性急で表面的に判断している、と言わざるを得ません。忘れることができないのですが、あなたが飛ぶように急いで絵を見て回っていたように、またしても混乱した観察をしている。イギリスという国は、その歴史や制度についての知識を事前に十分に頭に入れていない限り、そう簡単には馴染めない国です。たとえ知識があっても、イギリスの特殊性に精通するためには一年間そこで生活するくらいのことはしなければならない……。二十日間では、到底これを成し遂げることはできません。そういうわけで、あなたがそんなにも帰国を急ぎ、ドレスデンにもたった一日だけしか滞在するつもりのないことを、私は残念に思っています。いったいあなたは、ドレスデンでドイツの学校の何を見るつもりなのですか？ ずけずけとものを言うからといって私を怒らないで下さい。私はあなたを心から愛し、何事もあなたに良かれと願っています。だからこそ、おそらくは他の人なら言わないことをこのように申し上げているのです」。

別の書簡では、チチェーリンはこうも書いている。

「あなたは自分に一定の仕事を課しており、ひとつの視点からすべてを見ている。そのためにあなたは自分だけを見て、他の何物も見ていない……。もしあなたが、馴染みのないイギリスの生活や歴史の特徴を、直観によって直ちに理解できると言い張るならば、あなたは自らをも騙している、と私には思われます」。

海外旅行をしている間、彼は、教育のさまざまな方法について注意深く真剣に調査していた。一例をあげると、彼はワイマールのあるギムナジウムにひょっこり現われ、授業を参観する許可を求めた。彼は、教育制度を調べるという特命を帯びて、イギリスやフランスやドイツのさまざまな地方を旅しているところだと説明した。彼はドイツ語を母国語のように話したため、その要望はかなえられた。しかし、授業の後で生徒たちが先生に返すことになっている教科書を、彼が数時間ホテルに持ち帰る許可を求めたときには、教師はいくらか戸惑った。なぜなら、ワイマールは貧しい町であり、もしも見知らぬ来訪者がその教科書を返さなかったら、いったい誰がそれを補償するのかと思うと不安になったからだ。そこで、教師はトルストイを校長のところに連れて行った。校長は、この一見奇妙な要求を拒むのは不都合である、と判断した。なぜなら、この不意の訪問者の名刺には「伯爵トルストイ」との記名があり、彼がワイマールにあるロシア大使館の客人であることが分ったからである。

ロシアに戻ると、トルストイはまずモスクワで、その後は学校を創設したヤースナヤ・ポリャーナで暮らした。彼は、数人の正規の教師と、幾人かの友人、そして偶然居合わせた訪問者たちの助力を得て、自ら学校を監督した。彼はあらゆる規則や規律に反対した。彼が認めたようにみえた唯一の方法は、いかなる方法も持たない、ということであった。教えられることは何もかもが個別的・一回的であらねばならなかった。ヤースナヤ・ポリャーナの学校では、子供たちは気の向くまま好きな所に坐った。何事につけ、固定した教育計画はなかった。教師として必要とされる唯一の資質は、自分のクラスに興味を持たせることができる、ということだけであった。彼は、このような無秩序な学校を大変誇りにしていたので、友人たち皆に書き送ったように、文学活動を捨て、自分の活力と知識と時間のすべてを学校運営に捧げた。チチェーリンは、このような手紙の返信として、トルストイ宛に次のように書いている(4)。

「あなたがはっきりと文学を捨てたというなら、あなたは自分自身を偽っている、と真剣に忠告したい。文学はあなたの運命なのですよ。あなたは資料が集まった時には文学に戻り、そして再び本来のあなたとなるでしょう。思うにいっとき文学から離れること自体は大変有効かもしれません――私もそれには賛成です。ことに、あなた自身が優柔不断で移り気な気分にある時には、それは必要なことです。ヤースナヤ・ポリャーナを諦めて外に出て、自然を楽しみ、イタリアの芸術を楽しみなさい。あなたはまったく別人となって戻ってくるでしょう。その時には結婚し、郷里に落着き、所領を管理し、スケッチをお書きなさい……そうすれば何もかも上手くいくと思われます。さもないとあなたの身に何が起こるか私には分りません……。私は、ロシアの多くの人々を破滅させるものがあなたの運命とならねばよいがと危惧しています。それは、複数の方面に心ひかれ、多くのことを手懸けはするが、粘り強くひとつの事に取り組むことができないという癖です。しかし粘り強くひとつの事に取り組むことこそが、ひとりの人間に力を与えることができるのです」。

間もなくしてトルストイは、『ヤースナヤ・ポリャーナ』(5)という教育評論誌を創刊するという新しいことを思いついた。その雑誌も同じく彼自身が編集するものであった。卒直な友人チチェーリンはこの企画について、以下のようにトルストイ宛に手紙を書いている。

「『ヤースナヤ・ポリャーナ』誌の論文について、私が卒直に批評したことをあなたが怒っているのではないか、と心配しています。あなたの学校についての記述はすばらしい――しかし、私はあなたの考えに従うことはできません。あなたは先ずもって芸術家である、と私は思っています。だからこそ私は、一日千秋の思いであなたの小説を待っています」。

他方、トルストイが彼の最もお気に入りの文通相手のひとりであるチチェーリンについてどう思っていたかを記すことは、興味あることである。ある手紙の中では、彼はこう書いている。「チチェーリンは思いやりがない人だ」。また、一八五八年には、彼はこうも書いている。「私はチチェーリンと一緒に家にいた。彼を含めて、すべての哲学者は人生と詩の敵である」。もう少し付け加えると、「チチェーリンがやって来た。彼はあまりに賢い……。彼は私を愛していると言い……私は彼に感謝しており、それを誇りにしている。彼は私にとって大変ありがたい存在なのだが、しかし、私は彼に強く引かれるものを感じない……。彼は楽しくもないし、親切でもない……。彼と私は互いにしばしば会う……。私は学問を尊重し愛している」。

チチェーリンの意見では、トルストイはとりわけ人類の教師であることには向いていないのであった。「彼は哲学については何の理解もなかった」。トルストイはヘーゲルを読もうとしたが、彼にはチンプンカンプンだった、と。トルストイが人々に教えたがっていることを、自身、哲学を知らずしてどのように彼らに教えられるのか、チチェーリンには見当もつかなかった。

トルストイは、農民たちは飲酒と悪徳に染まっている、といつもこぼしていた。一方で、農民たちに安逸を与えることには反対であった。自分はスウェーデンボリ主義者たちが好きだが、どうして皆がロシアの農民の生活向上を望むのかは理解に苦しむと打ち明けた。「人間は大地の上でも寝ることができるのに、なぜベッドの上で寝なければならないのか？　あなた方は、農民たちを増長させ、贅沢にさせたがっている。人間はベッドなしでも幸福でいられるならば、なぜそれを持たねばならないのか？　マルクス・アウレリウスは大地の上で寝るのが常であった。ロシアの農民たちだってそうしてしかるべきだ」。

トルストイはまた、農民たちに対する経済的援助も否定した。人は自力で分相応の生活を営むべきである、というのが彼の持論であった。自身も地主であったチチェーリンは、これに驚き、トルストイにその考えの荒唐無稽さを示そうとした。彼はこう書いている。

「あなたは経済援助を拒否していますが、私はそれこそが第一事であると考えます。ある者の馬が死に、したがって耕作ができない。他の者には牛がいない、しかし彼にはミルクを欲しがる子供たちがいる。ある者の小屋は荒れ果て、住めなくなってしまった。だからといって金はすぐに工面できない。このような場合には、私は躊躇せず銀行に融資を依頼します。可能になれば返済する者もいますし、まったく返済できない者もいますが、私は、彼らに支払う術がないと知ったときには取り立てを急ぎません。私はこのような関係が自然であり、普通だと思っています。他のすべては、私に言わせれば間違っている――あなた自身の生活を農民の水準にまで下げるとか、あるいは、農民たちの生活をあなたの水準にまで引き上げる、といったことは、より一層事態を悪化させることです……」。

そして、彼は、亡くなる前にトルストイについて次のような言葉を書き残している。

「いかなる指示も彼は受け容れず、何ひとつ読まなかった。しかし、当時の彼の心は完全に開かれており、彼独自の多少なりとも空想的な思考は、一風変わった魅力的な形式で表現されていた」。

この意見はサルトゥイコフによっても確認されるところであり、彼は、トルストイから特別な手紙を受け取った、と証言している。「私は、今に至るまでロシア文学を無視して読まずにきた……そして、今、私は評論誌『祖国雑記』の中に、誠実ですばらしいまったく新しい〈ロシア文学〉を発見したのだ。それは私にとっては非常にすばらしいことであり、これからはずっとその評論誌に書き、発表しようと思っている」。

十五歳の頃からトルストイは妻にふさわしいと思われる女性を探していた。そして、自らを分析しながら自分には主要な四つの感情――愛すること、悲しむこと、悔やむこと、そして結婚を願う楽しい思いがあることを見出した。人生の伴侶となり、完全に幸福な結婚生活を享受できるような、そういう女性への愛を望み、その実現に全力を注いだ。彼は、一八五六年に隣人の娘アルセーニエヴァに手紙を書いている。「もし私が完全な幸福を見出せないならば、私は、私の中の最良のもの、私の才能とか私の

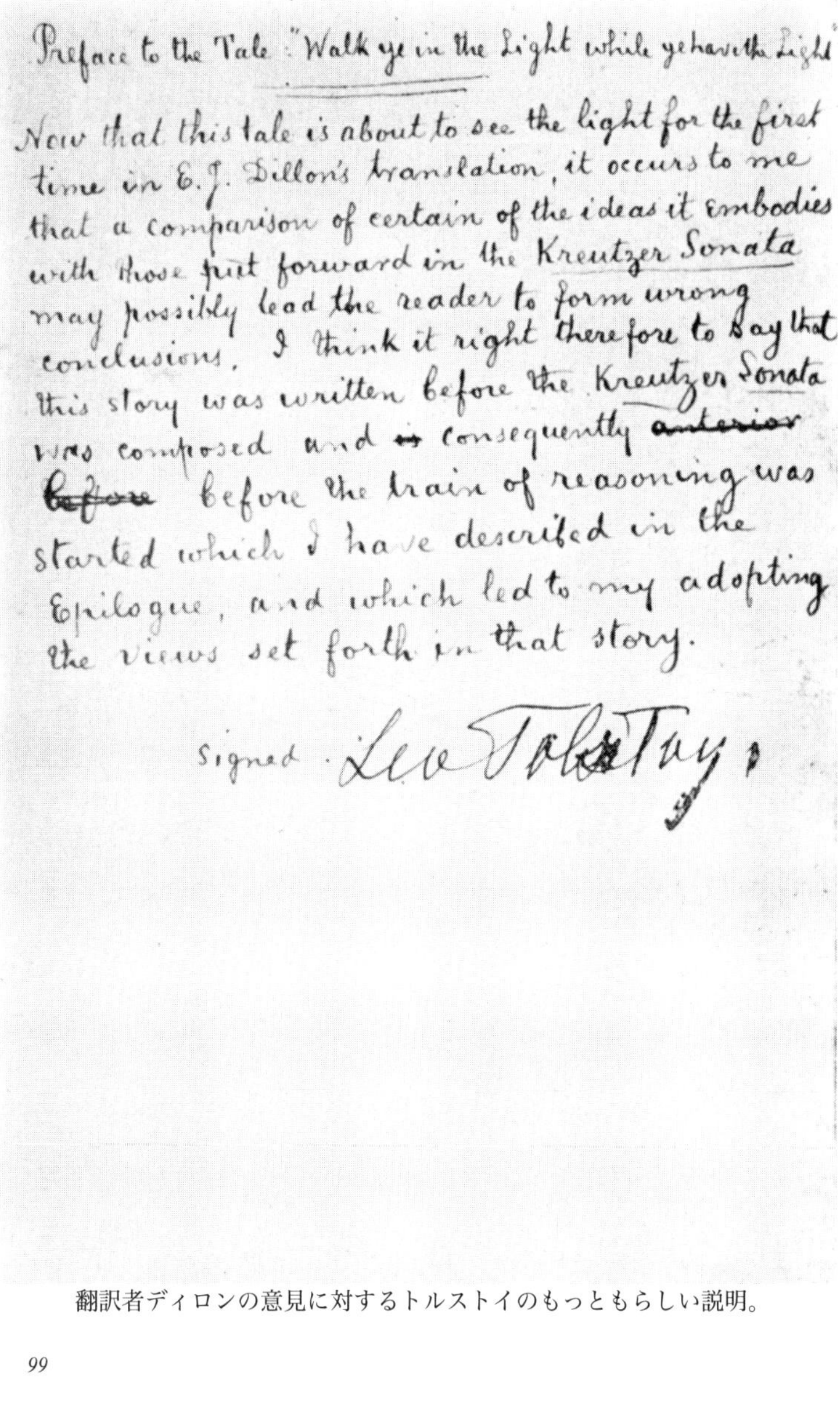

Preface to the Tale: "Walk ye in the Light while ye have the Light"

Now that this tale is about to see the light for the first time in E. J. Dillon's translation, it occurs to me that a comparison of certain of the ideas it embodies with those put forward in the Kreutzer Sonata may possibly lead the reader to form wrong conclusions. I think it right therefore to say that this story was written before the Kreutzer Sonata was composed and ~~is~~ consequently ~~anterior~~ ~~before~~ before the train of reasoning was started which I have described in the Epilogue, and which led to my adopting the views set forth in that story.

Signed. Lev Tolstoy.

翻訳者ディロンの意見に対するトルストイのもっともらしい説明。

心といった、すべてのものを失くすでしょう。もし私に自分の喉をかき切る勇気がなければ、飲んだくれか博徒か盗人になるでしょう」。しかし、彼は、この少女の中に自分が探し求めている理想を見出すことはできなかった。この後も女性はいくらでもいたが、その中の誰ひとりとも結婚することを取り逃した。なぜなら、彼女はお菓子が好きでそれを作るが、対する彼の仕事は大地の上で肥やしにまみれてするものであったから。これは、初めて大地で働くことへの熱狂が彼を捉えている時であった。彼は、外国旅行から帰ったあと、既婚の百姓女アクシーニヤとヤースナヤ・ポリャーナで暮らした。この関係は長年続き、彼の人生に深い影響を与えた。彼女は、小説『悪魔』のヒロインである。

一八六二年九月、彼は薬剤師の娘ソフィア・アンドレーエヴナ・ベルスを愛し結婚した。当時、彼女はまだ十八歳の若さだった。最初彼は、ふたりの年の違いから彼女との結婚に躊躇していた。この結婚に対する確信のなさは深まり、彼は以前の生活様式を洗いざらい明らかにすることを決意し、自分が百姓女アクシーニヤやその他の女性に愛を告白してきた日記を、ソフィアに渡して読ませた。そして、その日以来、彼は彼女の嫉妬に悩まされることになった。晩年になってもソフィア・アンドレーエヴナは、結婚前の彼のこの最後の愛人関係について彼を嫉妬深く責めた。この頃には、アクシーニヤは八十歳であったが、それでもソフィア・アンドレーエヴナは、自分の夫がその小説の中でアクシーニヤを不朽にしたことで夫を許すことができなかった。『復活』を清書している間も、ソフィアは気も狂わんばかりに嫉妬した。なぜなら、ヒロイン〔カチューシャ〕であるガーシャはトルストイが姉の家で暮らしていた時の女中であったから、伯爵夫人は彼らの愛の弁明に我慢ができなかったのである。ソフィアは、神経を高ぶらせた挙句、このガーシャに会いに行きさえした。その時、ガーシャは七十歳の老女であった。

しかし、当初は、人間の運命に光を投げかける最も完全な幸福という彼の夢が、まさに実現されるかの如くに見えた。彼は、妻の中に、自分に寄り添う忠実な友のみならず、文学上の仕事でのかけがえのない援助者をも見出した。彼女は夫の手書き原稿を何度も何度も清書した。彼女は夫の読みにくい手書き文字を判読する経験を積み、その思想を理解することによって、トルストイの未完成な語句に彼の心情を表わす的確な表現を与えることができた。今や彼の人生の最も輝かしい時期が到来した。個人的幸福に酔いしれ、思いのままに栄誉を手にすることができた。彼は速やかに不朽の作家の殿堂に自分自身の力で壁龕を勝ち取り、祖国と同時代に文学上の宝を捧げた。結婚生活の最初の十年近くの間に、すでに構想は一八五二年に温めていたとはいえ、『戦争と平和』と『アンナ・カレーニナ』を創作した。

しかし、牧歌的時代はつかの間であった。数年してふたりはよそよそしくなり、猜疑と喧嘩が愛の場所に取って代わった。夫婦が描くトルストイと、信奉者や友人によって描かれるトルストイとの間の著しい相違に衝撃を受けることなしには、夫と妻との間の意思疎通を読み解くことは不可能である。実際、ふたりのうちのどちらか一方がすべてにおいて正しい、とは言えないし、それはありえない。その上どんな人間も、従者に対してまで英雄であることはないし、また夫というものはたいてい、妻にとって英雄であることはない。それでもなお、伯爵夫人によって発せられた言葉は、部分的にも全体的にも、夫から生み出されたものである。トルストイが世間に向けている顔は、道徳哲学者であり、キリスト教的愛の救済原理の伝導者であり、あらゆる病気——精神的、社会的、政治的な——に対しての万能薬を与える者であり、新しい生活の堅固な土台をつくる者のそれである。しかし妻に対して向ける顔は、名声を得ることへの飽くなき渇望に燃える男のそれであり、にもかかわらず失敗し、悪評を得た男のそれである。彼は、その目標に向けた新しい一歩を踏み出すことなしには一日も過ごすことができず、また、彼の人生の伴侶もそのことを知っていた。時折、彼の名前が海外からの刊行物や書簡の中にも触れられていた時期もあったが、そのような日々は、名声熱と忠実な援助者の粗探しが交互に繰り返されるような低俗で精神的に不毛な時期と一致しており、夫婦のせいで家族は受難を強いられた。伯爵は、ロシア紙や外国紙における称賛的な記事のあとは気をよくしていた。同じような効果は、幾人かの著名な作家や有力なジャーナリストの来訪や、精神的光明や指導を求めてメッカに巡礼にやって来たかのような有名な人々の訪問や、高名な画家が天才の姿を不朽にしようと熱心に訪ねてきた時などに同様に現われた。このような日はトルストイ家の暦の祝祭日であり、夫と妻とは幸福に輝いた。

彼らの結婚生活の早い時期に、伯爵夫人の日記の中にはすでに次のように書かれている。

「本当のところ、すべては終わってしまって、残っているのはただ冷たさと空しさだけ。何かが失われてしまった……誠実さと愛が。私はますます孤独になっていくようだ。私は、彼とふたりでいればいるほど、時たま彼に話しかけられると震えがくる。彼がいかに私を嫌っているかを話し出すのではないか、と私には思えてしまう。時々は、私に対して不機嫌でもないし嫌ってもいないように見える。しかし、彼は私を愛してはいない……。私は、人は正直であらねばならない、人は愛さねばならない、人は良き妻であり母であらねばならない、と信じるように育てられた。しかし、彼はこういう人なのだ——人は愛してはならない、人はずる賢くあらねばならない、人は賢明でなければならない、人は自分の性格の中の邪悪なものをすべて隠すことができなければならない。なぜならこれまでも、またこれからも、人間というものは邪悪なものなのだから——ことに、人は愛してはならない、とは……。私は、こんなにも愛したことで何を得ただろうか、また、今、私の愛で何をすることができるだろうか？　私自身を傷つけ、恐ろしく失望しただけ。そして彼にとっては、このようなことすべてがひどく愚かしいことに見えているのだ。『お前はあれやこれやと言い立てるが、自分ではそのように振舞っていないじゃないか』、と彼は言う……

……今や私は、自分は愛されてはいない、自分は取るに足らない人間で、悪人で、弱い存在なのだ……と確信している……夫婦では滅多に言葉を交わさない。私はただ、子供たちと無価値な自分とで暮らしているに過ぎない……(6)

……しかし、将来のこと、子供たちの成長とその生活を考えたとき、彼らは多くのものを必要とするし、全員に教育も施さねばならず、そんな時レフのことを考えると、無感動で無関心な彼は私には何の助けにもならないことが分かる。我関せずとばかりに、子供たちの不始末に際しての苦しみも道徳的責任も――すべてのことを私ひとりに押し付けるのだ……(7)

……ふたりの結婚生活で初めてのことだが、彼は私から逃げて自分の書斎で寝ている。私たちはつまらぬことで喧嘩をし、私は彼を責め立ててしまったのだ――子供たちのことを何も気にかけていない、イリヤが病気でも看病の手助けもしない、子供たち皆の衣類も新調してやらない、と。でも、それは衣類のことというより、私や子供たちへの彼の冷淡さの問題なのだ。それなのに今日、彼は私に向かって大声で叫んだ――こんな家庭はまっぴらだ……(8)」。

一方、トルストイ自身の日記に目を向けてみると、彼の道徳的苦しみの一端を垣間見ることができる。「恐ろしい葛藤。私は自制がきかない。原因を探してみる――喫煙、不摂生、創作と発想の欠如。すべては些細なことだ。愛し合う妻がいないこと――これこそが原因なのだ。それはこんな風に始まった。心の琴線が切れてから十四年が経ち、私は独りぼっちだ。しかしそんなことは理由にならない。私は彼女の中にこそ伴侶を見出さねばならない。私はそうすべきであり、それができる――きっと彼女を見出すだろう。神よ、救いたまえ！[9]」

「私は心静かで幸福であらんと努める。しかし、それはじつに難しい。することなすこと悪いことばかりで、それによってひどく苦しむ。実際、気の狂った人々によって取りしきられている狂気の館の中で、私だけが正常なのだから[10]」。

「何が恐ろしいといって、贅沢と私が送っている堕落した生活ほど恐ろしいものはない。私自身がそうしたのであり、自分で自分を駄目にしてしまって、それを正すことができない。自力で正そうとしているとはいえ、まったく遅々たるものだ。禁煙できず、妻を侮辱しないですむ扱い方も見出すことができず、いまもって彼女を満足させられないでいる。努力あるのみだ[11]」。

コロレンコがトルストイを訪ねて来た時、ふたりは非常に親しくなったので、トルストイは彼に心の内を明かし、妻との暮らしの内情とその困難の詳細を語った。ふたりの友は一緒に散歩に出て、コロレンコはひどく心を動かされ、家に戻った時には溜息をついてこう呟いた。「何と不幸なレフ！　私はあなたのことを羨み、ソフィア・アンドレーエヴナはあなたの守護天使である、とばかり思っていましたよ」。

創造的頭脳を持った者にとって結婚は墓場である、と言われるが、トルストイに関して言えば、作品のみならず自身の結婚生活の実態がその一例として、人類への教訓となっている。

妻と子供たちは、「大事業にとっては障害である。確かに最良の仕事や公にとっての最大の利益は、独身者や子供のいない人物から生み出される」とベーコン〔イギリスの哲学者フランシス・ベーコン。「知識は力なり」の名言で知られる〕がいうのもうなずけることだ。

原註

（１）『キリストのキリスト教』。
（２）一八六一年八月二十七日に、彼らはフェートの家で喧嘩をし、それは危うく決闘で終わらんとするものであった。しかし、後に彼らは再び友人となった。
（３）チチェーリンのトルストイ宛書簡、第十一番書簡（ロシア語）。
（４）一八五九年。
（５）一八六二年。
（６）『トルストイ伯爵夫人の日記』（ロシア語）一八六七年九月十二日と十六日。
（７）同書、一八七五年十月一二日。
（８）同書、一八八二年八月二十六日。
（９）『伯爵トルストイの日記』（ロシア語）一八八四年六月七日。
（10）同書、一八八四年六月九日。
（11）同書、一八八四年六月十日。
〔原註（２）について、他の資料によるとこの出来事は五月二十七日に起きている。〕

第7章　トルストイの芸術

私がハリコフ大学の教授をしていて、まだ個人的にはトルストイを知らなかった時でも、彼の名前は我々皆にとってなじみの名前だった。我々はたいてい、彼の主な出版作品や、密かに入手できた未公開の手記のすべてを読んでいた。言語学部の私の同僚の中には、しばしば彼について語り、彼の小説について議論したり、その文体や構成について批評したりする者もいた。トルストイの宗教観については、認識はしていたが、ほとんど話題にはしなかった。注目はしたが、当時の状況を鑑みて議論せずに笑ってやり過ごしたのだ。しかし、正教会派のロシア人の多くはトルストイの宗教的見解に戦慄し、そのためにトルストイから離れ、彼を無神論者とみなした。このような人々の中には、長年彼の親友であって、実際今なおそうである人々も含まれていた。

『戦争と平和』は熱心に議論され、その中に盛り込まれている歴史哲学は、さまざまな意見や感情を喚起した。ヘーゲル派の人々は、ことのほか声高に非難の声をあげた。

私はこれらの議論に熱心に耳を傾けたが、退屈でうんざりしただけで、啓発されるものはなかった。

けれども、有名な評論家やトルストイの友人たちが語る彼にまつわる話の中には感動的なものもあった。そのうちのひとつは私の心に深い印象を与え、私のトルストイ観を一変させた。それは考え抜かれた体系的な方法論であって、トルストイがナポレオン以後の近代史上の主要な人々を軽視し、彼らの名による業績を、十分に考慮された目的のためではなく漠然とした本能によって突き動かされた大勢の名もなき人々の行動に依るもの――としていることを指摘したものだった。この反学問的な傾向は、歴史に捧げられている章の各々で大変よく表明されている。トルストイは英雄崇拝を認めず、人間の神性を信用せず、天才的な政治家や外交官、軍人たちの個人的功績も、サンゴのように、とるに足らない人々ひとりひとりの働きの総和に依るものとする奇妙な方法で説明する。彼はしばしば、貴重な芸術作品をも偶像と取り違えるような、そういう大胆な偶像破壊論者であった。

顕官たちのことは容赦のない批判によって薙ぎ倒したにもかかわらず、崇拝と称賛を許す限られた余地は残された。歴史上の主流の人物たちを酷評し捨てておいて、トルストイ自身はロシア人から崇拝される人物となった。ある者は彼の独自のロシア人評価に対して彼を神格化し、他の者はトルストイがロシア政府と帝国の全社会的・政治的構造を軽蔑しきっていることに対して彼を偶像視した。ロシアにおいては、他のすべてのものが剥奪されても「文学的社会的な」人気のある者は、政府の敵たちにとってはまさに守護神となりえたのである。トルストイのクトゥーゾフ元帥の扱いぶりは、愛国的ロシア人、ことにスラヴ主義者たちに元帥への敬慕の心を生んだ。なぜならスラヴ主義者たちは、クトゥーゾフこそ、ナポレオンの功績さえも薄れさせるほどの軍事的天才であるとして崇め奉りたかったからである。だが、そうした時も、奇妙な噂が親しい者同士の間で囁かれた。それは小説家の慧眼に疑問を投げかけるものであり、その独自性を覆す類のものであった。「もしもこの話が本当ならば」と私の同僚のひとりは声を上げた。「それでもトルストイが多くの点で天才という名にふさわしいのは事実として、ある点では他人に吹き鳴らされる葦笛とさして変るものではない、ということだ」。この話や、そこから引き出される結論に私は注意深く聞き入ったが、それらは私のトルストイ観を修正させるほどの特徴とは認め難いものだった。結局、単なる噂話にすぎず、雑談の域を出なかったのである。私には捏造と思われたそのような話のひとつは、まさしく、トルストイが『戦争と平和』の中で描いたクトゥーゾフの肖像に目を向けさせるものであった。その肖像は、綿密な丹精込めた調査の結果であり、信頼のおける根拠なしには描けないものであると私は確信していたが、噂が真実ならば、トルストイは、複数の他人のクトゥーゾフ評価をつまみ食いし、それを自らのものとし、権威のお墨付きとしたことになる。囁かれていた疑惑とはこういうことだ。彼が当初描いていたクトゥーゾフ元帥の素描は、その軍事的資質を過小評価しているある軍事評論家の著作に基づいていたため元帥に好意的なものではなく、彼の動機を中傷し、概してその道徳的性格を低く評価するものだった。しかし、クトゥーゾフを高く評価している友人のひとりが、トルストイのこの評価を速やかに覆し、トルストイにクトゥーゾフを正当化させた。つまり、正当化する以上に、今日我々が知る好ましいクトゥーゾフ像を作り上げたのであった。

私は、このような噂話や当てこすりをばかげた話としてすべて切り捨てた。なぜなら、トルストイによるクトゥーゾフ像は私を魅了し、それを描いたトルストイのイメージも好意的なものになったからである。

トルストイはロシア文学の栄光を体現するひとりとして崇められるに値する文豪である。その物語のスケールの大きさ、人物の動機や感情の掌握は、同時代作家の中でも抜きん出ていた。政府に批判的だったことで読者の支持を得て、多くのことが彼には許された。しかし、言いたい放題が行き過ぎたことから、ペテルブルグの自由主義者たちが秘かに彼の最も過激なパンフレットの翻訳文の一部修正削除を主張するまでになり、彼の著作物に対する一種の検閲権を行使することで、ロシアで懸念される事態から著者を守り、著者へのあらゆる批判が、その翻訳者に責任転嫁されるように仕組んだ。彼らがこのような手の込んだ詭弁の道をどこまで突き進むつもりであったのかは、ほとんど考え及ばぬことだった。それにしてもこの友好的な検閲は、彼と私との行き違いが起こってから始まったことである。たいていの偉人たちと同様、トルストイもしばしば誤解を受けたが、彼が他の人々と異なっていたのは、誤解に対する大変都合のよい根拠が用意されていることだった。

他の文豪たちにはめったに見られないが、トルストイの場合は、むら気で激しい気性と人格との間、すなわち、その時々の神経状態と静的な心的態度との間に一線を画すことが非常に困難なのである。天才的な頭脳のなす仕事は、概ね、生まれついてのたくまざる技と慎重に計算された技の結果である。前者は、捉え難い印象や、霊妙なイメージや、常識を超えた世界の崇高な美しさを解き明かす才能であり、後者は、造形すること、厄介な生活環境やいびつな性格と格闘すること、魂の言葉を日常の人の言葉へと懸命に翻訳する才能である。

健康的な人間感情やある種の病的な心の状態を捉えて、プラトンのイデアがそこで育ち結実すると思われている半ば神的領域へと移しかえ、虹からとってきた色彩で色づけするというその稀有な技法というものは、ほとんど誰にも備わっていない。まさしくそれこそがトルストイの才能のひとつなのである。

彼は、散文におけるこの種の繊細な仕事によって、その作家としての生涯を開始した。事実と想像とがないまぜになった魅力的な世界——そこでは、記憶はあたかも、その照らし出すところをエーテル化するかのように霊的領域から射してくる光によって姿を変え、また彩られているかのごとき印象を与える。それでいてすべての場面、否、すべての描写は現実的なのだ。伝記的意味合いの生活場面は皆無で、あるのはただ心理描写のみである。彼の人間や事物の見方は素直ではなかった。生の喜びは彼のあずかり知らぬことであった。彼はそういった脇道を、本来辿るべき一本の道を指し示す道標とともに示している。彼は、ひとつの世界観、あるいは世界の中の人間の立ち位置や役割に関わるあらゆる出来事を束ねる理論をもち、彼が描くものはすべて、この正しい道の探求か、はたまたそこからの逸脱か——として叙述されている。この主観的な色合いが、程度の差こそあれ、彼のすべての小説の登場人物たちを彩る。彼は日常生活を理想化し、人間の最もありふれた思考や感情を見えざる世界からの色彩で染め上げる技術においては、すでに大家であった。それでもこの領域で得た数々の輝かしい勝利に満足することなく、人間の心が示し得る至高の感情にメスを入れ、顕微鏡をのぞいて分析しようとしたが、人間の感情の高まりは思考の対象とされるには余りにも崇高であること、傷つけずには議論されえないほど敏感で脆いものであること、その姿は、ほの暗い宗教的な光の中で、言葉を忘れた熱烈な祈りを捧げる個人の魂の静謐な礼拝所においてのみ見られるものである、ということを忘れていた。

トルストイは、自らの探求領域から大きく外れていて、特別な趣味を満足させることのないような問題にも鋭い関心を持つという資質を高度に持ち合せていた。彼は、そのような問題をしばしば非常に注意深く掘り下げ、それらが劇的な物語の筋の展開を促すよりもむしろ妨害するような時でさえも、稀に見る忠実さで描写した。しかし、彼は次第に、そのような精妙な手法を捨ててしまう。まるで、巨大なエオリアン・ハープ〔弦楽器の一種。自然に吹く風により音を鳴らす〕――その音色は、我々読者の心の中の、より高い弦を共鳴させた――を脇に置いて、説教の伴奏に使われる足踏みオルガンを使うようになったかのようだった。この変化は、芸術家としての彼の死と時を同じくするものであった。以後、彼は、苦いオリーブのような人生を扱いながら、それがこの上なく甘い油をもたらすまで搾るという妙技を失ってしまった。年を取るにつれて彼の文体は客観性を失ってゆき、芸術と実践的目的との結びつきが緊密になればなるほど、組織化された社会と人間のつくった制度に対する反感の調子が深まっていった。彼の芸術作品そのものが、彼の社会理念のひとつを思わせる。つまり、めりはりがないのである。それは、人に全体的調和という印象しか与えない。前に立つ人々だけが注目を浴びる。目立つことは許されない。細部にまで入念な作りなのに、ありふれたつまらないものになってしまう。自然界の景観や音に対する彼の感受性は、ロシアの同時代作家や直近の先達たちよりもひどく劣っているように思われる。例えば、ツルゲーネフによる草原の描写は、言葉で描かれた風景画であり、人物がその中を通ろうと通るまいと、それ自体が感動的だ。それに対してトルストイの場合は、風景は登場人物たちがドラマを演ずる舞台であり背景であるにすぎない。家々も木々も、山の連なりも川の流れも、麦畑も野の花も、これといって伝えるべき特別なメッセージを帯びていない。彼にとってはあくまでも人間が主で、自然はその付属物にすぎないのである。

思想家であると同時に芸術家でもあるトルストイは、同時代人たちを描くその同じ手法で自らのことも容赦なく克明に描写する。その手法は冷徹無情で、我々がしばしば誤って寛大さと名付ける、あの本質的な公平さの資質を悲しいまでに欠いている。結局は妥協の産物にすぎない制度を攻撃するにあたって、彼は論理の大鎌をばっさばっさと振るい、狙いをつけた目的と、そのためにとられる不適切な手段との間にあるひどい矛盾を暴き出す。学問的課題を扱うにしても、相応しい学問的手段をすべて放棄して、太陽は実際に昇り、目は実際にものを見るのであってそれらを思い描くのではないといったふうに、見たり感じたりする常識に固執する。

子供が常に触れ合っている事物や人々の世界を心に描くそのやり方を分析した作品の多くによって、トルストイは、人格の働きについての注意深い観察者にしてそれを再現する才能豊かな作家とされる。というのも、いかに些細な要素であっても、生の闘いのドラマチックな細部を逃さず描いたからである。彼は読者の想像力の前に、単にばらばらな場面を持ち出してくるだけでなく、精神的発達の節目となる一時期の完全なパノラマを開示し、限られた狭い空間の中に、若者や老人、豊かな者や貧しい者のたくさんの肖像を開陳する。そしてそれらが身の回りにいる人々よりも一層身近に感じられるほど活き活きと描く。魂を探求分析する彼の魔法の光のおかげで、我々は彼らの心の仕組みや、意思の働きや、性格の傾向が見えるようになるのだ。この種の仕事は、本来的に内省的であり、したがって、大方は独学の賜物である。それは、いたいけな子供の性格が、躾や教育や周囲の環境によって徐々に引き出され、青年期を経て、大人になり、確固とした不動なものとなってゆく——いわば隠された過程を赤裸々に表現したものだが、その考察の一部は、西欧人の耳には間違った音色の影響で耳障りに思われたり、子供の意思を動かすとトルストイが信じている動機の多くは、ありえないものとして一笑に付されたりした。

冷静なアングロ・サクソン人にとって、神経過敏で興奮しやすい民族の感傷というものは、どうにも理解しがたいものなのだ。けれども人は、このような場合、フランスやロシアと自分たちとを隔てている深淵を理解するよう努めなければならない。英雄崇拝というものは、一般大衆の中にもともと存在する感情であるが、他の多くの良い感情と同様にしばしば誤って適用されたり、なお一層誇張されたりもするものだからだ。それは、宗教団体による聖人たちの崇拝のように堕落したりする。多くの者が仏陀の教えには何の関心も示さずに、仏陀の歯だの、石に刻まれた足跡だのを崇めるように、トルストイの傑作を読んだこともなく、ロシア人へ向けられた言葉の真の意図を知りもせずに、トルストイをまつり上げる輩がごまんといるのだ。

トルストイの業績は、その審美的に優れている点や道徳的解釈の力を脇に置いたとしても、歴史に準ずる価値を持つ点において高く評価できる。新しい感覚や、人間の心の隠れた作用、その複雑性、非一貫性を感じとる透徹した力を身につけて、彼は過ぎ去った世代を墓場から呼び起こし、新しい光の下で、その業績や勇壮さ、卑劣さを再現して見せた。『戦争と平和』——ナポレオンのロシア侵略についての壮大なドラマ——は、ロシア語と共に末永く生き続けるであろう。

第8章　私とトルストイとの個人的関係

私とトルストイとの個人的関係は、彼の生涯の中でも特に厄介かつ重要でありながら、あまり知られていない逸話のひとつを生んだ。彼が倫理のために文学を捨てたと思われ、今でこそ周知のことだが、自らの奇妙な禁欲主義を合理的で真っ当な妻にまで無理強いして悪戦苦闘し、挙句の果てに自分のほうが家出するに至るような、口には出せない家庭内のいざこざを抱えていた、そういう時期にそれは起こった。私はすでにロシアにおいて、小説家、画家、俳優、作曲家、政治家、哲学者といった、様々な分野の著名人たちと知り合いになっていた。その中には、ウラジーミル・ソロヴィヨフ、レーピン、チャイコフスキー、アントン・ルビンシュタイン、カトコフ、ゴルチャコフ公、クラエフスキー、ビルバゾフ、そしてドストエフスキーが含まれていた。ドストエフスキーに関して言えば、彼が埋葬されたのはよく晴れた寒い土曜日の朝のことで、その棺を質素な住まいから運び出すのを手伝ったのは私だった。トルストイの熱烈な信者やより穏健な崇拝者の幾人かとも、私は友好的な関係にあった。我々はほとんど毎日顔を合わせ、話をした。それはトルストイ主義者たちが闘争的だった時期であり、敵も多く悪意に満ちた時期であった。かつて私は、モスクワのある公共施設でかりそめにトルストイ本人に出会っており、紹介しようという友人の勧めに耳を貸していたならば、その時その場でトルストイと言葉を交わしていたはずだった。しかし、偉大な天才との慌ただしい形式的な挨拶は気が進まず、私としては、改めて私的に訪問し、ゆっくりと自由に話がしたいと思い、その時を待つことにした。知り合いの伝手をたどればトルストイとの面会が可能であることは自明だったからである。

これより大分以前から、私は実際、トルストイが公表していたすべての文学作品や、手書きの写しやタイプ原稿でのみ出回っている彼の禁書の多くを読んでおり、そのほとんどを鋭い関心をもって精読していた。『戦争と平和』、『アンナ・カレーニナ』、幼年時代や青年時代についての小品類に私は強い喜びを覚え、深い感銘を受けたので、いつかこの作家の生活と創作活動に関する評論を書こうとの目的をもって、それらを注意深く研究した。作品がこのことに関して強力な光を投げかけてくれるものと、私には思えたからである。実際、私は、トルストイの非凡な才能や人格の主たる特徴にたいへん心をひかれていたので、後に出版する伝記のために数多くの特色ある資料を集めることを急いだのだった。(1)

けれども、時は過ぎ、願った会見のよい機会もないままに、ロシア国民の生活にも、私自身の生活にもかなりの変化が生じた。私は、ロシアから追放されているユダヤ人のために署名をしてくれるよう、トルストイに嘆願書を送った。それにはすでに哲学者ソロヴィヨフや他の作家たちも含めてほとんどの進歩的知識人たちによる署名がされており、ロシアとイギリスの双方で公表されたものだった。(2) トルストイは数年前から月桂冠を軽蔑して放り出し、文学を捨て、芸術を侮辱し、預言者の衣をまとっていたが、いまやゆっくりとある種の政治・宗教的光輪を得つつあった。宗教的原理で装われた彼の教説は、学生や、農民や、労働者たちの一部によって熱心に支持された。知識人サークルにおいては、それは呆れるような話で、聞いたものは頭を振り、肩をすくめ、そのような場合によくある容赦ない評言を浴びせた。例えば、多くの者たちは、道徳主義者の理性の光は消えかかっていると言い、それはすでに消えてしまったと主張する者もいた。海外の、文学作品の有力な読書家たちも公言していた——トルストイは精神的均衡をすでに失っているので、今後再び祖国の文学に対して価値ある貢献をすることは不可能だろうと。ロシアにおける彼の友人たちもその追求対象の変化を悲しみ、ツルゲーネフが死の間際に、天から授けられている唯一無二の才能を文学活動にこそ捧げてほしいと訴えたことをトルストイが無視しているとして嘆いた。かくして、不承不承にではあるが徐々に世間一般も、偉大な小説家の文学活動は終わったものとみなすことに慣れていった。私自身も悲しい気持ちになり、トルストイがすぐにもそんな暗い見通しを払い除けるものと期待した。幸い、待つのはそんなに長くはかからなかった。

その当時、私はハリコフ帝国大学の比較言語学部に在職し、学部で古代のアルメニア史とオリエント史に関する講義を担当していた。これは、ロシアの大学の自治が保証されていた最後の時期であった。当時の法令は、文部大臣の承認の下に教授会が、空席になっているポストに資質のある候補者を選任することを認めていた。文部大臣が教授会の決定に反対することはほとんどなかったので、その承認を必要とするのは形式的なことであった。さらに、教授には、自らの計画に沿って講義過程を起草する権限があり、それに対して学部は必ず承認を与えるのが常であった。けれどもこれらの権限も、ロシア帝国内のあらゆる自治権と共に、ふたりの人物の進言のために取り下げられようとしていた。そのふたりは、専制体制は、帝国内の共同体や個人に付与されているすべての独立した主導権を効果的に挫くことによって、まだ救われる可能性があるという信念の一点においてのみ共通している政治家だった。そのひとりは、遊惰な貴族のドミートリー・トルストイ伯[3]であり、不信心者にもかかわらず長年正教会の世俗主教であった。もうひとりは、正教会の真面目で忠実な、狂信的信徒であるポベドノスツェフである。この男はツァーリの以前の教育係で信頼されている顧問であり、来るべき何年間かのうちにロシアを服従させられると堅く信じている男だった。その考え——ロシアが近隣諸国と平和を保つ——が実現される限りにおいては、十分に正しいものだった。このふたりの意のままに動く第三の人物は、アルメニア人デリャーノフ——プロのハンターで、ジプシーの良心を備えた市民奉仕の曲芸師——であった。国中の教授たちはふたつの陣営に分断された——私の所属した自由主義派と、政府の言いなりになって、ジャーナリストや文壇や「インテリゲンツィア〔知識人〕」たちに忌み嫌われた「消しゴム連中」であった。

そういう時に、我々が『戦争と平和』の作者を強力な政治的同盟者と見做し、また、そう扱ったのは当然のことであった。時のツァーリがトルストイを深く尊敬していたために、トルストイだけは、他の誰にも許されなかった反専制的原理を懐き、それを表明しても許されたからである。アレクサンドル三世は、『戦争と平和』から、ロシア史へのプラトニックな愛情以上のものを吸収していた。彼は帝室歴史協会——私はその会員数人とも昵懇であった——を設立しており、事あるごとにトルストイに自らの好意を示し、検閲の勅令を緩め、撤回してしまうことさえあった。

この当時のロシアの主要な潮流は、トルストイの哲学的宗教的生涯を形成するのに非常に寄与したといえよう。あらゆる階層の国民の中で、政治・社会体制への反対は根強く、トルストイは時流にのって速やかに生まれ変わった。少数の伝統校を例外とすれば、初等学校から大学までのすべての学校教育の趨勢は、革命的であり、無神論的であった。とりわけ神学校は、当時ニヒリズムとして知られていた退廃的原理の、あの国体の中での温床であった。それは、彼の時代の特徴として烙印を押されるものであるかも知れない。ロシアのキリスト教原理は、脇の諸問題を中心的な問題と混同しがちであったのだ。

トルストイは、ずる賢さや頑固さ、そして他の多くの「百姓的」な性格の特性を合せ持っていた。彼は、愛国者や革命家やテロリストたちの罪を暗黙の裡に非難するが、彼らが独房で刑の執行の日を待っている時には、彼らに同情を示した。彼は、暗殺されたアレクサンドル二世の息子であるアレクサンドル三世に宛てて書いた一通の手紙の中では、ツァーリの暗殺者のための仲裁〔助命嘆願〕をし、その行為は実らなかったものの、ニヒリストやすべての自由主義者たちから慕われることになった。アレクサンドル三世は、自分の秀でた臣下の文学的創作物に強い喜びを見出していた。偉大な小説家への思いやりから、ツァーリは、その伯爵の出過ぎた振る舞いを大目に見ていた。ツァーリを慎ましい説教者トルストイの保護者にさせたのは、作家としてのトルストイに対する、この深い敬意であったし、トルストイの慎ましさが、トルストイの後ろ盾になってやろうというツァーリの誤謬を後押しした。正教会の高僧たちや政府の高官たちは、トルストイをある修道院に送り、残りの人生を幽閉のうちに送らせることを是としたため、一時はこのような厳しい処遇が当局によってまさに裁可されようとしているという話が信じられ広く流布された。そのようなことが熟議されたことは確かである。しかし、結論はツァーリに謁見個人の裁定であり、作家の身の安全はその権威の介入次第なのだ。トルストイのおばはツァーリに謁見を願い出た。甥がサスダルスキー修道院に拘留されることのないよう嘆願した。彼女はその時のことを

次のように書いている。(4)

「私はツァーリに手紙をしたため、ぜひお会いしたいのでお許しを頂けるよう求めた。まさにその同じ日に、午後にも陛下が私のところに会いに来て下さる、という返事を受け取ったときの私の喜びはとても想像できないだろう。陛下のお越しを待っている間、私は非常に興奮していて、心の中では神が私を助けて下さるように祈り続けていた。ついに陛下がお出ましになった。私は、陛下のお顔に疲労の色が濃く、悩ましげであるのに気づき、お心が乱れていると見てとった。しかし、それでも私の決心は変わらなかった。実際、かえって私は大胆になり、陛下が面会の理由を尋ねたとき、私は率直にこう答えた。

『二、三日の内にも、陛下は、ロシア最大の天才を修道院に拘留することを求められましょう』。

陛下の顔色が変わり、険しく悲しげな表情になられた。

『トルストイのことか？』と、陛下は素気なく尋ねた。

『ご推察の通りです、陛下』と私は答えた。

『彼が私の人生に企みを持っているというのは本当か？』

内心この質問は私を驚かしたが、喜ばせもした。唯一この罪のみが、レフの拘留を陛下が決断する決め手である、ということが分かったからである。それで私は、話の一部始終を、大臣から聞いた通りに細大漏らさず説明した。すると陛下の顔色が元に戻り、さらに穏やかに楽しそうになったので嬉しくなった。間もなく陛下はお立ちになり、去ってゆかれた……。二、三日後、期待していたすべてのことを陛下が成し遂げて下さったこと、そして、陛下の優しさと叡知が問題に別の側面を与えたことを知った。大臣によって御前に置かれた報告書をお読みになると、陛下はそれを脇に置いてこうおっしゃった。

『あなたがトルストイに関わらないことを望む。余は彼を殉教者にさせるつもりはないし、余も皆に嫌われたくはない。もしも彼が有罪となれば、何もかもが彼にとってますます不利になることだろう』」。

ヨーロッパを戦争の恐怖から護るために自らの権力を行使できるような無敵のヘラクレス的支配者にあって、このようなことは愛すべき特色であった。彼がトルストイに示した温かい個人的関心は、ペルシャや中国の、詩人や哲学者に対して、彼らの恐ろしい君主が示す友情や庇護のことを思い起こさせる。アレクサンドル三世は、トルストイとその家族に好意を示さんがために、検閲官の仕事を無効にさせ、勅令を正式に取り下げることなく、法を犯しさえした。その顚末はこんな風だった。『クロイツェル・ソナタ』は、ロシア帝国内では異端的で有害なものであるとして完全に禁じられていた。にもかかわらず意欲的な夫人は、その作品がトルストイ全集の十三巻目に収まるよう策を凝らしたが、その後、第十三巻自体が発禁処分を受けた(5)。その時、伯爵夫人は宮廷の有力な友人たち、中でも彼女と同名の〔父称が同じ〕、自分と血縁ではないが大変親しいアレクサンドラ・アンドレーエヴナを動かした(6)。この女性は、伯爵夫人とツァーリとの会見を纏めることに成功したが、それはトルストイ伯自身も望んだことであった。伯爵夫人はこう書いている。

「レフは、ペテルブルグに行って検閲局の自分に対する態度についてツァーリに話してくれるよう、私に電報して来た。彼は、私のペテルブルグ行きと、ツァーリとの会見に非常に期待を寄せている。もしも私が、私の家や私の子供たちについて安心できさえするならば、もしも私自身が『クロイツェル・ソナタ』を好きになれるものならば、もしも私が、将来のレフの芸術活動を信じることができるならば、私は出かけましょう。しかし現状では、頑固なツァーリに、賢明にそして強力に働きかけて私の意見に同意させるために、どこから力を引き出し、どうやって気力を高めることができるというのでしょう？　私は、つい最近まで私のものであった人々への同じような影響力を、もはや持っていないように感じているというのに……

虚栄心がここでは重要な役割を演じている。私はそれに媚びるつもりはないし、私は行くつもりはない……。私は、今、『現代人の愛の心理』を読んでおり、愛の感情についての分析に興味を懐いている……

第十三巻がペテルブルグでは禁書とされている、ということを私は知っている。ここモスクワでは、『クロイツェル・ソナタ』だけが禁じられている。私はペテルブルグに行こう。ツァーリに会って全力を尽し、第十三巻に対して勝利を得たい。この巻以外のことは何も考えられない。この運命が決するまでは、他のことには何の関心もない。私はツァーリへの話や手紙のことを考える。今はアレクサンドラ・アンドレーエヴナからの手紙を待っており、彼女は、皇帝が私に会ってくれるかどうか、また、いつ会ってくれるのかを私に知らせてくれることになっている」(7)。

問題を考え抜いてから、皇帝は、第十三巻は発行されてもよい、と決断した。この決断に対しては、想定され得るあらゆる反対が列挙された。ことに懸念されたのは、文豪を一転して蔑視へとさらすのではないか、ということであった。しかし、愛する作家への忠誠から、ツァーリは、禁書を含む全集は全巻セットでしか販売しないという唯一の条件付きで、『クロイツェル・ソナタ』を全集の中に含めてもよい、と決断した。この意味合いでの取り組みは夫人のソフィア・アンドレーエヴナによってなされた。私がこう断言する根拠は、検閲官や宮廷高官たちの証言であり、そして、後に報告書から十分に確認されるものである。ふたりの会話の主旨は、次の数節の文章の中に要約されている。

「『陛下、私は最近、夫の手記の中で、彼が以前の芸術的方法に戻る傾向にあることに気が付きました。比較的最近、彼は私にこう申しました。『私は、自分の宗教的哲学的著述から遠ざかったので、今は再び芸術家として書くことができる――そして今まさに、『戦争と平和』を書いていた頃のと同じ概念を頭の中に懐いているのだ』と。にもかかわらず、検閲局の風当たりはますます強くなり――問題の第十三巻が足かせとなって――『啓蒙の果実』さえも発禁となったのです』。

『それは、こんな風に書かれているのだ』とツァーリは述べた。『おそらくあなたも、あなたの子供たちがそれを読むのを許さないような方法で書かれているのだ。ああ、彼が本来の芸術家的著作態度に戻りさえするならば、それは何とすばらしいことか！　彼は何とすばらしい作家であることか！』

『それにしても、陛下がもし『クロイツェル・ソナタ』の刊行をお許し下さるならば、私は何と幸せなことでしょう。そのことは、私の夫にとっても救いでありますので、より一層書く勇気を与えられることでしょう』。

『伯爵夫人』とツァーリはさえぎった。『あなたは、なぜそんなにも頑固に『クロイツェル・ソナタ』の出版にこだわるのか？　結婚生活や家庭生活に対するこの弾劾は、あなたと無関係なばかりでなく、作家の妻としても、あなたにとって非常に不愉快なことであるように思えるが』。

『陛下』と、この執拗な嘆願者は反駁した。『私は彼の妻としてではなく、作品の編集者としてそれを公表したく存じます』」。

彼女は、こうして夫のために貢献したが、夫からの感謝は得られなかった。

「家に帰った時、私は大変幸せな気持ちでいられるはずだった。しかしレフは、私の振舞いやツァーリとの会見を喜ばなかった。彼は、私のしたことはもはや成し遂げることのできない義務を我々に課したようなものだと言う。彼もツァーリもこれまでは互いを無視していたけれども、今や私のしたことが、ふたりを傷つけ、不快にさせるだろうと」。

原註

（1）そのうちの幾つかは、大戦中、ブリュッセルでの私の多くの価値ある資料や、書物や、他の移動用荷物とともに動かされ、失われた。

（2）（私が現在集めた資料の限りでは）一八八九年のこと。

（3）レフ・トルストイとは何の関係もない。

（4）アレクサンドラ・アンドレーエヴナ・トルスタヤの日記、一八八六年。

（5）一八九一年二月のこと。

（6）彼女はこの友人を事に精通した一宮廷女性として記している。「彼女は、宮廷やツァーリや、すべての皇族を崇拝している――第一に、彼女はあらゆる人を愛することができること、宮廷人であり、正教会や、その塗油された君主に絶対的に帰依していることから……」――日記記載、一八九一年七月十六日。

（7）『トルストイ伯爵夫人の日記』（ロシア語）一八九一年二月十五日、十六日と三月二十日。

第9章　トルストイと私がW・T・ステッドに手を打つように仕向けた話

「次の日曜日の午後、私と一緒に魅力的な女主人の家に行って、彼女の友人たちによるトルストイの未発表作品の朗読を聞きませんか?」――詩人でもあり哲学者でもある親しい友、ウラジーミル・ソロヴィヨフに私はこう誘われた。女主人とは故アレクセイ・トルストイの未亡人であった。彼女はペテルブルグで一流のサロンを開いているから、そこに行けば、今日の文学・芸術・哲学の動向がよく分かると言った。著名な作家、哲学者、詩人、画家、科学者、軍人、行政官といった各界の名士たちにも会えると。彼女の亡夫――彼もまた伯爵であり優れた詩人・劇作家として定評のある人であった――は、レフ・トルストイとはまったく親戚関係になく、その頃すでに未亡人は過去の人ではあったが、私のほうは以前からのレフ・トルストイ熱が、その話で突然煽られたように燃え上がって、いまだ実現されていない伝記をものしようという気持に突き動かされた。それで熱い思いで親切な招待を受けたのだった。

指定された日曜日の夕方、ウラジーミル・ソロヴィヨフと私は、ワシーリー島にある伯爵夫人の居宅へ向かった。それは、ネヴァ河によって首都の居住地区から隔てられた、ドイツ人居住区の一角にあった。汚れた堅雪の路面で、ひどく歩きにくかった。道行く人びとの顔は毛皮のフードに深く隠れていて、表情は見えなかった。あちらこちらで馬が脚を滑らせたり転んだりするたびに、その周りに人垣ができた。時折、防寒着の紳士が仰向けに転んだ。そして顔をしかめながら苦笑いを浮かべるのだった。屋敷内は、明るく陽気で居心地がいい、なんだかクーパー〔イギリスの詩人ウィリアム・クーパー〕の描いたような光景であった。

客人たちは親切な伯爵夫人によって心からのもてなしを受けたが、彼らは不遜にも、彼女に「女神像」なる綽名を奉っていた。彼女は玉座のように高められた肘掛け椅子に黙って腰掛けるのが慣いであるらしく、たしかに、その彫像のような落ち着きぶりが異教の女神に似ていなくもなかった。皆が着席するとすぐに、タイプされた原稿の束が取り出され、くつろいだ雰囲気の中で、『クロイツェル・ソナタ』の数ある改訂版のひとつが大きな声で読み上げられた。最初の説明によると、この物語は、すでに書かれていたものが著者によって修正され、さらにまた手を入れられて形を変えた、そして今ここにあるものがその苦心の末の成果であること、末永く読み継がれるはずの最終決定版だということであった。我々は深く押し黙って朗読に聴き入った。しかし、聴き手の幾人かの顔つきが次第に変わっていった——目をむき、眉を吊り上げたその表情は、明らかに聴き手の心の内を物語っていた。みなが驚いていた。明らかに失望を隠せない者もおれば、憤慨している者もおり、内容に満足している者はせいぜいひとりかふたりだった。

結局、大多数は失望し、とうてい認められないというのが全般的な意見だった。『クロイツェル・ソナタ』は、純粋に文学的な作品を目指したにしてはあまりにも説教臭く、正教徒から見ればあまりにも放縦な調子で書かれた、破壊的な傾向の作品なのであった。また、作者のこれまでの見事な作品に比べて極端に劣っているとさえ言われた。とりわけその場の人々の感情を逆なでし非難を招いたのは、小説全体のニヒリスティックな傾向であった。現代において、結婚は罪であり犯罪であるのか？　どのような宗教法典によって、また誰の絶対的な勅令によって断罪されるのか？　特定の状況下のみならず、あらゆる状況下でそうなのか？　どのような状況下でも両性の結合は誤りだというのか？　ならば結婚には不道徳な本質が内包されているがゆえに、常に悪であるのか？　これまである種神聖視されてきた性的関係は、非難されるべきものであり、人をそれに誘うすべてのもの——ことに音楽——は、悪の範疇に入るべきものなのだろうか？　どうもそれがトルストイのテーマであるかのように思われた。大多数が下した結論——このままでは『クロイツェル・ソナタ』は社会の基盤に対するいわれなき攻撃と解釈されるだろうということだった。ロシアの多くの人々にとって、依然として貴族主義者で穏健な保守主義者と目されている偉大な導き手の著作原稿が、彼らには背教行為あるいは狂気の徴候ではないかと思われたのである。けれども、書き手の側からすれば、突然の改宗を示すような驚くべきことや、説教の本質における新しいものなど何もないではないかと言いたいところだろう。彼の心の傾向は、これまでもずっとこの方向を向いてきたのであって、一般読者の注目を引かなかっただけなのだ。私には、ロシア人が議論するとどこまでも突き詰めて根源に至るのが習いであるように、この天才作家も、自分自身の原理を追求し続けているように思えた。『アンナ・カレーニナ』を注意深く読んだ人ならば、『クロイツェル・ソナタ』の急進主義にそれほど驚きはしないはずだ。後者の中の結婚に反対する議論を、前者の中の出産に反対する考えと並置してみれば、実際、同じ立ち位置にあるではないか。苦しめられる母親よりも可愛い妻の役割を演じることを望んだダリア・アレクサンドローヴナ〔『アンナ・カレーニナ』の登場人物。オブロンスキーの妻、愛称ドリイ〕はこう言う。「妊娠、悪阻、精神的無気力、あらゆることに対する無関心、そして何よりも、醜悪な陣痛、最後の瞬間……続いて授乳、眠れない夜、恐ろしい苦しみ……それらすべてに加えて子供たちの病気、そのために消えることのない不安と怖れ、それと幼児たちの躾やいたずら、勉強、ラテン語……これらすべては何のため？　その結果がどうなのか？　突き詰めればただこういうこと――今日は出産、明日は養育でわずかな休息も許されず、常にむっつりとし、ぶつぶつ不平を言い、困惑し、他人を困らせ、終いには自分の夫の嫌悪の対象となるのだ。それでも私は、躾のなっていない、出来の悪い子供たちの成長を支えるためにこの生活を続けなければならない。今、もし私が最も好ましい事態を想定するならば、それはすなわち、子供たちが皆元気で死なず、躾がうまくいって努力が報われることであり、私が期待する最大のことは、子供たちがならず者にならない、ということだ。それこそが、この先私が願いうる最大のこと。そうして、まさにそのことのために、ありとあらゆる苦しみに耐え、たえず努力し、その結果私の全存在を破滅させなければならないのだろうか？」

別の聴き手がこの意見に賛同し、ある批評家の名を挙げた。その批評家[1]は、トルストイの初期の作品群をもとに、宗教的革新者の役割も含めたさまざまな顔を持つ彼の肖像を描いていた。この発言は皆を議論の渦に引き込んで、サロンがお開きになるまで続いた。

私は、これらの批評には少しも興味を覚えなかったが、内心このことを、イプセンの問題作『人形の家』が全スカンディナヴィアを根底から揺るがした事件と比較せずにはいられなかった。まさにそんな興奮のさ中に、私は、たまたまコペンハーゲンに滞在していたのである。[2] コペンハーゲン、クリスティアニア、ストックホルムといった平和な都市は大騒ぎだった。戯曲についての議論は論争を呼び、様々な軋轢を生んだ。ヒロインに倣って現実に夫を捨てる妻もいれば、比類のないノラ役のフル・ヘニングスの舞台を見た後、離散に追い込まれた家族もあった。トルストイの小説中に表された倫理感は、どう考えても社会に対して破壊的傾向を持つ原理であり、最も影響力のある正教ロシアの帝都でそれが芽生えているという事実は、私が代表として任されているロンドンの新聞のコラム欄で注目するに値する重要な出来事であった。したがって私は、その小説の概要をイギリスへ電報してもよいかとサロンの女主人に訊いてみた。快諾されたので、『クロイツェル・ソナタ』の概要は、その翌朝にはイギリスで公表された。[3]

「しかし、トルストイの原稿を扱う時には気を付けたほうがいい」と、会のメンバーのひとりが、私の耳許で囁いた。「トルストイとどこで折り合いをつけるかなど、分かるものではありません。仕事のやり方が妙なんですよ。それでも彼のほうはほとんど咎められやしないんですから。例えば、あなたが翻訳をしようとある原稿を手に入れたとしましょう。けれども、著者の思いとしてはそれはまだ決定稿というにはほど遠いものなので、いつ何時著者自身によって否認されてしまうかも知れないのです」。

「しかし、まさか」と、私は反論した。「トルストイ伯が自分自身の作品を認めないことはないのでは？」

「まあ、確かに書いたことは認めるでしょうが、その版は無効であるとは言うでしょうね。結局のところ、問題は、原稿が印刷業者に引き渡される前であろうと後であろうと、伯爵には好きなように手を加える権利があるということです。その原稿が今なお執筆中である限り、彼が好きなように、修正し、再び手を入れ、練り直したとしても、あなたは嘆くことができないのです。トルストイにとって、そうすることは趣味のようなものであり、こちらは文句が言えないのですよ。そういうやり方では、最終稿だと言い切れる原稿はありません。彼の著書のひとつは[4]、日の目を見る前に十六回も書き直されました。考えてもみて下さい！　十六回ですよ！　今、あなたが不幸にも翻訳担当者となって、十六版に代って七版なり八版に基づくものを発表するとしたら、あなたは版元に対しても世間に対しても惨めな姿を晒すことになるでしょう。それでも著者からは何の謝罪も期待できない。こんな場合には、翻訳者は用心深く策を練るしかありません。それに尽きます」。

「我々がたった今聴いた『クロイツェル・ソナタ』は」と、彼は話し続けた。「結婚と音楽に対する痛烈な批判です。数年前に執筆されたと聞いていますが、もし今回聴いたものが最終稿だとするならば、おそらく当初の形は今回のものとはまったく異なっていたはずです。当初は、小説というよりもずっと説教じみたものであって、今あなたが翻訳しようとしている小説になる前に幾度も構想が変更されているらしいですよ」。

「翻訳するのではなく、作品の内容を要約するだけです」と、私は彼を正した。

「その方が良い。とにかく、あなたは今の自分の立ち位置を確認し、主導権を握って慎重にことを進めるべきです」。

数か月後、私はこの警告を憶い出し、さらに後日、強く心に焼き付けられることになるのである。

その間にも、私は当時モスクワに居たトルストイに手紙を書き、『クロイツェル・ソナタ』を熟読し、もし許可がいただければすぐにでも翻訳したいと思っていると伝えた。返事の概要はこうであった――原稿は印刷を待つばかりだ。君が粗筋をイギリスでメディアに発表するのはかまわないが、作品そのものの英語への翻訳は認められない。翻訳権は、アメリカ人女性ミス・ハップグッドのみが持っているので――。さて、と私は考えた。思うにこの態度は、トルストイが翻訳者の利害に必ずしも無関心というわけではなく、自らの翻訳者への義務についても忘れているわけではないのだ。気を付けた方が良い、と私に警告してくれたあの親切な紳士は、少し大げさに言ったのだろうか？　まあそのうちにわかるだろう。その間にもぐずぐずせずに、私は彼の同意を活用し、『ユニバーサル・レヴュー』誌上において、小説の概略をできるだけ慎重にイギリスの読者に提供した。(5)　その出版情報誌の編集者ハリー・クイルターは、私の記事の調子を大幅に抑え、最終的に組版された後になっても、私に次のような手紙を送ってきた。「自分は、この原稿を受け取ったことが正しかったのかどうか、まったく自信がない。だいぶ手を加えて表現をやわらげたが、この記事は『若者』たちを赤面させるのではないだろうか。イギリスでは、若者たちの受け取り方如何で無事には済まされないのが心配だ……(6)」。

その間にも、『クロイツェル・ソナタ』を翻訳するという名誉ある仕事を約束されていた当のアメリカ人女性が、その仕事に携わることを強い調子で拒絶する手紙を送ってよこした。彼女はその作品を非常に嫌っていた。このようなものはこれまで読んだことがないし、二度と再びこれに類するようなものは見たくもない、と断固として主張した。それは、トルストイや彼の友人たちにとってショックであった。それを知って、私はすぐに彼女の代理を務めたいと催促した。しかし、伯爵は、私がロシア語原本のあけすけな表現を厳格に残すべきである、と主張した。「たとえある単語なり語句なりが不必要に粗野で、俗悪で、卑猥であると思っても、あなたは尻込みせずに、それらを完全に同義の英語に置き代えなければならない。何のオブラートも、婉曲もあってはならず、すべてありのままでなければならない」。

そのようなことが彼の命令の主旨であった。私は、少なくとも同時代の多くの者たちのような石頭ではないので、喜んであなたの言うとおりにするつもりだが、ここまで露骨な下品さで損なわれていると、イギリスで公にするための版元を見つけられないのではないかと危惧していることは確かだ、と答えた。「なぜなら、イギリスには表立った検閲局はないけれども、市民感情がほとんどの場合効果的に検閲局に取って代るものであり、いずれにせよそれは断固としたものであるからです」。このような理由から、不快な表現を他の言葉で言い換えることを許してほしい、ロシアでも決して公にはされないような表現だけでもどうだろうか、という私の要求を伝えてみた。だが、この申し出は、お門違いだとして一蹴された。このロシアの老いたる賢者は、何としても、エゼキエルら古代ヘブライの預言者たちのように虚飾のない言葉で話したがり、痛烈なむき出しの俗語でもって偽善者どもを愚者たちの楽園から引きずり出し、覚醒させたいと願っていた。彼の教説は、新しい用語集を必要とする新説であった。トルストイがそのような野卑な表現に対する奇妙な嗜好を持っていたことを、それまで私は知らなかった。数年後、『アーズブカ〔アルファベット〕』と題された子供向けの初等教科書を校正していた彼の妻〔ソフィア・アンドレーエヴナ〕は、日記に次のように記している。「一八九一年七月二十六日。私は、『アーズブカ』の校正刷を読んでいた。学識委員会は、シラミ、ノミ、悪魔、ナンキンムシ、といった類の言葉の使用を理由に、この本を認めるのを拒否した」。『クロイツェル・ソナタ』の中のある種の言葉は、この程度のものよりもさらに醜悪な響きを持っていたのだった。

このような意見交換の間にも、『デイリー・テレグラフ』紙と『ユニバーサル・レヴュー』誌における私の記事は、ヨーロッパ中の文学サークルの中にセンセーションを巻き起こしていた。ほとんどの編集者、出版者、翻訳家も、偉大な力を持った新しい小説だと信じて『クロイツェル・ソナタ』を手に入れようと躍起になっていた。噂によれば、不完全な版の翻訳がすでにさまざまな国に出回っていて、その内のいくつかは著者の署名入りであるなどと言われていた。そんなことがあり得るだろうか、と私は不思議に思った。もし英語への翻訳権が、今までミス・ハップグッドのために保留され、他のすべての可能性ある志願者たちが排除されてきた経緯があり、現在は、それが正式に私に移行されたとするならば、他の者は誰ひとりとして私にとって代ることは許されないはずだ。しかし、それに反した報告がたえずあり、版元たちは萎縮しはじめ、私はといえば、アレクセイ・トルストイ伯爵の未亡人のサロンで私に親切に警告してくれた人の話の不快な驚きを思い起こして、常に気がかりだった。

ある晩、インフルエンザに手ひどくやられて床に臥せっていた時、W・T・ステッド〔イギリスのジャーナリスト。イギリスの現代ジャーナリズムの基礎を作ったとされる人物〕から一通の電報が届いた。それは、私に『レヴュー・オブ・レヴューズ』誌のために『クロイツェル・ソナタ』の全文を、一言も削除することなく英語に翻訳し、直ちに送付するように、と熱心に求めるものであった。そうしないと彼の目的に間に合わないらしい。妻が止めるのも聞かずに病気を押してすぐさま仕事に取り掛り、医者の忠告も無視してその日は徹夜し、その次の日までかけて、単語を吟味し、語句をつくり、翻訳を仕上げた。そのためステッドはぎりぎりのところでその「写し」を手にすることができた。私は、イギリス人一般の礼節にいささかの衝撃も与えることなく、それでいてトルストイの希望やW・T・ステッドの要望にも沿えるように最善を尽した。しかし、予想したとおり、私の骨折りはヴィクトリア朝時代の融通のきかない厳格さによって挫かれてしまったのである。この成り行きは興味ある話なので、ここで手短に披露しよう。

少し前に『ペルメルガゼット』紙との関係を絶っていたW・T・ステッドは、『レヴュー・オブ・レヴューズ』誌を創設し、全ヨーロッパに影響力を持つ雑誌――彼独自の見解も交えて、時代の最先端の人々の最高の思想を結集して発信する文化の中心となる雑誌――にすることを決意した。彼は、またそれを使って世界中に発信することで、ロシア人と英語圏の人々との間に盟友関係の絆を形成したい、とも思っていた。それゆえ彼は、ロシア帝国内の文学や、政治的、社会的動きに関する記事を集めることに熱心であり、私にも貢献を求め、イギリス世論にロシアやロシア人に対する関心を持たせようと非常に努力していた。ことにトルストイに対しては、ステッドは以前から心の中で企画を温めていたのだ。というのも彼は、二年程前にトルストイのもとを訪れており、彼と一緒に写真を撮り、彼が『クロイツェル・ソナタ』の中に具現化しつつある高い倫理的理念――と、トルストイ自身が思っているところのもので、ステッドがそれを理解していたわけではないが――のことを、作家自身の口から聞いていたのである。この意欲的なイギリス人ジャーナリストは、今こそ自分がその理念を、鐘と太鼓で宣言するチャンスだとほくそ笑んで、ただちに行動を開始した。トルストイのことを「清教徒の中の清教徒」とか「無条件に結婚を賛美する者」と呼び、実際、トルストイとの会話でもこういったことすべてに確信をもっていたので、いつもながらの拙速なやり方で、『クロイツェル・ソナタ』の私の翻訳に目を通す前に、勝手な思い込みから序文を書いてしまった。そして、ロシア検閲局がこの「本質的に道徳的作品」を発禁にしていることに対して、さっぱり訳が分からないなどとこぼしている。そんなわけで、彼は自分より慎重で冷静な共同経営者のジョージ・ニューンズに向かって、これで間違いなく『レヴュー』誌は高く評価されるだろうと鼻高々だった。

トルストイの家でイギリス人ジャーナリストの身に生じたことは、ロシア語にもロシア史にも十分な知識を持たずにかの国を訪れる著述家たちにしばしば起こる現象である。彼らは外国の対話者の言葉を誤解し、時には、その言葉を自国の読者に解説するにあたってとんでもない失態を演じてしまうことがあった。

私の原稿は期限内に『レヴュー・オブ・レヴューズ』誌の事務所に届いた。それを読みながら、ステッドは雷に打たれたように驚き、髪の毛をかきむしった。ロシア人の「清教徒の中の清教徒」による啓発的メッセージのはずだった話は、悪魔の説教へと姿を変えており、自分が後押ししていたものは、なんと、筋金入りのニヒリストの滔々たる演説であったということに気付いたのである。その語句や言い回しの俗悪、卑猥なことといったら……そのロシアの道徳家は愛の何たるかを知らず、また、その性愛の描写はまったくの冒瀆である、と認めざるを得なかった。彼は悲観的にこう書いている。「それゆえ、私は、予定通りにトルストイの最新の小説を載せることはできない。表現が淫らで残忍なだけでなく、彼の教説全体の激しい調子や傾向にまったくなじめないからである。この道は生への道ではない。むしろ、死へと下ってゆく細道だ」。しかし、「後半部分に関しては、現代の第一級の文筆家による心理学的研究として印刷できる可能性がある」[7]。このようにして、彼は、原稿を共同経営者に手渡した。

しかし、ニューンズは首を縦に振らなかった。彼はそのような妥協には我慢がならなかったのだ。結婚を道徳的堕落であるとして拒絶し、すべての性的関係を罪として徹底的に非難したトルストイの問題作を『レヴュー・オブ・レヴューズ』誌のコラム欄に載せることは、ニューンズがこの件で主導権を握っている限り、できる相談ではなかった――ニューンズは『レヴュー』誌創刊時の資本を提供していて、事実上その定期刊行物の所有者であり、一方、ステッドはその発案者で編集者であるにすぎなかった。どうすればいいか？　行動のための時間はあまりに短く、たった二、三日しかないうえ、ニューンズの反対を押し切る望みは無きに等しく、出版界への輝かしい一撃のチャンスはただ一度しかなかった。頑固な相棒と熱い議論を重ねた末に、ステッドは事務所を飛び出し、富裕な友人たちを急ぎ訪ねてまわると、ニューンズから『レヴュー』誌を買い取るために必要とされる三千ポンドの金をかき集めて決着をつけた。ステッドは私にこう言った――取引は一瞬のうちになされ、卑猥な文句を修正した『クロイツェル・ソナタ』は、『レヴュー』誌上で発表されたと。

こうしたことがあったあと、ウォルター・スコット商会からの申し出を受けた私は、自分の翻訳を彼らに渡した。その間にも、イギリスの私の著作の版元やその友人たちからさまざまな手紙を受け取っていた。彼らが言うには、我々を出し抜いて、『クロイツェル・ソナタ』を世に出しかねない者が複数いるらしい、とのことだった。ついに私は、トルストイに一筆書いてもらう時が来たと思った。もしもそのような版が印刷されて出回ったならば、それは直ちに著者自身によって否定されるか、あるいは、私の版が唯一正しいものである、と著者自身に保証してもらわねばならない。記憶にある限りでは、私がトルストイから受け取った回答は、曖昧で満足のいかないものだった。それでもなお、小説は滞りなく本のかたちで出版され、貪欲な批評家たちの餌食にされた。言うまでもなく、それは、才能ある作家がことのほか重きを置いていた無作法な言葉遣いを排除して出版された。私はトルストイに、その問題に関して私が交渉を持ったさまざまな出版者たちの意見や決断を知らせ続けた。彼のほうはしかし、出版者の偽善主義を嘲りながらも、やむを得ないものと自ら諦めた。私の翻訳は彼の称讃を得た。そして、彼は私に対して感謝の言葉を贈ってくれた。(8)

私はまた、彼の娘〔長女タチヤーナ〕から次のような手紙を受け取った。

一八九〇年九月二十六日

拝啓

父はあなたの序文に署名し、承認しておりますが、この作品は力が弱いというのが、父の考えです。父は自分であなた宛てに手紙を書くつもりでおりましたが、体調を崩し、かないませんでした。『クロイツェル・ソナタ』のすばらしい翻訳に対し、あなたに感謝しております。父に代わりまして、お礼を申し上げます。

タチヤーナ・トルストイ

間もなく、私宛のものの中では唯一の、英語で書かれた手紙が、トルストイ本人から送られてきた。

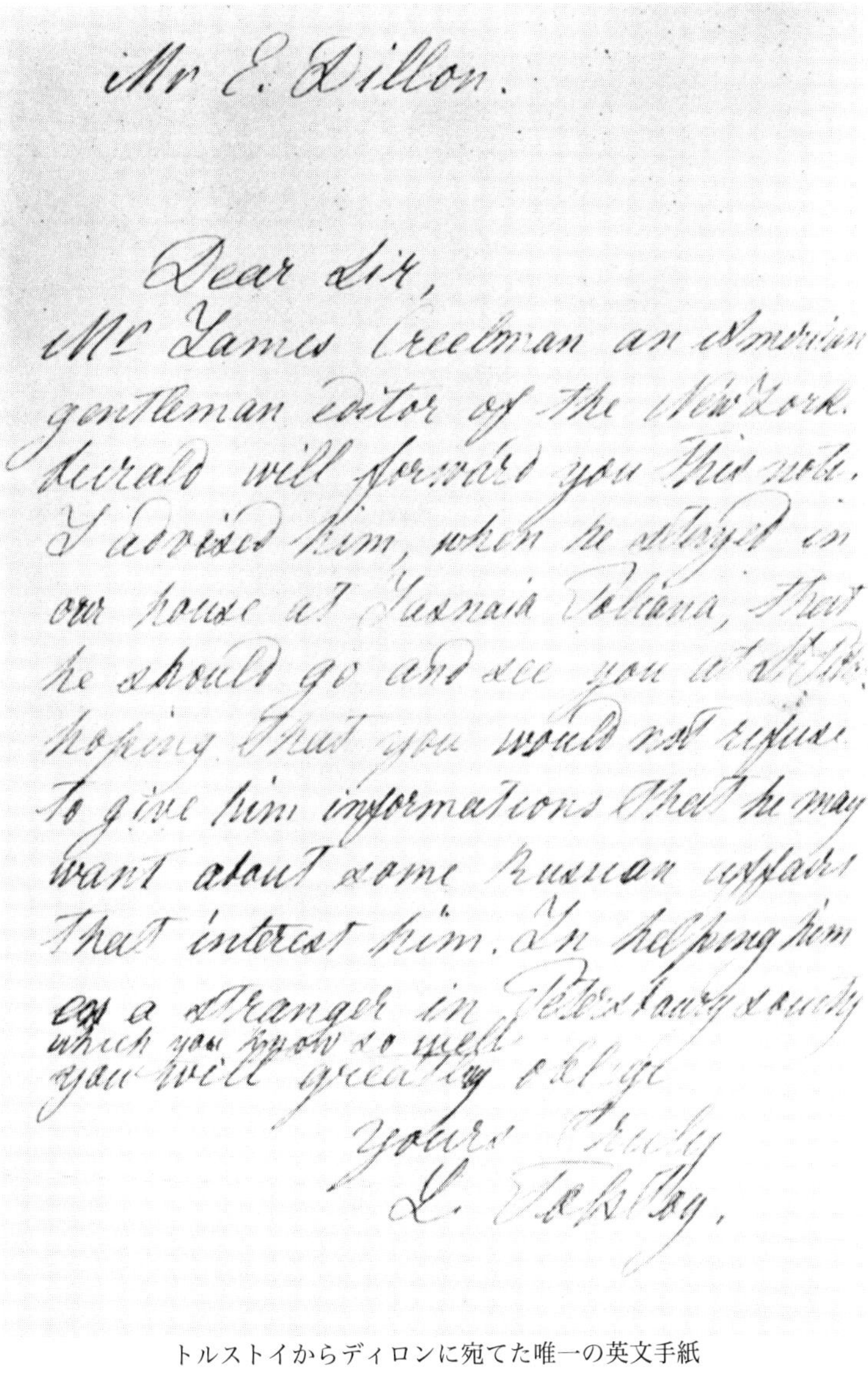

Mr E. Dillon.

Dear Sir,
Mr James Creelman an American
gentleman editor of the New York
Herald will forward you this note.
I advised him, when he stayed in
our house at Jasnaia Poliana, that
he should go and see you at St Pet.,
hoping that you would not refuse
to give him informations that he may
want about some Russian affairs
that interest him. In helping him
as a stranger in Petersburg country
which you know so well
you will greatly oblige
Yours truly
L. Tolstoy.

トルストイからディロンに宛てた唯一の英文手紙

親愛なるE・ディロン氏

あなたのもとへ、この手紙が転送されることと思います。送り主のジェームズ・クリールマン氏はアメリカ人で、『ニューヨーク・ヘラルド』紙の編集者です。彼がヤースナヤ・ポリャーナの私の家に滞在していた折、私は、モスクワへディロン氏に会いに行くようにと彼に助言しました。彼が興味をもっているロシア事情に関する情報を、あなたが快く提供してくださることを望みます。あなたが精通しているペテルブルグで、新参者である彼を援助してくだされば、たいへんありがたく存じます。

敬具

レフ・トルストイ

原註

（1）N・K・ミハイロフスキー。彼は、一八七五年にすでにトルストイの「キリストのキリスト教」を見抜いていた。

（2）私は、ヴァン・メーレン教授の客人としてそこに居た。私は、彼のイスラム哲学についてのいくつかの著述を手書きのデンマーク語からフランス語に翻訳し、それを雑誌『ムセオン』に発表した。その評論誌は、デ・ハーレッツ教授と私自身がルーヴェン（ベルギーの都市）で創刊したものである。

（3）一八八八年、（私が憶えている限りで）十二月二十四日月曜日、『デイリー・テレグラフ』紙で。

（4）『生命論』（一八八七年に発表）。

（5）一八九〇年三月。

（６）私は、今もなお、これらのページで参照されているような、資料となる多数の手紙類を所有している。
（７）『レヴュー・オブ・レヴューズ』一八九〇年四月（合巻三三三頁）。
（８）ロシアの日刊紙『ノーヴォエ・ヴレーミャ』によってヤースナヤ・ポリャーナに遣わされていたＭ・モルトシャノフに対して、トルストイは私の翻訳を褒め讃えた。参照、『レヴュー・オブ・レヴューズ』一八九〇年七月（合巻六八頁）。

第10章　トルストイの弟子たちの中の私の友人

　この頃からトルストイは、これまで以上に倫理上の導き手と見做されるようになった。寓話や論文を執筆し、訓戒を垂れたが、それは、彼にあらゆる種類の人々――そのほとんどは不遇で、絶望しており、彼に光明と導きを求める人々――からの手紙をもたらした。トルストイの助言は価値あるものと尊ばれ、友人たちの手で広く流布された。ロシアではこのような世俗教説の類は検閲局によって禁止されていたが、タイプや手書きで書き写されて出回ったトルストイの言葉は、多くの若者たち――特に学生たち――を鼓舞し、覚醒させた。彼らは演説をぶち、人類救済のための計画を立てるようになった。たちまち現役学生や卒業生、うら若い女性や駆け出しの弁護士などからなるトルストイ主義者の共同体が作られた。彼らの目的は、天才的な師によって提唱されたキリストの福音を学んで遵守することであり、次に外に出てそれを世の中に伝え広めることであった。裕福な地主が、そのような人々に、数エーカーの土地と現代風の建物とを貸し与えることがあったが、借り手はたいてい、農業の「の」の字も知らない者ばかりだった。それでも彼らは少しも嫌がることなく働き、あまり手のかからない野菜――じゃがいもやインゲンマメやエンドウマメを育てて、しかも労働の後にはともに集まってトルストイの啓示書や評論雑誌を互いに朗読し、耳を傾けては、議論し合うのだった。

このように、文明化された生活の快適さに背を向け、師の教えを実践しようと努力する純真な弟子たちがいるかと思えば、ロシアにはまた別の人々もいた。どういう人々かと言うと、それは、自らにもまた周囲のものにも満足できず、目新しい宗教的原理にすぐにとびつき、暫くは熱心にそれに従うのだが、内心次第に嫌気がさしてくると、すぐ新しく帆を張って別の針路に船出してゆく者たちである。反キリストを自認する者たちの中には、ナポレオンの百日天下よろしく口先だけの空論を並べたてる移り気な連中がおり、そういう輩でトルストイ主義に転向した者もかなりいた。口先だけの者たちの多くは、『クロイツェル・ソナタ』や手仕事の称讃や、悪に対する無抵抗の原理などをあれこれ考え、自分たちは最初からその聖戦に加わることを運命づけられていたのだと思い込み、喜び勇んで新しい旗印の周りに馳せ参じる。ところが、やがて真の闘いが始まると、とたんに嫌気がさしてきて同志たちに向かって罵りの声を上げる。逃げ去ることもはばからない。こうして、トルストイの弟子たちを風刺することをもって自らの使命とする転向者もいれば、トルストイ当人を公衆のそしりに曝すことを使命とする者、画家のニコライ・ゲーを嘲けることでその使命を遂行したりする者も出てくる。例えば、ヤシンスキーは、トルストイの弟子たちを叩きのめそうと『新しい生活』と題した小説を書いた。ただの日和見主義者や裏切り者たちのことを描いたのなら問題はないし、人々もヤシンスキーの考えを積極的に是認したはずだが、しかし彼には毒麦と良い麦との区別が付かなかったのだ。

ヤシンスキーの小説の主人公はアリジンといって、まさしく『クロイツェル・ソナタ』のトゥルハチェフスキーのような、非妥協的なタイプの素人ヴァイオリニストである。彼もまた霊感によって書かれた神託を読んで、自分は選ばれた存在であると思い込み、農民のように土地を耕し、すすんで着慣れない安木綿の服を着、石鹸やヘアブラシやハンカチなどは取り合わず、最も質素な、より高い精神的生活をすることに意を配った。ヴァイオリンは壊してしまい、友人たちに背を向け、文明の快適さを逃れ、背水の陣を敷いて新しい理念を実現しようとする。やがて、ロシアの農村生活の野卑でうんざりするような単調さに直面したところで、その犠牲を燃え立たせる神聖な火が天下ってくるはずもなく、彼の情熱は冷めてゆく。だが、すぐに我に返り、逃げずに踏み留まろうと決心し、労働に捧げてきた手と神に与えてきた心を、ある田舎娘に捧げようとする。しかし、幸いなことに、田舎娘はそのどちらをも鼻であしらうくらいの良識は持っていた。この失恋は、ダヴィッドのハープかパガニーニのヴァイオリンの魔法の旋律のみが効果的にぬぐい去ってくれるような憂愁と陰鬱をアリジンにもたらした。やっとのことで以前の調子を取り戻した時には、彼は「魂の復活」とはあまりに遠いところに立っていた。もうその頃には、新しい生活にどっぷり浸った後だったので、こっそりとエジプトの肉鍋に舌鼓を打ちながら主教ベッサリオンの庇護を頼りにしていた。主教は説教し、祈り、真の原理を取り戻させるための秘跡を彼に授ける。彼はそれによって、天は良きことに対する努力に報いてくれるものと感じる。こうしてアリジンは正教の信仰を取り戻し、父の家に戻ると、肥えた子牛を屠ってローストにするよう命じては、じつに楽しげにヴァイオリンと弓を手にするのである。

より一層現実的で辛辣なもうひとつの話――『真実の周辺』は、最も権威があり広く流布されていた保守的な月刊誌『ロシア報知』に発表された。この月刊誌は、有名なカトコフが亡くなるまで編集していたものである。それは、I・L・シシェグロフなる響きの良い名で発表されたものだ。この著者がトルストイ伯の妥協なしの原理に突然に参入したことは、当時ペテルブルグでは大変な話題になった。紳士のシシェグロフは当時、トルストイ主義者たちのある小さな共同体を毎日のように訪れていた。そこでは、ある好人物の元貴族がリーダーとなっていて、彼が主義を貫くために払った犠牲に世間の人たちは驚きと、いぶかしさを覚えて、たいそう気の毒がったが、友人も反対者も、その人の誠実さに疑いを持つことはなかった。この熱心な元貴族は、共同体の扉をシシェグロフに広く開け放った。招じ入れられたシシェグロフは、家具や主義者たちをこっそりと眺め、彼らの質素な生活振りを称讃し、自分も参加して同様に暮らすことを約束した。ただ、野良着と騎兵の乗馬靴を身につけるのは、仕立て屋に作らせた外套と特注品の革製オーバーシューズを着古してからにさせてくれるよう頼んだ。有名な作家を仲間として持ったことを喜ぶ同胞たちの信頼を得たにもかかわらず、あら捜しばかりして良いところには目もくれないこのリアリストは、退屈極まりない描き方で仲間たちを描きつつ、味気ない現実に花を添えるために、しばしば空想を交えて脚色した。それでも、トルストイ主義の外殻——外殻といっても玉石混交なわけだが——くらいはなんとかイメージできる程度の事実と情景は盛り込まれていたものの、やはり書いた当人の人柄と性格が見えすいた駄作であった。我こそは最高の文化の担い手であると自認する人間による、信頼を寄せた仲間たちへの卑劣な弾劾と、女性の名誉へのこの忌むべき攻撃以上にさもしく軽蔑すべきものは、いかなる文学史にもとうてい見出せない。多くの正直な心の人々にとっては、このとてつもない物語の中で開示されたような裏切りや、好色と信心深さの不調和な混在は、まったく考えられないことである。この小説は典型的なものだが、似たような描かれ方をしたものはほかにもたくさんあった。トルストイ主義の信条やその弟子たちについて述べる際には、このような事例を黙って見過ごすことはできない。事実は事実であり、それに抗うことは無益である。こんなシシェグロフに一貫した事実とはこういうことだ――その陳腐な話題に言及しない記事というものは、デンマーク王子の役割を削除して編集された『ハムレット』となんら変らないほど無意味である。

ほとんどのトルストイ主義者の共同体が起草し受け入れている目標や目的のいくつかを公に宣言することは、おそらく、彼らに浴せかけられる卑しい攻撃に報いる最も効果的な回答であるはずだ。

トルストイ主義の信条

同胞を愛せよ！

「我々は周囲に徳の種子を蒔き、必要な場合には、同胞のために生命を捧げるのもいとわぬほどに愛の仕事を遂行することを義務と考える。同胞とは、それぞれの信条・国籍・性・年齢にかかわらず、世論だの、既成の権威だの慣習だのによる人為的差別や障害を乗り越えたすべての人々を指す。我々は、あらゆる精神的・肉体的な苦悩の軽減、苦しんでいるすべての人々への援助と救済、そして、我々の人生の道を照らすあの理性の光の普及、を徳業と考える」。

無抵抗

「我々は、法には頼らないと判断し、そのように行動する。なぜなら、右の頬を打つ者に対しては左の頬を向けるべきだと思い、受けた悪に対しては善で報いるべきだと信じるからである。もしも同胞たちのひとりが罪を犯すならば、彼の良心こそが、判決文や刑の執行よりも容赦なく正当に彼を苦しめるであろう。我々は、人間がつくった政府に対してはいかなる義務も認めない。なぜなら、我々が従うツァーリは神そのものであり、神は我々の内に在り、我々が神を愛し、神の命令を遂行する限り、我々の生活を形作って下さるからである。政府に対するすべての義務を放棄するかわりに、我々は自発的に爵位や地位やその他の特権を放棄する。ただし、我々が世俗の政府に従わないことは、為政者に対する憎しみによるものではない。我々は彼らをも同胞として愛するからである。そして、彼らが神の意思に反する行為を強要しない限りは、いついかなる所においても全身全霊をもって最大限に奉仕するつもりだ」。

トルストイは、現在のように構成された社会では、人は、盗みや強盗や暴力や、仲間を奴隷にすることによって生きることになる、と断言した。彼は文学の仲間内で最下層にいるひとりの男から、自分が落ち込んでしまった絶望的な立場では何を為すべきか、と尋ねられた。いかなる仕事もなく、生きる術もなく子供を背負い、病気や飢えに見舞われ、同情もしてもらえずにどうやって生きてゆけばいいのか？　彼は、「開かれた扉」を訪ねようという気にもなったが、まずはトルストイの助言を求めたのである。乞食をすることは彼にはとうていできそうにないと思われたのだ。それに答えてトルストイは「なぜ施しを求めないのか？　そうすることは不道徳でないだけでなく、時には義務ですらある。施しで生きることは、知識階級の大多数がしていることよりも、はるかによい生き方である」と書く。人々の生き方が悪いのは、本人が身を誤っているか、さもなければ自らの人生をより良いものにする方法を知らないからなのだ。だからこそ彼は、人はいかに生きるべきか、を世の人々に示そうとしたのだった。

　ロシアではトルストイ主義コロニーの居住者たちは厳しい批判にさらされた。そのひとつであるスモレンスク州に創られたコロニーは、四人の男性と三人の女性からなっていたが、この基本構成員数は、時々、三、四人、場合によっては二十人もの来訪者たちによって膨れ上がることがあった。こういった来訪者たちは、その時々で数週間ないし数か月間だけ滞在するのだった。彼らは、真中を廊下で仕切られた大きな小屋に泊まり、片側に女性が、もう片側に男性が分かれて暮らした。台所と食堂は女性側にあった。彼らは全員、藁を敷いた厚板の上で寝、彼らの服装は、様々な色合いのシャツとズボンと樹皮靴で、それらすべてを自分で作らなければならなかった。彼らの街着は鍵をかけたトランクの中に仕舞われ、いざという時にとり出されるだけであった。街着のことを彼らは、「バビロニア人の服」〔バビロンは退廃した都市の象徴〕と呼んだ。彼らの目的は、農民たちがしているのとまったく同じように大地の上で働くことであった。金銭のやり取りは完全に禁止されていて、塩とか石鹸が必要な時、あるいは、自分たちだけでは作ることのできない物が必要になった時には、コロニーの生産物と交換することで必需品を手に入れなければならなかった。このコロニーは特別に、一頭の牝牛と十頭の羊を所有していた。自分たちのところの収穫だけではまったく食べていけなかったので、彼らは近隣の農家からパンを借りた。隣人たちをあてにできない時には、「バビロニア人の服」を着て、親戚を頼っていくのだった。このようにやり繰りすることで、彼らは他人の労働で利益を得、金銭を使うことができた。ある者は列車で旅する罪を犯さないために徒歩で旅をした。しかし、列車の乗車券を買うだけの金もなかったというのがつらい現実であり、彼らの罪だったのだ。その収穫は、農民たちの収穫よりも常に劣っていたが、彼らはそれを土地が肥えていないせいにするのだった。「我々は、農民たちと比べて大地を耕すのがずっと下手だった。慣れていない者が重い土を耕すことは非常に困難だ」と、「知識人」会員のひとりは認めている。当然だろう。収穫期にあたる暑い七月の日々に、麦を刈り取って穀倉に積み上げることは、とりわけか弱い女性たちには無理な苦役であった。コロニーに二年以上留まる者はひとりもおらず、欠員が補充されても、やはりしばらくすれば音をあげた。会員のひとりは、自らの退去を私にこう弁解したものだ。「我々は確かに悪いことはしていないが、かといって誰に対しても良いこともしていない。狼のように働いたけれども、その経験から得ることは何もなかった」。そこでの食事は十分でなく、例えば朝食は、砂糖なしの薄いコーヒーと干からびたパンのみといったもので、彼らはほとんど飢えていた。

農民たちも地主たちも、あらゆる観点から彼らを非難した。コロニーの人々は、自分たちが勝手にしでかしたことに、〈助けを求める厄介者〉と見做された。彼らの多くは知識人であって、何ら特別な職能もないままにトルストイの影響下に入り、農民のように働こうとした。そして、自分たちの人間らしさを支えていた事――芸術、学問、文明――を放棄したことで瞬く間に取柄を失い、無能な人間になった。素朴な人間になろうとして、野蛮で獣じみた、精神的に病んだ人間となってしまった。農民たちの仕事には適応できず、役立たずになり果てて、その多くは路傍で野垂れ死んだ。ロシア人の中には、若者たちに及ぼされるトルストイの悪影響への対抗策を講じようとする一派も現れた。彼らは、哲学的知識や財政的手段を持つ人々が司る別な友愛組織を提案し、その指導者たちが、迷える若い人々をトルストイが導き入れた危険な道から外らし、神の国へと引き戻す力を及ぼしてくれることを期待した。

伯爵夫人〔トルストイの妻ソフィア・アンドレーエヴナ〕は、夫と同様、律儀に秘密の日記をつけていたが、こういったトルストイ主義者の多くを、懐疑的とはいわないまでも批判的な目で見ていて、それにはもっともな理由があった。忘れられない苦い教訓を教わった、数々の風変りな出来事を経験したからである。滞在中に私はそのいくつかの話を聞かされ、他は後に知ったが、どの話も伯爵夫人が夫の偉大さゆえにかなりの不利益を強いられたことを示していた。彼女はこういったことを不幸の種と感じ、恨めしく思ったのだった。このような年月の間中、彼女は己れを殺して忠実に仕えたのに、当然の信頼を得るどころか、運命によって結びつけられているこの偉大な天才へのあきらかな障害として軽蔑された。この忘恩は、疑いもなく伯爵の取巻きたちの悪しき影響だと夫人は考えたが、この確信を二倍も確かなものにするために、伯爵の行動を見守り、彼やその仲間たちの手紙をくまなく探し、彼のもとへとやって来る得体の知れない訪問客、とりわけ似非理想主義者や、領地の人々の中で伯爵の説教へなびいた者たちを「黒んぼ《ダーキーズ》」と呼んでその狙いや目的を詮索した。それらの多くは、ほとばしる熱情をもった狂信者たちであり、そのほとんどは無知で無作法で、おしなべて気遣いというものがなく、時間にも、貯えにも、家屋のことにも、また、一家の家庭的取り決めにもお構いなしであった。伯爵夫人は、自分のことを無視し、非難し、歓待をいいことに長逗留して家族のプライヴァシーまでも侵してくる、厚かましい侵入者たちをも世話しなければならなかった。そんなすべてに憤り、時には感情を露わにしたのは当然のことだ。彼女の主婦としての戦略は、おかしな結末や妙な発見につながる時があり、厳しい試練にあった夫人はそれに断固として立ち向かったので、伯爵のほうがなだめる羽目になるのだった。

ある日ひとりの軍人が、世の中を変える人に敬意を払おうとやって来て、自分は厳格な菜食主義者で家畜の擁護者であると自己紹介した。活発に会話をする中で、彼はトルストイの乗馬を非難したが、乗馬は伯爵の大好きな気晴らしであった。「むろん、あなたにとって、乗馬は楽しく健康的な運動でしょうが、馬にとってはどうでしょうか、迷惑なことだとうんざりしていますよ。馬ほど気高い生き物を単なる家畜として扱う時、この物言わぬ友に対してどのように申し開きができるというのです？　違いますか？」「ああ、私は乗馬を諦めよう！」と伯爵は答え、八年近くもその習慣を慎んだ。しかし、やはり我慢できなくなり、後に再び乗馬にふけった。

真冬のある日には、異様な風体をしたひとりの客が訪ねてきた。彼は長い羊の毛皮外套を纏い、帽子を被っていた。肩には一本の縄が掛かり、それには無色の液体が入ったような瓶が結ばれていた。もう一方の端には粗布のずだ袋がついていて、胸の前にぶら下がっていた。扉が開かれるや否や、彼はトルストイへの面会を求めたが、外套を脱いで暫く待つようにと従僕に促されると、こう答えた。「寒いので、外套を着たままでお許し下さるよう、伯爵に伝えて下され」。

「でも、この家は暖かですが……」と従僕が言いかけると、相手は「どうか言うとおりに伝えて下され！」と言い張った。

そのままでよいと許されて、巡礼客は縄を肩からはずし、ずだ袋を手に持って伯爵の居室に入って行った。

「大先生」と彼は話し始めた。「あなたは、ご自身の教訓を忠実に実行し、必要欠くべからざるものに対する欲さえ捨てた弟子を迎えられようとしているのでございますよ。ご覧下され！」……。

こう言うと同時に、彼は外套を脱ぎ捨てたが、外套の下は素っ裸であった。

「本当は外套なしでも大先生のもとへ参上したかったのでありますが」と、弟子はしかつめらしく話し続けた。「ただ、寒さが怖かったので。それが、いかんともしがたい唯一の欠点であります。他方、私はほとんどあらゆる種類の食物を放棄しました。熱い湯と麦粉の混ぜ物を食するのみ、ほれこのように、この瓶の中には水を、この袋の中には麦粉を入れて常に持ち歩いておりまする」。

トルストイは唖然として、この話の間中、一言も発することができなかった。しかし、すぐに我に返ると、この訪問者の並外れた風体には異を唱え、滞在を許す前に衣服を与えるよう指示した。そして、続く数日間というもの、自らこの奇妙な客人と、水と麦粉だけの食事を共にしたのだった。

この訪問の落ちはこうである。この見慣れない弟子——スウェーデン人であることが分かった——は、高価な宝飾品をいくつかお土産にして、真夜中にヤースナヤ・ポリャーナから逐電した。

小説家クプリーンは、モスクワの最上級レストランのひとつで心ゆくまで豪勢な昼食を楽しもうと会していた大勢の「インテリ」仲間について、こんな逸話を語っている。当時の慣例では、昼食はしばしば夕食の時間まで延々と続いたものだが、そのあと彼らは心が広くなり、人生とそれがもたらす喜びに満足したので、無邪気なこと幼子の如しといった有様になった。彼らはトルストイとその傑作を話題にし、『アンナ・カレーニナ』から長い一節を引用して、人間の優しさというミルクが心の中から溢れ出るまで、トルストイの予言した人類の甦りについて語り合った。そのうちひとりが善良さで輝かんばかりになって、今からでもすぐにヤースナヤ・ポリャーナへ、ロシアの神のような存在に敬意を表しにゆこう、と提案すると、皆一団となってトゥーラ州に向けて出発し、一気呵成に駆け付けた。着いたのは夜更けで、突然のことであったので、彼らは浴室に案内され、その寝床は新しく敷かれた松の厚板と刈り取られたばかりの新鮮な干し草で間に合わされた。朝になり目を覚ました時には、彼らは縮み上がって後悔した。「大変だ！」と彼らのひとりは叫んだ。「我々は何という悪ふざけをしでかしたことか！こっそり逃げ出し、さっさと退散！」本来の場所で用を足す間もあらばこそ、後を濁した逃亡の責めを召使たちに負わせて、尻に帆かけて逃げ去った。

朝食の時にこのことを聞いたトルストイは歓喜し、「何とあっぱれな奴らだ！　なぜ引き留めておかなかったのだ？」と叫んだ。そして朝食を終えると、「私は深酒をしてはめを外すような人々がむしろ好きなのだよ」と言った。

トルストイ夫人ソフィア・アンドレーエヴナがそのようなタイプの客人たちを嫌ったのは当たり前だ。時には、なお一層低俗な人物どもが夫人の心をさらに厳しい試練に立たせた。ある日、伯爵は、見ず知らずの弟子——トルストイの宗教的著作によって改心し、尊敬する師の生きた言葉を熱心に求めていたある文士——から、一通の痛ましい書状を受け取った。それには、自分の敬意に応え、数時間なりとも師の足許に跪くことを許していただけないだろうかと書かれていた。奇妙なことに同じような要望があまたの見知らぬ人々から引きも切らずなされ、そのほとんどはロシア人男性からのものであったが、まれに女性からの依頼もあった。

ある時、世界的預言者であり指導者であるトルストイの唇から叡智を飲み干す許しを求めるひとりの文学女性が現れ、その悲願が認められるということがあった——伯爵は親切で寛大だったので、同様の要求は、これまでもほとんど断わられたことはなかったのだ。それに乗じて直ちに女性がヤースナヤ・

ポリャーナにやって来ると、彼女のためにひとつの部屋が用意された。

彼女の熱心さと好意は伯爵に深い印象を与えた一方で、伯爵夫人は心穏やかならず、彼女に疑いの目を向け、その動向を注意深く監視した。翌朝になって、案の定その女が文学的娼婦であり、トルストイと一夜を共にしたことが露見した。夫人はその女を屋敷からたたき出し、夫に対しては鋭い小言を三十分間浴びせ続けた。

この逸話の後暫く経ったある日、私は有名な小説家レスコフと彼の部屋で雑談していた。その時、ロシア詩人Vが来訪し、大変魅力的な若い女性を連れて意気揚々と部屋に入って来ると、我々に向かってその女性を自分の姪として紹介した。それからレスコフに対して、トルストイが数か月間自分たちを受け入れてくれるのを頼んでみてはくれまいかと言った。伯爵の親しい友人であるレスコフに口をきいてくれるよう、頼みに来たのだった。するとレスコフは、たった今提示された話に対して、さまざまな嘘の理由を並べて諦めるよう彼らを説得したのだった。私とふたりだけになった時、レスコフは種明かしをしてくれた。「我々が話していたことのもうひとつの事例がこれですよ。それは、少しの間は可能であるかも知れないが、すべての要素は同じです。あのすばらしい可愛い女性は、私が彼の甥でないのと同じく、彼の姪ではありません。彼らはただ、トルストイの家で互いの仲間たちと二、三日を過ごしたいだけなのですから、そんなペテンの片棒は担げませんよ」。

レスコフは、全霊をもってトルストイの教えに従ったけれども、自立していて己れに厳しかった。トルストイに対しては熱狂的なまでに跪き、彼のことを「地上の聖者」と呼び、トルストイが懐く問題についてはとことん分ち合う姿勢を見せたが、その彼ですら、晩年には公然とトルストイ主義者たちを風刺していた。彼がトルストイ主義者たちと彼らを生み出したトルストイ本人との間に明確な区別をしていたということは言うまでもない。よって彼は、トルストイ自身のことは常に尊敬していたけれども、トルストイ主義者たちへの賞賛は相関的なものにとどめていた。トルストイもレスコフを「言葉の魔師であり、真の作家である」として認めていた。彼らは、生涯の終りまで友人であった。レスコフが死ぬ少し前、トルストイにこう手紙を書いている。「できれば私に、死について何か語って下さい……あなたの言葉は私にとって大きな救いとなりますから。あなたの重荷となることを恥じてはいますが、私は弱く、自分よりも強い人により掛る何かを求めているのです。どうか私を見捨てないで下さい……」。

伯爵夫人は、訪問者たちの中のある者に対してどうしようもない不快感を懐き、追い払わんばかりに邪険に扱うときがあった。その判断は明らかに真剣で、痛ましく、不安なものであった。ロシア中によく知られ、高く評価されていたひとりの芸術家が、この嫌疑の犠牲となった。一八九一年七月二十三日に、伯爵夫人は日記に次のように記している。「グンスブルグによる胸像は完成したが、まったくひどい代物だ。それにしてもグンスブルグ自身が俗物だから、彼が出て行ってくれて嬉しい」。けれども、続く次の文章は驚きの変化を遂げていた。「グンスブルグについての私の意見は一八〇度変わった。彼は善良で尊敬すべき人物である」。グンスブルグは幾度もトルストイの胸像の制作を試み、心を込めて仕事に打ち込んだが、できた胸像は少しも似ていなかった。グンスブルグ自身は、背が低く、短く切った黒い髭を生やして活力に溢れ、女性のような静かな優しい声をしていて、トルストイのことを偶像のように崇めていたのだった。

トルストイ主義者たちの多くは、ロシアでもイタリアでも、またその他の地においても、師の教えを実践することに心の内で駆り立てられつつ、実際の生活は恐ろしい悪夢のようであった。トルストイの理念の実現を目的として創設された共同体の年代記は、理念の根底を誤解したための悲喜劇に満ちている。とりわけ、悪に対する無抵抗という根本的教訓は、非常に重要な啓示ではあるけれども、議論の余地が大ありで、善意の人々に対しては厳しい試練を課した。もし、人が、思考と行為の様式において、とことん深遠な変化のための動機を追い求めるならば、それは、神の愛として与えられるであろう。しかし、その問題にさらに一層深入りしてゆくと、人は、このような組織の中に愛すべき神はいるのであろうか、と不安に駆られ、たとえいたとしても、神はそれを表わすのにこのような方法を喜ぶであろうか、と不安をかき立てられる。

近衛第一連隊の勇猛果敢な若き前士官であったウラジーミル・チェルトコフは、早くからトルストイの熱心な弟子であり、親しい友人でもあった。大変裕福で、道楽者で、魅力的な眼差しで女性たちを虜にする一方、高貴な師の影響下に入り、師の言葉や実践にすっかり感化されていた。チェルトコフは、ロシア帝国の理想的な士官であった。教養があって数か国語を自在に操り、もともとの性格と教育のせいで、物事の根源を突き詰めて考えるよりも、余計な軋轢を生まないすべを知っているひとかどの人物だった。その彼が、ひとりの宗教的天才のために奉仕し、その栄光に自らを捧げるために才能を開示したのである。要するに、彼は理想的な使徒であった。私は、首都に滞在中に何度も彼と会っていたが、私が関係していたさまざまな宗派の熱烈な信者たちの間で経験済みの、あの特異なカリスマ的才能を見誤っていた、と告白しなければならない。さらに、彼とのやり取りで得たある種の驚くべき結末や疑念から、チェルトコフに関しては、私は、友人のフランシス・プレボスト・バターズビィによって描かれたものとは大いに異なる精神的人物像を描かざるを得なかったのだ。

友人のフランシス・プレボスト氏は、『テンプル・バー』誌上に、「草原の絆・一八九一年、ロシア飢饉の際の知られざる事実」と題する記事を載せていた。彼はトルストイ主義者たちのコロニーにしばらく滞在していたことがあり、その時のことを大いに好奇心をそそる興味深い記事に仕立てていた。

「私が知っていたそのコロニーを組織したのは、先帝の副官であり、ペテルブルグの若い近衛兵の中で最も勇猛な人物であった。副官当時の彼の生活は、お世辞にも道徳的とはいえないものであった。彼は六か国語で冗談を言うことができ、実際、冗談がうまかった。彼は輝かしく魅力的で、誰からも賞賛され、何でも思うがままに見えた。彼は、ある重要な州の政治に名を連ね、その名に引き継がれている祖先のタタール皇女が婚礼に際して持参した、最も肥沃な一地方全域におよぶ広大な領地の相続者であった。

その彼が、この前私に手紙をくれた時には、ありふれた赤いシャツと木の皮から作った靴を履く、ごく普通の農民として暮らしていたのだ。彼の道徳規範はこの上なく厳格であり、誰にでも奉仕し、分け隔てのない愛情と善意に溢れていた」。

この称賛には、手加減が必要である。チェルトコフの所有であり、息子のために母親によって管理されていた莫大な資産を行使することができたにもかかわらず、親戚の家にただで間借りして暮すようなことをしていたこの人物は、時たま私の住居を訪れ、自分で買うのは躊躇するオレンジだの、その他の食料品をくれとねだっては、冗談交じりに私にこう言ったものだ。「私はエジプト人を略奪することには何の後ろめたさも感じませんよ。獲物として認められているのだから」。概して、プレボスト氏の性格付けの絶対性は、諸々の事情から大きな制約を受けたものであり、今は、そのことに踏み込むのは差し控えたい。
チェルトコフからの手紙を数通持っているので、差し支えないものを以下に紹介する。

ロマシキ横町十七番地
一八九〇年五月七日
エミール・ミハイロヴィチ、お求めの手書き原稿を送ります。あいにくとお急ぎとのことで、かなり費用の掛る筆記者を雇わざるを得ませんでした。私の秘書と『クロイツェル・ソナタ』を筆写した者たちには、一ページ毎に四十コペイカを払いました。こうして、物語とふたつのエピローグの筆写の経費は十ルーブル八十コペイカにかさんでしまいました。もしも費用の点から、あなたがどちらかひとつのエピローグを選ぶならば、お返しいただく方の原稿を私は喜んで手許におきます。その場合には、あなたは私に八ルーブル八十コペイカだけ払ってくだされればよいのです。また、この前お話したトルストイの手になる手紙の写しもお送りします。しかし、その公表に関しては、私はまだ本人の許可を貰っておりません。お返事は次の宛先にお送り下さい。
「ポスレードニク」出版所
V・G・チェルトコフ宛
リゴフキ二十九番地
サンクトペテルブルグ

追伸
再びお目に掛かれないかもしれませんが、私は心からあなたのご成功をお祈りいたします。
V・T

一八九一年三月十六日
エミール・ミハイロヴィチ
まずはN・N・ゲーに関するあなたの記事が記載された『レヴュー・オブ・レヴューズ』誌をお送り下さり、ありがとうございます。実は先だって、L・N・トルストイからその同じ号を受け取っていました。ゲーという画家の、このように興味深く、有益かつ芸術的な生活に関する記事を見て、大変嬉しく思うとともに、あなたの記事が読者のためになると確信しております。
私の手紙は、すでにお受け取り下さいましたでしょうか、その中で他の事と一緒に、ロシアの画家たちの作の中でも特に優れた絵画についての欠かせない情報を提供できる人物として、V・M・Kをあげておきました。それと同時に、「ニコラス・パルキン」と「N・Nへの手紙」に言及した手稿を送りました。無事に届いていれば幸いです。
さて、私は、できれば次の二点について教えていただきたく存じます。（一）陸路でも海路でもよいのですが、食事代等も含めて、ロンドンからペテルブルグまでの旅行費用はどのくらいになるでしょう？（二）こちらの指示に従ってロシア語から英語に翻訳できるイギリス人をペテルブルグで誰かご存知ではありませんか？

実を言うと、私は、昨夜、L・N・トルストイによる短い序文のついた小論を『ノーヴォエ・ヴレーミャ』紙に送りました。これはすでに二回程ドイツ語に翻訳され、その中で表明されている理念が、概ね、表面上は法曹界の関心を呼ぶ側面を持っている、ということが分かりました。

私は、それを英語に翻訳してくれる人に手渡し、イギリスの新聞のどれかに発表したい、と思っています。そのため適任の翻訳者がペテルブルグで見つかるかどうか、そして、幾らくらいでその仕事を請け負ってもらえるかどうか、あなたに確かめたく思っています。あいにくと、ちょうど今手元にはこの小論のオリジナルと校正ゲラだけしか持っておらず、それをお送りしてもよいのですが、あなたのご職業ならおそらくじきに新聞でご覧いただけることでしょう。

もしも翻訳してイギリスで公表することに同意して下さるならば、それと引き換えに、ロシアの有名な風刺家コストマーロフの物語をお送りします。それは、小ロシアの古代伝誦をもとに彼によって書かれたものであり、また数年前にはL・N・トルストイによっても取りあげられ完成されたものであり、トルストイはそれにまったく新しい、創造的な結末を与えている——しかし、それは検閲局によってロシアでは一度として認められてきませんでしたね。この物語はすばらしい精神性を持っており、大変感動的なものです——なぜなら、それは、ロシア人の人生の哀愁的な側面を描いているからです。署名はコストマーロフとレフ・トルストイによる共著とされるに違いありません。写しができ次第、あなたにお送りしましょう。

バターズビィは私に手紙をくれました。彼は間もなく再度イギリスを訪問しようとしており、あなたと私とで立案した絵画展の企画が実現された暁には、五月にあなたと一緒にロシアに戻るつもりだそうです。

企画はいつ提案し、いつイギリスに行って来られる予定なのか、どうか私にお知らせ下さい。

ごきげんよう

V・チェルトコフ

一八九一年三月二十九日

エミール・ミハイロヴィチ、イギリス旅行についての情報が盛りだくさんの詳細なお手紙に対して、心から感謝いたします。私自身がそこに行くのではありません。ロシア画家の絵画展をイギリスで開催する話を協議するために、夏の間に、我々の共通の友人ハリー・バターズビィが派遣されるでしょう。

また、私の小論を引き受けてくれる出版人がいる場合には、あなた自身が翻訳をして下さるというお申し出に対してもお礼申し上げます。あなたがイギリスへ出発する前にそれをお貸ししましょう。出発の正確な日時の連絡をお忘れなきよう願います。今現在、この論文については、私自身、コピーを一部持っているだけです。別々に出版するためには、それを検閲局に提出しなければなりません。私の事務所に筆写代金の支払いをしてくださったそうで、ありがとうございました。事務所からまだ最終勘定を受け取っていないので、そのことを知りませんでした。

あなたのために今書き写している、コストマーロフとトルストイの物語は、間もなく完成予定ですが、すぐにはあなたに送ることができません。というのも、この二作品の海外での出版に対する同意が近日中にトルストイ本人から得られるのを待っているからです。彼の同意なしには、この目的のために原稿をお渡しするわけにはゆきません。コストマーロフの未亡人はまだ存命しており、今この作品を公表するのが好都合かどうかを決めることができるのは、トルストイだけなのです。そのあたりのいきさつを私が書いて短い序文を載せるという条件でなら、同意してくれるものと思います。

あなたの体調がすぐれないと伺い、大変心配です。夏のおとずれとともにお加減がよくなることを願っています。E・V・ゴヴベルゴフは、あなたが憶えていて下さったことを感謝しており、近いうちに、すでに英語に翻訳されている優れたロシア書籍のリストをお渡しする約束を果たすつもりだそうです。我々の最上の作家たちの物語を、あなたと私とで共に出版しましょう。あなたのお考えはともかく、私自身はこのことをしばらく前から考えておりました。イギリス人やアメリカ人の読者たちの琴線に触れる、多くの芸術的で美しい物語を見出すだろうと確信しております。

ごきげんよう

V・チェルトコフ

エミール・ミハイロヴィチ

私はこの手紙をきちんと理解することができません……手紙自体がはっきりと書かれていないからなのか、それとも、私の頭が疲れているからなのか、そこのところはよく分りませんが。お手すきであれば、どうか直接いらして私に内容を説明して下さい。もしもご関心がおありならの話ですが。

V・チェルトコフ

追伸……あなたのための『クロイツェル・ソナタ』は、うまくゆけば、今夜にも完成するでしょう。

そうすれば明日の朝にも、あなたの許にお届けします。

トルストイの弟子たちの中で、最も誠実で純朴なひとりに挙げられるのが画家のゲーであった。ある朝、モスクワ市の人口調査に関する力強い論説が日刊紙のひとつに発表された。それは、惨めさと苦しみの悲惨な現状に光を当てたものであった。この論説の執筆者は、アメリカ人のある思想家が以前彼にした話として、次のように述べていた。「貧しい人々が最も必要としている援助を与えることに自信を持ちなさい。たとえ貧民を置き去りにしてはばからないのがこれまでの慣いであるとしても。金銭を与える時は、ただ単に施すだけでなく、自らも力を尽くして働きなさい。貧しい人々に一杯の冷たい水だの、一握りの金だのを施したからといって彼らに対する義務を果たしたということにはならず、そんなことは義務のほんの一端に過ぎない。我々は、勇気をもって彼らの中に入って行くべきである。彼らを優しく注視して、我々と何ら変わるところのない人々、我々の兄弟として扱うべきである」。その記事の筆者に、ひとりの協働者を、自分と同じ理念を信奉する仲間を見出したゲーは、取るものも取りあえず立ち上がると、筆者本人に会い、助言を仰ぎ、感謝を捧げるために、早速モスクワへと出発した。こうして、ゲーは初めてトルストイと個人的に接触したのである。

ゲーの宗教的、政治的、芸術的信念の誠実さは、あらゆる試練を乗り越えた確かなものだが、利己主義と卑しむべき妥協のまかり通る今日にあっては、彼がそのために躊躇なく為した犠牲の性質や程度を推し測ることは困難だ。この場合、トルストイから伝えられた主義をゲーが受け入れたことは、悪い教訓を植え付けてしまうことがないようにと、自らが期待をかけていた『憐れみ』という絵画を意図的に壊してしまったということに見てとれる。そのような犠牲によって、誠実さはおのずから知られるところとなるものだ。モスクワに到着すると、ゲーはカンヴァスや絵の具や絵筆を買いそろえ、金融街にあったトルストイの屋敷を訪ねた。しかし、主人は留守であった。持参した袋を従僕に預けると、画家は通りをさ迷い、熱心に出会いを求め続けた。それまで一面識もなかったが、出会えば一目で彼だとわかると確信していたのだ。けれども、結局翌日までふたりが出会うことはなかった。翌日の会見は、あたかもジフの荒野におけるダヴィデとヨナタンの出会いのように、親密で心の通い合うものであった。

「私は、あなたに会い、あなたのお話を聞き、あなたの喜びを実践するために南からやってきた画家です。我々は、共に同じ唯一の主の僕ですが、あなたの経験は私のよりも一層偉大なものですから、どうぞ私に命じて下さい。どんなことでもいたします。あの方を描きましょうか?」と、ちょうどこの時、脇を通り抜けたトルストイの娘ターニャ〔長女のタチヤーナ〕を差してゲーは言った。

「いや、あの子ではなく、私の妻を描いて下さい」とトルストイは叫んだ。

師と弟子との間の対話は、ひんぱんに、長時間、誠意をこめて行われた。それは魂と魂との交わりであった。ゲーは、本能的にトルストイが彼の質問に与えようとしている答えを推し測り、その推測は常に正しかった。「その時だったのです――」ゲーはずっと後になって私にきっぱりと言った。「私が、人生とは何か、芸術とは何か、真の理想とは何かを知ったのは。私の芸術活動の新たな時期がその日から始まったのです」と。

その創作の特別な価値を記すことは公正ではあっても、しかしまだ、あら探しの域を越えるものではない。それ以後、ゲーは、ロシア美術派――個人主義ではなく独立していて何派にも属していない人々に公式名称を与えることができるとするなら――の代表者たちと共通の立場に立った。いうまでもなくロシア美術は、独創的な芸術家というよりはむしろ腕のいい昔の職人のカンヴァス――当然、芸術家を名乗る人々の作品でも自由な創作でもない――に見出されるのでもない。職人技を芸術と混同すれば、クラムスコイやヴェレシチャーギン、レーピンやヤロシェンコ、マコーフスキーの作品でさえ、失敗作だ贋作だといわれかねなくなる。ロシア美術とはこれら画家たちが実生活の中でふと心に浮かんでくることに姿形や色彩を与えたものであり、教えてもらうことに喜びを感じるすべての人々に何らかの教訓を提示するかも知れないものである。多くの外国人にとって今もって、民族的なロシア美術の最高レヴェルの作品でも評価は低く、ただ写実的であるだけのものに見えるだろう。その最も崇高な理念も、マーティン・タッパーの哲学の単なる絵入り解説にすぎないかも知れない。しかしながら、それは無知を露呈する誤った見解に基づくものであって、何の言い訳にもならない。

ゲーについては、ロシアのみならず世界的にも最も優れた画家のひとりであるといわれ、彼と現代の画家たちとは、モンブランと蟻塚の背比べのようで比較にならないといわれてきた。多くの人々にとっては、これらは誇張された讃辞のように聞えるかも知れない。彼は、自分の絵画のほとんどに宗教的題材を選び、その最高傑作は『最後の晩餐』である、と考えられた。けれども、ひとりの人間として、彼は最も愛すべき人物であり、私は個人的に、彼に対して非常に深い尊敬の念と愛情とを懐いていた。

トルストイは画家に大きな影響を及ぼし、画家も自分が轍を踏まずに新しい芸術的境地に入ることができたのはトルストイのおかげであると、折りにふれて認めていた。私は、ある時トルストイがゲーに、ゲーが自らの画題として選ぶ醜い顔は好きではない、とこぼしていたのを思い出す。一方画家の方は、大きな理想のために周りの環境に悩んでいる人間のこの上なく醜い顔は、まさにその故に美しくもあるのです、と応えた。あらゆる種類の絵画や文学作品は、休日の贅沢に過ぎないものであり、唯一の真の生活は肉体労働にある、というトルストイの言に応じて、大地で働いたこともなく、トルストイのように靴を作ったこともないゲーは、貧しい農民の小屋のためにペチカ〔ロシア式の暖房〕を作り始めた。ある手紙にこう書いている。「丸一週間ずっと絵の創作活動をしていません。まだ完成していないペチカを作り続けております。仕事はきつく、困難ですが、私はそれを喜びとしています。私自身、すべての働き手と同じである、と感じたいのです」。トルストイへの別の手紙の中では、こう述べている。

「私は一週間というもの家に居ませんでした。私の隣人――非常に好い人です――のためにペチカ作りに行っていました。お隣は農夫でもあり、鍛冶屋でもあり、靴作りでもあります。彼は、私がペチカを作るのを手伝い、自分でもその仕事を学びました。私は今、実家に戻り、年取った私の乳母のためにペチカを作らなければなりません。彼女は自分用のこじんまりした終の棲家を建てているところなのです。それから他の貧しい隣人たちのためにもあとふたつ以上のペチカを作ってやらねばならず、それが終えてやっと、自分の絵の展覧会について考え始めることができます。私たちが出会い、話を交わすようになってからすでに二年になりますね。私はペチカ作りを終えたらすぐにでもあなたのもとに行き、芸術について語り合いたい……。最近、あなたがツァーリのもとに招かれたがっている、あるいはそうしようとしている、という噂を耳にしました……。これは実に曖昧な話ですね。要するに、何か悪意があります」。

ゲーはまた、トルストイに倣って、私的財産を放棄した。彼は友人のカミンスキーに次のように書いている(1)。

「私は、すべての罪を告白し、全財産を放棄し、あらゆるものを妻アンナ・ペトローヴナと息子たちに与えた。彼らと一緒に住んではいるが、それは彼らがそう願っているからだ。自分で稼いだものと、神が私に与えて下さったすべての物を、私は家族や、助けを求めているあらゆる人たちに与える。なぜなら、私は、自分自身の家族とそれ以外の人々とを差別しないからだ。私にとって他人は存在しない。どこに行こうと、私は愛と共にある。どこでも人々は私を愛し、食物を与えてくれ、私の意に反しても私を世話してくれる。何の物質的心配も要らず、私は幸福である」。

トルストイはしばしば、自分にとって油絵は何の意味もない――自分は、絵をその精神的印象からのみ理解するのであって、色彩は自分を混乱させさえする、と言い、そう書いていた。しかし、ゲーは、光の戯れとその効果を大変好み、彼の絵において光は非常に重要な役割を担っていた。ところが、トルストイの意見に深く感銘を受けたことから、暫くの間、色彩で描くことを放棄し、鉛筆だけで描いた時期があった。しかし、鳥は飛ばずにはいられず、魚は泳がずにはいられないのが道理であるから、しばらくするとゲーも勇気をもって本来の自分に戻ったのだった。ペチカ作りも菜食主義もやめて、再び色彩で描き始めた。そして、昼夜創作を続け、新境地に達した。まるで、自分にはもう少ししか時間が残されていないということを本能的に悟っているように見えた。

私の訪問のあと、トルストイはゲーに次のように書いている。

「私は昨日、君自身と、君の作品――ヤロシェンコの肖像や、『最後の晩餐』、『真理とは何か』――についてのディロンの論文の載った「レヴュー・オブ・レヴューズ」誌を受け取った。ディロンは、『真理とは何か』はイギリスでは大変好評だったと話していたよ……。イギリス人は、私や私の戯曲をほめそやしているそうだ。ますますうぬぼれて、さらなる栄光が欲しくなるね」。

そしてまた、アメリカ合衆国で計画されているゲーの作品の展覧会に関する手紙の中で、トルストイは彼にこう書いている。「君は興奮しているね！　恥ずかしいと思いなさい、君！　私は今、恥ずかしく思え、と言ったが、実は私自身も同じなのだ。私は、世界的栄光を高く評価するよ」。

トルストイがモスクワにあるゲーのアトリエで催された内輪の個展に出席した時、感動的な出来事が起こった。トルストイは身動きせずに『磔刑』を凝視して立ちつくしていた——そして、制作者ゲーは、文豪の意見に非常に神経質になっていたので、ひとり廊下に出てそこに留まっていた。トルストイがやっと彼を祝福するために外に出て来た時、ふたりとも感動からほとんど口もきけず抱き合い、互いの腕の中で子供のように泣いた。これらふたりの天才、年取って顎髭の白くなった者たちの顔に涙と笑いが交錯するのを見ることは、感動的で心を揺さぶられる光景であった。トルストイは、すすり泣きの間に、やっと次のように言った。「どうして、あなたは、このようなすばらしいことを成し遂げたのか！」

ゲーは幸せであった。試験に合格した。しかし、その勝利の時にも、彼は新たな悲劇を経験した。その絵はあまりにも力強かったので、官憲はその公の展示を許さなかったのである。ペテルブルグにある帝国美術院の院長であった大公ウラジーミル・アレクサンドロヴィチは、この絵を見るとくるりと背を向けてこう叫んだ。「これは屠殺場だ！」それで十分だった。この絵は美術院から追放されてしまった。

何か月も後になって、私がロンドンに居た時に、ゲーから次のような手紙を受け取った。

四月二日
（四月十五日頃には、私はキエフ通りのプリスキにある自宅にいるものと思います）
エミール・ミハイロヴィチ様
親切にも私のことを憶えていて下さったあなたのお手紙を、N・S・レスコフが私に読んでくれました。お返しに、私も幾度もあなたのことを思い出し、あなたに対する愛と称賛の気持ちを忘れずにいることを、心から申し上げます。楽しい話題について語り合いながら共に楽しい時間を過ごせるような、ここペテルブルグであなたに会えなかったことが残念でなりません。
冬中、私は、最後の作品『磔刑』に手を加え続けていましたが、まだ仕上がっておらず、展示することができません。数々の問題が私にとっては大変重要で、それゆえに、私は自らにとても厳しくあり、自分が成し遂げてきたことにまだ満足しておりません。『キリストの審判』――私はそれを『従順な死』とも呼んでおりますが――を、禁止された展覧会の後に描きましたが、その絵は、内容的にも手法的にも、できる限り完全に仕上げたいと思っていますので、なおも制作を継続中です。この問題に加えて、私は今、特別な描き方に心を奪われており、この目的から、三つの明瞭な問題を表す三枚の肖像画を描きました。それは、いわば、肖像に依拠しない肖像画ともいうべきものです。
私は、非常に多く読書しており、中でも特別な喜びを持って『カーライルの英雄たち』や歴史上の英雄物を読んでいます。以前海外にいた時、私は彼の『フランス革命』を読みましたが、知識不足から、私は、芸術家でもあり歴史家でもあり、また、思想家でもあるカーライルのその作品を理解することができませんでした。しかし、彼自身は大変私に近い。私は彼を理解するというだけでなく、全霊でもって彼の見方を愛します。彼は私にとってそんなにも身近な存在なのです。彼は過去のすべてを説明し、我々と過去との関係を解き明かし、真の現在の私の立場も説明してくれます。要するに、彼は、人生とは何か、を私に示し、広く人々には歴史とは何か、を示してくれる。この、手紙という小さな空間の束縛の中で、このことを述べなければならないということは、何ともどかしいことでしょう。もしもあなたと言葉を交わすことができるならば、私は、何時間でも何日でもカーライルについて語るでしょう——しかし、一通の手紙だけですべてを語ることはできません。

あなたはいかがお過ごしでしょうか？　私の挨拶を御家族にもお伝え下さい。神は、我々が再び会うことを許して下さるでしょう。来年には、私は、自分を虜にしている絵を完成させるつもりです。ただそのことだけを私は考えています。

親愛なるエミール・ミハイロヴィチ、またお会いする日まで、あなたの健康をお祈りいたします。

あなたを心から敬愛する　N・ゲー

画家レーピンもまた深くトルストイに心酔していた。彼に倣って自らも菜食をし、また、召使も雇わずに極めて質素に暮らし、周囲の物に容易に手が届く回転机といったような、いろいろと変わった方法を取り入れていた。そして、旅行する時には、友人たちの呼び方に従えば、魔法袋や魔法瓶や、菜食主義に適った食品などを携えた。トルストイは、レーピンの描いた自らの肖像画に、もったいぶった名を付けた——『鋤を持つトルストイ』、『祈禱するトルストイ』、『太陽の如く輝くトルストイ』等々。トルストイが離婚に反対しているので、レーピンの二番目の妻は、先妻が生きている限りレーピン夫人を名のれなかった。トルストイは彼女の呼び名を考えあぐねていた。ある晩、彼はそのことで頭が一杯になり、自分の部屋に閉じ籠った。皆は、彼は寝に行ったものと思っていた。突然、扉が開き、トルストイが歓喜した声で集まっていた仲間たちにこう叫んだ。「ついにいい呼び方を思いついたぞ。彼女のことはレーピンの賄い方と呼ぼう！」

真冬のある日、夏の服装をしたふたりのイギリス人がモスクワに到着した。彼らは、生きたトルストイを拝みに来た、と言った。しかしそれは方便にすぎず、実際には、彼らの目論見はもっと広くて、トルストイを自分たちの活動の中に引き入れようとしたのである。彼らは、ロンドン近郊のトルストイ・コロニーの者たちであり、そのコロニーは金銭というものを承認せず、物々交換を行っていた。故に彼らは、自分たちのポケットには一ペニーも持たずにロシアに到着した。楽天的で活力に満ち、心は同胞への愛で満ちあふれ、自分たちの行く所、この地上のどこにでも幸福を見出せるという自信を持ち、ゆるぎない確信に支えられていた。この精神は、確かに旅行中彼らを援けた。実際に、行く先々で、鉄道員なり役人なり、会う人々皆が彼らを援けてくれた。列車では自由切符を得、どこでも食物や寝る所を得、携帯品としては一本の杖さえ必要としなかったのだ。ある凍てついた日、彼らはモスクワに到着し、外套もなく通りをうろつき、夏の服装のままで通りすがりの人々に質問を投げかけた。「トルストイはどこ？　トルストイの家はどこですか？」

このようにして、彼らはトルストイの屋敷への道を教えられた。とうとう無事に到着し、彼らはトルストイに迎えられたが、面会して少し経つと、トルストイは健康がすぐれないから失礼する、どうかひとりにしてくれとイギリス人たちに頼んだ。そこで彼らはすぐに彼のために祈り、自分たちの霊の実験をしてさし上げよう、と申し出た。しかしトルストイは、慌てて彼らの申し出を拒んだ。彼らは、トルストイから暖かい衣服と金を受け取った。彼らはこの点では妥協したのだ。旅費を受け取りはしたものの、彼らは立ち去らなかった。自分たちの主張する霊が治癒させるのだから、自分たちの信念に従うようにと言って譲らなかった。彼らは、自分たちを思いのままにさせてくれるロシア人のお人よしにすがりつつ、トルストイの隣人として暮らし、手紙を送りつけ訪問を続けて、決して自分らの旅行の目的を曲げなかった。彼らは、トルストイが降神術論者となるまではぜったいロシアを離れないと言い張った。ヤースナヤ・ポリャーナへもたびたび訪れたが、もちろんその目的を達することはなかった。

海外におけるトルストイの影響に関するもうひとつの事例は、興味深い。以下は彼の教えがイタリアでどのように理解されたかの一例である。この頃、トルストイ自身にも劣らないような独自色の強いひとりの人物が登場する。通称を代議士ファッシアーリという男だ。ガリバルディ率いる軍隊の連隊長であり、百万長者の地主であり、国王ヴィットリオ・エマヌエーレや教皇レオ十三世とも一時期つながりのあった人物である。彼は熱心なカトリック信者であり、筋金入りの愛国者であり、その最大の願いはイタリア国家をヴァチカンと融和させることであった。この男は、五十四歳の時、社会に背を向けて一介の農夫か漁師として終ることを決意し、トルストイのそれとはかなり異なるコロニーを組織した。ファッシアーリは実業家であったので、トルストイがしたように知識人にではなく、農民たちや漁師たちに訴えた。このような同志たちを大勢集めた上で、彼は、コロニーのための基礎を立ち上げた。彼の計画の柱は、全部で十三あった。まず、真先に会員の各自は、公証人の前で自らのすべての私有財産を放棄しなければならなかった。あらゆる種類の読書が禁止され、新聞を読むことも、手紙のやりとりも認められなかった。子供たちは、初級課程も学んではならないとされた。すべての仕事は共同で為されなければならなかったが、家族単位では別々の小屋に住むことができた。暴力の根絶が宣言された。そこでは、毎年ひとりの特別顧問が選ばれる。ひとりのカトリック司祭が毎日曜日にミサを開き、同時に司祭は、コロニーで遵守しなければならないすべての法律を説明する。刑罰はないけれども、役立たずの人間はコロニーから排除される。仕事は夜明けとともに始まり、日暮れとともに全員床に就かねばならず、ローソクを含め、いかなる人工的光源も禁止された。食事は、粥とスープと肉と魚からなっていた。ワインは敷地内で造られたものならば認められた。男も女も同一の服を着なければならない。そして、戦争に際しては、コロニーは総力を挙げてことにあたる決まりになっていた。

ファッシアーリは、教皇に私信を送って自分の思い付きを詳しく説明し、その成功には非常に自信を持っているので、コロニーで蒔かれたヤシからの最初の果実を霊父は見ることになるであろうとぬけぬけと言ってのけた。彼はトルストイと同様、自分をコロニーの助言者と位置づけた。そして自らはこれまでの自分の生き方を享受した。彼の計画は、イタリアでは厳しく批判された。トルストイ思想の旗の下に、それを隠れ蓑にした、安直で濡れ手に粟の利益を上げる商業取引にすぎないことがばれたのである。

原註

（1）一八八六年六月。

第11章　私がトルストイに会いたいと思った理由

キリスト教信仰の返し波ともいえるトルストイ主義と出会ったのは、私が長年耐えてきた精神的進化の過程の、最後の最も苦しい段階を経ていたちょうどその時であり、その間、私は意識的に判断を休止状態に置き、心の窓を、偶然差し込んできた一条の光のほうに開け放しておくように努めた。系統的に研究していた時には、根拠のある結論を出すために資料を綿密に調べ分類していた。一方では、キリスト教の起源や、その創始者の生涯の仕事や、教義の発展について取り組み、他方では、すべての啓示宗教の形而上学的基礎を精査した。年毎にこれらの研究が進むにつれて、私の幼少年期や青年期に心に同化していた宗教的な教えは、晩秋の木から落ちる枯葉のようにはらはらと私から落ちて行った。過去長い間、私は幼い頃に受けた宗教的な教えについての疑念や不安のために深刻に悩んでいた。その多くは子供部屋で聞かされたお話からなり、それ以上に多くは誤りであることが明白なものだったようだ。私は時々そのことで頭が一杯になってしまうのだが、他の問題に考えを巡らすことで、一時はすべての不安から完全に解き放たれるという堂々巡りを続けていた。しかし、時が経つにつれて不安は次第に大きくなり、心は再び落着きを失って暗く沈み、かつては不安の海の中から私を浮かび上らせてくれた希望や信念は、弱まっていったのだった。来世や地獄の業火のことを思い描こうとし、教会は信徒に降りかかる、せめて悪口の一部分なりとも共に耐えてくれるのだろうか——そんなことを考えて、よく眠れぬ夜を過ごした。時には、不死の原理が私の永遠についての思索と縺れ合い、絡まってしまうこともあった。その頃は、真に重要な問題のほうはまったくと言っていいほど私を悩まさなかった。私は、魂の不滅を信じて疑わなかったのである。私は、その問題における皇帝ユリアヌス〔ローマ帝国皇帝、多神教の復興を掲げキリスト教への優遇を改めたため、キリスト教徒からは「背教者」とも呼ばれる〕の確固たる信念について読むことに大いなる喜びを感じた。私の困難はいたって単純なことであった。私は模範としてユリアヌスを尊敬し、その生活スタイルを模して、じかに床に敷いた絨緞の上で眠り、食事は少量にして読書に励み、玉座の哲学者に対して深い称賛の貢物を捧げ、彼を誹謗するキリスト教徒たちの大半を軽蔑した。しかし私は、キリストの神性は信じて疑わず、他人の疑念にもあえて介入することはなかった。私は、ルナンの『イエス伝』〔フランスの宗教史家、思想家であるジョゼフ・エルネスト・ルナンによる、近代合理主義的な観点——イエスの「奇跡や超自然」をすべて非科学的伝説であるとして排除した——によって書かれたキリストの伝記〕をこれまで永いこと読まずにきた。それは、主にその本の非学問的性格とイエスの人格に対する尊敬の欠如のためである。反面、ユリアヌスの著作やルキアノスの作品、ギボンの『歴史』〔イギリスの歴史家エドワード・ギボンの『ローマ帝国衰亡史』〕や自伝には純粋な喜びを覚え、それらを熟読したのだった。

このような問題をめぐる私の思索は、単なる誤謬であったのか？　可視的世界の起源とは何か？　実際、それは永遠の問題なのだろうか、我々は変化する形態とか化身〔神が人間の姿で現れること〕の中で生きることを決して止めることはないのだろうか？　決してない。常に、永遠に。何という恐ろしい言葉だろう！　私はある種の慰めの必要を感じたが、そういったものは何もなかった。今や私はこの世界の中でただひとりであり、痛いほど自分の孤独を感じていた。そのような時に、私が今経験しつつある試練をすでに経験し、それがために狂気にまで追いやられかねない、この身を削られるような疑念から自らを解放するに至ったひとりの人物と接触をもつこと――それこそ正しい神の賜物だった。それゆえ、私は確信したのである――まさにトルストイこそ、そのような人物なのであると。彼は、ダンテのごとく「そこに下りて行って」、沈みながらもなお「絶望の淵」の水面に頭を持ち上げようと足掻いているすべての人々（私も含めて）に同情することができた人間だ。真理と正義と慈悲のための深い道徳運動の創始者である彼は、よろめいているこの社会――自分たちも共にその救われぬ成員であるのだが――を救うことはできないとしても、真善美に憧れているひとりの仲間を慰め、励ますことはきっとできるだろう。

私は、ローマ・カトリシズムの最も厳格な教義の中だけでなく、可視的世界と不可視的世界の混ざり合った独特な雰囲気の中で育てられたのであるが、そうではない世界で育てられた人々には、きっとわからないだろう――漆黒の闇の中に、敬虔な信仰の光が微かに揺らめいていることを、それを見る者がどんな苦悶にも耐えられるということを。人間の条件とは正しく苦悶することであるといってもいいが、その苦悶には、ほとんど常に虚しい絶望の時期が付き従うものである。子供の頃の教師によって私の中に注ぎ込まれた生と死、善と悪、天国と地獄についてのカトリックの教義は、心の上に確固たる基盤をもっていた。それらが取り払われようとしている今、私の周りはことごとく一貫性のない混迷となり、人生はその意味を失っている。その上もしも、自分が行き着いた結論が誤りであると判明したならば、私は永遠に幸福を失うのみならず、永遠に破滅するだろうという思いを払拭することができなかった。このような子供の頃の印象は決して拭い去ることのできないものだと断言してよく、いかに多くのカトリック教徒たちが、いったんは教会を離れても死が近づくと教会と和解し、終油の秘蹟〔死に臨んで司祭から受ける最後の儀式〕を切望するようになるか、ということを非常によく説明している。

このような恐ろしい幻影に煩わされることのない非カトリック教徒のほとんどは、その幻影の深さや力や根強さについての適切な概念を何も持っていない。私はいくつかの顕著な事例に接している。最近のものは、国中でその名を知らない者はなく、その名声が帝国の隅々にまで轟いている著名な公人の例である。彼は一カトリック信徒として育ったのだが、教会の教義を遵守するのを止めてしまい、ごく親しい者たちを除くすべての人々に対して自らの信仰の喪失を隠していた。彼の公的生涯における成功は、その正統性によるところ大であったのだ。ところが彼はカトリック司祭への強い憎しみを懐いており、その事実と、理由とを少数のカトリックの友人に打ち明けていた。その彼が、人生の終焉が近づくにつれて、子供の頃や青年期に植えつけられていた教え――地獄の苦しみの果てしなさや、悪魔どもの残酷さ等々――を思い返した。そして、今からでも元の信仰に戻ることで、その恐ろしさを免れることができると信じたのである。教会の秘蹟を受けることもその目的に適う当然の務めとなった。悔い改めたならば、罪ある者といえども、天国の、愛される客人のひとりとなれる。私の友人は信仰を行いで示しさえすればよかった。神の名の下にそれを為して自らの魂を救うべきなのだ。

彼と私は、ある午後散歩に出かけた。それが、ふたりが会った最後の時となったのだが、我々は過去と現在についてさまざまなことを語り合った。彼は再び司祭に対する反感を激しく述べ、それを裏付ける根拠を繰り返して述べた。それから低い声でこう言ったのだった。

「私の心は、死の神秘と、死の背後にあるさらに大いなる神秘を思い起こすと、千々に引き裂かれるのだ。幼少年期に教え込まれたが、生きるための闘いの真只中にいる間には眠っていたあらゆる教えが、今になってゆっくりと生き返り始め、不意に現れて真夜中の幽霊みたいに私を脅かす時がある。君は、そのようなことをこれまでに感じたことがあるか？　それとも君の心は堅固に完成し疑いを締め出しているのか？　もしも仮に今君が死に瀕しているとして、君は自分の哲学を守ろうとするか、それとも、秘蹟の儀式に縋る道をとるか、正直に私に話してくれたまえ」。

私は気付いた、私自身が以前そうであったように、私の友人もふたつの相反する方向に引き裂かれていることに。彼の不信仰や疑念は上辺だけのもので、何の歴史的・哲学的根拠も持っておらず、彼の幼年期の信仰といっても、ほとんど確かな根拠となる事実を持たぬ感傷の皮に包まれていたものに過ぎないが、それが、彼が不可視の世界を遮っていたヴェールの近くまで引き寄せられるやいなや、再び目の前に現われてきたのだということに……。私は、そのことを率直に彼に話すことにした。

「ずっと以前に、私も、今君が経験していることを経験した。しかし、それはあらゆる主題を徹底的に研究し尽くす前のことだったので、今となってはもう何の疑念もないが、残念なことだとは思う。精神の安らぎを得、宗教に対して一貫して持ち続けてきた疑念がなくなったにもかかわらず、今再び、天国と地獄が――子供の頃に常に脅えていた地獄での酸鼻な拷問というあのお馴染みの生々しい光景だのが突然蘇ってきて、目下の大問題として眼前に立ちはだかっているのだ。もしもそんな、言うに言われぬ恐ろしさが死後の人類の大多数を待ち受けているとすれば、ほんとにどうしたらいいのだろう？　説得力のある説を展開しようと、納得のいく結論の出ない話をしようと、我々の言うことは目に見えない力に対して何の影響力も持たず、我々はその力に自らの存在を委ね、その意のままに来世を決められてしまう。したがって、カトリックに対してでも啓示宗教一般に対してでもいいが、はっきりと異議を唱えたところで不適切で見当違いなものになってしまう、と私には思われるのだが」。

私は、彼を更にわずらわせることになると思ってすべて口にすることは控えた。彼の教会からの逃避は一時的なものに過ぎず、最期の時が来れば、彼はそれを悔い改めるだろうということを確信していたからである。そしてそれは現実になった。彼は、正式に告解し、急ぎ改心すると、「自分に対して罪を犯した」人々を許し、ひとりの熱心なカトリック信者として模範的な死を迎え、その公的な地位にふさわしい荘厳で厳粛な葬儀をもって埋葬された。彼は自由に思索し、聖職者に対して反感を抱いていたけれども、自分を教会に繋ぎとめたただ一本の深い根に気付いていなかった、というわけだ。だから私は、これ以上深く口にすることを控えたのだった……。

事実、幼少年期や青年期に時間をかけて整然と吹き込まれた印象というものは大変に根強いもので、拭い去ることはほぼ不可能といっていい。このことを完全かつ組織的に行った集団はふたつあり、ひとつはローマ・カトリック教会、もうひとつは無神論を掲げたソヴィエト・ロシアである。この二大勢力は、その他の勢力を差し置いて、最後まで啓示宗教と科学との間の生死をかけた究極の闘いを続ける運命にあったようだ。キリスト教会と啓示宗教に対しての私自身の態度は明確であったが、にもかかわらず私は生と死の神秘性について、暗愚な人々と同様に、依然として日々考え続けていた。

このような余談を語ることで、トルストイに会い、彼の助けを借りることで、時折しつこく己れを悩ます不安を鎮めたいという私の熱意の動機は、明らかになったであろう。あらゆる悪魔どもを追い払い、心の至高の平安を授ける秘技をトルストイは持っている、と言われていたのである。確かに、彼の回心後の気高い禁欲的な生活のことや、それ以来彼に到来した魂の平安について語られる様々な話を聞いて、私も彼の情け深い影響の下に入りたいという強い憧れを懐いたのだった。巡礼たちは世界中から、トゥーラ県はヤースナヤ・ポリャーナにある代々のトルストイの領地を目指して群れをなし、彼の説教の中に慰めを見出していた。

その頃私は、自分自身のために、キリスト教とその他の啓示宗教について広く系統的に検証することに、日々多くの時間を費やしていた。このことを私はライフワークにしていた。私のとった方法は二通りで、ひとつは聖書批評学〔聖書研究の本文批評の、主に保守派による呼び方。ある文書の現存する写本から、書誌学や文献学を駆使して、理論的に可能な限りその文書の元来の形の再構成を目指す作業のことを言う〕によるもの、もうひとつは哲学によるものであった。つまり、一方で私は、聖書に対して他の文献に対するのと同じ検証――言語学的、文法的、歴史的検証を適用したが、それらは聖書の権威を裏付け、我々にヘロドトス〔古代ギリシアの歴史家。今日まとまった形で伝承された最初の歴史書を著したことにより、「歴史の父」とも呼ばれる〕やリウィウス〔古代ローマの歴史家。アウグストゥス帝の庇護下に『ローマ建国史』を著した〕のものと伝えられている原典を確定させ、その内容において事実と作り話とを区別することを可能にした。他方では、細心の注意を払い、かつ最も優れた哲学者たちの経験に助けられて、この表象の世界から恐ろしい虚空を隔ててあの実相の領域へ、即ち、可視的世界から不可視的世界へと投げかけられている様々な「かけ橋」の強さを査定することに努めたのである。これは、まさに一生の仕事である。私のヘブライ語の知識をもってしても、作業は遅々として進まなかった。それでも根気強く取り組んだので、前進している手ごたえは感じられた。

　トルストイが宗教と倫理の領域にその考察範囲を広げたことを初めて耳にしたのは、私が自分の研究の最終段階に達した時であった。しかし、トルストイの論文は、彼以前にこの問題について著作していた神学者たちに比して公平性を欠く、情け容赦のないものであった。彼の宗教的小冊子の中には、彼が敵対者と見做していた者たちに対してはもとより、友人たちに対しても苦い薬となるものもあった。彼の素晴らしい文学作品を称賛する者たちは、自分たちの英雄が宗教について喧しく言い立てることに熱中し、形而上学的本質や神学的難問で重箱の隅を突くようなことをし、揚げ句の果てには十九世紀の新宗教を説教するまでに到ったのを残念がった。世間の人々は、「トルストイは狂っている」と言った。友人たちですら悲しげに頭を振り、偉人の常軌を逸した行いについてのもっともらしい説明を無理やりひねり出し、彼がじきに回復して再び元に戻ってくれることを弱々しく願った。『わが信仰』は、時に、彼の精神的錯乱の徴候といわれたが、トルストイに無批判に従う使徒といえるようなごく一部の人々を別にすれば、それを実際に精読したものはひとりもいなかった。

　特別に親しい間柄というのではなかったが、トルストイの友人や信奉者の幾人かを個人的に知っていたので、ある日私は思い切って彼らのひとりにその問題を持ち出してみた。あなたの師の説く教えをどう思うか、と問うてみたのだ。その答えは、誠実で、迷いなく、力強かった。彼の答えは――トルストイは宗教的天才であり、神の御心にのみ従う人であり、彼の主たる神の意思を万難を排して実行することを唯一の目的として、自らの人生に神の意思を見出して弟子たちに告げることに捧げている、というものだった。彼らは皆、トルストイがほとんど生涯にわたって嘆かわしい罪びとであったこと、事実、回心の時まではずっとそうであったし、それ以後でさえも、宗教上の罪から免れる者ではなかったこと——心が望んでも肉体が弱かったから——を認めている。それでも、彼には真のキリスト教精神が吹き込まれており、その精神を彼の生活や著作の中に具現化していた。それほどに彼の回心は完全なものだったのである。彼は、ダマスコのパリサイ人サウロ〔後の使徒パウロ〕がそうであったように、完全に生まれ変わった。真理の発見を妨げていた鱗が突然目から落ち、目が眩んだまま、変容した世界に取り残されたのであった。その時、パウロと同様、彼は物事の新たな様相について長く深く考え込んだ。その結果、従来の伝統的なものとはまったく異なった、(新たな神による)計画において自分に宛てがわれた人生の役割というものを悟ったのである。

そうしたことや、他にもより多くのことが、同じ張りつめた調子で、深い確信をこめて私に語られた。それは、殉教を心に秘めた者たちの証しであった。最初、私は、これほど複雑な問題に対する彼らのすっきりとした物の見方に興味をもち、これを単なる心理的徴候として扱ったのだが、ほどなくその問題をさらに掘り下げて見始めた。そして結局のところ、トルストイは真の宗教的天才ではないのではないか、と自問するに至った。彼に知的準備が欠けているということは、必ずしもその資質がないということではない。ムハンマドはよりよく準備されていたのか？　世界的な宗教なり宗派の創始者たちは自らに課せられた仕事に対して、誰よりも道徳的かつ知的に適した者であったと言えるのか？　このことは十分に研究し、分析し、検証するに価することである。私は、偏見を捨てて共感を持って、このことを調べてみようと決心した。
一八六〇年にトルストイによって書かれた一通の手紙が、一八九〇年になって初めて、ロシアのある評論誌に発表された(1)。それは、作家であり神秘論者でもある人の心理的発展の経緯に関する価値ある寄稿であると私には思えた。それは、彼の小説の中の、主だった死の床の場面の原型を含むものとして興味深い。手紙の主題は、彼の愛する兄の死であり、それこそが彼自身の宗教的回心のきっかけとなったのである。以下に挙げるのが、友人に宛てて書かれた、その手紙〔詩人アファナーシイ・フェートへの南仏イエールからの手紙〕である。

何が起こったのかを、あなたはすでにご存知でしょう。九月二十日に兄は文字通り私の腕の中で死にました。人生の中でこれほど印象的だったことは初めてです。兄が、死ほど悪いものはない、と言ったとき、彼は真実を語ったのです。そして、もしあなたが、死はすべての事の終わりである、と真剣に考えるならば、人生ほど悪いものはないということになります。かつて、長兄ニコライ・ニコラエヴィチ・トルストイであったところのものが、もう今は何もないとするならば、どうして努力し、一生懸命であらねばならないのでしょう？　兄は、死が近づいているのを感じるとは言いませんでした。しかし私は、兄が、着実に死が近づいてくるその一歩一歩をじっと見つめていたし、自分の生命があとどれほど残っているかを意識していたことを知っています。最後の数分前、彼は眠りに入っていましたが、不意に目を覚まして恐ろしげに『これは何だ？』と呟きました。兄は明らかに死を見ていました――自分自身が無の中へ沈んでいくのを。そのとき、もしも彼自身がすがるべきものを何も見つけられなかったとするならば、どうして私に見つけることができるでしょうか？　いわんや、私にしろ他の誰にしろ、最後の瞬間まで兄がしたように死と闘うことはできないだろう、ということは確かです。二日前にも私は彼と話していました。「兄さんは安静にできる自分の部屋を持つべきだ」と私は言い、「いや、私は弱ってはいるが、まだ死ぬほどではない。まだ持ちこたえてみせる」と彼は答えました。そして、最後の瞬間まで、死に屈するのを拒んだのです。兄は自分でなんでもしました。勉強し、書こうとし、私の作品について質問もすれば助言もしてくれました。しかし、こういったことすべてを、彼は、内からの衝動ではなくして、摂理に従って、つまりひとつのこと、最後まで残っていたただひとつのこと——自然——に従って行ったように私には思えたのです。前日に、兄は寝室に行き、衰弱のために、開け放されていた窓の前のベッドの上に倒れ込みました。私が入ると、彼は目に涙を浮かべて私に言いました。「今、この時間、私は何とすばらしいことを経験していることか！　大地から連れ去られても、汝は大地に戻る、ただひとつのことだけが残されているのだ、人が大地に葬られてその一部となってゆく自然の中に、そこには待っていてくれる何かがある、というおぼろげな希望のみが」。彼を知り、彼の死を看取った人たちは皆、「何と静かで穏やかな最期だったことだろう」と言いました。しかし私は、兄がいかに恐ろしい苦悶の中で息を引きとったかを知っています。なぜなら彼のひとつの思いが私を捉えて放さなかったからです。

「死者をして死者を葬らしめよ」〔聖書、マタイ伝八—二十二〕と、私は繰り返し自分自身に言い聞かせます。活力が存在する限り、それは何らかの方法で利用されるべきです。しかし、人は石に対して、「引力に逆らって、下方に落ちる代わりに上方に落ちよ」と命ずることはできません。うんざりさせられるような冗談に笑うことはできませんし、食欲のない時に食べることは不可能でしょう。死の苦しみが不誠実や自己欺瞞という嫌悪とともに始まり、すべてが誰にとっても虚無で終わるということが明白なのに、あらゆることはいったい何の目的のためにあるのでしょうか？　それこそとんだお笑い種です。生きている限り有用、有徳、幸福であれ、と人々は互いに言い合います。つまりあなた方は、幸福や有徳や有用という要素が真理を構成している、と考えているわけです。ところで、私が三十二年間の経験から学んできた真理とはこういうことです。我々が置かれている立場は恐ろしいものだから、「人生をあるがままに受け入れよ。あなたをその立場に置いたのはあなた自身だ」。私もそうです！　私は人生をあるがままに受け入れています。人は最高の発展水準に到達するやいなや、すべてのものはがらくたであり、ごまかしであること、そして、自らが今なお愛している真理は他のすべてのものより上位にあり、この真理は恐ろしいものである、ということをはっきりと理解します。そして、それを正しく、明らかに見るとき、人は驚いて目覚め、私の兄と同様に、「これは何だ？」と恐怖で叫ぶことでしょう。しかし、言うまでもなく、真理を知ろうとし語ろうとする願望がある限り、人はそれを知り語ろうと試みるものです。これが、私が精神世界から持ち帰ってきた唯一のことであり、それを越えて行くことができないのです。このことのみを成し遂げようと思いますが、私はあなたの芸術という形式とは別の形式で表現します。芸術は偽りであり、私は美しい嘘を愛することができないのです……。

L・トルストイ

私は、今や自らの疑念の数々から解放された人としてのその手紙の筆者に関心を抱き、彼の回心以後の気高く謹厳な生き方について喜んで真剣に耳を傾けたい、と思った。もしも彼が、懐疑論者や無神論者に精神的な健康をとり戻させるのがやっとという人物なら、それは単なる大法螺吹きではないか——そういう人もいたようだ。しかし私は、自分と同様、トルストイが、長いあいだ人類を魅了し、悩ませ、困惑させてきた問題——生と死の意味、悪の起源、魂の不滅、神の存在、倫理的行為の基盤について、深く懊悩してきた人であることを知っていた。そしてまた、彼は、それらすべての問題に対して満足のゆく答えを見出したか、ともかくも人間の生に統一と目的を与える仮説を立てたと信じられていた。それだけでも大変なことだ。何年にもわたって、彼は死について日々瞑想を続け、時にはその不吉の接近や恐ろしい結果から身を震わせるような恐怖に圧倒されてきたのだが、ある日、ひとすじ神の光が差してきて、死を実際あるがままに見ることができるようになり、それで不安は消え去った。以来、彼は心の完全な平安を享受し、死と対峙し、その想像される恐怖にさえも微笑みかけることができるようになったのである。

原註

（1）『ロシア時評』。

第12章　ヤースナヤ・ポリャーナへの最初の訪問

こうして、一八九〇年十二月に初めてヤースナヤ・ポリャーナを訪れたのだが、私の訪問は、他の多くの者たちと同様に宗教的巡礼という意味合いも帯びていた。私としては、ヤースナヤ・ポリャーナの主トルストイを宗教的な天才と見做したかったのだが、それは彼の宗教的著作の多くを自らがよく読んでいなかったからであったともいえた。彼の宗教的著作についての知識は、主として、その信奉者たちから得たものだったのだ。私とトルストイ信者たちとの交流は温かく気の置けないものであり、彼らはそれぞれにトルストイを褒め讃えたが、二、三人の特別な例外、例えば作家のレスコフや画家のゲーといった人たちを除けば、私に強い印象を与えた者はいなかった。しかし、彼らのことはともかく、私はその師には非常に期待していた。当時の私は、『戦争と平和』の作者に会うというよりはむしろ、世界的な新しい倫理の指導者の足許に座して、その教えに耳を傾けるつもりでいた。トルストイは、疲れ果てた絶望的な魂――まさに医者に見放された患者たちの前に現れた奇跡の名医のごときものになりつつあった。このようなこと、それ以上のことを再三にわたって耳にしていたので、強い好奇心と共にトルストイに会いたいという純粋な望みが胸の内に目覚め、それを実現するために、私はヤースナヤ・ポリャーナへと出発したのだった。

だからといって絶対的な確信があったわけではない。私には、トルストイの回心は突然の光明のせいというよりはむしろ徐々にそこまでに到ったもの、結果として、それは新しい人格というよりも、異なる衣装をまとった年老いたアダムであるように思えてならなかった。すでに述べたように、『わが信仰』や『クロイツェル・ソナタ』の著者と『アンナ・カレーニナ』の著者との間に大きな隔たりはない。たとえその二者がまったくの同一者ではないにしても、その間の相違は、単に時代の影響と理論を極論にまで突き詰めてしまうロシア流の思考癖によるものだ。一見極端な原理も、彼の初期の作品の中にちりばめられたものから芽生えたものであるのは明らかである。例えば、『アンナ・カレーニナ』の中で、トルストイの代弁者であり分身であるレーヴィンは、富と貧困、労働と怠惰、贅沢と利己主義といった主題については、革命的で反社会的理念に満ちた心を持っているではないか。

人が何と言おうと私には信じられた――トルストイは偉大な宗教的発見を成し遂げ、寛大にもそれを仲間たちと分かち合いたいと願っていると。彼は、人類がその英知を注いで解決に挑んだ最も困難な問題の幾つかを独力で解決しており、他の人々にも喜んでその秘密を伝授するように思われた。それゆえ、私は、従順な巡礼者のごとく、真冬といえどもあふれんばかりの希望をもってその扉を叩くことを決意したのであり、あわよくば原稿の写しをとろうなどという下心はいささかもなかったのである。私がその時そこで見、聞き、行ったことについては、これまで一行たりとも公表していない。

鉄道駅から伯爵の先祖伝来の屋敷まで私を運んだ橇の御者は、まさしくロシアの「ムジーク〔農民〕」

そのもの、お喋りの皮肉屋であった。彼がトルストイ主義に帰依していないことは確かで、さもなければ、私のことを、ロシアの説教者を一目見てみたいという低俗な好奇心に駆られてやって来た単なる旅行者――その手の人間のひとり――と見做したことだろう。口には出さなかったが、私はこの御者が屋敷の住人や外国人の訪問客について語る言いぐさに憤りをおぼえた。気分を変えるために、道中ずうっと、これから案内される偉大な修行者の人生の、初期の生活に思いを巡らしていた。

私を待ち受けていたトルストイ伯は、微笑みながら歓迎の言葉を述べ、ペテルブルグからの旅を十分に楽しんだかどうか、また、私がペテルブルグで彼の友人たちとどのように別れてきたか、などを尋ねた。彼の態度にはよそよそしさがなく、その言葉は土地柄そのままであり、話しぶりは親しげであった。ほぼ予想していたとおりの印象だった。中背の力強い頑健な農民、その武骨な顔つき、厚い唇、弓型の額、馬鈴薯のような鼻、ゴツゴツとしたソクラテス風の風貌は、さほど魅力的でもなければ印象に残るほどのものではなかった。それでも人を惹きつけてやまないのは、稲妻の如き閃きと激しい活力に満ちた彼の灰色の双眸であった。

「何語での会話をお望みですか」と彼は私に形式的に尋ねはしたが、「あなたがロシア語に堪能でいらっしゃることは存じております。ではロシア語で話しましょうか。ここでは、他の多くのことと同様、すべからく国際的なのです」。

三十分ほどこのような調子で会話した後、彼は友人であるストラーホフ[1]を私に紹介した。彼は、トルストイの家で何日間か心置きなく過ごしていたのである。トルストイは言った。「あなたは、この部屋をお使いください。ここは私の書斎でもあります。これまでストラーホフが使っていました。今日彼が出てゆくのはとても残念ですが、しかし、かわりにあなたにこの静かな部屋を一時的にも提供できるのを、あなたのためにも嬉しく思います」。

「ご親切痛み入ります」と私。「でも、私はあなたからお仕事を奪うことはできません。実際、私としては……」。

「あなたは私から何も奪いはしませんよ」と彼は遮った。「私からお願いします。あなたはそこで寝て下さい」。そう言って寝椅子を指さした。

私は小部屋を見まわした。そこは、広さからしても、また調度品を見てもベネディクト派修道士の独居室のようであり、本や手書き資料があるところは現代哲学者の「穴倉」のようであり、女性向きとも言える適当な広さをもつ小部屋であった。狭い扉は彼の執務室に通じ、通路にも図書がたくさんある――黄色い書架、一杯になった新聞や雑誌、そして山積みになっているあらゆる種類の言語の書籍――。私の目を捉えた本の幾冊かは以下のようなものであった――『孔子』、『孟子』、『ムハンマド』、『仏陀』、『プラトン』、『モンテーニュ』、無政府主義に関する著作――。トルストイはこれらすべてから自らの執筆のための資料を得ていた。右手の壁の向かいには古い木製の寝椅子があり、彼の兄弟も、彼自身も、年上の子供たちもその上で生まれ、滞在中には私がそこで寝ることになっていた。寝椅子の前には、彼の父の物であった古い手書き机があり、彼自身、執筆の折にはそこに掛ける低い子供用の椅子があったが、それは彼が近視だったため、そのほうが都合よかったからである。その時、私は自分自身に言い聞かせたのであるが、ここは正しく、モーゼが十戒を記した時のように一種族に対してではなく、全人類に向けての十戒が公布されるシナイ山であるのだ、と。

思いのほか伯爵を楽しませたように思われた私自身のことやロシアでの私の来歴についての話の後、伯爵は、夫人ソフィア・アンドレーエヴナを私に紹介してくれた。どうやら彼女は台所からそのまま出てきたらしい。小ぎれいで、しかし普段着のまま、目立とうとすることなく、彼女は完全に自分の周りのすべてを取り仕切っていた。正しくひとりのマルタ〔イエスの知人ラザロの姉妹のひとり。現実的なしっかり者で、イエスがラザロの家に泊まるとイエスをもてなすためにかいがいしく立ち働いた〕であった。彼女は、都での自分の幾人かの友人の消息を私に尋ねたが、その後昼食までに交わされた話題は、一般的で断片的なことであった。私は、だんだんと他の家族にも紹介され、そのうちの幾人かはその場にとどまったり、すぐに引き返したりした。食堂は大きいが調度品の乏しい殺風景な部屋で、安らぎが感じられず、趣向を凝らしたようなものは何もなかった。そこには、往時の先祖伝来の雰囲気があった。壁の鏡は年代物ですでに曇っていた。祖父母たちの肖像画や、二台のピアノとチェス盤が私の目を引いた。客人たちが接待され、食事がとられたこの部屋には、多くの歴史的逸話が残っていた。フランスの田舎のホテルでよく見かける細長いテーブルの先の、片側の上座に座っている夫の脇で夫人が差配した。私は彼の右側の次の席に着いた。夫人は注意深く夫の欲しがるもの必要とするものに気を配っていた。いくつかの食物についての彼の率直な批評から、私は、彼が食物の量からそれらの調理法にいたるまで、すべてに関わりを持っているのだということが分かった。粗い織りのテーブルクロスの上には、厳格な菜食主義者である伯爵と娘のひとりのために大きな厚切りのパンと一片のチーズとバターとゆで卵が置かれていた。それに対して、他の子どもたちや妻や客人たちは肉を食べることも自由であった。それらを運んできたのは、少々愚鈍な感じのする下女であった。アルコール飲料は一切なく、ただ水だけが用意された。

伯爵の卵ひとつについての鋭い批判と夫人の不愛想な返答は、「魂の交流」にとっては好ましいものではなく、話題も当初はばらばらのものであったが、しかし間もなく、継続的で興味あるものになってきた。著名人たち――ツァーリ、画家のゲー、小説家のレスコフ、政治家たち――や最近の出来事についてである。食事が終わると我々は居間に引き下がった。壁にはトルストイの家族や親しい友人たちの写真が飾られていた。ひとつのコーナーに私は小さな手書き机を見つけたが、そこでソフィア・アンドレーエヴナが夫の手書き原稿を清書したり複写したりしたのだった。そこでもさらに話題が広がった。私は自分自身について語らなければならなかった。私がどこでロシア語を学び、いつどういう理由でロシア帝国にやって来たか、等々。そのあと伯爵に森を散歩しましょうと言われた。私は嬉しかった。私たちはすぐに外に出た。寒かったが、風はなかった。雪はさらさらで、きらきら輝いており、空気は凛として気が引き締まった。安息日の静寂が森を包んでいた。沈黙を破ることは、ほとんど冒瀆にも思えた。

「あれを見て！」と伯爵は意気込んで叫んだ。「太陽と月が同時に、ふたつとも美しく光り輝いている。すばらしいじゃありませんか？　あなたはこのような光景をこれまでに見たことがありますか？」

「このような現象は以前にも見たことはありますが、何度見ても魅了されますね」と私は答えた。

「ところで」と彼は話を続ける。「私はあなたの、『クロイツェル・ソナタ』の素晴らしい翻訳や、愚かなイギリスの編集者たちと一戦を交えたあなたの毅然とした姿勢に対して感謝申し上げたい。よく言われるように、愚か者を相手に闘うのは、どんな神々にとっても空しいものです。かといって我々は、自分たちの敗北を仕方がないと嘆いているわけにはいきません。あなたは十分にご自分の役割を果たし、私はあなたの努力を評価します。それにしてもステッド！　あれは私にとっても驚きでした。彼は何と奇妙な男でしょう！　あなたは彼のことをよくご存じだと思いますが？」

「ええ、その通りです。しかしこういうことでは、人はしばしば無意識のうちに己れ自身におもねるものであり、私の場合も例外ではありません」。

「ご存知のように、彼もかつてここに滞在しました。そして彼一流の、奇妙に気まぐれな仕方で、私とたくさん話しました。私は、彼にできる限り明瞭に、理解してもらえたという手ごたえを得るまで『クロイツェル・ソナタ』の主旨を説明したし、彼の方もそれに共感してくれたと、自分自身に言い聞かせたのです。しかし、ある言語やその国の人の思考・感情になじんでいない場合には、外国の会見者が間違いを犯す危険は避けられません。それにしてもステッドが犯した間違いは、予想以上に大きなものでした。結局のところ、たいした妨げにはなりませんでしたが」。

「他の外国人の会見者も、同様の大失態をやらかしたことがありましたか？」と私は尋ねた。

「あまり記憶にありません。ドイツ人――実際、いやチュートン人というのは、たいてい二、三か国語の知識を携えてやってきて、言われたことを十分に把握し、読者たちに明瞭に提示しますよ」。

そして彼は、ふたりのドイツ人の名前をあげた。私も彼らとは長く話したことがあった。伯爵の付言によると、そのうちのひとりは、彼の伝記を書くつもりであり、したがって、そのために資料が提供されたのだそうだ。

「しかし、そのことは私もかねがね思っていたことです」と私は割って入った。「あなたに手紙でお伝えしたように、また、あなたの弟子のチェルトコフの手紙にもあったように、私もあなたの伝記を書きたいと思っています」。

「ええ、知っています。あなたもまた資料を求め、その一部は、ここヤースナヤ・ポリャーナからあなたの許に送られたものと私は思っていましたが？」私は頷いた。

「自信がないのです」と伯爵は続けた。「伝記を書くにあたって機が熟している、とは思えず、実際、自分ではまだだと確信しています。資料の多くは――私は根本資料について言っているのですが――まだ使われるところまではいってないのです」。

「そのことについては、ほとんど、いや実際、すべてあなたのお気持ち次第といえるのではないでしょうか」と私は反論した。

「いや、そういうことではありません。今はまだきちんと説明はできないのですが、それだけにあなたには、そこらの事情を汲み取ってほしいのですよ」。

「でも、あなたは日記をお持ちなのではありませんか？」私は食い下がった。

「持っていますよ」。

「それらを、ほんの少しでも見せていただくことはかないませんか？」

「日記を一冊ならお見せしましょう。見る分にはかまわない」と彼は答えた。「だが、それを筆写してもらいたくないのです。聞きたければ、私の人生の中のどんな逸話についてもお話しするし、どんな具体的な質問にも答えましょう」。

私は、彼の申し出に感謝し、彼の日記の入口なりとも調べる特権を得たことを嬉しく思うと述べるとともに、彼の人生を公表する適当な時期に関しては、本人の意見に従い、どうしてもというときには企画そのものをまったく放棄してもよいということを述べ伝えた。

「あなたの判断に間違いはありますまい。もし、あなたが日付などの詳細な情報を必要とする時には、喜んでそれらを提供しましょう」。

それから我々の話は『クロイツェル・ソナタ』のほうに戻ったのだが、その内容は、作家自身が己れの原理の教本と呼んだ物語に関してではなく、精神的に堕落した主人公ポズヌィシェフを思わせる熱心さと激烈さをもって作家が主唱する教義そのものについての話であった。

ポズヌィシェフは自らを堕落した人間と見做した。若気の至りの過ちを三十まで引きずり、それらの度を越した行為の心理的結果が堕落を証明している。この上なく鋭い性的感受性が、このような結果のひとつであった。この官能性に関してポズヌィシェフは、それが自身を虜にしている有様はすべての男たちに共通したものと見做し、しかもそれを人間を苦しめる最も質の悪い悪魔のせいにした。結局、彼が提唱する救済策とは、官能性の根絶であり性的関係の断絶であって、目指すところはスコプツィ〔十八世紀ロシアで生まれたキリスト教の一セクト。肉欲を諸悪の根源としてこれを根絶するために信者に去勢を行った〕となんら変わるところがないのである。だがしかし、こんなことを主唱し実行する者は堕落者なのではないか。そのことを私は、彼の過ちのひとつとして本人に指摘した。加えてあなたの教義はちょっと仏教のカリカチュアみたいですね、とも言った。

トルストイ伯は、二十五歳の若者同様の熱意と意欲でもって、一昼夜と翌日の夜半まで働けるほどのすばらしい健康に恵まれていた。

翌朝八時から九時ごろには、控えの間は近在の村々からの男や女たちでいっぱいになった。彼らは、イェルサレムの無気力な民衆が天使の降臨や水面の動きをじっと待つように、一様に礼儀正しく沈黙を守って、慎みのある崇敬の態度で伯爵のおでましを待っていた。このような善良な人々の求めや悲しみは、その名前や年齢が異なるように様々であり、どこまでが慈悲で全能はどこから始まるかを知っている者はいなかった。ある者は家庭の平和を願い、またある者は貧しいわが家のための燃料や家畜に与える飼料を欲し、敵への復讐を求め、貧しい子供たちのために外套だの養い親だのを求めていた。伯爵によれば、彼らの差し迫った必要に応じるのは無料給食所だけだと言い渡しているにもかかわらず、こういった嘆願者たちが引きも切らないらしい。彼は一日の労働を終えて当然享受すべき自らの安らぎを犠牲にし、論文やエッセイの執筆のために、夜ごとかなりの量の灯油を費やしていた。

農民たちに教えるべきは我々ではなく、反対に我々が農民たちから学ぶべきである、ということを彼は私に印象付けようとした。そして農民たちを真似るべく実行した。彼の暮らし向きを知らないうちは、農民たちも彼を愛して慕い寄った。多くの出来事の中に格好のエピソードがある。ある日、散歩から悲しげな様子で戻ってきた伯爵は次のように語った。

「私は今朝珍しい体験をしたよ。普段より遠くまで歩いて街道に出たのだが、引き返そうとしたちょうどその時、杖をつき、茶色のあまり見慣れない長上着を着たふたりの老人に出会ったのだ。彼らは、杖で大地をコツコツと叩いていた。私を見かけると、私を農民と思ってこう尋ねてきた。『お前さんは、わしらの語り草になっている男が暮らしている所をご存知ではあるまいか？　レフという名で、彼の本は町中で売られて国中に広まっている。この近くのはずなのだが』。面白いので、暫くは、私がその当人であることを明かさないことにした。『知っていますよ』と私は答えた。『そういう人はいますが、今はきっとだめです、その家に行っても会えないでしょう。彼は散歩に出ているはずですから。家はあそこの森の中です。ところであなた方、おふたりは遠くからお越しですか？』

『わしらはクラシンスキからやって来ました。今年は豊作で、刈入れも済ませたから、レフのところへ行って話を聞いてみようと思ったわけでしてな。わしらは物語ることはできるが、そりゃ話すだけで書くことはできん。子供たちに語り聞かせ、日曜日や祭日には大人たちもわしらのところに聞きにくる。わしらは皆に語って聞かせるのに忙しい。古い古い伝説だって語ることができるのだが』と。そう言いながら、そのうちのひとりがすぐさまその場で古謡のひとつを歌い始めた。

それは思いがけなかった。その言葉は聞きなれぬもので、歌い手の声はか細くはあったが、とても心地よいものだった。私はこれまで、そのような歌もそのような言葉も聞いたことがなかった。驚いた。楽しくなって私は言った。『おいでなさい！　私があなた方をその家に案内しましょう』。私は、彼らをもてなし、彼らを喜ばせたくなった。そしてことのほか、ディロンさん、あなたに、このエピソードを聞かせたい、と思ったのですよ。

『お前さんがわしらをその語り部のところに連れて行って下さるって？』と彼らは訝った。

『そうです』と私は答え、『その語り部のところへね。だって、今あなた方の前に立っているのがその当人なんですから』。

『そんなことがあるもんかね！』と驚いてひとりが尋ね、もうひとりが続いてこう言った。『そういえば、わしが以前見たことのある彼の絵姿にそっくりだ。だが、あんたの顔は大そう悲しそうだね。あんたは優しい目をしてるがえらく苦しんでおられるようじゃ。レフ、あんたを抱擁してあげよう』。

歌い手はそう言うと、私を抱き、額の上に接吻した。私はまた、もうひとりの老人とも抱擁を交わした。『ふたりの年寄りについてのあんたの物語〔『二老人』一八八五年〕にはとても心を動かされましたよ』と彼らは語り続けた。『孫がそれをわしらに読んでくれたんだ。それでわしらはやってきた。わしらはあんたが書いたふたりの年寄りにそっくりだろ？』

『そうです。まさにその通り。あなた方は、あのふたりの老人にそっくりですよ』と私は答えた。それで彼らは愛情をこめてこう言ったのだ。『あんたはおそらく、美しい物語の古い古い本をお持ちなのだろうな。それとも、誰かが語るのを聞いたのですかな？』

『古い本はいろいろ持っています。でも、それとは別の方法と言葉で私は自分の物語を語っているのです』。

『あんたは実際、そのことをとても巧みになさっておられる』と彼らはそう言ってくれた。

我々は今や屋敷の庭のところまで来ていた。館の玄関に通じる車道の入口だ。

『いやぁ、なんとも素晴らしい池がありますなぁ！　あれは何ですか、温室かな？　なんて大きな家だろう！　これがみんなあんたのものですか？』

ちょうどその時、一台の二頭立て馬車が我々を追い越していった。水浴から帰ってきた子供たちと客人たちの一行が乗っていた。

『あの子たちはみんなあんたのお子さんですか？』

『いいえ、幾人かは客人です』。

その時、食事を知らせる鐘が鳴った。ふたりの老人は足を止めた。

『さて、わしらはこれ以上は行けません。あんたに会えたんだから、もう家に帰ることにします』。

『しかし、なぜ？　どうして一緒に食事をしてくださらんのですか？』と私は驚いて尋ねる。

『なぜって、あんたは、わしらが思ってたような暮らしをしていないからですよ。いろいろ都合がわるいじゃろ。わしらが思ってたような慎ましい暮らしをしていないあんたには、わしらが知りたいと思っていることを話すことはできますまい』。そう言うと、彼らは踵を返してさっさと行ってしまった、彼らの言ったことに対して独り悲しく佇む私を残して」。

原註

（1）N・N・ストラーホフは、一八九六年に死去。有名な哲学者であり評論家、スラヴ主義者でトルストイの大いなる称賛者である。トルストイに対しては、深い愛情と愛着を持っていた。

第13章　宗教に関するトルストイとの対話

トルストイとの対話の中で私にとって特に印象的だったことは、まず、社会問題や歴史を理解する彼の方法には、一貫してルソーが影響を及ぼしているということだった。この影響は明らかで、トルストイの信仰告白や自叙伝の傾向と、あらゆる社会的制度の否定と自然状態の賛美に、その多くの徴候がうかがわれる。後に私は、彼の『告白』に「ルソーの叙述が心中あまりにも自分の思いと同化しているので、あたかも自分自身がそれらを書いたかのように感じたほどだった」という記述を見出した。トルストイの著作は、すべて彼自身の人生の一局面である。トルストイにとっては、自分自身こそが、世界の中心であり宇宙の要だった。「私はすべての人に知られ、また、すべての人に愛される必要を感じた」と書いている。それは彼が有名になる前からのこと。つまり、その願望を決して失わなかったのである。彼と話していて、私はそのことをとても強く感じた。世間が彼の行為に対して目に見える関心を示さない限り、落ちつきをなくした。意気消沈し、神経質になった。俳優に観衆の拍手喝采が必要なように、世間の注目は、トルストイにとって必要なものだった。彼がオイゲン・ハインリッヒ・シュミット（出版人〉に尋ねたことは、自分自身について書かれたことと言ってもよいだろう。

「お許し頂けるならば、かつてあなたに不安を感じ、いまだにそう感じていることを、率直にお伝えしましょう。それはあなたが見かけのことにあまりにも重きを置きすぎ、それがために自分の行為の内なる原理を忘れてしまうということです。たとえあなたの行為が人に知られることなく、またあなた自身がそれらの行為の成功を見届けていなくても、行為そのものの価値が変わるわけではないということを理解するべきではないかと、私は言いたいのです。あなたはどうやら、内的必要を満たすことより、外的に成功することのほうが満たされた気持ちになるようですね」。

そのとき私は思った――これはトルストイ自身に当てはまるのではないか。

トルストイの宗教的熱意は私の心に響いたが、彼と多くを語り合った後では失望をおぼえた。彼はキリスト教を消し去るような言葉でそれを語ったのだ。あえて冒瀆をおかすような言い方で、神の恩寵を説いたのである。

彼とその宗教体系について議論することは無駄であることも分かった。些末なことについては、控えめにでもあえて批評し、訂正を促すこともあろうが、その基盤については議論の余地がない。トルストイは、自らの教えの心髄については議論を受け付けず、また、その生活規範についても、有無を言わせなかった。彼の示す信条やその倫理的影響は自明のこととされたが、それらは、他の宗派では神の啓示(天啓)とされ、その宗教団体全体に受け入れられるべきものに相当した。

トルストイが述べ、この純粋なキリスト教の問題を解決しようと努める精神は、イエスの精神であると彼が信じているものと相容れないものではない。彼の目的は、当初の純粋なキリスト教の周りに少しずつ積み重なった、伝説やら儀式やら教義やらによる余計な殻を打ち砕くことによって、その本来の姿を取り戻し、キリストの心と頭脳から発したままの原初の純粋な状態であらためて人類に示すことだった。トルストイはこの復活を成し遂げんとする努力において、旧約・新約の聖書を独自の仕方で解釈し、伯爵という爵位の威光があってこそ受け入れられる厳格な反社会的生活規範をキリストの純粋な教えとして示すことで、正統派の神学者たちに攻撃の矛先を向けた。この問題――この「キリストのキリスト教」がその通りに速やかに実践されれば、人間社会の屋台骨を揺るがすものになるとして、多くの人が厳しい目を向けたはずである。しかしイエス自身が発したさまざまな導きの言葉――倫理行動の規範を知るものには、このトルストイの〈改革〉が決定的な異議申し立てになるはずはない。

それこそが、隠者の庵の外ではまともに試みられることがなかった主たる理由のひとつであるに違いない。

こうした問題（神学）にトルストイは対処できるのだろうか。資格が欠如しているのではないか。非難の根拠としてはその方が有効かも知れない。彼は学問的神学者としての資格を有しない。大学でギリシア語あるいはヘブライ語を学んだことがないし、若い頃それらの言語に精通しようと試みたが、知識は生半可なものだった。それは自分でも分かっていた。それでもこれらの言語を身につけたいと願ったのは、なんとか形だけでも整えようとしたからである。

あらゆる宗教的議論におけるトルストイの口調は独断的かつ断定的であり、権威を持ち自分の言葉は信じられて当然と思って話す人の口調だった。彼は主に、自明とされているこじ付け説を論駁したり、宗教的指導者が皆そうであるように、容赦なく誤りを指摘したりすることに己れの力を注いだ。正教会の慣行に対する彼の研ぎ澄まされた批判の中には、当時の多くの人々の思いと一致するものがあって、ロシア人の大多数に歓迎される半ば政治的部類の論争を喚起させるものがあった。彼に欠けているのは、しばしば証拠がなくても説得力をもたらす、あの真の熱情と内省である。トルストイを批評する人々は、その優れた意図に対してトルストイを評価し、その論文の長さとうんざりするような繰り返しをも、著者の良心と論点の重要性に帰して許容したのだった。

論争的著述、寓話、弁明といった長い一連の書き物において、トルストイは自ら一貫した目的を掲げ、全身全霊をあげて追及した。彼は新しい宗教――彼独自のもの――を発表し、古い宗教を忘却に委ねようとした。彼の論究の方法は、主として根拠のない断言と恣意的な憶測とから成っていた。彼の主張によれば、現行のキリスト教は、約二千年の時を経た後に専門家たちが繰り返し取捨し、検証し、結びつけた資料を注意深く分析することによって、ようやく今の形に繋ぎ合わせたものであって、それはついにトルストイの見出した結論には到らず、それに近づくこともできなかったというのである。

トルストイが研究に取りかかる方法は無造作で、類推に依っているかと思えば、世俗の伝統や、すでに立派に確立されている事実をまったく無視して神学者たちを憤慨させたり、神学者たちがこれらの重大な問題に関するトルストイの論文を真剣に考察することを妨げたりするのであった。このように自らが前もって準備した鋳型にキリスト教を押し込むために、トルストイはイエスの人格さえも変容させ、自らの宗教的天才の直感力と神の立法者の権威をもって、イエスの神性を剥ぎ取った。トルストイは、伝統的なキリスト教の擁護者に対抗するのに、現代的な学問をもってして自らの一助とすることはめったにしない。彼は学問に対しても歴史に対しても敬意を払うことがない。彼はそれらを、人々を縛る足伽、あるいは目くらましだとして嘲笑い、大胆にもイエスの教理を自分自身の教理に置き換えたのである。歴史的事実を考慮すれば多くの者にとっては戯画にも等しいイエスの肖像を彼は我々に突きつける。その肖像は彼にとって、ゲーの描いたキリスト像がそうであるように、人生にとって真実であるように思えたのかも知れない。おまけに彼自身の人生が、改心したにもかかわらず、新たな宗教の教えに従うことはまったく不可能であることの確たる証拠となってしまった。彼ほどの類稀な才能を持ち、めったにない恵まれた環境におかれた人でも、教えの通りに生きることはできなかったのだ。

「私を見たまえ！」と、彼は私と話しているときに叫んだ。「私はね、道を指し示してはいるがその道を行かない四ツ辻の道標なのです」。

もし、彼が三世紀の修道士——世俗の知識を軽蔑し東洋の隠者のみが順守できるような生活規範を設定した聖アントニウスや、カシアンや、パコミオスのような熱烈な信徒——であったなら、トルストイがしたような仕方で教えを説くことはできなかったに違いない。彼は確かに、自分が良い助言と考えるものを人々に与えてその生活をひどく厳格なものにしようとしたが、同時に悪しき例を与えて人々の生活をかき乱した。彼はショーペンハウエルを仲間内に引き込み、新しい宗教の創始者である自分のぶどう畑で無理やり働かせた。彼とその哲学者とはほとんど似ていなかったが、数少ない共通点のひとつは、言うことと為すこととの間の著しい相違であった。「私の言うようにせよ、私の行うようにではなく」というのが、彼のお気に入りの言葉のひとつであった。

ショーペンハウエルと同様、トルストイは結婚というものには反対であり、あらゆる種類の性的関係に理論的に不興の色を示した。彼の最も力強い物語のひとつは、結婚することや結婚に甘んずることを人々に諦めさせるというはっきりとした目的から書かれた。その教えは反発を招くだろう。もしもそんなことが広く実践されれば、人類はすぐにも死に絶えてしまうだろう。私はトルストイにそのことを指摘したが、彼はまさにショーペンハウエルが答えたように答えた。

「さて、人類がどうなるというのか。死に絶えるままにさせておくがよい。それが人類に降りかかる最良の運命である。しかし私は、人類はそのようには終わらないと信じている」。いつものようにこの点でもまた、彼の話の進め方は、まったく矛盾だらけで極端な結論にも動じるところがない、典型的なロシア人のやり方だった。それには新しいといえるものは何もなかった。それはどれも、ショーペンハウエルによってすでに提唱されていたことであった。

トルストイにとって不運なことは、子孫をこの世に送り出すことを断つという、厳しいが魂を救う忠告の実行を、彼自らが十三番目の子供の誕生まで差し控えていた、ということであろう。

「そうです」と彼は、話の最中に溜息をついた。「私は罪深い人間です。そのことを自覚して嘆いています。言い訳できるとすれば、自分ではどうにもできない激しい気質を持ってこの世に生まれてきたから、としか言えません。意志はあっても肉体が弱いというういい例ですね」。私がまだその話題にふれもせず、弁解の必要性など仄めかしもしていないのに、彼は、同じような主旨のことをくどくどと話し続けた……。

彼を見ていると、荒野の修道士たちを思い出す。暫くの間は聖なる命令に従い難行苦行を行うが、不意にある変化がその身に起こると、罪深い大都市へと足を向け、破門され追い払われる存在になり下がってしまう。その後再び、自らを顧み、悔い改め、そしてまたもや堕落する……しかし、めげずにその浮沈を繰り返すうちに、終には天国を得る。様々な言語で語り伝えられている有名な話がある。それは、とあるにぎやかな都を訪れた際に、他の仲間たちと共に、なんとも恥ずかしい破戒を犯したある修道士の物語である。彼は自らの良心に照らして荒野に戻り、苦行を続けて自分の罪を悔い改めることを決意した。それに対し、極悪非道の罪の重さに打ちひしがれた彼の仲間たちは呆然として、自分たちの犯した罪は決して許されることはないと思い込み、しばし道の傍らに佇んだ後、邪悪な都へと向かい、人生の残りの日々をそこで罪深い快楽の中で過ごし、悔い改めることもなく死ぬ。トルストイはこの話を知っており、楽天的な隠者の態度を是認し、彼自身、できる限りそれに倣った。それでも、この修道士とトルストイとは思いのほか異なっている。荒野の修道士は、時には死に近づくほど危険で厳しい肉体への苦行を行っているのに対して、トルストイは決してそれをしなかった。彼は愛する妻に献身的に守られていて、夫人は、トルストイが厳格に肉食を遠ざけている時にはその犠牲に対して十分に埋め合わせをし、同じくらい、あるいはそれ以上に滋養のある他の食物を供するよう、見守った。彼の生活様式には何の苦行もないどころか、最後まで質素に暮らすことに憧れ続け、追い求めるべきものは何もないという敬虔な満ち足りた気持ちも得られなかった。

屋敷の庭を散歩している時に、私は彼に向って真っ先に、「我々はなんのために生きているのでしょうか？」と尋ねた。それは死についての考えと同様に長年私を煩わすものであり、今も毎晩の瞑想の主題である、と説明した。トルストイはもどかし気に聞き入り、目を輝かせて言った。

「千年生きても答えられる問いではないと知りながら、なぜ無益なことを問うのですか。誰もが問うべきはこういうことです。我々はいかにして生きているか？　ただひとつの目的のために我々をこの世に送り出した者の意思を実行しているか？　もししていないならば、我々は罪を犯していることになる。人生における我々の義務は、己れの魂をできる限り高めるべく努め、神が与えてくれた目的を可能な限り実現しようと力を尽くすことなのです」。

この話題では、彼は大変饒舌になり、実践に裏付けられた流暢さでそれを語った。神と我々との調和が、それを実現するもうひとつの方法なのだと彼は断言した。

しかし、今主張していることをどのようにして知るようになったのか、と尋ねてみたところ、彼は新約聖書のある一節を引用しはじめたのだが、私にはそれは不適切であるように思われた。「これこそがその根拠です」と彼は自信有り気に叫んだが、説得力はなかった。

トルストイについては、彼は自然人であり、動物的生命原理が圧倒的に強く、その傾向は感覚的である、と言われてきた。かつてあるロシア人作家[1]によってトルストイが酷評されたことがある。その作家は、トルストイは山賊盗賊の首領や、テロリスト、もしくはジキル博士とハイド氏のような二重人格者的な本性をもってこの世に生まれてきたのだと主張している。加えて、トルストイが選ばれた貴族社会の中で育っていなかったならば、彼の存在様式はこの記述を裏付けていたであろう、とまで言った。この判断は、ソクラテスについて同じようなことを言った性格判断者のそれを思い出させる。彼の話を聞いていた賢人たちや弟子たちはそれを嘲笑ったけれども、ソクラテス本人は彼らの方に向き直ってこう言った。「この人の判断をそんなに面白がるのではない。実際、彼は正しい。彼の言う通り、彼が私に当てはまるとしたすべての邪悪な本能を私は備えている。私の振る舞いが彼の描いた私の肖像に相当しないならば、それはすなわち、私がこれらの衝動に抗し、意志の力によって自らが持って生まれた性向を変えようと努力してきたからなのだ」と。

しばらくして私は、トルストイの中では幾つかの性格がひとつに結び合わされているのではないかと、自問し始めたことを白状する。

トルストイと彼の使徒たちは、人々を新約聖書に照らし合わせ、その書から聖なる生き方の原理を引き出すことを好んだ。彼らが口にし、間違いなく信じていたことは、今日流布されているキリスト教の戯画の代わりに純粋なキリスト教を信じることが我々の義務である、ということである。このことは、そのために多くが語られなければならない主題である。キリスト教の歴史を真剣に研究した者ならば誰しも、今日提示されているような形態のどれがイエスによって創出された純正なキリスト教の形であると言い切れるものはない。イエスによってつくられた核の周りに測り知れない塵が付いて硬い殻を形成し、このいびつな殻の構成要素は、一部は外的影響に、また一部は内から生じている発展に、その起源を持っている。

それゆえ、研究者に提示される最初の質問はこういうことである。純粋なキリスト教徒とは何か。時代の経過の内にその周りに成長したとてつもない発展の中で、それはどのようにして認識されうるのか？　どのような取捨選択、検証の過程を経て、そこに到達できるのか？　そのために用いられるのは歴史的手法なのか、それとも直感なのか？

今日のキリスト教には、より高い原理の中に溶かし込むことで解決されねばならない数多くの矛盾がある。現れた当初からそれは一種の善悪二元論であり、善の原理に対する悪の原理の存在を認めている。実際それは、ふたつの原理を明確な対照で際立たせ、ある時は悲観主義の精神から、ある時は楽観主義の精神から、それに相当した結果を伴って、ふたつの原理の間の強弱が変化する。

現存するキリスト教宗派のどれひとつとして、悪の起源を満足のゆくように説明し、それを善の原理と融和させる効果的な手段を見出すことはなかった。それどころか、自らをキリスト教徒と呼ぶほとんどすべての宗派においては、両者の間の対立は先鋭化され、キリスト教徒は、悪と戦い、ただひとりの主にのみ仕えることを強要された。

トルストイは、自らが純粋なキリスト教の原理を会得したと思い、それに「キリストのキリスト教」という名を与えた。だが、どのようにしてそこに至ったというのか？　歴史的に、であるか？　歴史を嘲り笑った彼が、そのための知識もなく備えもなく行った研究などは、ほとんど信頼に値しないであろう。その仕事は非常にデリケートで困難なものであり、そのような資質を備えている専門家でさえも誤謬を免れないものだ。トルストイの考えによると、真のキリスト教の理念は、新約聖書の中で語られるイエスの言葉と行為の中にのみ見出されるべきものである、ということになる。それゆえ、トルストイの友人たちや使徒たち、例えば私の友人ゲーなどは、どこへ行くにも新約聖書の携帯版を携えていったものだ。この理論に従えば、イエスは、誰よりも、またどんな制度よりも完全に、より権威を持って、真の宗教の精神の真髄を世界に顕現しているのである。この仮説に対しては多くの意見があるだろうが、それを支持するひとつの有力な論拠は、最も著名な神学者たちの中の幾人か、例えばリッチェル〔ドイツの福音主義神学者〕などが、トルストイの使徒たちの多くと同様にそう確信している、ということである。

しかしながら反対意見も多く、その中には人を心服させるものがある。一例は、次のようなものだ。紀元から遠く離れた今日において、乏しい資料の範囲の中から、信頼できるイエスの姿やキリスト教について、その人間性を具体化した姿を明らかにするような、イエスの生活や活動の完全な説明を抽き出すことは不可能に近い。最初の三つの福音書と共観福音書はイエスの姿の素描を我々に与えてくれるけれども、それらは四番目の福音書の著者によって描かれた姿とは一致せず、どの程度の歴史的真実が後者に付与されているのかを見出そうとしても空しく、途方に暮れてしまう。

共観福音書においても、我々はしばしば非常に困惑させられる。天国の王国はどのようなものであり、また、未来あるいは現在はどのような条件のもとに用意されているのかを、誰が確信をもって言い得るというのか？　リッチェルや他の多くの神学者たちが主張するように、キリスト教はユダヤ教の一派であって、その教義や慣例は源泉資料から完全に説明され得るのだろうか？　多くの学問的な神学者は、このことをにべもなく否定し、その目を他の様々な影響の方へと振り向ける。その一方で、多くの者は、キリスト教の本質はその創始者の人格の中よりもむしろ、宗教活動そのものの中に見出されるべきものとするが、それは福音書の物語から容易に分離できるものではない。イエスに関する我々の知識の源泉は、この試みを保証するにはあまりにも不十分なものであり、それを試みた人々の例は、抑制的なものとなる。

彼らは、一定の先入観を基にして肖像をいじくりまわし、要するに選択・調整せざるを得ず、従ってその結果は、歴史的人物像からはるかにかけ離れたものになる。このようなやり方で福音書から引き出されたキリストの肖像は、確かに人為的なものだ。彼をその時代や国からの所産として際立たせる多くの個性的な特徴から、さらに天使や悪魔の、また病気の原因や処置法における信仰までもが、その肖像から生み出される。イエスは真っ先に永遠の（現象界の）神の王国というユダヤ人の理念を受け入れ、そして徐々にそれを拡大していっただけ――という事情があり、従って、例えばその終末観においては決してメシア（救世主）の教えを捨てることはなかった。イエスの人生には、定かではないが特定のある一時期に微妙な本質的な特徴がある。その事実を認めるとすれば、イエスの生涯から、権威ある天啓としての力、キリスト教精神の完全なる実現者としての力を奪うことはできないし、否定することもできないのだ。

このような研究や議論の結果から言えることは、プロテスタントの神学者たちはほとんどが原始キリスト教の形態をキリスト教がその後そこから変容してくる原型とみなしているということである。その問題に先入観なしに取り組んでいる歴史家たちは、今日では、キリスト教存在の特定の時期を選別し、その特定の時期にはキリスト教精神が社会の中に体現されていたと結論付けることは、不可能なことであると認めている。一方で、これら同じ歴史家たちが、その創始者の肖像は、変化を免れた絶対的形態を持たず、また持ちえないということを否定してはいない。それは、画家たちによって彼の肖像が種々に変化するのと同じように、時代と場所で変化した。そのことは、時代を遡れば遡るほど我々がその理念により近づけるかどうかもまた、甚だ疑問であることを表している。要するに、トルストイがイエスを自らの手本として、キリスト教精神の絶対的な体現者として取り上げるとき、原始キリスト教こそキリスト教徒の理念を体現しているとみるこれらの神学者たちが間違っていたのと同じ程に、彼も間違っていたということだ。そして我々は、別のいかなるキリスト教の側面も、また、別のさらなるキリスト教理念の体現者も持たないとすれば、いったいどこにキリスト教精神からの分離があるのか、何をもってそれと決めつけることができるのか？

　それが、トルストイによって私に示された方法に対しての、私の第一の反論の要旨であった。他にも反論したい点はあったが、しかし、私はそれらを口にしなかった。なぜなら、トルストイはその問題を非常に熱心に受け止め、食事の度毎にその最初の反論に立ち戻り、それについての更なる新たな批判を出してきたからである。

　その問題におけるトルストイの批判は、興味深いが曖昧であり、納得のゆくものではなかった。カペルナウムで説教している時、イエスは正しくキリスト教精神を体現していた、と彼は言う。その時イエスは神の子であり、何が正義であり何が善であるかを認識していたことから、神の子という自らの役割を意識していた。すなわちイエスは、自分というものは、生きとし生けるものを隔てなく愛し、彼自身が愛されることが人々を愛に導くことを望まれているような道徳的存在なのだということを、神との霊的な交わりの中で自覚したのだというのである。

　そこまでのところは何の異論もない。しかし、同意しかねる特徴が他にある。なぜならそれらは、そのイメージの他の要素とはたやすく調和しないからである。これらの矛盾する要素として、人は次のようなことを挙げるかもしれない。イエスがユダヤ法を遵守し、自らが出現したことの恩恵からユダヤ人たちを排除することを妨げなかったこと、新たな摂理における救世主という役割についての彼の民族概念や、彼の倫理体系における賃借契約についてのユダヤ人との関連性、世界の終わりが近づいていて、自身が雲の中から現れると固く信じていること、等々。今や移行し排除する仕事は成功裏に終わり、絶対不変のキリスト教精神が展開されでもしない限り、最も熱心なキリスト教徒を排除することが義務であるような精神からの逸脱がどこで起きるのかを指摘することは不可能だと言わざるを得ない。というのも、あらゆる改革刷新は、復古や堕落の過程を辿っていると思われてはならないからである。このことは絶対に必要だ。すべての倫理運動と同様に、キリスト教も発展や順応等々の法則に従うものであり、これらの法則によって生み出された変化のどれひとつとして、正道を逸脱したものとして扱われることはできない。

トルストイの理論へのひとつの反論は、『私は何を信じるか』の中で述べられているように、彼が、その原理が全世界に幸福を与えるものであると確信していることにある。幸福が存在の目的である、という基礎概念は、間違いなく、すでに長らく死に絶えていた哲学への回帰である。

トルストイはイエスを、他の人間と本質的には異なっていないひとりの人間と見做し、魂を救済するまったく新しい原理、すなわち、各個人と神との一体を説く人間としている。その上、互いの相違や嫌悪する理由はあってもその隣人を愛せよ、という教えは、トルストイによると、イエスの先人たちや預言者たちの教えによっては達せられなかったまったく新しいものとされるのであるが、批評家たちは、ヒレル〔紀元前一世紀の律法学者。当時の律法の形骸化を厳しく批判し、律法の中で最も重要なものは「神への愛」と「隣人愛」であると説いた〕のような優れた説教師はまったく同じ教えを説いていた、と指摘している。トルストイはまた、イエスは人間と神との関係についても、また世界観についても、新しい観念を含むまったく新たな神についての理念を持っていた、と考えている。たとえイエスが神を父と呼んでいるとしても、それは単に当時の習慣への譲歩に過ぎないと見るのだ。

トルストイは、時には芸術に割く時間を削っても、間断なく使徒としての情熱を説いた。退屈な汎神論による彼の説教と個人的情熱は奇妙で、哀れと付け足す人もいるような有様であった。その創造的な芸術活動の産物は、半ば宗教的であり、半ば哲学的なものとなった。

その問題を一般的なキリスト教徒の観点やキリスト教徒の文化基準から見た時、トルストイはキリスト教が依って立つ、あるいは大多数の人々がその信仰をよせている全体基盤を引き倒している、と考えざるを得ない。

多くの現代の宗教改革者たちによってもたらされる動機、すなわち、我々の信念や、我々の必要性や、我々の行為は、大きく前途に横たわるはるかな未来での人類の魂の運命を形成するのに貢献するものである、といったことは、トルストイにおいては注意深く避けられている。

彼の理念は生き残る機会を持たなかった。宗教的あるいは政治的組織のような集団の規則は、常に一定であり統一的なものでなければならない。そのことは、混乱させる要素を押さえ込むことによってのみ可能である。宗教では、そのような者たちを異端者として排斥する。社会は被差別民や罪人として、国家は反逆者として、そのような分子を抑え込む。トルストイのグループは彼らをそのままにしていた。すると、彼らも必然的に成長せざるを得ないので、それぞれの多様性や敵対性によって、自らが生まれ出た母体である集団を損なう結果になった。

ブッダからパウロまで、また、アモスからスウェーデンボリに至るまでの寛大な宗教改革者の類型には多くのタイプがあり、広く点在した各派がそれぞれに異なった特徴を持っていたが、共通しているのは、抽象的な人類という概念に対してではなく、今ここにいる罪人や、厭わしい奴隷や、ライ病の賤民に対して、その人たちを浄化するような、神に捧げた愛の炎を熱烈に燃え立たせるということであった。

トルストイもこの高い使命の特徴の一端を示してはいた。それは、未知なる未来に対する身を削られるような不安、常につきまとう死の恐怖、病床にあったイグナチウス・ロヨラ〔スペインの修道士。カトリック教会の修道会であるイエズス会の創立者のひとりで聖人〕を責め苛んだような、また、信仰に目覚めたジョン・バニアン〔イギリスの教役者、文学者で『天路歴程』の著者として知られる〕が、強い決意を懐いて、金言と三段論法を武器に世界を変革し教えを広めようとした時のような、自堕落な生活に対する苦い良心の呵責である。しかし、トルストイの生涯と仕事に惚れ込み、献身し、ついに相手の涙が渇いて苦しみが和らぎ心が癒されることに喜びを感じるという、同胞へのあの燃えるような愛の痕跡を求めても、所詮無駄である。それどころか、疑念の霧が立ち込め、反目が燻るのを見出し、恐ろしい誘惑に遭う聖アントニウスの叫びを聞くような、魂を抜かれ千々に乱れた情念から発せられる荒野の絶叫を聞くだけだろう。

トルストイの生活は、同等の知的水準の人々のそれとは異なっていた。すなわち、彼の生活の大部分はガラスの家の中で営まれていて、彼はその中で世界の声を聞いて自らの思想を公表し、構築した哲学を不安定な基礎の上に置いていた。ちょうど、難破した水夫が動かない鯨を無人島と間違えて、その背中の上で火を燃やして暖をとろうとしたように。

真の謙虚さ、静かなる苦悩、言葉に過ぎないものが風のように魂を魅了する、宗教的天才の著作物から醸し出される穏やかで繊細で神秘的な魅力――こういった特質はトルストイに欠けていて、一見して認めることができない。それどころか、彼の人類への呼び掛けにはいつも、自尊心や自己満足や傲慢さの気配がまとわりついているように見える。

彼の多くの世俗的説教の源泉となり倫理の小論を書かせた誘因は、すべて外部からやって来た。彼の死の恐怖も、そのようにとらえない限りは、内在的な蓄積では説明がつかない。その過激な宗教的教えは、古風な禁欲主義を現代キリスト教の一宗派の教えへと単に言い換えたにすぎず、また、スパルタ式平等主義を福音主義的共産主義の型へと流し込んだに過ぎなかった。彼の教説は、これまでに説かれた倫理的教説のどれよりも心に訴えるものが少なく、か弱い女性たちや苦悩する男たち、敬虔な若者たち、イエスやパウロ、アッシジの聖フランシスコに従ったのと同じ迷える人々の心をとらえなかった。彼は、学問と初等教育との間で中途半端に揺れている人々の心を、その力強い議論と広汎な見解によって一時的に虜にすることはできる。しかし、大衆の心に届き、オルフェウスの調べのように彼らを否応なく引き付けて従わせる力のある天からの言葉は、発見し得なかった。トルストイの言葉は、実を結ぶことなく取り残された人間の魂に、愛の花粉を運ばない蜜蜂のようであった。彼は貧者や、虐げられたり苦しんだりしている人々に対して哀れみを感じはしたが、彼らの心の痛みを和らげる薬は持たず、人々が何とか子孫を持ちたいという思いを妨げるような試みによって、遠い未来の子孫のための千年王国の夢を壊しさえした。あらゆる悲しみに対する慰め、あらゆる傷に対する鎮痛薬、分け隔てなくすべての人々の胸に届く大きく広げられた腕を、トルストイは欠いていた。

彼の真価は、その理論や計画や提示された改革にあるのではなく、彼の努力の反作用の中にある。彼は我々に、具現化された人間の苦しみや悲しみを直視させる。宮廷の饗宴や教会の祭事に際してぞっとするような髑髏を見せつける。宮殿の窓の絹のカーテンも、教会のステンドグラスの窓も、痛ましい光景を閉め出したり、それに彩色したりすることは許されない。我々が宗教に何を期待しようとも、彼は苦しみの上に天国の虹の光を投げかけようとはしない。貧しさや苦痛や心と体の惨めさは、何か他のものやより良き生活で埋め合わせられるのかも知れないし、そうでないかも知れない。我々の義務はそういったことをありのままに扱うことであり、彼は我々を励まして現実を直視させることを目指して努力しているのである。彼が人生の惨めさに対する我々の感覚を刺激するのは、厭世哲学者に倣って理論を証明するためではなくて、我々がそれを紛らわせ、鎮める一助とするためなのである。

彼は、努力を重ねて自らの理論を形成し、荒削りのまま仕上げも施さず、技巧も凝らさずに世に問うてきた独学者であり、職人的哲学者である。彼の転生は、よろめいたり、決心を揺るがせたり、罪に逆戻りしたりを繰り返しながら、ゆっくりと成し遂げられてきた。彼は、サウロ〔パウロ〕のように栄光の目も眩むようなまばゆさの中にではなく、どんよりとした冷たい夜明けの光の中に、光明を見出した。

彼の人生の主だった特徴は矛盾のつじつまを合わせてひとつにまとめてしまう能力、あるいは、人には矛盾のないように見えるものに作り上げてしまう能力であるように思える。その抽象的理念も、宗教的言説も、道徳的説教も、彼の激しい気性を貫いてずっと一貫したものであり、彼の性格を醸し出し、彼の生命や活動を支えてきたものである。しかし、遠くここまでに到った時、それらの新しい要素は自ずと変容した。多くの――ほとんどすべてといってよいが――問題に対する彼の態度は、二重の性格を持っていた。理論は硬直していて厳格で、まさに、メディア人とペルシア人の律法のようであった。ところが、それを実行するにあたっては融通無碍で、日常生活に都合よく適用され、大雑把で容易に妥協された。彼はいつでも、経験的事実や時間の必要性を最大限に評価した。

彼の理論が粗っぽく構想が妄想的であるからといって、彼の心が、しばしば天才の知性を特徴づけている愚かさにも通じる単純さを持っているからだと捉えることは誤りであろう。星を見つめる天才が井戸にはまるのを防ぐ日常的な知恵、ロシア農民のずる賢さ、実体験から生まれた抜け目のなさが、彼の理念の世界を貫いている。この上なく世間知らずな目論見に、いつも世慣れた人の流儀で立ち向かっていたように思える。彼は根っからのロシア人である。現存するすべての制度への不信――学問、国家、宗教を代表する者への嫌疑、おおらかで健康的な活動を麻痺させ、自殺さえも匂わすわびしい悲観主義、その上、日々の生活の現実を鑑み、捕らぬ狸の皮算用をしない用心深さといったことがそれを裏付ける。彼の洞察力は神聖な預言者のそれではない。非常に確かな観察によって集められた、自らが経験した事実の数々を含んでいるのだ。しかし、その貯えの中には、深い悲しみも純粋な歓びもない。まずは自らの幸福、それから他人の幸福――幸福探しは彼の人生の趣味だ。

宗教を持つということは、世界にひとつの意味を、人生にひとつの目的を、意思にひとつの方向を与えることである。しかし、理性主義は宗教ではないし、宗教ではあり得ない。せいぜい哲学である。貴族の思想家が、その人たちのために書き、論じたところの大衆にしてみれば、そこには錨を下ろす場所がない。最初の風のひと吹きで、大衆は逆巻く波の中に押し戻されてしまうのだ。彼らが欲しているのはあらゆる本質的部分を備えた宗教――歴史があり、超自然的で感動的でもある宗教――であった。しかしトルストイの説く宗教には、そういうものは何ひとつ含まれていなかった。彼は何の努力もせず、不安な人生のささやかな事実に永遠性という烙印を押す必要すら感じなかった。彼は、過去からも未来からも人間存在を締め出し、息吹を――聴く耳を持った者には聴きとれるかも知れない良い知らせを運んでくる優しい空気の息吹をそれこそまったく遮断してしまう、天まで届く恐ろしく高い障壁を築いたのである。

　形而上学のない倫理法典は、氷塊の上に建てられた家のようなものである。往時では、それを建てようとする試みは正気の人なら思いもよらないことであった。理念を思い廻らす哲学者は絶望の中でそれを放棄する。因果関係は、我々のこの目に見える人生の中にあっては、初めもなければ終わりもない一本の鎖の円環である。この魔法の環の外にあるものを我々は何も知らない。したがって、単なる理性や経験に委ねられていることからは、どんな自由な意見も、したがってどんな道徳性も生まれてこない。意思が自由であるためには、我々の知る単調な世界から果てしない未知の大洋に乗り出してゆく何らかの手段を持たなければならない。形而上学のみがこれを与え得ることができる。哲学では形而上学、宗教では超自然力のみが。

　トルストイは、無邪気にも、ブッダやソロモンやショーペンハウエルに自らをなぞらえた。灰色の民衆のことを見下したのも、実際は侮辱したのではなく憐みのためなのだ。だからといって、民衆を高い名誉の中において美化した、ということはない。『暗黒の王国』の中では、自らの領地の者たちに光を当てて、ぞっとするような恐ろしい光景を描き出している。そういった例を挙げて民衆の惨めさを描き、貴族階級に属する自分を酷評したのだ。けれども社会改革のことは、彼は決して提案してはいない。制度の改革は彼の良しとする療法ではなかった。自らの意思による、効果的な完全なる破壊が彼の提案の主旨であった――理性主義による教会の破壊、無政府主義による国家の破壊、そして、とどのつまりは、禁欲による種の破壊である。彼の人道主義とは、オリンピアの祭典で、崇拝者たちの群れやルシアンのような奇妙な見物人たちの見守る中、焼身自殺を遂げたペレグリヌスの行為を模すことであった。トルストイは、自らを一般民衆と同一視したり、コント〔オーギュスト・コント、十九世紀フランスの社会学者、哲学者〕やグツコー〔カール・グツコー、十九世紀ドイツの著作家〕が夢見たような社会組織を建設するために働いたりするには、あまりにも貴族的であった。彼は、ニーチェのように、あらゆる組織の中心点であり、法、慣習、伝統、あるいは制度や人間の歴史的発展を無視して、法典を破壊し、自らの気分や見方に従って好き嫌いを変えながら、あらゆる物事をひっくり返そうとした。もしもそう呼ぶならば、彼の体系は、人間の経験と作家の観察から集められた理念の束である、と言える。互いに異なり、互いに矛盾し反発し合うそれらをつなぐ唯一の絆は、共通した起源のみである。それは、ある意味では現代音楽の流派のようであり、決してハーモニーには溶け込まない不協和音に溢れたものである。

トルストイに労働の教えや悪に対する無抵抗の教え、貧困・謙譲・慈善の教えを説かせるに到る、彼の様々な宗教的倫理的見方に賛同できない人々は、彼が大変多くの愚かなことを言ったとしても自らはほとんどそれらを実行していなかった——そう考えるならば、その怒りを和らげることができるであろう。彼の伯爵位の放棄も、その国の法なり慣習なりがそのような手段を不可能にさせている国では、単なる形式問題にすぎない。世俗的な富の完全な放棄も、彼自身の家族が、あの相変わらず多方面に及ぶ階層の人々を保護するために協力をしない限り、貧者を養うことはできない。そして、彼が時折自らの疑わしい労働者精神から手助けを差し伸べる普通の貧者でさえも、彼らがより一層満足する方法で欲しい物を手に入れる手段を伯爵が妨げているとして、一度ならず不満に思った。彼の道徳的戒律は、彼らにとって圧倒的な手本として到来するには、説かれたのがあまりにも遅かったのである。

彼は輝かしい宗教的感情を経験したが——その後の変化によって気の塞ぎが続いた、と言われている。

すぐにも新しい宗教的感情が訪れることはなく、新たな生活へと歩みを速め、信仰と呼ばれるものになるあの昔からの宗教感情への忠誠も欠いていた。彼にはパウロと同じような憂鬱癖はあったが、情熱と揺るがぬ信仰と、神との神秘的な合一を体験する力は持っていなかった。天国を望み、苦しみや罪に満ちたこの人生からの別離を望み、父なる神の許への回帰を望む、僥望の片鱗も持っていない。彼が舞い上がった高さは、せいぜい自らの死の恐怖の一時的な克服くらいのものであった。まさに宗教の本質といえるもの——熱を帯びた感情や気分、神との陶酔的な一体感、至福の喜びを再び体験したいという切ないまでの願望——が、彼には欠けているのだ。彼の宗教は冷徹な心理学である。彼の心は彼の知性によって殺されている。

また、彼は、カントやショーペンハウエルのような哲学者でもない。彼は何の体系も考えていなかった。彼の説教の基底は啓示宗教であり、キリスト教の原理である。著作物のひとつの中で、彼はほんの数年前までは啓示キリスト教を信じていた、という。そうであるからこそ彼は、啓示に囚われている。しかしながら、彼はその啓示を自分の望むように曲解し、終には啓示された教えとそれを啓示した人の人格までをも破壊してしまう。彼は、教会を、キリスト教を、人格神を、霊魂の不滅を——キリスト教の教義の名の下にあるそれらすべてを否定する。彼に言わせれば、山上の垂訓以来経過した十九世紀の間に、自分以外には誰もその教義を理解した者はいなかったのだ。

けれども、彼のことは、ヨーロッパ人的基準ではなくロシア人的基準から判断されなければならない。ヨーロッパにおいては、宗教は、人の生活の一部を構成し、理念や原理の本体であり、道徳規律を形成している。原理の本体は、ある者にとっては魅力的であり、他の者にとっては厭わしく、さらに他の者にとっては興味をそそられる分析の対象である。宗教は折にふれて必要なもの――誕生の時、結婚の時、死に臨んだ時、クリスマスや復活祭やその他決まった時には欠かせないもの――であるが、普段は敬して遠ざけられているものだ。他方、ロシアでは、宗教は個人のあらゆる生活の場面の中に入り込み、実際、個人の生活そのものである。ヨーロッパでは、宗教は議論や研究や分析の対象であり、人の知識を広める手段として扱われる。他方ロシアでは、それは倫理的行為や崇高な生き方への刺激剤である。ヨーロッパ人は原理に関心があり、ロシア人は実践に関心がある。ロシア人はこれらに非常に重点を置き、満足して気が済むということがなかった。教会の教訓にさらに付け加えたり、あるいは削除したりして、より完成に近づこうと努めた。そうして最も関心を持った主題のひとつが性的関係であった。それゆえ、ある宗派は信仰至上主義ゆえに道徳規律を無視して、その儀式は絶頂に達すると乱交に至り、一方、他の宗派は禁欲主義であり、自発的な去勢に彼らの究極点を見出した。

ヨーロッパ、あるいは世界の他の国では、トルストイは説教者として成功することはなかっただろう。彼は無視され、沈黙させられていたに違いない。すばらしい因習的な網を持った社会は彼を邪魔者扱いし、その落ち度を突いたであろう。二日間は称賛されてもその後は永久に忘れられ、このことに彼は抗うこともできない。ロシアでは、教会外での宗教的説教は一切禁止されているが、トルストイだけは大目に見られた。彼は、ロシア帝国内では、他の誰よりも大きな自由を認められ、それを最も破壊的な類の原理を広めるために利用した。それゆえ彼は、彼の倫理的見解に対してはいささかも関心のない政治的集団の擁護者となった。

原註

（1）ヤルモンキン『Preussische Fahnbuch』一〇六号、三五七頁。

第14章　トルストイと私との間の新聞戦争

トルストイは、グロート教授が編集するモスクワの『哲学的心理学的評論』誌に、ロシア飢饉に関するセンセーショナルな論文を書いた。しかしそれは検閲を通らず、掲載されるはずの同号は、トルストイの寄稿抜きで発行されることになった。伯爵自身もその友人たちも大変落胆したが、熟慮の末、これはロシアでは公表を禁じられた数多くの彼の文章と同様、国外でなら公表できるかもしれないと考えるに至った。

ある日、ロシア駐在イタリア大使の未亡人でトルストイと私との共通の友人である、インカル・フォン・ギルデブランド男爵夫人が私にこんなことを言った。自分はたった今ヤースナヤ・ポリャーナから帰ったところですが、トルストイからあなたへの重要な伝言を携えてきました、それは――発禁処分を受けた彼の飢饉に関する見解を英語に翻訳してくれないか、イギリスで公表したいので、というものだった。私が喜んでそうすると答えると、男爵夫人は、ロシア語の校正刷りは『ニェジェーリャ』紙の編集長ガイデブロフ氏からあなたの許に届けられるはずです、と言った。私はその問題の原稿を正式に受け取ったが、それはロシアでの出版許可を期待して、トルストイ自身によって修正がなされたものだった。加えて私はトルストイ本人から次のような手紙を受け取った。

拝啓

『モスクワ報知』紙にまとめられた記事[1]は公表されたので、あなたが望ましいと思うならば、あなたの自由にしてよろしいです。心配なのは、ガイデブロフ氏から回った論文[2]が非常に推敲を要する状態であることです。私はそれを検閲局を意識して何度も書き改め大幅に修正したので、完成状態には程遠いままなのです。その中には重複や拙い表現があるに違いありません。翻訳に際しては、余分と思われる箇所をうまく隠してください。助かります。長い論文[3]のほうは、ほとんどでき上がっており、間もなくチェルトコフを通してあなたの許に届けられるはずです。

あなたと友好の握手を交わします。

敬具

L・トルストイ

追伸　うろ覚えと健忘症のため、あなたの父称をまたもや失念してしまいました。イギリス風に宛名書きしました。

こうして手に入れた手書き原稿全体を幾つかの部分に分け、七、八回のシリーズとして掲載する形にして、ロシア飢饉に関するこの論文は、最終的に『デイリー・テレグラフ』紙のコラム欄で日の目を見た。

それから二、三日して、トルストイ夫妻と関係のあることで知られているある小さな新聞が、伯爵夫人の署名入りの短い記事を掲載したが、それは、彼女の夫であるトルストイ伯はいかなる外国の新聞にも飢饉に関する論文など書いたことはない、と断言するものだった。この否認がロンドンのロイター通信に打電され、デイリー・テレグラフはその問題について次のように私に伝えてきた。

一八九二年　二月五日　ロンドン

拝啓

ロイターの通信員が、「トルストイ伯は一月二十六日に『デイリー・テレグラフ』紙に掲載された論文を断固否定している」という電報を受信したと知らせてきました。私はこの電報への応答に先んじてこの旨をあなたに速やかに打電しますが、もちろん問題の論文は実際にトルストイによって書かれたのだという点では、我々はあなたを絶対的に信頼しています。

敬具

J・グラッソン

私の名誉が危機に瀕していた。私は直接トルストイ本人に会って真相を聞き質すことにした。直ちにペテルブルグを後にした。モスクワに着いてみると、いつもなら真冬はそこにいるはずのトルストイがいないこと、またその消息をはっきり知っていると思われる人もいないことが分かった。私は狼狽した。

仕方なく親友の哲学者ウラジーミル・ソロヴィヨフを訪ねた。今度は比較的うまくいった。私は来意を告げ、挨拶もそこそこに、すぐにもトルストイに会わなければならないと言った。彼は同意し、あいにく自分はトルストイがどこにいるかはわからないが、旧首都〔モスクワのこと。この当時の首都はサンクトペテルブルグ〕から少し離れた地所にいるかもしれないと教えてくれた。私が直ちに発つと言うと、ソロヴィヨフは私のために伯爵に渡すべき手紙を書いて持たせてくれた。これは本当にありがたかった。なぜなら、彼とトルストイとの関係はここ数年来ねんごろではなかったからである。トルストイに対する彼の気持は何ら変わっていなかったが、交情は冷えてしまっていたのである。

以下は、その時の彼の手紙――

親愛なるレフ・ニコラエヴィチ

思いもよらぬ誤解が起こりました。いかなるイギリス紙にも論文を送っていないというあなたの声明によって、かの地では、『デイリー・テレグラフ』紙に発表された論文の内容は「虚偽」である、という意味に解釈されました。そのため翻訳者である私の友人ディロン氏は、この、言うところの虚偽のために、酷い譴責をこうむりました。私は、『モスクワ報知』に発表されたような形では、それらがあなたのすばらしい一連の論文の正確な再現ではないであろうと確信しています。しかしディロン氏は、このためになんら責められることはありません。仮にもし彼の翻訳が不正確であったとすれば、その時には不正確な翻訳と原文との間には非常に大きな隔たりが存在するはずです。しかし、彼をこの言うところの詐称罪でもって責めることは――家族もある彼を、イギリスでの地位も仕事もなくしかねない不安

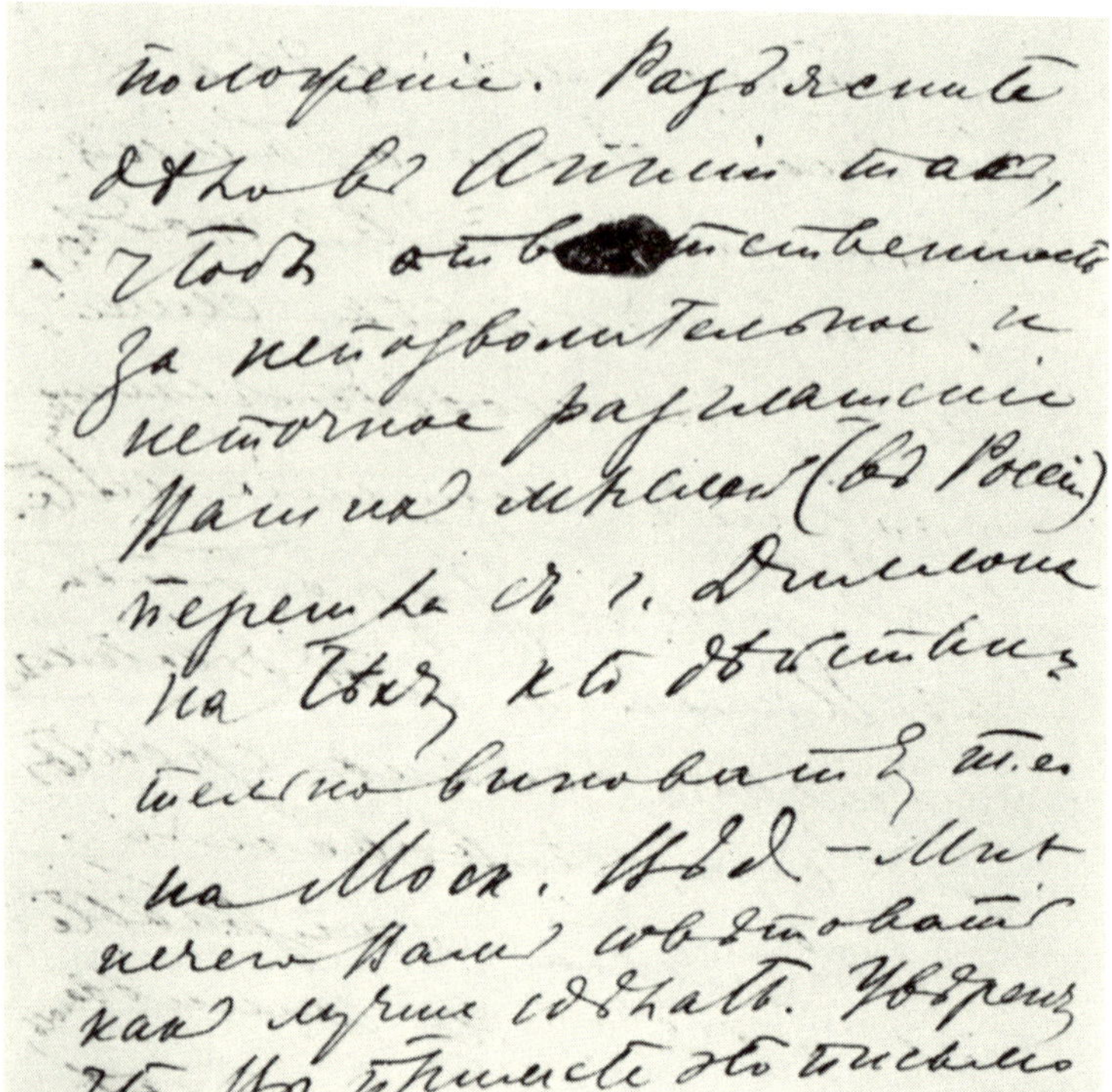

положеній. Разъяснивъ
дѣло въ Англіи такъ,
чтобы отвѣтственность
за неудовлетворительное и
неточное разглашеніе
Вашихъ мыслей (въ Россіи)
перешла съ г. Диллона
на тѣхъ, кто дѣйствитель-
но виноватъ, т. е.
на Моск. Вѣд. — Мнѣ
нечего Вамъ совѣтовать
как лучше сдѣлать. Увѣренъ,
что Вы примете это письмо
какъ доказательство моего
искренняго участія не только
къ г. Диллону, но и къ
Вамъ самимъ.
Душевно Вамъ преданный
Вл. Соловьевъ

ウラジーミル・ソロヴィヨフからトルストイへの諫言の手紙

定な立場に置くことになります。後生ですから、この誤解を解いてください。私は、あなた自らそうするように努めるであろうということを少しも疑っておりません。私はディロン氏をよく知り、彼の今の絶望的な立場を知る者として、あなたに手紙を書いております。イギリスでどうかこの問題について説明してくださいい、そうすれば、ディロン氏の英訳をもとに――ロシアにおいて――あなたの見解を許可なく不正確に広めた責任は、『モスクワ報知』にのみ課せられることになります。どうするのが最善かを私があなたに助言する必要はないでしょう。私は、あなたがこの手紙を、ディロン氏のみならずあなた自身に対しても私が誠実なる関心を寄せていることの証として受け取って下さるであろうということを、確信しております。

さようなら
あなたを敬愛する　V・ソロヴィヨフ

時を移さず私は汽車に乗り、著名な作家の正確な所在を知り得るだろう駅に向かった。しかしそこに着くとすぐに、私が向かっている方角のどこかにいるだろうというだけで、はっきりとしたことを知っているらしい人はいなかった。私は再び汽車に乗り、とても気がふさぎ疲れを感じていた――前夜以来一睡もしていなかったからで居眠りをしようと努めていた――が、突然肩に手が置かれるのを感じた。「おや、ディロン、いったいここで何をしているんだね」という聞き慣れた声を耳にして、私は顔を上げた。声の主はボブリンスキー伯爵〔ボブリンスキー伯は貴族。先祖はエカテリーナ女帝と愛人グリゴリー・オルロフの子、その流れ。国家の要人〕だった。彼は、〔第一次〕世界大戦中、オーストリアの一地方がロシアに併合された時の、その地方の知事になった人物である。私は彼に自分の様々な困難を打ち明けた——トルストイ伯の所在がわからず途方に暮れている、是非ともすぐに彼に会わなければならないと。彼の忠告は頼もしかった。「聴いてくれ、私の兄が住んでいる次の駅で降りればいい。彼ならきっとトルストイが今どこにいるかを知っているよ。たとえ知らなくても、そのときは君のために見付け出してくれるはず、それまで君は彼の所に留まっていればいい」。私はその忠告に従った。次の駅で汽車を降りると、ボブリンスキーの兄の家に直行した。彼は私をとても手厚くもてなしてくれた。食事にありつけて大変うれしかったことは言うまでもない。というのも、探索中、胃袋の要求のことなど何も考えなかったからだ。本当にそれどころではなかったのである。

ボブリンスキーの兄は、私の期待をもっともなことだと認め、トルストイは、橇でならその晩のうちにたどり着ける地所に滞在していると教えてくれた。私は橇を雇ってすぐに、そこへ向かった。ロシアの冬の晩の陰鬱な薄暗がりと寒気の中、私は凍て付いた道を走り続け、幸いにも、ついに目的地のすぐ手前まで達した。ところが、驚いたことに、道程の最後の部分は凍結した川そのものが道であることがわかり、私の御者はこれ以上走ることを頑固に拒否した。彼は氷の上に穴や割れ目があることを知っていた。暗闇の中あえてその上を走るよう説き伏せることはできなかった。自分には養うべき家族があり、そのような狂気じみた冒険で命を危険にさらすことは絶対に断る、と御者は言い張った。多分この村には他に誰かもっと勇敢な者がいるだろう、とりわけ気前よく駄賃を払うのだから、と、私は当初約束した金額の二倍を払うと申し出たが、無駄だった。我々が話を持ちかけた他の御者も同様に頑固であった。ついにもとの御者が、その夜は村に留まり夜明けを待って旅を続けるようにと私を説得した。しかし、私はどこで眠るべきか尋ねると、その寒村の最も良い家で、というのが彼の答えで、彼自身が私を、中でも大きい住まいのひとつに案内してくれた。しかしドアが開けられるや否や室内から流れ出た悪臭が、私に決意を促した。どんなに高くつこうが、私はその夜のうちに伯爵の居所にたどり着いてみせる、と。何度も説得した末、私はついに目的を達し、私のもともとの御者は、伴う危険をひきうけることを承知した。周りに集まっていた村人たちが口々に危ないからよせと引き留める中、私たちは出発した。最初は何もかも順調だった。が、しばらくして氷が割れ始めると、その瞬間に私は万事休すだと思った。橇は一部水の中に沈んだ。御者は敬虔に十字を切り、祈り始めた。私はそれが終わるのを待っていたが、そのときあたかも奇跡のように、馬はよろめきながらも走り出し、私たちは固く凍った滑らかな氷の上を再び滑っていった。

真夜中頃になってトルストイが住んでいる家に着いた。階下の部屋には明りが灯っていた。客がいることは明らかだった。玄関に入ったときに最初に会った人物は伯爵夫人であり、彼女はとても驚いた様子で、私を見て少々困惑の態だった。

「なぜこちらへ、こんな真夜中に、またこんな天気の中を？　普通に汽車でお越しになればよかったのに」。

「特別列車にでも乗ることができたなら、それに乗っていたでしょうね」と私は言い返した。

「それにしても何か至急の用事でもおありなのですか、こんな時間にこんな天気の中来られるとは」。

私は答えた。「私がまいりましたのは、飢饉に関する伯爵の論文の出所の正しさを否認された件について、伯爵にお会いして確かめるためです」。

「さてと、あなたもご存じのように、主人はいかなるイギリスの新聞にも論文は書いていませんわ。そうじゃありませんか？」

「私はその問題を伯爵自身に直談判するつもりなのです」。それが私の答えだった。

「ところで、主人はもう床に入っています。でもここにはお客様がおいでです。お入りになって私たちとお茶をご一緒なさいませんか？　明日の朝には主人に会えますから」。

私は承知し、大勢の人が紅茶を飲み、喫煙している部屋へ夫人と一緒に入った。結果は、とても楽しかった。というのも、寒い中長時間橇に揺さぶられて身体が冷えていたし、大そう疲労していたからだ。

その夜もあまり眠れず、あてがわれた部屋も心地よいものではなかった。けれどもそのような即物的なことは、そのときの私にとっては重要でなかった。翌朝私は早く起きて外へ出た。顔を洗うには中庭に行くしかなかったからだ――ぐらぐらする腰掛けの上の陶器の水差しと汚いブリキの洗面器。私は上手にうがいをし、手水で身を清めた。身支度し終わったちょうどそのとき、百姓たちを叱る伯爵の声を耳にした。それは怒りの声だった。私はかねがね、同胞たちの中でも最も惨めな者たちと兄弟のような間柄で生きるように、という彼の訓戒を聞いていたので、この隠れた思いもよらぬ場面にいささか驚き、憤慨した。ふと伯爵は私に気付き、ひどく当惑しているように見えた。しかしすばやく自分をとりもどすと、進み出て私を優しく抱擁し、歓迎の挨拶をした。私はすかさず大事に当たることにした。彼に私の突然の訪問の理由を告げ、自分で書いてきた手紙を差し出した。


一八九二年一月二十九日〔露暦〕／二月十日〔西暦〕

親愛なる伯爵

私はたった今、ロンドンから電報を受け取ったばかりなのですが、まったく驚いたことに、『デイリー・テレグラフ』にあなたのお名前で一月十二日から三十日までの間に連載された、ロシアの飢饉に関する論文の信ぴょう性をあなた自身が否定した、ということを私に知らせる内容でした。これらの論文は確かにあなたの同意を得て、私が翻訳し公表したもので、もともとモスクワの哲学雑誌に掲載されるはずであったのでしたが検閲局によって掲載不可となったため、章と節に分けて連載したものです。あなたが、それらの論文の信ぴょう性を否定、または否定するためにその権限を第三者に付与したことを、私は一瞬たりとも信じられません。

問題の論文の内容は、グロート教授やウラジーミル・ソロヴィヨフ、またその他大勢の人々にもよく知られていることを鑑みれば、ますます信じられないことです。

私は、あなたのご都合でできる限り速やかに、この件に関してあなたからお便りくださるであろうことを信じております。

敬具

E・J・ディロン

トルストイはこの手紙を大変注意深く読んだ。私は彼の表情が一変するのに気付いた。それはとても厳しく陰鬱なものになった。数分間の沈黙ののち、彼はこう叫んだ。

「ああ、このような女たちが、このような女たちが、彼女らが私を破滅させるのだ」。

「それにしても、私の名誉は危機に瀕しています。あなたが私に権利を与え、私の翻訳はあなたの要請に応じてなされたこと、またそれはあなたのお書きになった論文の正確な翻訳であることを裏付ける声明を発表して下さるよう、期待しています」と私は申し出た。

「それはできないよ。あなたの翻訳を読んでいないからね」と彼は言った。

「そうおっしゃることと思い、あなたによく読んでいただくため、その記事を持って参りました。さあどうぞ」と私は答え、ポケットから新聞の切り抜きを取り出して手渡した。この時、彼はいささか途方にくれているように見えたが、記事を受け取ると、読み始めた。私は彼が読み終わるのを待って、尋ねた。

「さて、私はあなたのお書きになったものを忠実に翻訳したと思いますが、いかがでしょうか」。

「そうだね、それは正直に認めなければならない」。

「ならば、その主旨を書き記した書簡を私に下さいますね？」と私は重ねて言った。

「必要ならば、そうしよう。あなたが私に言って欲しいと思うことを、書き抜いてください。そうすれば私は、あなたのためにそれに署名します」と彼は答えた。

そこで早速、トルストイ自身が私に翻訳することを求め、許可したこと、その記事の出所と翻訳の確かさを認めることに彼自身が満足している旨を付け加えて、手際よく声明文をまとめた。トルストイはその声明を読み通し、そこに彼の署名を添えた。それから彼は、ここベギチェフカで自分と数日間過ごさないかと頻りに招待を繰り返したが、私は急いでモスクワとペテルブルグへ取って返し、自分の新聞社と連絡を取らなければならないと言った。

「しかし、あなたがその声明を公にすることはないだろうね？　そうすることは、ロシアにいる我々にとっては非常に危険だ」と彼は私に言った。

「でも、私にはそうするしかないではありませんか」と私は逆に問い返したが、できるだけそのようなことはしないつもりだとも伝えた。「私は、自分の不名誉の疑いを晴らすために必要なことなら、どんなことでもきっちりするつもりです。それ以上は何もするつもりはありません。私は、実際、捏造を非難されているのですから。だからといってあなたを傷つけようなどとは思っていません」と答えた。

彼は私に心から感謝し、私をあたたかく抱擁し、我々は別れた。私が立ち去ろうとしているちょうどそのとき、伯爵夫人が私をひきとめ、夫がたった今何に署名したのかを自分にも見せてくれるよう求めた。私はその要求に応じた。すると彼女はその中のある表現に異議を申し立て、その部分を書き換えられないかどうか、私に求めた。私が別の表現を提示すると、彼女はそれに同意した。そこで私は伯爵のところへ戻って、夫人が声明のある部分を変えるよう私に要求したことを伝えた。そのあと私はその声明文に手を加えた。彼はそれを読むと署名した。それは以下のとおりである。

一八九二年一月二十九日／二月十日

今日のあなたの手紙に応えて、あなたがデイリー・テレグラフから受けとった電報には驚くほかありません。私は、デイリー・テレグラフに私の名前で載った飢饉に関する論文の信ぴょう性を否定したり、否定するために誰かに権限を与えたりしたことはありません。実際、私の方でのそのような処置はあり得ないことであります。なぜなら問題の論文は、私が『評論』誌のために、飢饉に関する「哲学と心理学の諸問題」として書いた論文の翻訳であり、英語への翻訳を期待してあなたに送付した原稿の翻訳文以外の何物でもないことを、私が十分に承知しているからです。

私は翻訳文のすべてを読んではいませんが、これまでの翻訳におけるあなたの原文への忠実さと正確さには定評があり、今回の翻訳の正確さにも疑いを差しはさむ理由はありません。

私にできるのは、モスクワ報知宛に妻が書いた手紙によって、あなたが受けとった電文を説明することだけです。『モスクワ報知』（二十二号）に掲載された、いわゆるデイリー・テレグラフからの抜粋については、それらが容認しかねるほど勝手に手を入れられ歪曲されたものと断言した――それがその手紙の真意なのです。

私は、自分の論文によってあなたを困惑させたことを非常に残念に思っています。どうか私の全き尊敬からの保証をお受け取り下さい。

敬具

レフ・トルストイ

私が暇を告げようとしたとき、伯爵夫人は再び私を待ち伏せし、書き改められた声明文に目を通したいという要求を繰り返し、そして、私がもう一度彼女の要求に譲歩したとき、彼女はまたもや異論を持ち出し、幾つかの言葉を別の表現に変えるよう求めた。再度私は伯爵のところに戻り、重ねて彼を煩わせることを謝罪し、何が起きたかを彼に話して文章を書き直した。伯爵も辛抱強くそれに署名した。その最終の形がこれである。

一八九二年一月二十九日／二月十日

今日のあなたの手紙に応えて、あなたがデイリー・テレグラフから受けとった電文の内容には驚くほかありません。私は、デイリー・テレグラフに私の名前で載った飢饉に関する論文の信ぴょう性を否定したり、否定するために誰かに権限を与えたりしたことはありません。問題の論文は、私が『評論』誌のために、飢饉に関する「哲学と心理学の諸問題」として書いた論文の翻訳であり、英語への翻訳を期待してあなたに送付した原稿の翻訳文であることを認めます。

私は翻訳文のすべてを読んではいませんが、これまでの翻訳におけるあなたの原文への忠実さと正確さには定評があり、今回の翻訳の正確さにも疑いを差しはさむ理由はありません。

私にできることは、妻がモスクワ報知宛に書いた手紙によって、あなたが受けとった電文を説明するだけです。妻は、私が外国の定期刊行物に論文を送ったという主張を否定し、デイリー・テレグラフからの抜粋と言われている『モスクワ報知』の記事について、それらは、容認しかねるほど勝手に手を加えられたものだと言い切っただけなのです。

私は、自分の論文によってあなたを困惑させたことを非常に残念に思っています。どうか私の全き尊敬からの保証をお受け取り下さい。

敬具

レフ・トルストイ

予想に違わず、伯爵夫人はまだ私を待っていて、最終の声明文を読みあげるよう私に求めたが、今度は幸いにも認めてくれた。彼女に別れを告げ、私はようやくモスクワへ発った。着くや否やただちに電信局へ行き、デイリー・テレグラフへ長い電文を発信し、自分は今トルストイに会って来たばかりで、彼はその論文が本物であると保証した署名入りの手紙を私にくれた、私が捏造の汚名を雪ぐのにはこれで十分であり、この件に関しては、これ以上事を大きくしないよう、できる限りさりげなく公表するように要請した。それから続いてペテルブルグまで行って、ただちにソロヴィヨフとレスコフを訪ね、私のトルストイ訪問の顛末について報告した。ふたりは、トルストイを害するようなことは何もしないよう私に懇願し、私は私で、不必要な公表に対しては可能な限り予防策を講じたこと、デイリー・テレグラフもその点に関しては私の希望を確かに尊重するであろうことを伝えた。そもそも彼等は何も公表しなかったし、彼等から私は次のような手紙を受け取ったのだった。

デイリー・テレグラフ
フリートストリート、ロンドンE・C
一八九二年二月十二日
拝啓
我が社が公表した内容の信ぴょう性を保証するトルストイ伯による手紙は確かに受領致しました。
我々はあなたの翻訳の正確さをいささかも疑ってはいませんが、ロイター通信からの知らせをただちにあなたに打電する必要があると考えたことは、すでに説明したとおりです。あなたにこのように注意喚起したあとで、所長が再び電話し、ロイターがモスクワ支局ばかりかペテルブルグからもベルリンからも反駁を受けたと述べました。もちろん、反駁とは明らかに、先月二十六日にモスクワの新聞に載った文章に勝手に手が加えられた事実があったことと関係があって、ロイターはその反駁を、おっしゃる通り、我々に対する敬意から公表しませんでした。私は再びロイターの代理人に会い、我々があなたを積極的に擁護すること、その論文はたしかにトルストイ伯から得たものであることを保証すると彼に説明しました。

契約条件に基づいて、五つの論文への支払いとして五十ポンドの小切手を同封いたします。

敬具

J・M・ルサージュ

そうこうするうちにも、モスクワ駐在の『スタンダード』の通信員が伯爵夫人の否認に目を留めてそれを重要視したため、約一週間後、私はデイリー・テレグラフからさらなる連絡を受けることになった。

一八九二年二月二十四日

親愛なるディロン氏

昨朝、同封の記事が『スタンダード』に載りました。私は面会を求めましたが、編集長は外出中でした。社員は編集長への取り次ぎを約束してくれましたが、未だ彼からは何も連絡がありません。我々も対抗して、声明を発表するのが良いと考え、同封のものを今朝のデイリー・テレグラフに載せます。

これは、ロイターの知らせがあなたに送られるべきであったこと、それを受けてあなた自身が特別な調査をし、適切に対処したことがいかに必要だったかを示しています。どうやらこの問題はまだくすぶっているようです。

敬具
J・メリー

問題の『スタンダード』の記事[4]とは次のようなものだった。

モスクワ、月曜夜
トルストイ伯がロンドンのある新聞に書いたと思われている論稿は、イギリスでは間違いなく価値のある信ぴょう性の高い文書と見做されているが、こちらではそれが大変な論議を呼び起こしている。モスクワの新聞は、それを伯爵を弾劾するための、編集上のテキストとし、またそれを根拠に種々の個人攻撃を行なっている。このように、トルストイ伯の非愛国的発言と思われるものに対して惹き起こされた憤激があまりにも大きかったので、最近、何の根拠もなくモスクワで流布している伯爵逮捕のうわさが、十分な信ぴょう性を帯び、かなりの一般的満足をさえ与えている。しかしながら、トルストイ伯は逮捕されてはおらず、単に自身の所領内での蟄居を命じられただけである――蟄居といっても、モスクワの彼の友人や支持者たちと自由に意思の疎通をはかることを効果的にさまたげる程度のこと――モスクワでは、彼は最近よく絵に描いたような農民風の美しい衣装を身にまとっている。そういうわけで、その効果の明らかな画策を行う熱心な活動家〔トルストイ〕を妨害するという主な目的はいちおう達成されたので、当局はマスコミがこれ以上騒ぎ立てることを禁止したのであった。

ところが、本当のことを言えば、トルストイ伯は、すべての混乱をひきおこしたその論文というものを、そもそも書いてはいなかったのである。半官半民の『モスクワ報知』紙の編集長への手紙の中で、トルストイ伯爵夫人は、夫も、家族のだれも、イギリスの新聞にそのような法にそむく恐れのある論文など一切書いていないと、きっぱりと否定している。これへの反駁は、トルストイを不当に悪しざまに非難した新聞に公表されることはないだろう。なぜなら、この問題をこれ以上議論することを禁じた当局の意向を編集長が都合よく利用し、真相を報道せずにいるからである。しかし私はここで、その真相をお伝えすることができる。この件の発端はおそらく――曖昧で不確実なこの国のジャーナリズムの難しさにも関係するが――単なるひとつの誤りにすぎないかも知れないのである。

つい先頃、モスクワの商人たちの裕福な商会の一員が、『心理学雑誌』のような類の定期刊行物を発行し始め、その第五号に、検閲局が禁じた他の記事と一緒に、現在興味をそそる社会問題を扱っているトルストイ伯の論文が発表されたが、当然検閲局はその号の発行を認可しなかった。にもかかわらず、六部ばかりの写しが出回った。そのふたつを注意深く比較対照してみると、いわゆる「トルストイ伯の論文」というものは、『心理学雑誌』に載るはずであった論文からの抜粋でありその翻訳以外の何物でもなく、そのもとの形は、ロンドンにおける「論文」に現れたものとはまったく違うものであった。

このとき、デイリー・テレグラフは、次のような淡々とした声明を発表するに止まった。

モスクワ、月曜夜、とある記事が昨日の『スタンダード』に公表されたが、そこには、当新聞に最近掲載された、当社の通信員による、トルストイ伯自身の署名入りの『ロシアの飢饉』と題された論文の信ぴょう性を否定する目的があった。問題の論文は、著名な作家トルストイ伯によって書かれた連載のひとつだが、ロンドンへの寄稿のためにトルストイ伯自らが翻訳を目的に、サンクトペテルブルグ駐在の当社の通信員に与えたものであり、伯爵もその翻訳の素晴らしさに満足と賞賛の意を表している。

言う処の否定に関する説明はすこぶる単純だ。伯爵夫人がモスクワ報知の編集長に手紙を出して、トルストイ伯が与えたというデイリー・テレグラフからの捏造引用記事に抗議をしたのである。伯爵夫人からのこの手紙は公表されなかったが、夫人がそのような否定をしたということが、モスクワのある質の悪い報道筋に伝わった。それゆえ、当社のサンクトペテルブルグ駐在員は、ベギチェフカ――モスクワからいささか離れた場所――にあるトルストイ伯の居所を急きょ訪問し、そこで伯爵夫妻と会見した。夫妻がこのような誤った報道が広まったことに憤っていたとお伝えすれば十分であろう。伯爵は直ちに「ベギチェフカ、一八九二年一月二十九日／二月十日」付の声明文で、こう述べている――デイリー・テレグラフに自分の名前で載った飢饉に関する論文の信ぴょう性を否定したり、それを否定するために第三者にその権限を付与したりしたことは決してない……私の妻は『モスクワ報知』紙に手紙を書き、デイリー・テレグラフからのある種の引用（ロシア語）を取り消すよう訴え、その引用こそが未承認のものであり、事実を歪曲したものであると断言したのだ[5]、と述べている。

二、三日後に、私がその記事の写しをソロヴィヨフとレスコフに持って行ったとき、彼等はとても喜び、トルストイの友人も賞賛者の多くも私に礼を述べ、私の寛大さを讃えてくれた――これほどまでに寛大な人は滅多にいるものではない、と言った。

数週間後、私はこの出来事をほとんど忘れかけていた。するとある朝、トルストイと関係の深いことで知られるロシアの新聞を目にして――それはトルストイ自身による署名付きの記事で、あの飢饉の論文の信ぴょう性が否定されていたのである。私は仰天した。同じ時期に伯爵夫人が多数のフランス各紙(6)に公表されることになる、次なる手紙を送っていたのだ。

拝啓

私の夫、伯爵レフ・トルストイの収監という虚偽のニュースを含む外国の新聞雑誌からの手紙や記事を毎日のように受けとるにつけても、私は、伯爵L・トルストイの運命に親切にも興味を持って下さるすべての人々に、真実をお知らせすることが私の義務であると考えました。

伯爵L・トルストイは、ロシア政府によって苦しめられてはおらず、むしろ、ロシアで起きた飢饉の不幸な犠牲者たちのための困難な仕事において、配慮と協力の証しさえ受け取っております。

敵対的だが弱い一派――モスクワ報知がその筆頭である――が、トルストイの一論文（ロシアの新聞のために書かれ、あるイギリス人によってきわめて奔放に翻訳された）を、伯爵の考えとは正反対の観点から説明しようとしました。多くの論議を巻き起こしたのはそのためでした。

トルストイの投獄は我らが皇帝陛下によって命ぜられたのだという誤ったニュースをある外国の新聞

で読んだとき、私は殊のほか深く悲しみました。これは真実でないどころか、ツァーリは私たち家族に対して常に格別な優しさをもってお引き立て下さっております。

私はあなた方が私の手紙を公表することを拒まないであろうと信じており、これが他の各紙にも掲載されることを望んでおります。

あなた方を深く尊敬する　伯爵夫人　ソフィア・トルストイ

モスクワ、シャモニキー通り　十五番地

時を移さず私は、すでに述べた伯爵の友人たちを訪ねて、自分はもはや手をこまねいていることも彼を擁護することもできないから、ただちに事の一部始終を公表する、と言った。彼等は私に賛同し、皆してトルストイは気が変になってしまったに違いないと思った。とりわけ伯爵夫人の否定の後に、どうして彼にその疑問を再燃させることができたのか、その動機は何なのか、その時点では何も分からなかった。その事実を私が知ることができたのは、だいぶ日が経ってからである。しかし、起こったままに話を続けなければならない。

躊躇することなく、私は『グラジダニン（市民）』紙と『モスクワ報知』紙に声明を発表し、事実を公開し、伯爵の署名入りの声明文の原本を提供し、さらに私が伯爵自身の手で修正された、証拠となる校正刷りを所持していることを付け加えた。編集者たちは、何かを公表する前に、当然ながら声明と校正刷りの現物を見たいと言った。私は当然彼等の申し出に応じ、それらを提供するとともにその返却を要求した。それらの文書が公表されたとき、ロシア中が騒然となった。

レスコフはトルストイと私を和解させ、醜聞が広まるのを避けるために、ありとあらゆる手を尽した。私はここで、私宛の彼の手紙を受け取った順に開示するが、そこからは問題への彼の関心が読み取れる。これらが歴史的文書として重要であることが分かるであろう。

サンクトペテルブルグ、フルチェェツカヤ五〇の四
一八九二年三月九日
手紙は書き終えていますが、あなたの葉書を受け取りながらも、それを送らないでおきました。あなたを落ち着かせ、あなたがこの弁明という仕事をしないで済むような何か平和的なことが近づきつつあるという望みをいだいていたのです。しかし今日の『ノーヴォエ・ヴレーミャ（新時代）』紙の記事を読んで、自分が間違っていたことが分かりました。それでも私は手紙を送らないつもりです。なぜならば問題の行く末が分からなくなり始めているからです！　このような場合には黙っているに限ります。
私はあなたが今味わっているに違いない精神的苦痛と興奮に心よりあなたに同情致します――なおかつあなたが人生のこの危機に際しても、自らの欠くべからざる自制心を失うことはないということをいささかも疑いません。私はあなたが、あなたへの私の篤い友情を信じて下さることを願っています。

敬具
N・S・レスコフ

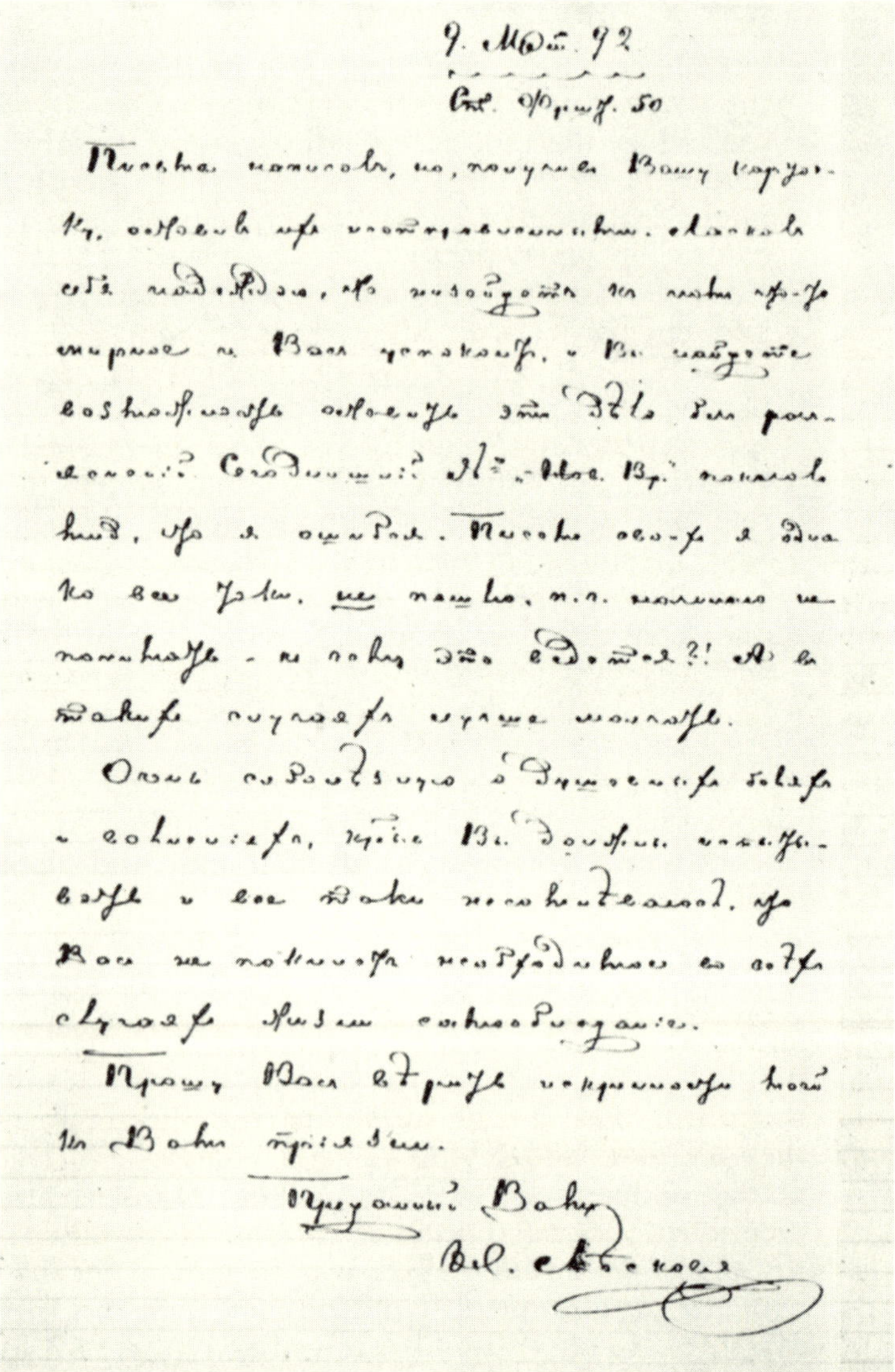

トルストイとの否認事件の間、ディロンに宛てられたレスコフからの手紙の一通

一八九二年三月九日、午後九時

あなたがお帰りになった後、たった今、ある人が私のところへやって来たのです。チェルトコフの許から来た人物であり、思うに彼はこの窮地から脱する何らかの注目に値する方法を示したのでした。私はその人物にあなたの住所を書いたメモを渡しましたので、彼はそれをもってあなたのところへ行くでしょう。もしもあなたがご不在であれば、そのときは明日（三月十日火曜日、午後一時）に私の所に来る手はずになっています。お願いですから、できれば、そのときにあなたもいらっしゃい。この最悪の事態を脱する何か良い手立てが見つかるかもしれません。

敬具
N・レスコフ

一八九二年三月十七日、夜

あなたの精神状態は私の気を揉ませ、心配が募りますが、あなたに会いに行くことができません。昨日私はあなたのところへ行ってくれるようゲーに頼みました。時が経てば印象はその鮮明さを失います。後になれば明らかにそれは私が言ったとおりになり、さらに後には、我々が何を考えるべきかということが自ずと分かるようになるでしょう。いずれにせよ私は、あなたがどう思っているか知りたいのです。あなたはもっと穏やかにならなければなりません。

夕闇の中で共におしゃべりをするために、ちょっと私を訪ねてこられませんか。

心からあなたに同情する　N・レスコフより

追伸　チェルトコフからは、まだ何の返事もありません。

この仲介からは結局何も生じなかったので、私は自衛策を採ることを余儀なくされた。私は『グラジダニン』の編集者に次のような公開の書状をしたためた。

拝啓

周知のように、『ノーヴォエ・ヴレーミャ』紙の五七五七号において、『デイリー・テレグラフ』というイギリスの新聞に発表された飢饉に関する論文への自らの責任の度合いを正確に決定する目的で書かれた、L・N・トルストイ伯からの手紙が公表されました。

この手紙の中で、当の著名な作家は、「私はイギリスの新聞に論文など送ってはいない」と明確に否定しています。

実際には、伯爵自身の望みで私がその論文をイギリスに送り、デイリー・テレグラフに分割して連載されたのですが、このたび公表された伯爵自身による否認声明によれば、多くの人は、飢饉に関する論文は彼の筆によるものではないという結論を引き出さざるを得ません。したがって、私は、自分の名誉を守るためにも、次のような声明を発表することにしました。

十一月に、トルストイ伯は、検閲局によって発禁処分を受けた自身の手になる論文で、当時はその存在を知らず、私にとっては初めて見るものであった原稿を私の許に送って寄こし、私はそれを翻訳し、イギリスに送りました。

その後、彼は私に手紙をくれて、その中で私に、論文中の一定の文体修正を許し、最終的には彼自身がそのことを確認し保証する手紙をくれました。私は、たいへん遺憾ながら、以上の経緯を公表致します。

ゆえに、トルストイ伯が、デイリー・テレグラフに公表された論文はイギリスには送っていないと主張することは、私に言わせれば、自分の要求でもって自分のために仲介人に買わせた鉄道の切符を、頼んだ覚えはないので買いとらないと主張するに等しいのです。

問題の論文に関しては、その一部が英語からロシア語に翻訳し直され、それが『モスクワ報知』紙に掲載されましたが、私はその証拠となるオリジナル原稿と、検閲局による発禁の後に、ある部分は著者自身によって、またある部分は家族のひとりによって書き込まれた、手書きの修正箇所が多数ある校正刷りとを所持しております。

私は翻訳の正確さについては議論しようとは思いませんが、『モスクワ報知』紙に掲載された、その問題の章の原本を同封してあなたに送ります。そこからあなたご自身の結論を引き出していただけたらと思います。

深く尊敬する　エミール・ディロン

三月十二日の『グラジダニン』紙は、他の様々な文書と共にこの手紙を公表し、それに関する論評として次のような社説を書いた。

『グラジダニン』紙からの抜粋　一八九二年三月十二日

死亡記事

本日我が社はディロン氏の要求により、トルストイ伯からディロン氏へ送られた手紙を公表することにした。これは、ディロン氏がロシア語から英語に翻訳した論文を、伯爵の許可なく、また悪質にも、あるイギリスの新聞に公表したとの憶測から、自らを守ろうとする同氏の権利を尊重せんがためである。自己防衛の必要上、同氏はやむなくこの手段に訴えた。というのも、トルストイ伯の発表した意味の曖昧な否認声明は、デイリー・テレグラフに公表された論文が彼によって送られたものではないのみならず、彼によって書かれたものでもないと人々に推断させかねないものであったからである。しかしながら、本日掲載のこの手紙から明らかなように、トルストイ伯はモスクワの雑誌のために自らの手で準備されたままの論文全部を、そしてさらにディロン氏がそれらを英語に翻訳しイギリスの新聞のひとつに送るようにという要求も含めて、同氏にそれらを委託したのである。

以上より確実に言えるのは、ディロン氏はたまたまこの原稿を介してトルストイ伯との関係を結んだだけでなく、反対に、伯爵の他の論文のイギリスの新聞への翻訳紹介でも、敬意を持って絶えず伯爵と連絡をとっていたこと――そのことが、トルストイ伯からディロン氏への手紙によっても明らかに示されている。しかし、そこに同氏に託された伯の三つの別々の論文の謎がある。同様にロシアの新聞に掲載された、伯爵による否認の真相がたいへん疑わしいことも、その否認のつかみどころのない曖昧な表現から容易に察せられた。トルストイ伯が第三者の影響下で、自らの内なる良心の指示に反して、不本意ながら書いたということは明らかである。

トルストイ伯が飢饉に関する論文のようなつまらないものに天才の残りを浪費することはまことに残念だが、「自分が書いたものは自分が書いたものだ」といって、自身でいさぎよくその責任をとるのではなく、自分の書いたものを否認し、論文の下に署名された自らの名と共に、このような自己撞着と反駁に逃避するのは、かえすがえすもゆゆしきことである。

伯爵の生涯におけるこのような些細なエピソードは、彼の人格には相応しくない。

ウラジーミル・プチャーチン

同じ号にはさらに強力な記事も載った。N・D・イリインがトルストイをこっぴどく扱き下ろした。彼は不吉にもトルストイをピラトにたとえたが、ピラトは少なくとも自分の信念を述べるのを恐れなかった。けれどもトルストイは、この書き手に嘘つきの臆病者だと蔑まれた。

『グラジダニン』紙からの抜粋　一八九二年三月十二日

編集長への手紙

編集長殿

『モスクワ報知』の二十二号でトルストイ伯のイギリスへの論文の抜粋が公表されてから長い時間が経ちました。それに起因してたくさんの議論が生じ、記事が書かれましたが、見たところ、現在に至るまで、原因は敵意の問題だということになっています。というのも三月八日の新聞で、彼がイギリスの新聞にいかなる原稿も送ったことはないと主張しており、その原稿の中に書かれていたと言われる、飢饉を脱するために人々が取るべき手立てについても、それは自分が発したものではないとする手紙を自らが明らかにしているからです。この件に関心のある人々は、次のような事情に留意すべきでしょう。

すなわち、人々は論文中に表現されている彼の信念や教えに同意するか、また彼が、そうした自分の教えを広めるためにあらゆる手段を講じたか――の二点です。

もしもこのふたつの質問に対して否定的な答えが返ってくるなら、それはその人の心に伯爵の主張の正当性への疑念が残ります。もしも答えが肯定的ならば、それが有名な論文であれ記事であれ、イギリスの紙上に出た文書には一切関与していないという伯爵の主張を信じる人がいるとはとうてい思えない。このような方法で質問すれば、伯爵の最近の創作に少しでも親しんでいる人からは、間違いなく異口同音の答えが返ってくるはずです。というのは最近広く世に出回っている小冊子やさりげないパンフレットの中で、トルストイ伯は、私有財産権や社会構造の階級特権に対して異議を唱えているからです。周知の事と思いますが具体的にどうかといわれるならば、例えば、『卵』『三人の兄弟』『人にはどれだけの土地がいるか』等々を挙げましょう。しかし他にも彼の作品は存在し、そこではこれらの考えが曖昧にではなく非常に簡潔かつ明確に表現されています。すなわち『エメリアンと破れ太鼓』『教会と国家』『貨幣』等々をご参照ください。

伯爵はこれらの作品を失念し、そのうえ自分がそれらを社会に広めたという事実さえ見落としたのかもしれません。私は画家のゲー先生の絵を携えて外国を旅したことがあり、そのときトルストイの小冊子というものは外国のどこでもすぐに公表され、広められるのだと知りました。加えて、トルストイ作品の翻訳者のひとりの話によれば、彼はこの迅速な翻訳と宣伝周知のために、ヤースナヤ・ポリャーナから千ルーブルの報奨金を受けとったのだそうです。このことから、伯爵の理念とは、飢饉を凌ぐ手立てを彼が考え推奨したからという理由で排除しなければならないようなものだと決めつけられるでしょうか。これは、もちろん、恩を仇で返すというのではなく、伯爵の推論と真意との絶えざる矛盾を鑑みれば、この問題にはいっそう注意深い考察が求められるということです。さもないと、トルストイ伯は、火中の論文の公表や流布の問題には、個人的に何の責任もないという結論を下すことが可能になってしまいます。それが、記事という形で新聞に載ろうが、伯爵自身が当地の新聞へのその最後の手紙で認めているように、ある外国人翻訳者のまったくの随意にまかされた情報として世の中に提供されようが、どちらでも構わないとでもいうのでしょうか。

私の著書『トルストイの日記』において、私は、伯爵の教えに見られる不必要なおびただしい矛盾の数々と、言葉と行為の不整合を、一度ならず強調しました。しかしこの不調和は、私自身が指摘したように、思考の迷走とその苦悩、魂の平安の探求、そして彼という個人の帯びた神性の名におけるそのすべての結果であったかも知れず、私の意見では、これこそがトルストイの教えのすべてを象徴しているのであります。伯爵の行動の精神は、かくして、『モスクワ報知』紙上に掲載された論稿という小さな事件の中にはありません。

上述した矛盾の存在理由は、いわば仮説においてのみ認められるものであるかも知れません。しかし、論稿の件では、伯爵の行為はあまりにも明白で、その精神に魅了しつくされた人々の目には、自らの創造の神々を焼いてしまったと映るでしょう。自身の莫大な収入財産から、飢えている人々を救うために彼が個人的にどれだけ多額の金を費やしたかを、公開質問状で尋ねてみれば、伯爵はオリンピアの沈黙で答えるでしょう。この場合まさしく沈黙は金であり、そのほうが得策なので、彼はあたかも文明の産物は自分にとって忌むべきものであると言わんばかりに公開質問状を無視するはずです。そのくせ、伯爵の個人的利害に関わる事件が起これば、ヤースナヤ・ポリャーナのすべての人々が立ち上がって、この同じ新聞のコラム欄が自己防衛と「否認」の声明のためのスペースとして、賤しい要求でもって輝き始めます。今やそれは迷走する思考の問題でも魂の平安の探求でもないことは確かです。それは、いわば、たとえ間違っていても熱烈であり、多分に己れの一部であり、高らかに鳴り響く己れの思想や信念を擁護する勇気を持たない、明らかに臆病な男の大いなる当惑なのです。雷鳴はいまだ轟いていませんが、ヤースナヤ・ポリャーナの縞模様のリネンシャツは、すでに用済みになり、エレガントな乗馬服を着た伯爵が装いも新たに登場する時は、遠からず訪れることでしょう。

N・D・イリイン

同時に、一八九二年三月十二日付の『モスクワ報知』七十一号に複数の記事が掲載された。それに先立つ一八九二年三月十一日、モスクワとサンクトペテルブルグの新聞全紙（『ノーヴォスチ』六十七号、『ペテルブルグ報知』六十六号、『ルースキー・フィズン』六十六号、『ノーヴォエ・ヴレーミャ』五七五七号、『グラジダニン』七十号、また『モスコーフスカヤ・リストゥカ』の六十九号の電文も参照のこと）には、伯爵夫人S・Aと伯爵L・N・トルストイからの次のような手紙が掲載されていた。

謹啓

ダンコフスキー地区のベギチェフカ〔トゥーラ市の南東にある別宅〕から、夫であるトルストイ伯の手紙を受け取りましたので、封を切らずに同封いたします。それは公表するために彼によって書かれたものです。なにとぞ掲載してくださいますよう、謹んでお願い申し上げます。

伯爵夫人　ソフィア・トルストイ

拝啓　編集長殿

『モスクワ報知』二十二号に載った論文の一部は、実際に私が書いてイギリスの新聞に送ったのかどうかを尋ねる、様々な人々からの問い合わせの手紙への返事として、次のような宣言を公開して下さるよう、貴下にお願いします。

私は、イギリスのどの新聞にも、論文などまったく何も書いていません。小さな活字で印刷され、私のものだと考えられている引用文には、はなはだ多くの変更があり、二重の過度に自由な翻訳――初めは英語に翻訳され、それからロシア語に戻された――は、十月にはすでにモスクワのある雑誌に渡されたが掲載されずにいた私の論文からの抜粋が、その後私のいつもの習慣で、あるひとりの外国の翻訳者の随意にゆだねられたために、この出来事は起ったのであります。

大々的に公表されたこの『モスクワ報知』の引用論文には大幅な虚構があり、私の第二の論文で、飢饉を凌ぐためには人々がいかに自発的に行動しなければならないかということが、私の考えの表明であるとして公表されています。

そこにその引用論文を載せた者は、私の言葉を――まったく異なる意味で、私の信念とはまったく異なる、つまり私の理念に反することの表明として、論文を利用しているのです。

敬具

あなたを心から尊敬する　レフ・トルストイ

一八九二年二月二十二日　ベギチェフカ

この手紙は、トルストイ伯にはまったく無関係な我々（モスクワ報知側）自身の考えを彼のものだとして、すなわち我々が伯爵を中傷しているという意味で、伯爵の友人たちによって流布された誤った報道を確証しているようである。伯爵夫人ソフィア・アンドレーエヴナの手になる一月二十三日付の手紙によって、同様の非難が我々に対して開始された。そして遂に彼女は、上掲のペテルブルグの諸新聞で、これは陰謀であり詐欺であるとまで言い及んだ……。

そのような非難に鑑みて、我々は、もはやこれ以上沈黙を守るのではなく、かかる非難がまったく公正を欠くものであることをはっきりと論駁し、この一連の騒動の一部始終をありのままの真実として公言する責任があると考えた。

我々の新聞の二十二号に掲載したトルストイ伯の翻訳の正統性と、彼の社会主義的理念の原形への類似性は、積極的に強調するものである。

トルストイ伯は上述の手紙の中で、『モスクワ報知』二十二号の小さな活字で公表された抜粋と、彼の論文の翻訳からの抜粋が大きな活字で公表されているもの（『モスクワ報知』の論文の）との間の、絶対的本質的な相違を明らかにしている。

最初の抜粋については、彼は、自分の理念（その真実性に対しては抗議していない）は彼自身の言葉では表現されていないと言い、また第二の抜粋については、自分の言葉（それに対しては否定していない）が、「彼の信念や考えとは無関係で、相反することの表現のために、まったく異なった意味で使われている」と見ている。

トルストイ伯の一方と他方に対する主張に対して、我々はただ、彼のありのままの言葉に依拠するだけである。彼は自分の言葉や理念の相違につながるような証拠の一例も提示していない。

我々は彼の誠実さと良心とに訴えるのみである。そして我々は、彼が次のような事実は否定しないであろうと確信している。

「小さな活字で公表された」『モスクワ報知』二十二号に載ったものは、トルストイ伯爵夫人が先の一月二十三日に書き送ってきた手紙の通り、『哲学的心理学的諸問題』という評論誌に掲載されることになっていたトルストイ伯の論文からの引用以外の何物でもない。トルストイ伯の、我々読者にすでに知られている社会主義的理論を含んでいる「飢饉に関して」という論文が、当局による発禁という完全に明白な理由によってM・グロートの評論誌には発表され得ず、ゆえにトルストイ伯は、自身の言葉通り、その後同じ論文を「自分の習慣に従って外国人翻訳者の完全な随意に委ねた」のであることは、議論の余地がない。

この場合、その「外国人翻訳者」とは、ロンドンの新聞『デイリー・テレグラフ』の通信員ディロン博士であって、トルストイ伯は彼に多くの手書きの追加原稿を添えてこの論文を渡したが、それは明らかに、英語に翻訳して『デイリー・テレグラフ』紙上で公表するためだった。ディロン氏は、ロシアでは公表されることなどあり得なかったトルストイ伯の論文の中のまさにその部分を翻訳したのだ。そしてこの論文の他の部分には非難されるようなものは何も含まれていなかった。それが『ニェジェーリャ』の一月号に載ったのである。

ディロン氏が訳した論文は、『デイリー・テレグラフ』紙上では一連の連載論文として日の目を見て、外国の新聞社の全面的注目を引き、それは少々不正確に、「トルストイ伯爵の論稿」と呼ばれた。『デイリー・テレグラフ』に載ったトルストイ伯の論文の翻訳は、イギリスの大半の新聞に転載された。例えば、初めに一月二十六日の『デイリー・テレグラフ』一一四四八号に発表されたその論文の根幹を成す部分は、同日の夕方に『ペルメルガゼット』の八三七七号に原文通りに再現された。さらに同論文は、恣意的にではなく非常に正確な翻訳でもって、全文が『モスクワ報知』の二十二号に転載された。

この争う余地のない事実は、悪辣とまではいわないまでも、我々の側の「自由」の概念までも排除してしまう。トルストイ伯に、我々の英語からロシア語への「自由奔放すぎる翻訳」の例をひとつでも引用させてみよ――それができないのならば、彼には我々の翻訳に対して苦言を呈する権利などない。我々は『ペルメルガゼット』で見つけたすべてを原文通りに翻訳し、そしてペルメルガゼット側も、ディロン氏によって翻訳され、『デイリー・テレグラフ』に発表されたトルストイ伯の論文からの引用をそのまま原文を掲載したのだ。

かくして、疑問は、我々の翻訳の正確さに関してではなく、ディロン氏の翻訳の正確さに関してのみ呈されるべきである。しかし、すでに明らかなように、ディロン氏の翻訳の正確さについては、疑うべきものは何もない。

トルストイ夫人の一月二十三日付の手紙の受領に際して、『デイリー・テレグラフ』に載った論文の中で彼女の夫のものとされている社会主義的見解の信頼性に疑問が指しはさまれたとき、我々はただちに、この信頼性を検証するのに必要なあらゆる方策をとった。我々は最初に、ロイター通信の代理店を通してデイリー・テレグラフと連絡をとった。次に、『哲学的心理学的諸問題』という評論雑誌で発表される予定であった、そのままの状態のトルストイ伯の論文の原本を入手した。その次には、ディロン氏が翻訳したトルストイ伯の論文の原本をディロン氏本人から受け取り、同時に、『デイリー・テレグラフ』に現れた論文にトルストイ伯自身が関わっていることを示す手紙の数々も受け取ったが、そこには、ディロン博士の翻訳の正確さに対するトルストイ伯の全面的な信頼が表明されている。博士の翻訳については、トルストイ伯自らも書いているように、「忠実かつ正確に」なされているということが知られているので、この点でディロン博士については何も問題にする理由はない。

ここに、一八九二年二月十六日付けの手紙で、ロイターの代理店から我々が受け取った回答がある。「デイリー・テレグラフからの要請で、当方の秘書が今朝、同紙の支配人を訪れたところ、相手は彼に、トルストイ夫妻両人は、今話題になっている論文の信頼性を否認したおぼえはまったくないと強く否定し、それどころか夫妻は、ロシア語から英語への翻訳の素晴らしさを称賛した、と述べた」。

事実、トルストイ伯の元の論文と『デイリー・テレグラフ』に載ったディロン博士の翻訳とを比較してみると、翻訳者としての博士は、伯爵夫妻によって彼に与えられた称賛に十分に価することが確信された。ディロン博士は、トルストイ伯のすべての理念を絶対的に正しく翻訳していて、ごくまれに原文から少々逸脱することがあっても、そのような場合でも、伯爵の全体的な見方や考え方に矛盾するような言葉や表現を用いてトルストイ伯に迷惑をおよぼすようなことは決してない。

しかし、ディロン博士がトルストイ伯の理念を絶対的に正しく翻訳しているからといって、我々の方でもその翻訳文を絶対的に正しくロシア語に戻しているのだから、いったい「不正確」という問題はどこから生じ得るのだろうか。我々のロシア語への翻訳では、トルストイ伯が自らの考えを表明したオリジナル論文とまったく同じ言葉、同じ表現ではありえないことは自明である。しかしながら、ここでは、言葉ではなく、明らかに見解や理念のほうが問題とされるのである。

我々は、例をあげて比較することによって、読者諸氏の判断に委ねてみたい。トルストイ伯の原本と、ディロン博士の翻訳と、我々の再翻訳との比較は次のようである。

◉トルストイ伯の原文（ロシア語）

我々のような裕福な階層の者たち――糊のきいたシャツを着た紳士、官僚、地主貴族、大商人、将校、学者、芸術家――と、百姓（ムジーク）たちとの間には、あれとかこれといった個々の百姓のみならず、概ね彼らとは――我々が必要とする労働者、すなわちイギリス人も言うよう

◉ディロン氏の英訳

我々のような裕福な階層に入る者たち、美しいリネンや糊のきいたシャツを着る紳士、官僚、地主、豪商、将校、学者、芸術家たちと、百姓との間には、良かれ悪しかれ次の一点以外、なんらの絆もなんの関係もなく、また無関心である。すなわち、百姓は、そして、あれこれの個々

◉我々（モスクワ報知）の訳文（ロシア語）

糊のきいたシャツを身につけた裕福な者たち――官僚、地主貴族、豪商、将校、学者、芸術家と百姓たちとの間には、次のことを除いては、なんらの絆も親愛関係も存在しない。すなわち、百姓は、あれこれの個々の百姓のみならず、百姓全体は、例外なく、彼らが我々のために働き、

な単なる「人手である」にすぎない。それ以外には、我々の間にはいかなる親密さも存在しない。

また別の箇所

◉トルストイ伯の原文

　私に支払われる給料や年金が多ければ多いほど——と官僚たちは言う。すなわち、民衆から取り上げれば取り上げるほど、私にとっては良いことである、と。

　穀物や生活必需品のすべてを高く民衆に売りつけて、彼らを難渋させればさせるほど、私にとっては良いことである——そう商人も地主も言っている。

の農民のみならず総体として百姓というものは単なる労働者である。イギリス人たちが彼らを明白に言いあらわしているような、我々のために働くことを必要とする「人手」にすぎない。

◉ディロン氏の英訳

「私が手にする給料が多ければ多いほど、そして私が受け取る年金が多ければ多いほど」、すなわち——「より多くの金が民衆から取れるほど、それは私たちにとっては良いことである！」と役人たちは言う。

「私が、私の穀物に対して手に入れる対価が、また、私の民衆に売りつけるさまざまな生活必需品への対価が高ければ高いほど（このように彼らを苦しめ困窮させる）、自分にとってはそれはより良いことだ」と商人

我々が必要とする労働者なのである。あるいは、イギリス人のいわゆる「人手」であるにすぎない。

◉我々（モスクワ報知）の訳文（ロシア語）

「私が受け取る給料と年金が大きければ大きいほど」と役人たちは言う。（すなわち民衆から収奪する金が大きければ大きいほど）「私にとっては一層良いことである」。

「私が人民に売る穀物や生活必需品に対しては私が受け取る代金が大きければ大きいほど」（かくして、彼らは一層貧窮した状態に陥ることになる）、「そしてそれは我々にとっては良いことである」と、そう商人も地主も相槌を打つ。

最後の第三の個所

◉トルストイ伯の原文

　首都や都市や地方の中心部にあるすべての宮殿、劇場、博物館、そこを満たしているもの――それらすべては、このようなまさに飢えた民衆の手になるものであり、彼らは、ただ生きんがために、彼らにとって必要のないそうしたものを造っている。つまり、常にこのような余儀ない労働によって餓死をまぬがれているのだ。大衆は常に我々によって、食うや食わずの状態に置かれているのである。

たちも地主たちも声を合わせる。

◉ディロン氏の英訳

　帝国の首都や都市や地方の中心地にあるすべての宮殿、劇場、博物館、またそれらの宝物や美観や骨董品はみな、この同じ飢えに打ちひしがれた民衆の手になる労働ではないのか？　彼らは、自分たちには無価値なこれらのものを、ただ生きるがために造り上げている。――すなわち我々が生きる意味を理解するようにではなく、永遠に彼らを脅かし続ける飢えから、死から免れんがためである。これこそが今日の民衆の運命であり、昨日の運命で、また五十年前の運命であった。大衆は、常に我々によって半飢餓の状態に置かれている。

◉我々（モスクワ報知）の訳文（ロシア語）

　帝国の首都や大都市や地方の中心地にあるすべての宮殿、劇場、博物館、そこにあるすべての豪華な宝物、珍しい収集物は、飢えに苦しむ民衆の手によるものではないのか？　彼らとはまるで生き方が違う。彼らにとって何の価値もないものだが、しかし彼らの目の前に居座る飢饉をさしあたり追い払うために、ただそれらが生きるための資力を与えるというだけのために、このようなものを生み出したのだ。それが今日の民衆の運命なのである。彼らは、昨日もそうであったし、五十年前にもそうであった。民衆は、我々によっていつも半ば飢餓状態に置かれている。

そしてここで、我々はもう一度、次の事実を強調しておきたい。ディロン博士は、自身の翻訳文の中でトルストイ伯の理念を損なうことはなかったという事実と、我々も同様に英語からロシア語へ戻す翻訳の過程で伯爵の理念を損なうことはなかったという事実である。こうしてみると、我々の新聞の二十二号において、我々が「伯爵の論文からの承認できない損なわれた引用文以外の何ものでもない」ものを公表した、という非難を、トルストイ伯爵夫人がどうしたら断言できるのだろうか。また、トルストイ伯自身も、ディロン博士宛の自身の手紙（以下に掲げる）で、件の非難中傷を繰り返し、我々に責を負わせるとは、いったいどういう了見なのだろうか。

こういったことすべては、我々の新聞の二十二号の中で小さい活字で公表された、あの自由な引用のせいである。さて、伯爵の論文の翻訳からの抜粋を大きな活字で引用している我々の記事の問題の部分について、トルストイ伯の不満の根拠がそこにあるかどうか見てみよう。伯爵によれば、そこにこそ「虚構のすべてがある」ことになる。なぜなら、その部分では、「(彼の）言葉を用いながら、まったく異なった意味で使われており、自分の認識や理念にはまったくなじみのない、相反したものの表現に使用されている」のだから。

祖国と人民の栄光であり、我々の永遠の感謝に値する芸術家であり、その名は後の世代にまで伝えられるであろう文芸家トルストイ――『戦争と平和』や『アンナ・カレーニナ』の著者――このトルストイは死んでしまい、二度と再び立ち上ることはないだろう。その場所には、今や別のトルストイが立っている。その精神と霊力は衰え、世間の目には破格で筋の通らない、無政府主義的な論文やパンフレットだけしか手掛けることができない不幸な老人……。

我々はトルストイ伯をいわゆる社会主義者だというつもりはない。その通り、彼はいわゆる社会主義者でさえもない。ただ単に生まれて初めて無政府主義的な読み物を読み、その中であたかも何か新しい発見をしたかのように、その無意味な言葉の寄せ集めに奴隷のごとく服従してゆく軽率な坊やにたとえられるのかも知れない。にもかかわらず最悪なことに、伯爵自身が、自分は新しいアメリカを発見したと思いこんでいるのである……。

ところで、このような変化に対してトルストイを責めることは非常に不公平であるようにも私には思える。なぜなら、たいていの思慮深い人々は、教室から墓場までの過程においてこういった変化を体験するものであり、そしてそれらは、若者の無分別と成人の慎重さや老人の叡知からの分離を印づける境界を画すからである。しかし、トルストイ伯が通過するその段階は、平均的な人の段階よりもはるかに数多くまた大変に隔たったものである。

二、三日後にも、同じ新聞がトルストイの行動に対する批判を続けている。

『モスクワ報知』からの抜粋　一八九二年三月十五日

度外れに奇妙な文芸行為が最近露呈したことによって激しく損なわれたトルストイ伯の名声を何らかの方法で蘇らせることができるならば、彼の友人たちによって大金が支払われるだろう。ディロン氏によって翻訳され、『デイリー・テレグラフ』に公表された論文を書いたのは決してトルストイ伯ではないことを証明できるならば、彼等は大枚をはたくだろう。しかし我々の新聞の二十二号に掲載された、トルストイ伯のあの社会主義的思想の表された、英語からの再翻訳の真実性に、何らかの方法で疑念を投げかける工夫をすることができるならば、彼等はより一層高額の金を支払うだろう。

しかし彼等がひどく落胆したことに、『デイリー・テレグラフ』に公表された英語訳と我々の再翻訳との比較をしても、原文の完全に正確な翻訳であるので、これを証明することは不可能である。この事実にもかかわらず、『ロシア報知』（七十一号）は強引に我々を陥れようとし、次のような奸計をめぐらした。

彼らは、トルストイ伯の論文の我々の翻訳ではない部分（我々の翻訳は小さい活字で刷られている）で、我々の論説にあたる部分（翻訳から区別されるようにと、大きい活字で刷られている）を抜き出して見せる。この部分では、『デイリー・テレグラフ』の先の号に載っていた、トルストイ伯の理念のひとつの要旨を、我々自身の言葉だけで解説したのだから、伯爵の論文から翻訳された言葉は一語たりともあるはずがない。我々のこの論説は、伯爵の言葉の翻訳として掲載されはせず、翻訳を装うこともなかったのに、モスクワの「自由主義者たち」の機関紙が、我々の主要な論説のこの部分をそのまま掲載し、「これがトルストイ伯の論文の正確な翻訳といえるのか？」と叫んだ。このように言いごまかし、それに依拠して、『ロシア報知』は、『デイリー・テレグラフ』の一一四四八号掲載の論文からの正しい翻訳である我々の論文の該当する部分について、あえて「正確さについての疑問」を呈したのだ。

我々の論文を読んだ人なら誰しも、『ロシア報知』の奸計を見破るのは容易である。しかし、周知のように、『ロシア報知』は常に、『モスクワ報知』を読まない人々を購読対象としており、その結果彼等は、我々が長く「誠実な自由主義陣営」として定評があるという受け止めを計算に入れて、我々の新聞に関して好き勝手なことを言っているのだ。かくしてこの場合、トルストイ伯との一件を読者に知らせるにあたって、『ロシア報知』は、トルストイ伯がロシアの新聞各紙の編集長たちに送った手紙には重点を置くものの、伯爵トルストイの前記の手紙を完全に取り消す、ディロン博士によって所持されている文書には、一言たりとも言及することはない。

そして、とにかくこの手紙でトルストイ伯は、自分の論文が「切り離され不完全にされた」状態で公表された、として嘆いているので、二日前の『モスクワ報知』七十一号において、この不満には何の根拠もないことを決定的に証明した。その他のことについては、伯爵はあるいは不満足であるかも知れない、なぜならば我々の新聞の二十二号では、『デイリー・テレグラフ』に載った彼の社会主義的長広舌のすべてではなくて、ある部分だけを掲載したに過ぎないのだから。けれども、もしも彼が望むならば、我々は、彼の似たような愚かな考え（同様に不条理な理念）を、さらに多く持ち出すことができるが、だからといってそのことが、ロシア社会の目で見て彼に利益をもたらすものとは思われない。

例えばここに、あの同じ第五章で彼がこう書いている箇所がある。

「かつてヴォルテールは言った。もしもパリでボタンを押すことによって中国の一高官を殺すことが可能ならば、パリっ子たちでそれを楽しまないものはいないだろう」。

「なぜ物事を実際にあるがままに見たり、あるがままにそれらのことを述べてはいけないのか？」

「もし、モスクワなりサンクトペテルブルグなりでボタンを押すことによって、誰にも知られずにママデゥイシあるいはツァレヴォホフシャイスク〔いずれも片田舎の意〕くんだりの「百姓」を殺すことが可能ならば、ボタンを押すことで得られる刹那的な満足感の刺激を欲して、我々の仲間たちは躊躇なくその致命的なボタンを押すに決まっていると、正直なところ私は信じている」。「私がこのようなことを敢えて言うのは、自らが属しているロシア人富裕層の人々の不快な一面を暴露したいからではなくて、単純に、自分が言うことは真実であるということを感じ、真実であると知っているから、という理由のためである」（『デイリー・テレグラフ』一一四四八号）。

これは違う。これは偽りである。ロシアと共に頭上にツァーリを戴くすべてのロシアの富裕層が、キリスト教の愛の顕著な事例を示し、……かくしてあらゆる階層のロシア国民を兄弟愛でひとつに結ぼうとしている、このような騒然たる時勢下で、そのような発言をするのは、中傷に他ならない。そのようなことを言うのは、ただ意味がないだけではなく馬鹿げたことだ。このような光景の崇高な精神にもかかわらず、トルストイ伯が上述のような口汚い中傷を言ったり、書いたり、出版したりすることが可能だと思うとは、実に由々しいことだ！　また彼がそれをどこで公にするのかと思えばなおさらだ。イギリスの新聞紙上で公にされた論文は、我らが獰猛な敵たちの餌となって、軽蔑と悪意を養っているのである。

我々は皆、ロシアのことを不完全にしか知らない外国人たちに真のロシアの姿を示そうと努めているが、トルストイ伯は、不埒千万にもヨーロッパの目の前で自分の祖国を辱めるのだ！　ロシアでこれらの誹謗文書（飢饉に関する論文）を公表する可能性を剥奪されたときには、「外国人翻訳者のまったくの随意に論文を委ねる習慣」を持っていることを、彼自ら認めるのだ。何と驚くべき愛国心か！　『ロシア報知』がこのような人物を八つ裂きにするのも驚くことではない。

このような文書を書いておきながら、トルストイ伯はそれらを否認している！……しかし彼は、自分自身の言葉に戻っていったが、それは、彼が自身の言葉に対する責任に苛まれたからではなく――というのも彼は自分にうしろ指をさすものはいないことをよく知っているからだが――彼自身、それらの言葉の愚かさを認識していて、しかもその誤りを認める勇気がないからである……。

飢饉の論文に関する醜聞が頂点に達したとき、以前はトルストイ伯の崇拝者だった人々が、彼の肖像を破り捨てた。このことを知らされたとき、彼は静かに、そうした人々はそれらを持つに値しなかったのだと言った。彼に対する反感があまりにも高まったので、ペテルブルグでは大臣の委員会が開かれ、そこで、実際に彼をロシアから追放することが決定された。しかし、その決定が報告されたとき、ツァーリはこう言った。「私は、トルストイによるとされるそのような恐ろしい論文は決して読まないが、それでも彼に手を下すことは許さないことに決めた」と。

にもかかわらず、はるかかなたのマドラスの新聞『エギテルテス』にさえも「偉大な虜囚」がすでに収監されている独房についての次のような記事が載るまでになっていた。

「その独房は地下二メートルのところにあり、奥行二メートル、門口一メートル、高さ二十センチであるから、囚人は身動きできない。食べるものは狭い入口から囚人に渡される」[7]。

『コーンヒル・マガジン』[8]の記者は、飢饉の地方を巡る取材旅行から帰って後、トルストイ伯を訪ねた際の様子をこう書いている。彼の乗った橇が近づいていくと、トルストイ家の人々はかなり動揺した。というのも、彼らは、いつ何時憲兵がきて、伯爵を連行するかも知れないと脅えて暮らしていたからである。憤激の大波は、『デイリー・テレグラフ』に公表され、続いてロシアと他の外国の報道機関でも掲載された、飢饉に関する彼の論文のために、彼に対して急速に高まっていたからだ。

記者はこう言っている。「私がペトロフカからサマーラに着いたとき、町の人々がその話題について興奮して猛烈に議論しているのを聞いた。一般的な意見としては、その論文の著者は発狂しているのだから、精神病院に閉じ込められるべきだ、ということのようだった」。

このような騒動から間もなく、私はデイリー・テレグラフからの指示で、ウィーンの支局へ転勤となった。オーストリアの首都ウィーンに到着して間もなく、私はレスコフからの一通の手紙を受け取った。

一八九三年二月十日／二十二日

拝啓

……このあいだ、N・N・ゲーが訪ねて来ました。そして、あの論文事件に連なる一件でみせた彼の軽率さを私が非難しはじめたとき、彼は居住まいを正して、モスクワではあなたのことについて黙っていたわけではなく、そのときはL・N（トルストイ）が、「あなたの手紙」をまだ開封せずにテーブルの上に置いたままだったのであり、それを開けて読むべきだと主張したのは自分だった、と言いました。「そんな争いを見ていれば、返事など無理強いできなかった」とゲーは言うのです。しかし今、ゲーによると、L・Nは、私が彼をいたたまれなくしたことは覚えているけれども、我々皆と和解しているのだそうです。それならもう十分でしょう、すべてはあのように終わったのですから！　二、三日前、私はひどく体調が悪かったのですが、L・Nは私に会いに行きたい、と言ったそうです。ということは、

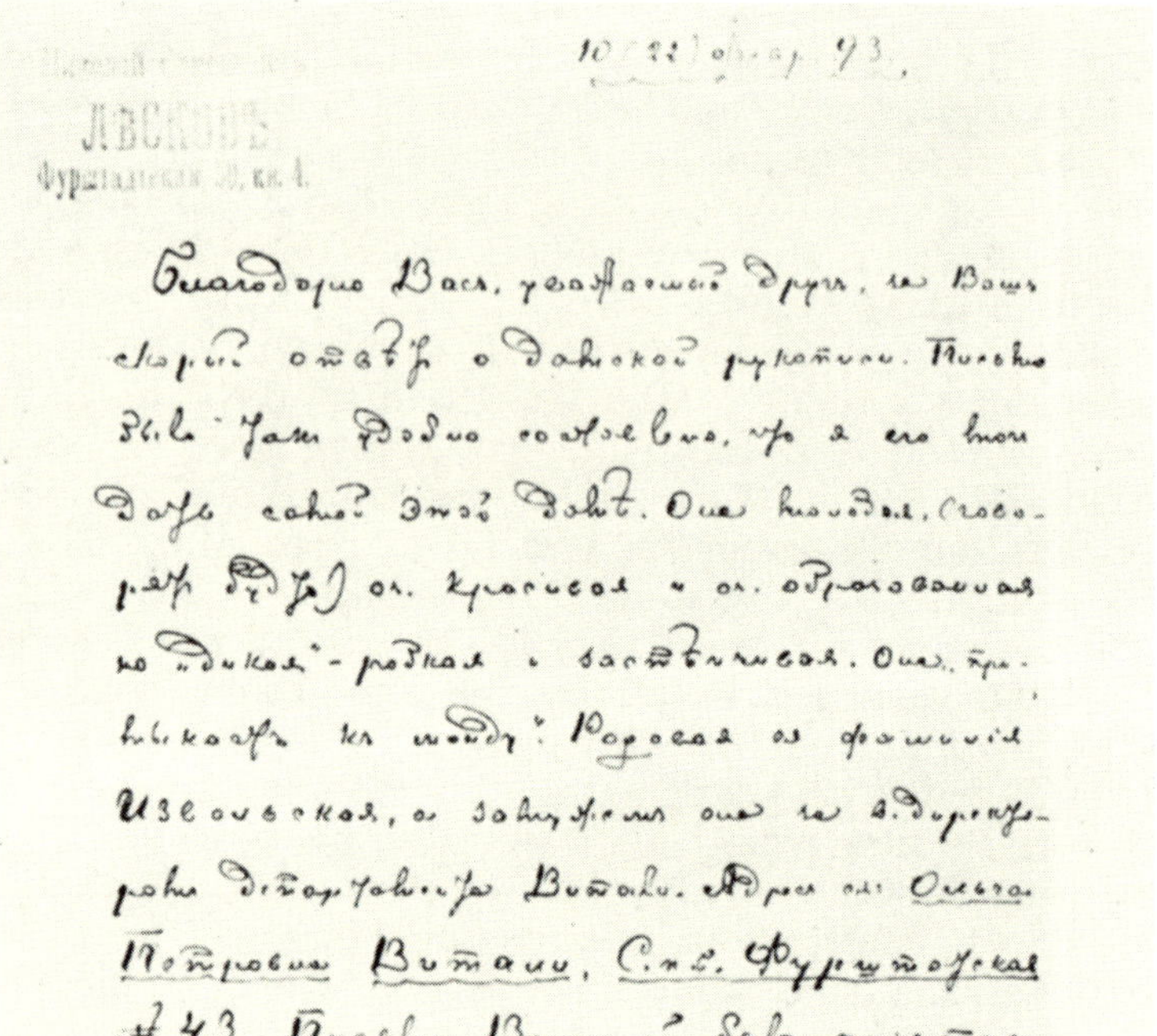

Николай Семенович Лесков
Фурштатская 50, кв. 4

10/22 янв. 93.

Благодарю Вас, уважаемый друг, за Ваш
скорый ответ о данской рукописи. Письмо
было [illegible] что я его [illegible]
даже [illegible]. Она молодая, [illegible]
[illegible] она красивая и она образованная
по "[illegible]" - родная и [illegible]. Она при-
[illegible] Родосая и фамилия
[illegible], а замужем она за б. директо-
ром департамента Витали. Адрес ей: Ольга
Петровна Витали, Спб. Фурштатская
№ 43. Письмо Ваше ей было приятно
и она благодарит Вас за [illegible]
[illegible] поправки и просит
[illegible] на том экземпляре ру-
кописи, кот. есть у Вас, а потом
пришлите этот экземпляр сюда и
она [illegible] два и пошлет
к Вам. Понятно, что и я прошу Вас
[illegible], и [illegible], а

一年後のレスコフからの別の手紙

彼は怒ってはいないし、我々を愛しているのだと思います。そもそも私は彼自身の名誉のために彼と議論することを余儀なくされ、彼は誰よりもよくそのことを理解していると感じています。

一方、チェルトコフは怒っていて、彼と私との関係は冷えています。なぜなら、彼がどこまでも続けたいと思っていたあの愚行を、私が止めさせようとしたからです。

私はあなたに、私の小説のひとつを送ります。L・Nがそれを声に出して読み、褒めてくれました。それは「自然」から題材をとったもので、あなたに我々の生活を思いおこさせるでしょう……。

敬具

N・レスコフ

二、三週間後、私は、以前トルストイからよく来たのと同じような、いささかみすぼらしい古びた封筒に入った、ロシアからの別の手紙を受け取って驚いた。封筒にはトルストイ伯自らの手になる手紙が入っていて、文面は、彼が私に被らせたすべての迷惑に対する後悔と遺憾の念を述べ、我々ふたりの関係が、以前と同様にこれからも続くことを信じているということと、彼の行動がひき起した不快な出来事をすべて忘れてくれるように、という内容だった。その手紙とは、次のようなものだ。

拝啓

あなたのお手紙を受けとってすぐに返事をしなかったことを大変申しわけなく思っています。どうかこのことをお許しいただき、それをあなたに対する何らかの悪意のしるしとは考えないようお願い致し

自らの言葉による否認について、ディロンに謝罪するトルストイの手紙

ます。最初、私は躊躇し、それから、書くべきか否かと迷い、しまいには書く意志をまったく捨ててしまいました――そして、このように、もしも真に善意の人々が間に入り、黙ったままでいることは悪魔の行いであるということを私に教えてくれなかったら、まったく書かずじまいになっていたことでしょう。

私は、あなたの心に生じさせたであろう不快な感情に対して私をお許し下さるよう、お願い申し上げます。

私は一瞬たりともあなたに対して、いかなる悪意も懐いたことはありません。実際、それどころか、あなたが被り、その一部は不本意にも私が原因となったすべての不快な出来事を、深く反省しています。あなたの良き思いと、精神的な安らぎを願っています。

敬具

L・トルストイ

追伸　私へのあなたのお手紙に対して、心より感謝致します。あなたが常に示してくださる、私へのその良き感情と思いを、変えずにいて下さることを望みます。

私はこの謝罪を認め、返事をしたためた。[9] 私がしたことは、ただ、自分自身と正義の原理を守らんがためのことであり、その後の更なる非難を防がんがためだったのであって、彼に対しては微塵も悪意を持っていないと伝えた。後になってレスコフから聞いたこと――彼からの手紙は、今もなお所持している――であるが、トルストイに対して、私に謝罪するように説得に努めてくれたのは、彼、レスコフであった。

「トルストイに謝罪の手紙を書くよう説得するのは大変困難でしたが、最後にはあなたは彼の手紙を受け取るであろうことを、私は信じていました」と彼は書いている。

原註

（1）ドンコフスコヴォ地区での無料給食所（炊き出し所）についての論文で、その創設については当時幾人かのイギリス人の知人の関心を引いた。

（2）それが、ガイデブロフ氏から私が受け取った飢饉に関する論文であり、当時それについて私は事前には知らなかった。

（3）トルストイ伯が、でき上がったら私に訳してほしいと求めていた軍役に関する長い論文。私は、執筆者が、原文のみならず翻訳文にも署名する、という条件で同意した。

（4）『スタンダード』紙、一八九二年二月二十三日。

（5）『デイリー・テレグラフ』紙、一八九二年二月二十四日。

（6）例えば、一八九二年三月二十九日の『レピュブリク・フランセーズ』その他多くのフランス各紙。

（7）『ガリスカヤ・ルース』紙、五七号、一八九二年三月十日。

（8）一八九二年六月号。

（9）それには日付がないが、私から彼への返事は、一八九三年八月三十日に投函された。

第15章　トルストイの行為についての釈明

私が所持している飢饉についての論文の校正原稿――トルストイ自身が手を加えたもの――をなんとか手に入れようとする人々がいた。トルストイとはまったく面識のない、ハンセンという名のスカンディナヴィア人などは、トルストイとの会見――彼がそのようなことに応じるはずがないのだが――を公表することで名を売ろうとする者たちを非難する記事を書いた。そうしておいてから、今度は一見いかにもトルストイが言いそうなことを自分で勝手にでっち上げて会見記なるものを発表したのである。

さて、私はこの面識のない人物から一通の手紙を受け取った。そこには、自分はトルストイの許しを得ているので、例の校正原稿をおとなしく渡してくれと記されてあった。私は、普通の状況なら喜んでそうするだろうが、しかし今回のような状況では、とてもそれらを手離すことはできない、お断りすると答えた。でも、もしトルストイが望むなら、原稿の写しを取って公証人に署名してもらい、それをあなたに送りましょうと書き添えた。同時に私はこのことをトルストイにも知らせた。そうせざるを得ない私の決意のほどを表明するため。

これが、その時の手紙⑴である。

一八九二年二月九日

最も尊敬するレフ・ニコラエヴィチ

お送りくださった書留郵便をとても嬉しく思っています。それは誤ってベギチェフカに転送されてしまいましたが、送り返されてきて、本日二月九日に拝受いたしました。

私がベギチェフカまで出向いた用向きは、どのような手紙でも公表されることなく、従っていかなる説明もなしに、水面下で静かに処理されることでしょう。少なくとも、私のあらゆる努力はそのためになされているのであり、いずれにせよ目的は達せられるはずです。ご覧になられたように、『ロシア生活』紙には、私もずいぶん困惑させられました。しかしそれでも、問題をこじらせはすまいと思っております。

にもかかわらず、いつかこの件がどこかの新聞にすっぱ抜かれて再燃するかもしれないという懸念のために、私としては、ガイデブロフ氏からいただいた校正原稿（修正済みの）を、あなたの承認の下に、手元に留めておきたいのです。それは、自衛のために必要な弾丸というより、さらにより精神的な配慮に基づくものであります。現在のところ、私は、この問題はすでに解決されたものと考えています。

ところがこのハンセン氏は、反対に、何がなんでも校正原稿を自分自身の手元に置きたがっています。彼は、正確で美しい写しだけでは満足しません。いつでも写しを原本と比較できるのに、それでもまだ不満なのです。他のことならいざ知らず、自分には責任のない現在の特異な状況下では、私は自分の見解を主張せざるを得ません。

折悪しく予期せぬ事が起こってしまいました。本当に残念に思っています。それは、私自身が精神的にも肉体的にもひどく苦しめられたからではありません。残念に思うのは、もっとより利己的でない理由からそう思うのです。

私は、数多くの外国人やロシア人たちと同様、正教会を、一般的な福音書の宗教からはかなり隔たったものと見ていますが、だからこそ私は、キリストの真の教えや、そこから生まれてくる倫理に関するあなたの示唆に富んだ言葉に喜んで耳を傾けるのです。私は、あなたのあらゆる著作をむさぼるように読み、真剣に考え、そこから魂の糧を引き出そうと努めております。それはあなたを個人的に尊敬しているからです。

どうか翻訳者としての私の心構えを述べさせてください。私は、いつでも、他のすべての仕事を投げ打ってでも、あなたの論文や著作の翻訳に自分自身を喜んで捧げる用意があります。しかし、それとまったく同じ思いから、ちょうどV・G・チェルトコフの要望で『クロイツェル・ソナタ』の翻訳をハップグッド嬢に譲ったように、（もしもあなたが望まれるなら）その名誉を他人に譲ることもやぶさかではありません。しかしまた、ひとたび翻訳の仕事をお引き受けすることになれば、手書きの完全原稿原文をもとに翻訳しなければならないと思っております。当然、いかなる場合でも、私には、国家権力の不満を著者にぶつけるトルコの検閲局のような役割を果たすつもりはありません。私は、あなたご自身も翻訳者の義務をそのように見ておられるものと確信しています。ところが、非常に驚いたことに、私はガイデブロフ氏から厳しい非難を受けました。彼は、もし私があなたのこれからの仕事をできるだけ控えるようにしなければ、ロシア社会ばかりか、あなたの仲間とも敵対することになる、と言ってきました。その意味するところは、あなたのお仕事がロシアのいかなる方面からも不快を呼び起こさないために必要なことだということです。私は、それは大変間違った意見であると思い、ガイデブロフ氏にはっきりと、それは恥ずべき意見だと言ってやりました。いちいち名をあげませんが、同じような意見はあなたの他の知人や崇拝者たちにも共有されているものと思っております。私はこれまでそのような精神で翻訳をして来なかったし、これからも決して翻訳することはありません。私は、常にあなたの意向を正確に遂行するつもりです。もしあなたがイギリスの哲学者ホッブスのごとく、俗世の長たる国王はその宗教と道徳の規範を確立するために神から遣わされたものと確信していると表明されるなら、私もそのように翻訳しますし、もしあなたが反対のことをお書きになれば、私もまた同じように忠実に、そう翻訳するでしょう。私は、決して検閲などいたしません。まさに同じ理由で、私は、以後の作品にはもっと必要となるかも知れない「穏当な表現」とか、それができなければ翻訳を手控えよという助言は絶対に受け入れません。

私は、あなたのものなら何でも翻訳する用意があるし、あなたのすべての指示に応ずる用意がありまます。しかし、検閲などもってのほかです。私はこの問題で多言を要したことであなたに許しを請いたいと思います。でも、私は、あなたのためと称する奇妙な助言や、さまざまなおためごかしに奇怪な理由付けをする人々に対して、そうせざるを得ませんでした。もちろん、あなたの論文については、何も要求いたしません。敵のみならず好意ある人々にとっても、あなたの作品が、またすべての言葉が、百科全書のごとく分析され広められることを、あらゆる面から当然の考慮が必要であるということを、私は十分に理解しています。

今やあなたのすべての時間と精力を要求する立派なお仕事が、これからも順調にいきますように、なかんずくあなたが健康にあられますよう、衷心より祈念致します。

エミール・ディロン

多少とも友好関係にあった一編集長(2)が私に手紙を書いてきた。彼も彼の仲間たちも私ともっと会いたいから、自分たちの集まりに顔を出して、より一層親密になる機会を与えて欲しい、と。すでに話したハンセンもこの仲間のひとりだった。要するに、何としてでも私から原稿を手に入れたいのだなと思った。それで、そんな友好的な申し出には応じなかった。私はそのことをトルストイに伝えたが、彼からの返事はない。

このことがあってから間もなく、ツァーリから私にある要請が伝えられた。私は、副官のレバショフ伯爵を介してツァーリと個人的つながりがあった。要請というのは、トルストイによる修正原稿を数日間貸して欲しい、というものであった。私は、この要請の理由を訝しく思ったけれど、当然ながら、それに応じた。ツァーリは原稿に目を通し、数日間手元に置いていたが、謝意を添えてそれを返却された。

そして今、私はトルストイの異常な行動の原因を突き止めたのだった。トルストイ伯爵夫人は、宮廷に招かれることによって、娘たちのうちのひとり――彼女自身と同じような世俗的な心の持ち主――を社交界にデヴューさせることに執心しており、自分たちが思い描いているような幸福な結婚をするためのあらゆる機会を与えてやりたい、と切望していたのである。もうひとりの娘は、有名な父親を見習って、いわば、世間体や虚栄を捨てていたが、この娘の方はそうではなく、母親と同じ考え方だった。まあ、このようなことは当然のことであって、何ら批評されることではないが、宮廷には、ツァーリにも皇后にも気に入られていた、別のトルストイ伯爵夫人がいた。彼女についてはこれまでにもすでに言及してきたが、こっちの伯爵夫人は、作家の妻ソフィア・アンドレーエヴナの野心を実現するためには何でもしようと思っていた。が、陛下の身近かで、予期せぬ困難が待ち受けていたことを知った。いろいろな報道を考え合わせると、トルストイ伯は奇妙で移り気な人物だ、それで、立派な心のロシア人なら決して筆にすることのない論文〔飢饉に関する〕を書いたに違いない――そんなことを口にしたのだ。

「おお、陛下、トルストイ伯はそのような論文を書いたことはございません」と女官は叫んだ。「そういったことは、彼の妻によって否定されています」。

「しかし妻は妻であって作家本人ではない。作家自身に否認させたらどうか」。それが、陛下の冷ややかなお言葉であった。

　この間接的な挑戦が作家の妻に伝えられた。妻は夫を説得した――娘のためにも、どうかそんな論文など書いてはいないと言ってください、と。そして説得することに成功した。一方、伯爵の立場の悪さを知っていたツァーリは満足せず、そのため私に、ロシア語の校正原稿原本を請求してきたのであった。結果、伯爵夫人は宮廷には受け入れられず、私自身も、不本意ながら彼女にとって大きな障害物となり、彼女の敵となってしまった。

　トルストイが宮廷の不興を買ったもうひとつの理由は、彼の農民衣装の着用であり、次の出来事が皇帝の耳に入ることになったためであった。

トゥーラの貴族たちは、自分たちの劇場で、トルストイの戯曲のひとつである『啓蒙の果実』を上演することにした。夏のことだった。そのための祝賀会が組織された。

上演開始の一時間ほど前、中背の屈強そうなひとりの老人が劇場にやって来た。彼は粗織りの農民シャツとズボンを着用し、重い自家製の靴を履いていた。頭には皮製の房飾りの付いた百姓帽を被り、長い顎鬚は胸の半分を覆っていた。

頑丈な杖に寄りかかりながら、老人は劇場の扉を開けると、ゆっくりと一階前方の特別席の方へ歩いていく。

「おい、爺さん、どこに行く？」と案内係が尋ねる。「そこは貴賓席だぞ！」

抗議も空しく、老人は腕をつかまれ、劇場の外に連れ出された。しかし、明らかに強情な気質のようで、彼は入口の真ん前のベンチに腰掛け、州高官のひとりが到着するまで、ずっとそこに居座っていた。

「伯爵！」と州高官は驚いて声を上げた。「あなたはこんなところで何をなさっているのですか？」

「見てのとおりです」と、老人は笑いながら答えた。「私は自分の劇を見たいと思ったのだが、どうも許されないようだ」。

あわてふためく案内係を尻目に、「爺さん」は州の高官に手を取られて劇場に「再入場」し、最上の席へ。

そのことを、宮廷女官であるトルストイ伯爵夫人は否定した。作家の妻ソフィア・アンドレーエヴナが、夫はずっと前にそのような馬鹿げた振る舞いを止めていると保証したからである。だが、偶然にも――しばしば運命の女神はこんな風に我々の最上の計画を挫く目的で介入するものであるが――ちょうどそのころ、移動派の絵画展が開かれていて、ツァーリがそれを見にやって来た。私の友人レーピンはこの協会の会長であり、名のある来観者に展示を案内して廻ることになった。展示された絵画の中に、レーピン自身の手による農民の衣装を着たトルストイの肖像があった。アレクサンドル三世はレーピンにこれはいつ描いたのかと尋ね、画家は無邪気にも、二、三か月前だと答えてしまう。

「トルストイは今でもこんな農民の衣装を身につけているのか?」

「はい陛下、彼はそうすることが好きなのです」。

ツァーリは唸った。それがツァーリの唯一の批評であった。後にツァーリは、ふたりの伯爵夫人の助言が事実とは違うといって叱責した。もちろん宮廷女官の方は、作家の妻によって誤った情報が伝えられたことを認めた。

問題はそれだけではなかった。というのは、トルストイ伯が、自分の作品に対する報酬は放棄すると公にも宣言していたからだ。ことに『啓蒙の果実』――それを英語に翻訳したのは私である――の印税をはっきりと放棄していたのである。作家の気前のよさをよいことに、ロシア国立劇場の責任者は、ペテルブルグの帝国劇場でもこの劇を上演した。しかも、それが成功したため、何度か上演を繰り返した。その後しばらくしてから、劇場責任者は、次のような手紙を伯爵夫人から受け取った。すなわち、法の明確な規定にもかかわらず、彼女の夫トルストイ伯の創作に対して、規定通りの著作権料が支払われていないのは驚くべきことだと。そのことで、劇場責任者はツァーリに陳情した。

「この問題を法はどう規定しているのか?」と、ツァーリは尋ねられた。

伯爵夫人の主張が正当であることを知らされたツァーリは、作家自身が受け取りを固辞しているにもかかわらず、責任者に対して作家に正統な金額を支払うよう命じた。この金は、トルストイ伯によって送り返された。しかしもしその金が伯爵夫人に送られていれば、夫人は喜んで受け取りに署名したはずである。劇場責任者は再度ツァーリに相談する。ツァーリも法の正確な規定を求める。正当な報酬は直接作者本人に支払われるべきであるという答えが返ってきた。

ツァーリは命じた。「今回の場合は、伯爵夫人に手渡してこう申し渡すように。法律では、上演から得られる利益は、作者自身の請求により作者に対してのみ支払われる、と」。

後に、問題の金を受け取る用意があるとする一通の手紙がヤースナヤ・ポリャーナから届いた。金はトルストイ本人に支払われた。渋々ながら彼自身が受領書に署名したのであった。

原註

（1）他の手紙と同様、すべて原文はロシア語。

（2）ガイデブロフ、『ニェジェーリャ』誌の編集長。

第16章　夫と妻のそれぞれの想い

　トルストイ夫妻の人生における数多くの不幸な出来事についてはさまざま語られていて、そのことで共にふたりはその責を公正に分かち合ってきたのである。ところで、イタリアの著名な心理学者であるロンブロッソ教授は、一八九七年、個人的にトルストイに会った後で、こう述べた——伯爵は生来の神経症患者である、と。教授は長年にわたり偉大な天才の心理を研究してきており、天才の作品の中に研究のための興味深い根拠を見出していた。例えば、精神的不安定、奇抜さや偏狭さ、加えて若い頃には幻覚と精神的興奮を惹き起こした癲癇の発作、である。A・N・エフラコフは、ロンブロッソ教授のトルストイ癲癇説は、モスクワの遺伝学研究所の文書の中にあるシガーリン博士の診断に基づいた事実によって完全に証明されるものと見ている。トルストイの伝記的資料もこのような癲癇の発作を裏付けているようだ。すなわち、記憶の喪失、精神錯乱、健忘症、また病理的遺伝からも、彼が癲癇の影響に苦しんでいたことがわかる。妻のソフィア・アンドレーエヴナは、一八六七年に初めてこの傾向に気付いた。これといった明らかな原因もなしに発症している。「私はそのような彼をこれまで一度として見たことがなかった」と、ソフィア・アンドレーエヴナは書いている。伯爵の顔は青ざめ、唇がひくひく痙攣し、目は一点を凝視したままであった。晩年になるほど、より深刻な癲癇症状を示す記述が多くなる。近親者たちはそれをはっきりと見きわめられなかった。これこそ最終的に彼の家出の原因であり、最終的に死に至らしめたもので、妻との度々の喧嘩がそれを加速させた。彼の娘は、頻繁に父を襲ったその発作ほど恐ろしい病気はなかった、と書き残している。発作が起こると、数分間、時には数時間、記憶を失うこともあった。大きく目を見開いて、無意識に何かを凝視している。声は健常者と同じほど力強いものであったが、まわりの誰も見分けられなかった。時には数日も血の気がなくなって、体温の高下が激しかった。

アントン・ルビンシュタインが演奏会を催すためにモスクワに来た時など、チケットがあっという間に売り切れてしまって、彼の演奏を聴きたがっていたトルストイは、席をとることができなかった。私がルビンシュタイン本人から聞いたところによると、このことを知って、彼はすぐさまチケットをトルストイに送ったという。トルストイはこの心配りを喜んだが、誰もが驚いたことに、当日その演奏会に現れなかった。後に分かったのだが、開演の日が近づくにつれて、トルストイは、はたして自分が聴きにいくのは正しいのだろうか、という疑念に苦しむようになった。それで、ひどく気が動転し、神経過敏になった。演奏会にいくどころか医者を呼ばなければならないような事態になってしまった。

夫人は、その天才的な夫の成功に、自らが少なからず貢献したことを確信していたものの、自己認識としてはその度合いを過小評価していた。そうした悲哀が、しばしば、彼女をイライラした不機嫌な気分へと駆り立てた。このように彼らの人生を覆っている雲が、暫くの間なりとも移りゆき、再び空が晴れ渡り、日も燦々と差して、ふたりは互いに相手に近づこうと正直に努力し合うのではあったが、しまいには、暖を求め合う二匹のハリネズミよろしく、鋭い針で突き合ったり、跳びのいて距離を保ったりせざるを得なかったのである。こうして、彼らは最上の意図を持ちながらも、互いの存在の織りなすものをずたずたに切り裂き続けて、再びつなぎ合わせることができなくなった。夫人は、公然と侮辱されているのではないかという考えに耐えることができず、現実なのか想像なのかはともかく、このような思いが家庭内のいざこざをたえず引き起こしていた。彼女自身の日記にも――

……今日、夫は大騒ぎをした。彼は、私が彼を傷つけている、そうすることを何とも思っていない、などと言いだした。私の日記を破り棄てたくてしょうがないのだ。私を非難しながら、「おまえはわしを苦しめるのが嬉しいのか?」と言った。私は答えた――「私があなたを傷つけたのなら済みません、日記を破棄したいなら、そうなされば。私、自分の仕事を誇りに思ってはいませんから」。どれだけ相手を傷つけているか、などと考えるようになっては、もうお仕舞いだ、とても皆の前で、世界の前で幸せになることは難しい――そう彼は言った。彼の言葉(武器)は強力で、人を傷つける。彼は、自らを非常な力で台座に据えつける。そして世界から注目され続けたいと思っているのだが、しかし、私の日記は、以前住んでいたごみごみした世界に彼を引き戻すものであり、それが彼を恐れさせるのだ……。『クロイツェル・ソナタ』がどうして、またなにゆえに、私たちの結婚生活をもとにしたものと見做されるのか、さっぱり私には分からない。しかし、それは事実である。皇帝アレクサンドルⅢ世からレフの兄セルゲイや彼の最良の友人たちまで、誰もが私を気の毒に思っているが、でも、誰かに確認するまでもなく、私自身、心の中で、あの物語が私に直接向けられたものであることを感じている。私は傷ついた。全世界の衆目の中で私を貶めただけでなく、私たちふたりの間の愛をも殺してしまった。そうして、私の結婚生活でのどんな行為もどんな装いも、天の前では罪であることを免れない……。なぜかわからないが、今日初めて、私は、『クロイツェル・ソナタ』を自分がどう思いどう感じているのかを、彼に話した。書かれたのは、かなり前のことだが、いずれ彼はそのことを知らなければならないのだ。私は、自分が彼を傷つけていると非難されているからこそ、今こうして彼に話して、傷つけられた自分の気持を彼に示したのだ……。

夕方、『クロイツェル・ソナタ』の原稿を清書している時に私の頭に浮かんだこと――それは、若い女は愛する人を心から真っ直ぐに愛し、喜んで身をまかせるということだった。なぜなら、そうすることが相手にとってどんなに素晴らしいことかを知っているから。成熟した女は、振り返ってみた時、男は常に自分に必要なときに限って彼女を愛し、自分の喜びが満たされてしまうと、すぐにも優しい調子から厳しい調子に変わること、不機嫌になること、を知っているのだ。

ところで、女が長いこと、このことに目をつぶっているときには、彼女自身もこの必要性を感じ始め、感傷的な気持を失い、男と同じようになり、そしてある期間、彼女もまた喜びを持ちたいということを相手に示す。その時その瞬間、もしも彼が彼女を愛せないならば、それは実際、彼女にとって悲しいことである――そして、彼が彼女の願いを満たすことができなければ、それは彼にとっても悲しいことだ。それは、家庭の悲劇の秘密であり、予期せぬ離反、老齢、また醜さである。幸福が永続するのは、精神と意思が体と肉欲を克服した時であるだろう。しかし、女性が若い場合は、それは真実ではない――性的欲求や願望をまだ十分には経験せずに、出産し授乳しているような女性にとっては。彼女は二年に一度しか女にならなかった。女の本物の欲望が芽生えるのは、三十歳を過ぎてからなのである……。[1]

一方、トルストイ自身の日記における同じ日付の頁[2]には――

私は再びソフィアの日記を読み始めた。それは私を傷つけた。もう一度聞き返したが、彼女の怒りは収まらず、いろいろ厳しいことを口にした。それが一時間も続いた。私は気にするのをやめ、好きなようにさせていた。そのうち彼女のことを思い始めた。堪らなく欲しくなった。そして愛し合った。ふたりは罪を犯した……。

伯爵夫人の日記に戻る。

レフは、私が日記を書くのをやめるように言った。悲しい。いっぱいいろんなことを書き綴ったが、もうほんの僅かしか残っていない。……でも、それを確実にし終えるために、こっそりと書き続けるつもり。ずいぶん前から、それが必要不可欠であると心に決めていた……。昨晩、彼にひどく怒られた。しかし、黙って耐えた。午前二時まで、彼は私を眠らせなかった。初め彼は、長いこと二階にいて、ずっと足を洗っていた。あのひとは病気ではないか、と思い始めた。足を洗うことは、これまでもよくやってきたことである。彼が言うには、足の汚れが自分を苦しめるのだそうだ。私は不快になり、腹を立てた。そのあと、彼はしばらくベッドに横になっていた。彼が私を必要としない時、私は彼にとって重荷なのである。けれど、彼の性的欲求が高まれば、私にとってそれが重い日々となる。私は汚らわしさと臭いに慣れることができない。私は必死で彼の精神的側面のみを見ようと努める。彼が優しくなった時、こちらはようやくほっとする。(3)

お茶の時、私たちは、彼がいつも説いている食物や贅沢や菜食主義について語りあった。ドイツの新聞の中に、夕食にはパンとアーモンドがお薦めであるとする菜食主義者の食事法が載っている、と彼は言った。おそらくその菜食主義者は、『クロイツェル・ソナタ』の執筆時期のレフと同じ方法（貞潔について）を、自らも実行しているのだ(4)……。

私の夫とは誰も議論することができない。なぜなら、彼はすぐに平静さを失うからである。彼の友人たちも皆、ずっと以前からこう言っていた――彼はただ説くことだけが好きなのだ、と。彼が説教している時に話しかけるのは吠えている犬に話しかける以上に難しく、黙って一方的に聞くしかない。彼はふたつの命題――財産の放棄と菜食主義の提唱――に頑固に取り付かれている。第三の命題というのもあるが、直接それについては語らず、もっぱら書いている。それは、これまで以上に教会を批判することである。(5)

レフが健康なら、私は幸せだ。彼は悪い食事で胃を痛めている。今は病気と言ってよく、医者は、大量の未熟な豌豆と西瓜を食べるからだという。私が好きなのは、芸術家である夫である。なのに、夫は、論文を装って説教書を書いている。私は、優しい彼、心優しく友と付き合い、親切に振舞う彼を見るのが好きだ。しかし、彼は粗野で、性的で、同時に冷淡である。今、彼は農民たちと一緒に畑仕事をしている。彼のこの新しい夢は何か運命的なものである。(6)

私たちは互いに腹を立てていた。レフは二階に駆け上がると、自分で服を着て、「この家を出る、決して戻らない」と、言った。私は、自分に非があると思い、もっと話し合おうとした。和解できたので、私は、彼の論文の清書を始めた。しばらくすると、こんなことは口実に過ぎない、何かもっと大変な理由から私を捨てようとしているのでは、どこかに女がいるのではないか、そんな疑念が浮かんできた。そのことで頭がいっぱいになり、完全に自制心を失った。私は扉を押し、おもてに飛び出した。レフが後を追ってきた。私は部屋着のままだった。彼は何も羽織らず、ズボンと胴着だけ。彼は家に戻るように言ったが、こちらはもう死ぬことしか考えなかった。憶えているのは、すすり泣いて、いつまでも涙が止まらなかったこと。ああ刑務所へでも癲狂院へでも、勝手に連れていくがいいわ。彼はつかまえようとする。逃げる私は、雪の中に倒れ込む。ガウンの下は寝間着だけ。びしょ濡れになり、風邪を引いて寝込んでしまった。

私はわあわあ泣き喚いている。レフは部屋に入ると、跪き、床に頭をつけて、許しを乞うた……。私はそれから三日の間に、何度も外へ飛び出す――半裸のまま、零下十六度の街道へ(7)……。

世俗的な心を持つ妻が回心した夫に求める過大な要求が、彼らの間の絶えざる喧嘩の原因のひとつであった。彼は、生活の簡素化を主張したけれども、それがどのようにしたら得られるのかを説明しなかった。具体的な助言も滅多にしなかった。彼の家族全員がどこで、どのように暮らすのか、所領に関して何が為され、何をどう子どもたちに教えるべきか。問題は常に未解決のままだった。原稿を清書している妻が、夫の心の変化に気づかないはずはない。でも、妻は、夫の新しい思想にはなんらの共感も抱いていない。とは言え、夫が、自分の夢見る理念と正しい生活上の必要欠くべからざるものとの間で妥協していたなら、彼女とても、彼への愛情から、自分の生活、家族の暮らしをより質素なものにしていたかもしれないではないか。だが、財産、子どもの教育、家族のいつもの生活スタイル、彼女が結婚生活を通して慣れ親しんできたもの、ものの見方や慣習、それら一切合財を放棄するというのは、彼女には耐えがたく苦しいことだった。

……レフは、彼の作品の第十三版全集のすべての権利を放棄した、と言った。私は「出版されるまでは待って下さい」と訴えた。彼は頷いて、部屋を出ていったが、しかし、子供たちはこんなにも貧しいのに、あの人は、必要とするほんの僅かなお金さえも受けとる可能性を私から奪い取ろうとしている――そう思うと、怒りがこみ上げてきた……。彼が散歩に出ようとしている時、「あなたが権利の放棄を公表するなら、私だって公言します。世間は承知しませんよ、トルストイの子供たちの所有に帰するものを奪うなんて、誰だって許しません。人びとの慎ましさに私は期待していますから」。そう言うと、彼は大変優しげに――「もしもお前が本当に私を愛しているなら、お前自身や子供たちのためにも、私の新しい出版の権利はすべて放棄すると言うはずだよ(8)」。

今日夕食前、彼は、最近の作品のすべての権利を放棄する、と幾つかの新聞に手紙を出した、と私に言った。私は何も言わず、我慢していたが、数日後、また彼はそのことを口にした。もう黙っていられなかった。私は、彼の家族に対する不正を感ぜずにはいられなかった――それこそ、自分の妻と自分の家族への不満を公言する彼なりの方法なのだ、と感じた。何よりも私を怒らせたのは、そのことだった。互いに言いたいことを言い合った。「あなたはまるで虚栄心の塊だわ」と私が言えば、「お前は守銭奴だ、こうまで愚かで強欲な女は見たことがない」と言い返す。「それはあなたがこれまで立派な女性と付き合ったことがなかったからです。私はどれだけ堕落したことでしょう」。彼も言い返す――「お前のいい加減な家計、乱費のせいで、私は駄目になった。お前はただ子供たちを駄目にしただけだ」。そしてついに私に向かってこう叫んだ――「出ていけ！　出ていけ！」　私は堪らず庭へ飛び出した。私は何をしようとしたのだろう。泣き叫んでいるところを番人に見られた。私は恥ずかしくなった。リンゴ園の溝の中で、ノートに鉛筆で（たまたまポケットにあった）、起こったことを書き出した。自分はレフとの生活の犠牲者だ、コズロフカで自殺するつもりだ、自分には家庭内の問題を十分に解決する力がない、だから、この世から消え去るつもりである、と。若い頃は、喧嘩の後では、いつも死んでしまいたいと思ったものだが、できなかった。でも、今日は違う、今なら死ねる。だが、ただ、偶然がそれを妨げた。私はコズロフカへ向かって走っていった。すっかり取り乱していた。橋のたもとまで来た時、こっちへ歩いてくる男を見て、ああレフだ、さあ今こそ死ねる、死んでやる、と思った。でも、それはレフの友人のクズミンスキーだった。彼は私が動転していることをすぐに見てとった。とても優しくしてくれた。私は恥ずかしくなった。さあ家に戻りましょうと言った[9]……。

レフはレスコフに飢饉について手紙を書いた。レスコフは、それを公表する必要がある、と考えた。手紙は荒削りなもので、かなり過激な箇所があった。とても公表するようなものではなかった[10]。それが公になったので、、レフは戸惑い、心配になり、夜っぴて眠れなかった。次の朝、飢饉のことが気になって仕方がない――無料給食所を組織しなければ、自分たちはみなそこで働かなければならない、あぁ誰かそのための資金を都合してはくれないだろうか、などと言う。でも、どうして私にそんなことができるだろう。彼は、自分の権利（十二と十三巻の報酬は受け取らない）を放棄する旨の手紙を投函したばかりなのである。彼の言ってることが分からない。どう理解しろというのか？　彼は、仕事を始めるためにすぐにでもペロゴヴォへ行く、無料給食所の仕事を公にする、と言う。自分の目で確かめないでは書くことができないのだ。それを組織するためには、なんといっても仲間や隣人たちの助けが必要である。彼は、出発前に私にこう言った――「私は、自分について書いて欲しいからそうするのではなく、居ても立ってもいられないから、無料給食所を開くのだ[11]」。

レフは言った――自分の宗教的気分は完全に変化した、と。彼の内奥ではきっとそうなのだろうが、でも、見たところまったくそんな感じはありませんねと言うと、私を怒鳴りつけた。声を荒げて、以前は自分も所領の管理に心を砕いてきた。子どもを教育したし、お金も節約してきた。でも、今はそれらをすべて放棄したんだ。それはとても残念です、と私は言い返した。なぜなら、その時はそれで家族も助かったし、所領のためにもなったから。節約するのは、私や子供たちのためにでもあったから、だが、今、彼はそれをやめてしまったのに、こういったことを一切しないにも拘わらず、以前暮らしていたのと同じように暮らしだけは元のままなのである。同じ部屋で寝て、同じように良い食事をとり、同じような環境の中で暮らしている。そのうえ、彼は、以前どおり毎日、自転車に乗って出かけ、乗馬のために数頭の馬を飼い、家に戻れば、素晴らしい食事が待っている。にもかかわらず、家族については心配しないどころか、しばしばその存在すら忘れてしまう……。彼は、いつでもどこでも、愛や神への奉仕、隣人への奉仕について語り、書いている……。私はそれを驚きをもって読み、じっと耳を傾ける。なぜなら、彼が朝早くから夜遅くまで、自分の一日を自分の周りの者たちと個人的に触れ合うことなく過ごしているからである。彼は起床する。何もかも用意されている。コーヒーを飲み、散歩し、入浴し、食事をし、読書をし、時どき芝テニスをする。夕方は書斎で過ごし、夕食後に、ほんのちょっと皆と席を共にする。新聞を読み、雑誌の記事にちらりと目をやる。こんな規則的な自分だけの生活が毎日続くのだ。愛情もなく、家族には無関心、周りの者たちの喜びや悲しみにも無関心で……そんな冷淡さが私を凍えさせるのだ。[12]

彼の善意も人間愛も信じない。私は彼のすべての行動の根源を知っている。それは、飽くことのない、熱烈な名誉欲だ。自身、子どもたち孫たち、いいえ自分の持ちものすら愛していないのに、気まぐれに、突然ドゥホボール派やマロカン教徒の子供たちを好きになるのだ。そんな愛など、どうして信用できるだろう。いきなり荒々しい粗野な口調に変わるので、私たちの会話は不快なものになる。こちらはこんなに穏やかに話しているのに。堪らなかった。わだかまった。彼には優しい誠実な心遣いなどかけらもなかった。つくづく思う――いかに多くのことを、あの人が（真心からではなく）、ただただ自分自身の原理原則からのみ為すということを、人々が知ってくれたら、と(13)……。

トルストイの所領の農民たちと彼との間に存在した、信じがたい関係の原因のひとつは、ソフィア・アンドレーエヴナが領地の管理を、その仕事を十分に把握しない人たちに任していたことにあった。例えば、彼らは農民たちに重い税を課し、壊れた垣根はうっちゃらかしだった。村人たちの家畜がヤースナヤ・ポリャーナの庭園や菜園や果樹園に迷い込んでくれば、その罰としてそれらを質に取り、家畜の所有者にはとりわけ重い罰金を課した。木材盗人のために両者の摩擦が一層強まって、ついには、若い農民たちが共謀して、伯爵の所領を傷つけるまでに至った。そんな報復行為や苦情が伯爵夫人に伝えられた。管理人たちは言った――「このような無作法者どもとはやっていけません。我々の命を脅かしています。コサックか警察を呼ばなければなりません」。農民たちとの関係は非常に緊迫して、ついには発砲事件さえ起こってしまう。伯爵夫人は、トゥーラ県知事に救援を求めることにした。役人はその要請を喜び、非常に丁重に受けた。なにせ、悪に対しては善で報いよと説く説教者が住むヤースナヤ・ポリャーナからの要請である。それは役人を大いに満足させた。トゥーラ県の軍隊が村にやって来た――知事や警察長官も一緒だった。農民たちは恐れおののいて、パンと塩で彼らを出迎えた。多数の農民が逮捕・収監された。トゥーラ県知事は宣った――こうまで厳しく警護された所領は、県下ではヤースナヤ・ポリャーナだけである、と。

結果、夫婦喧嘩が始まった。

「ソーニャ、うちの農民たちを逮捕し収監した兵隊には我慢できない。それが分からないなら、いくら話し合っても無駄だよ」。

「いったいあなたは何を望んでいるのです？　私たちみんなを射殺すべきだとでもいうのですか？　昨日彼らは庭番に発砲したのですよ。明日は私に向かって発砲するでしょう。彼らは狙ってます、何でもかんでも奪い取ろうとしているんです」。彼女の応答は厳しい。

「ああ、どうしたらいいんだね。私が望んでいるのは、穏やかな暮らしなんだ。こんな人生は地獄だよ、地獄……。お前が私に作り出している環境以上に悪い環境で暮らすなんて最悪だ。無理だ、私には不可能だ。日毎に悪くなってゆく。もうこれ以上暮らし続けられない。自分の庭を兵隊が七人も取り囲んでいる。考えただけでも恐ろしい……」。

「しかしあなたは、私の務めにも我慢や辛抱にも、まるで関心がない……」。

ほとんど毎日、こんな非難の応酬だった。トルストイの日記には、こんなことまで記されている。

ヤースナヤ・ポリャーナの生活は毒されている。私が行くところみなこうだ。じつに恥ずべき有様である。苦しい。ある考えが浮かんだ。黙っているのが正しいことであるのか？　私がここを出て身を隠すほうがいいのではないか？　私の実行を妨げている唯一の理由は何か？　しかし、それで、その罰でもって自分を克服できるのか、という思いでいっぱいだ。それでも、わが人生においてこの挑戦は不可欠なものと感じている。

こうして、彼の最も身近な農民の隣人たちもトルストイから最も遠く離れた存在となってしまった。彼らにとっては、トルストイは一介の地主以上の何ものでもなく、彼らは、トルストイをこのような観点からのみ見ていた。一、二度彼らは、嵐で倒された材木を自分たちに恵んではくれまいか、と彼に頼んできたが、トルストイからは「私はそれらについてはソフィア・アンドレーエヴナに訊いてみなければならない……」という答えが返ってきただけであった。

原註

（1）『トルストイ伯爵夫人の日記』（ロシア語）一八九一年一月二十五日—二月十二日。
（2）『伯爵トルストイの日記』（ロシア語）一八九一年二月十四日。
（3）『トルストイ伯爵夫人の日記』（ロシア語）一八九一年二月十五日。
（4）同書、一八九一年三月六日。
（5）同書、一八九一年六月三日。
（6）同書、一八九一年六月九日。
（7）同書、一八九五年二月二十一日と二十二日。
（8）同書、一八九一年三月十日。

（9）同書、一八九一年七月二十一日。
（10）レスコフは、自分はその手紙を公表しなかったし、また、公表されることを腹立たしく思っていた、と言っている。彼は、この出来事をトルストイにこのように説明した。「私はあなたの手紙をイヴァン・ゴルボノフに読んで聞かせ、彼は私にその写しが欲しいと言ってきました。それから彼としては、あなたの意見を大切にしている人々にそれを隠しておく権利はないとも言っています。我々の手紙の中の、『私はこれをあなたのためにではなく人民のために書くのだ』等の言葉から、それを公表してよいとの許可を得ていると理解したのです。私は、自分の手であなたの手紙をゴルボノフのために書き写しました。しかし、それを送る前に、私は、あなたから我々にもたらされるものは何でも褒め讃えるファラセーエフとかいう者によって妨げられました。彼にも手紙（飢饉のこと）を読んできかせると、この男は、自分も写しが欲しいと言いました。それを与えてから二、三日後に、私は、『ノーヴォスチ』紙からの引用文を『ノーヴォエ・ヴレーミャ』紙の中に見つけることになったのです」。
（11）『トルストイ伯爵夫人の日記』（ロシア語）一八九一年七月十九日。
（12）同書、一八九七年六月六日。
（13）同書、一八九七年九月二十二日。

第17章　トルストイはなぜ家出をしたのか

トルストイは晩年、次のように記している。

「夕食の後私は、スウェーデンに行くつもりだと話した。それは恐ろしくヒステリックな場面を作り出した。妻はモルヒネで自殺しようとした。私は彼女の手から薬をもぎ取り、階下に投げ捨てた。それから横になり、そのことを考え続けて旅行の計画を断念し、そのように彼女に話した。しかし翌日までずっと気分が優れなかった(1)」。

「私はひどく苦しんでいる……ソフィア・アンドレーエヴナの手紙に関連したベルリンからの一通の手紙と、『ペテルブルグ報知』紙に載った記事の内容のためだ。紙上では、私は偽善者であり二面相であると言われている――そのことは私を言葉にし難いほどに辱め、傷つける。夜通し私は悶々としていた。いよいよ私は出てゆくべきである、と思われる……(2)」。

「私は自分の無為な生活――どんなに働いても生きるために必要な物さえ奪われている農奴たちに取り囲まれながら、愚かしい贅沢の中にある――を思うと、ますます悲しく絶望的になる。このように生きることはまさに受難であり、自らをも、また彼らをも、どうすれば救えるのか、分からない[3]」。

メンシコフは、伯爵夫人によって引き起こされた、自分とトルストイとの口論のことを記しながらこう述べている。

「ヤースナヤ・ポリャーナの土地を農民たちに与えなかったことは、トルストイにとって一生の重荷となっていた。なぜなら、全生涯を通じて、彼の内なる良心の声は、そうすることが義務であると告げていたからだ。何であれ財産を持つことは不正であると宣言し、私有財産について声高に弾劾する者でも、自らの財産のほんの一部分すら放棄できないほど、いかに所有の本能が潜在的なものであるか、という証拠を私は提示したのだ……」。

「トルストイは、世界的名声を得たが、ユダヤ人たちの影響を受け、その虜となり、己れの名と人格の周囲に生じつつあった状況（責任）に抗う力も、またそれを負う力も持ち合わせてはいなかった。それは事実である――チェルトコフが言っているように最後の数か月のみならず、それまでのかなりの年月を通じてそうであった。トルストイはユダヤ人たちの網の中に捉えられ、その中に不当に押し込められた。そもそも、チェルトコフ自身が似たような環境の中にあった。この点に関しては、ひとつのささやかな証拠がある。一九〇八年の夏に、トルストイは心変わりしてロシアへの愛や愛着が薄れ、ユダヤ的な無政府主義の方へと傾いていた。ユダヤ系の新聞に支持されていたチェルトコフの馬鹿馬鹿しい計画には、失笑を禁じえない。すなわち、トルストイからヤースナヤ・ポリャーナを買い取り、発禁となっていた著作を発行せんがために、世界中から基金を集めるという計画である。私はその時、大文豪の名前が、その名の下で行われる金集めによって不当に汚されることを指摘した。あなたは金など集めることはできないし、その恥を克服することもできない、と言ってやったのだ。私は、ヤースナヤ・ポリャーナを農民たちに手渡す最も誠実な方法がいかなるものかを示した――それは、単純に土地を農民たちに贈与することである。むろんこれには必然的に、彼の財産の一部を放棄することが伴う――しかし、それでもなお、かなりの部分を保有することができただろう――なぜなら、彼は他にもまだ様々な地所や、屋敷や、資本を有していたのだから……。この問題をめぐる『トルストイと力』と題した論文のせいで、私はトルストイの妻からすさまじい抗議を浴びせられた。まったく、彼女があらゆる新聞に公表することを求めた、あの非難に満ちた回答といったらなかった……。彼女の数々の罵言は、私がトルストイの栄光の光を消そうと企んでいるのではないかと人々に憶測を抱かせかねないようなものだった。私が後になってトルストイの親しい仲間から聞いた話によれば、私に対する伯爵夫人の罵倒長舌の公表は、夫であるトルストイをも仰天させた、ということである。それは驚くべきことではない。というのも正義の問題はさておき、夫人の手紙の調子は、この上なくスキャンダラスで下品なものだったから」。

「数日後、私はトルストイ自身からの手紙を受け取ったのだが、まことにそれは大作家の千々に乱れた心の状態を顕すものであった。彼の言によると、手紙は、彼の家族や友人の誰にも知られてはならない秘中の秘であり、例外は職務上守秘義務のある秘書のグーセフただひとりだった――そして彼は私にも、この手紙について、誰にも見せたり話したりしないように、と念を押した……」(4)。

トルストイの道徳的苦悶は、時が経つにつれてより一層強くなっていった。彼のチェルトコフ宛の手紙の中に、それを読み取ることができる。

「私は贅沢な堕落した生活をしているが、自分では何も持っていない。しかし、一緒に暮らしている者たちは豊かである」[5]。

「君は私に、今の暮らしがお好きですかと問う。いや、とんでもない。贅沢な家族と共に暮らしているがゆえに、私はこの暮らしが気に入らないのだ。周りを見渡せば貧困と困窮ばかり。それなのに私は、自分の贅沢を克服できず、また、困窮している人々を救うこともできない。それこそが、自分の生活を好きになれない理由である……」[6]。

「私は、心の内なる闘いの最も危機的な時期を経験している……。ここ数日、頭脳ばかりか、百姓たちが言うように、（この部分、不明）……」[7]。

四日後の彼の日記の中にも、次のように記されている[8]。

「私自身、彼女の言葉を精神錯乱者のものとみなすことができない。私の苦しみは、すべてそこから生じるのだ。彼女には、義務も、論理も、真理も、恥もない。それゆえに、彼女に話しかけることは不可能であり、恐ろしいことである。私に対する彼女の愛について何を語れよう。そんなものはもう痕跡すらないのだから。彼女は私の愛を必要としていない。彼女が必要としているのはただひとつ——世間の人々に、私が彼女を愛していると思わせることなのだ。ぞっとするではないか」。

チェルトコフは、彼らふたりの関係を評してこう書いている。

「彼らは、ソフィア・アンドレーエヴナの異様な行動の原因を、なかんずく、彼女の精神錯乱や病的なまでに強い嫉妬のせいにしている……。何日か家庭的平穏の状態にあった時、トルストイは別人のようであった。思えば、彼が我々の許を訪れた時には、いかにも心穏やかでなく精神的に病んでいるように見えた。しかし、滞在三日目には、目に見えて、肉体的にも精神的にも蘇ったのだった。彼は一変した。まるで重荷から解き放たれたかのようだった。明るい表情になり、動作も活発になった。朝のうちに何時間か執筆に専念した。その分量に我々全員が驚いた。『自分でも不思議だよ』と彼は言った。『あなた方の食事にどんな秘密があるのかは知らないが、私は生まれ変わったような気がする』。ああ、しかし彼の我々との平穏な暮らしは突然、ソフィア・アンドレーエヴナからの一通の電報によって終わりを告げたのである。それは、彼女が自分の病気を理由に、夫をヤースナヤ・ポリャーナに呼び戻そうとする内容だった。でも、夫が戻ってみると、それが純然たる作り話以外の何物でもないことが判明した」。

十月も末のある晩——トルストイは就寝中だったらしい——事態はクライマックスに達する。ベッドに横になっていると、僅かに開いていた扉を通して、妻が音も立てずにそっと彼の書き物机の上の書類を調べているのに気が付いた。彼女は言った——寝室に明かりがついていたから入って来たのです、具合はどう、と気づかわしげに尋ね始める。この冷ややかな偽りが最後の一撃となって、最後まで懐いていた伯爵の幻想を跡形もなく消し去った。つい数日前にも、ソフィア・アンドレーエヴナは彼の部屋の窓がきちんと閉められているかどうかを見るために部屋の中に入ってきた、そのときは、それほど健康を気遣ってくれているんだと喜んだ。しかし、今回はそうではなかった——彼は他の晩にも書斎で紙の擦れる音を聞いていたのを思い出す。それでこうしたことすべての真の意味が判然としたのだった。彼は鋭敏な想像力で、夜毎に演じられていた（仕組まれた）喜劇と、それとは知らずに自分が演じたヒーローのことを思い描いた。この発見で彼が味わった苦しみについてよく知るためにも、彼の日記の中の、こんな記述に目を通す必要があるだろう(9)。

「私は十一時半に床に就き、午前三時まで眠った——目が覚めると、またいつかの夜のように、再び、扉の開く音と足音がした。前には気にしなかったが、今夜はちらりとドアに目をやった。書斎の明かりが隙間から漏れていた。それと紙の擦れる音。そこにいたのは何かを探しているソフィア・アンドレーエヴナである。何かを読んでいたのだ。前夜、彼女は私に、ドアに鍵を掛けないようにと言っていた。彼女の部屋のふたつのドアは開いていたから、私が少しでも音を立てればわかるはずだった。日夜、私の動きや言葉はすべて彼女の知るところであった。つまり私は彼女の統制下にあったのだ。再び足音がして、ドアが注意深く開けられる。彼女が入ってくる。私は、そのことがなぜ私の中に抑え難い嫌悪と憤りを惹き起したのか分からない。眠りたいと思ったが、眠れない。私は一時間以上も寝返りをし続け、それから、枕灯をつけて起き上がった。するとドアが開き、彼女が部屋に入って来て私に健康を尋ねた——灯りがついていて驚いたからだと言う……。私の嫌悪と憤怒は高まる。息が苦しくなり、脈拍も九十七くらいあったのではないか。それほど速かった。私は嘘をつくことができないので、急いで彼女に宛てて手紙を書き、家を出て行くのに絶対に欠かせない物だけを袋に詰め始めた。私は、ダシャンとサーシャを起こす。彼らは袋詰めを手伝ってくれた……。私は、彼女が聞きつけてヒステリーの発作を起こせば大変な騒ぎになる、想像しただけで身震いがした……」。

なんとか妻に知られることなく家を出ることに成功し、駅へ馬車を駆った。シャーマルジノ修道院方面への列車に乗るためだった。彼の妹が修道尼をしていた女子修道院である。彼はそこの独居室で執筆しながら、残り少ない日々を平穏に過ごしたいと思っていた。しかし、到着して間もなく、密偵とおぼしき見知らぬ人物を窓越しに認めた。そのあと暫くして、思いがけずチェルトコフの秘書がやって来た。

「こんなにもたやすく見つかるとは！　まったく、なんということ！」トルストイは驚いた。あわててさらに旅を続けたが、アスターポヴォ（今では知らぬ人のいない）という小さな駅で気管支炎に罹った。この上さらに旅を続けることなど問題外だと医者が言った。

全世界が有名な患者のニュースを待ち続けた。彼の家族も友人たちも万が一の回復に望みをかけている間に、ソフィア・アンドレーエヴナがモスクワからやって来た。まっすぐ彼の枕頭に駆け寄ろうとしたが、面会が許されないと知ってショックを受けた。「私には分からない。私の夫にとって何が一番悪いことなのか。私のことで絶えず心配し続けることなのか、それとも、ばったり私に会うことなのか、彼らはどちらがより夫の健康を害すると思っているのだろう。私は、私の顔を見れば彼のすべての心配は消し去ることができる、と思っている。夫はすすり泣きながら、『お母さんはどうしている？　あれには知らせないでくれ、あれを心配させないでくれ、病気のことはふせておいてくれ』と求めていると言う。彼らにはもはや私のことなど頭にないらしい。私は気が動転し、胸が痛くなった。私は彼と四十八年も共に暮らしてきたのだ――それなのに今、私は彼の傍らにいることさえ許されない。何と酷いことか」。

彼女が、夫が死に瀕して横たわっている家の前を歩きながら――唇を震わせ、身震いしながら、心乱れ、その目は涙であふれていた。籠の鳥がその愛する者が居る巣の中へ飛び込もうとして足掻いているようで、それを目にした多くの人々は胸を打たれた。哀れだった。彼女が最終的に入ることを許されたのは彼の死の一時間前であったが、そのとき彼はもう自分の妻を見分けることができなかった。

トルストイと妻との間に究極的な破局をもたらしたものを理解するためには、彼が一八八一年以降の自分の全作品を人類の自由な福利のために手放すことが不可欠だという意思を固めたのが、なぜこの時期だったのかを知る必要がある。手短に話せば、以下のようになる。

前世紀の八〇年代初めに、トルストイは初めて、財産全般に対して――中でも土地に対して、抑え難い嫌悪を感じ始めた。ソフィア・アンドレーエヴナは、一八八四年の秋には、彼から全権利と、一八八一年以前に書かれた作品についての出版上の特別な権利を譲られること、自分と子供たちのために出版と所領からの双方の収入を得ることは正当である、と自ら考えた。トルストイは、全財産との関係ではあたかもすでに死亡しているかの如くに振舞い、一八九四年には、正式にすべての財産を放棄した。彼は、その財産の管理を自らの相続者と見做している者たち――すなわち自分の家族に委ねた。その後、妻はヤースナヤ・ポリャーナの所領を管理し始め、子供たちは父の土地と資本を自分たちで分配した。父のお気に入りの娘マーシャは、父に倣って五万七千ルーブルの自分の取り分を放棄した――しかし、後に結婚に際して、彼女は再びそれを要求し、受け取ったのだが、それは彼女の兄にとって厄介なことになった。というのも、彼はすでにそれを別のところに投資していたため、彼女の相当分を支払うにあたっては分割で少しずつしか渡せなかったからである。トルストイは、自分の土地を農民たちに与える代わりに自らの相続者たちに与えたことは間違いだったと書いているが、彼の贈与は家族たちの要請で、法的証書で正式に彼らに保証されたものであった。[10] 彼は自分の作品から入る収入を一旦は放棄していたのに、妻に与えていた代理の管理権を再び彼に戻してくれるよう任意で妻に求めた、そうすることが彼女の義務であるということを納得させようと強く働きかけたけれども、空しいことであった。彼女の意思に反してこれを取り戻すには力に訴えることが必要であったかも知れないが、しかし、不可能だった。

なぜならそれは、彼自身の教義にも良心にも背くことであったから。とはいえ、彼女が、夫の願望を無視してその作品を売ったという事実は、彼自身の言葉を借りれば、生涯における最も熾烈な道徳的苦悩の原因であった。彼としては、一八八一年以降に発表された全作品を一覧表にし、彼の死後に発表されるかも知れないものも含めて、自分の意思で処理することは可能であると考えた。従って彼は、望む者は皆等しくそれらの作品を、代価を支払うことなく無料で再版利用することができる――そう新聞に公表することによって、家族の独占権からこれらを解放したのだった。

ソフィア・アンドレーエヴナは、莫大な収入をもたらす文学作品が書かれるたびにひどく心を乱すようになり、それらの新しい著作出版の権利もまた、彼女や家族の手に渡されるべきであると要求した。そういう場面の度重なる蒸し返しにトルストイの心は動揺した。そしてもうこれ以上、文学的創作は発表すまいと決意した。彼は、一九〇九年二月四日の日記の中で、すでに公表されている一八九五年三月二十七日の日記からの引用文を再び持ち出し、書いている。

「今私は求める――私の死後、相続人たちが、土地を農民たちに与えること、さらに私の文学作品を、私自身が与えた者だけでなく、一般に自由に使えるよう万人に与えることを、求める。もしも相続人たちが、私の最後の願いであるこれらふたつのことを遂行できなければ、少なくともひとつ――前者の、土地を農民たちに与えること――を遂行させせよ。もちろん彼らがふたつとも遂行するなら、それに越したことはない」。

この問題を公正に見るならば、そもそもトルストイは遺言状など作るべきではなかったのだ。自分の財産を放棄したのなら、彼は財産を残しておくべきではなかった。自らを国家から切り離したのであれば、彼は国家に保護を求めるべきではなかった。自らの物質的権利の処理の誤りが、道徳的失敗を作り出している。彼が為したはずのことは、人類のために自らの文学的遺産を放棄することであった。彼の相続人たちはこれを果たさなかった。それどころか、彼らはその意思を無視して、公然と抗議の声を上げた。兄弟たちは、新聞紙上で互いに論戦を交えた。娘のひとりは母親を相手に法廷に乗り込む構えさえ見せた。献身的に愛し合い、結束していたはずのこの家族は、父の精神的錯乱とまではいかなくてもその気うつ症の上に自分らの言い分を重ねながら、父の意思や日記の記述を巡って喧嘩を繰り返し、ついにバラバラになっていった。彼らは公証人を通していがみ合い、スキャンダルは新聞の好餌となった。同時に、ヤースナヤ・ポリャーナ売却のための交渉も進行していた。六百デシャチーナ〔ロシアの古い面積単位。一デシャチーナは一・〇九二五ヘクタール〕の広さに対して、百万ルーブルをと言う者、二百万ルーブルを要求する者もいた。ロシア政府に対しても申し出たが、政府が示したのは法外な安値であった。

チェルトコフは、トルストイ家の人々は作家の作品を自分たちの譲渡不可能な財産と見做している、と断言している。そして、伯爵夫人が、彼チェルトコフのみならず他の人にも、自分には子供や孫たちが二十八人もいる、自分は彼らの利益をも管理しなければならないと言った、と語る。

この相性の悪い夫婦の関係に光を投げかけるある特徴的な出来事を、著名な作家の死後、私が知るところとなった。トルストイの遺骸がアスターポヴォからヤースナヤ・ポリャーナへと運ばれる列車の中には、大勢の報道陣がいた。その中のひとりが自社から受け取った電報には、ツァーリが閣僚会議に対して、亡くなった作家の愛国的作品『戦争と平和』には特別に重きを置くようにとの指示があった。彼はこの電報を仲間たちに見せると、全員が直ちにそれを伯爵夫人にも見せるべきだとした。遺族のために用意された客車には、まだ灯りがついていた。

　ぼんやり灯りのともった通路で、彼らはトルストイの息子アンドレイに迎えられた。アンドレイは、ツァーリからの電報があると知らされると非常に興奮し、更なる説明を聞くのも待たずに、すぐにも母親の車室に駆け込んで叫んだ。「お母さん、お母さん、ツァーリからの電報が来ましたよ！」ソフィア・アンドレーエヴナはろうそくを手に、夜着のまま急いで通路に出てくる。彼らは、ふたりとも非常に興奮し、神経過敏になっていた。ろうそくの薄暗い光。彼らは受信者が読み上げる電文の内容が理解できなかった。「これはツァーリからのものではない！」と、母親と息子はほとんど異口同音に叫ぶ。彼らに明白に示されたのは、ツァーリ自身からツァーリが彼ら遺族に対して個人的な哀悼の意を表したのではなく、『戦争と平和』を書いた愛国的作家を許すよう大臣たちに指示しただけだ、ということであった。

　このエピソードは、ソフィア・アンドレーエヴナの俗物性を大胆に浮き彫りにするものだった。これこそなぜトルストイが死を目前にして、自分の家庭や家族に背を向けたのかを、他の何よりも雄弁に物語るものである。

原註
（1）『伯爵トルストイの日記』（ロシア語）一九〇九年七月二十六日。
（2）同書、一九〇九年八月二十八日。
（3）同書、一九〇九年十一月。
（4）『ノーヴォエ・ヴレーミャ』一九一一年一月二十三日―二月五日。

（5）『伯爵トルストイの日記』（ロシア語）一九一〇年一月八日。
（6）同書、一九一〇年四月十四日。
（7）同書、一九一〇年九月十六日。
（8）同書、一九一〇年九月二十日。
（9）同書、一九一〇年十月二十七日から二十八日の夜。
参照、V・チェルトコフ『トルストイの旅立ち』（ロシア語）、八五頁。
（10）一八九二年七月。

第18章　トルストイの諸矛盾

八十二歳になり、最後にヤースナヤ・ポリャーナを去るにあたって、トルストイは、妻に手紙をしためる——もはやこれ以上贅沢な暮らしを続けることはできない、自分も多くの年老いたロシア人のように孤独に日々を終わりたい、と。だが、決して彼は、清貧も孤独も味わうことはなかった。家出のそもそもの始めから、そのふたつとも捨てなければならなかった。彼は医者を同伴させたが、その医者はまた秘書でもあった。それで将来本にするために、トルストイが口にする言葉を一言一句を書き留めた。ふたりの人間の孤独は、本当の孤独とはいえない——ことにふたりのうちのひとりが、もうひとりによって語られる言葉を、人類の幸福のために漏らさず書き留めようと身構えているような時には。それゆえ、自らを世間から切り離すことは、トルストイの場合あり得なかったのである。トルストイが家を去るや、たちまち世界はそれを知った。旅行中のあらゆる出来事が伝えられ、風邪をひいたときには体温まで記録された。彼の娘〔同道した末娘のアレクサンドラ〕は、直ちにペテルブルグの友人のひとりに電報を打った。「私の名前で新聞各紙に発表されたし。父は気管支炎に罹り、旅行は中断。危険はなく症状は安定、気分良好。記者諸氏には静観を願う。病状は追って打電す。この電報を連合通信ペテルブルグ支部にも伝えよ」。

翌日にはもう、大勢の親類縁者や親しい友人たちが、清貧と孤独を求めた男を探しに出かけた。ゆえに、この劇的なエピソードは始めから、この放浪者を家庭へ戻すか、さもなければ、全世界からの脚光を浴びつつひとりの老人に必要な慰安を保証する新たなより穏やかな環境を作ってやるか、ということで決着を見ることは明らかであった。もしもトルストイが孤独な生活を送ることを本気で考えていたなら、とうにその願望は若い時代に実行していて、八十三歳近くまで引き延ばしはしなかっただろう。この事実だけでも、彼には孤独への適性がなかったということは歴然としている。

もしも人が、世俗とその虚妄を捨てたいと思うなら、アメリカの哲学者ソローが行ったようにすべきである。ソローは、若い時代に実際に一切を捨て、荒涼とした湖の岸辺に住み続けた。そこに彼自らの手で小屋を建て、二年間誰にも会うことなく、完全な孤独の中に暮らした。人は、正しくこう問うかもしれない。だから何だ、そんなことからどんな幸福が得られるのか、と。論理的には何もない。単に大自然の真っただ中でも人間はひとりで生きることができる、ということが示されたに過ぎない。そして同様の事は、それ以前にも何百回何千回も示されており、それ自体としては、ことさら素晴らしいことでもなんでもない。自身を世間から完全に切り離すことは、むろん困難なことではある。しかしその効用を取り立てて示す必要はない。砂漠にあこがれたダマスコのイオアンのような特異な性格の人々がいるのだ——そして、そういう人たちは、常にそれを実行しようと心から願っているのである。例えば、砂漠の深い沈黙や寂しさを切望する多くの思想家、自然主義者、旅行家たちなどがそうであるし、また大都会の喧噪の中にさえも隠者は存在する――彼らは自らの庵に閉じこもり、どこへも出かけず、誰にも会おうとしない。多くの科学者たちがこの範疇に入り、芸術家や哲学者も同様だ。社会に飽腹してしまった逸楽主義者などは言うまでもない。

ショーペンハウエルが孤独をいかに高く評価し、自ら実行したかを思い起こすまでもない。またカーライルはいかに静寂を熱愛したことか。今日でもインドの人々は、死が近づくと荒れ地に行って、独り死を瞑想するという宗教的伝統を遵守している。トルストイの時代のロシアにおいても、老人が自分の財産を息子たちに譲り、必要最小限の滋養ある食物のみの小屋で余生を過ごそうとして、母屋をあとにすることはよくあった。そしてそれは、英雄的行為ではなく、単に個人的慰みのために行われたのである。人は、人生とその夢のごとき移ろいに疲れ果てて、年を取れば、安らぎと静寂と様々な心配からの解放を求めるもの。ゴンチャロフはかなりの歳まで、ペテルブルグのにぎやかなモハヴァーヤ通りにひとりの遁世者として暮らすことができた。同様の暮らし方をしていた人たちも決して少なくはない。

しかし、トルストイには、隠者達のような素質がなかった。チェルトコフが、トルストイは世の中の様々な問題に対して相変わらず生き生きとした関心を持ち続けている、と新聞に発表したまさにその時、当人は家を飛び出してまだ数駅を通過したばかりだった。当然のことながら、それでは彼は何のために孤独を欲したのか、と問われるだろう。トルストイは決して現実に孤独を求めてはいなかった。自身、世界的に有名な人間が孤独を求めて出て行くのだということを承知していたに違いないが――不可能なことであった。では、いかなる理由から家出をしたのか？　マクシム・ゴーリキーは、ロシア中をさまよい歩く放浪者たちについて、考え得るあらゆる理由を我々読者のために挙げている。その中には知識人がいる。いずれも哲学する者たちだ。しかし、彼らの哲学からいったい何が生まれたか？　正直で忍耐強い労働こそ、そのような哲学全体の救いであると思われる。それをめぐって語られ得ること（人間性）はしかし、どれもとうの昔にキリストやその使徒たちによって語られていたことである。

トルストイは、実生活においては常に極端な人物であった。彼は最初、酒色に溺れる生活に身を落とし、次には結婚を理想化し、その次には結婚も含めたあらゆる種類の性的交わりを一掃するべく死刑宣告を下し、弟子たちには、知恵の木の実を味わう前に、人生の実りを否定した。そしてその非難弾劾は、すべからく裏付けのない彼の保証に基づいている。彼は、熱心に一般的原理に固執し、その限度を意に介さず、他の原理がそれに与える影響も顧みずに、ひとつの新しい啓示として世界に向けてそれを説いた。短慮の蛮勇と生半可な知識の自信でもって、彼は自らしゃしゃり出て、喫煙や、コーヒーやワインの飲用の罪深さを説いた。煙草の害はアルコールの害とまったく同じであるという彼の主張は明らかに間違いであるので、その点は『現代評論』誌の編集長によっても強く指摘された。最後の瞬間に心が折れて罪人になりかねない人間が、踏み越えるための足がかりとしてアルコールにすがることは真実である。記録が残っている事件では、パイプか葉巻をくわえたまま殺人を犯した犯人の事例はどこにもない、と言われてきた。トルストイは、かなり長い間、煙草の力を借りて良心の声を黙らせた、とも言っているが、彼の良心の呵責と犯罪とは何の関係もない。葉巻の愛好者は、喫煙は人間の意志、理性、情緒に対して、何ら有害ではない、と言っている。要するに、人は常に何の困難もなく喫煙習慣を断つことができるが、それに対して、モルヒネ中毒やアルコール中毒は、医学的拘束なしにはほとんど治らない、ということである。

トルストイは、好奇心こそ極めて強かったが、悲しいことに精神的陶冶と忍耐力には欠けていた。問題を取り上げるにあたって、彼はあたかもそれが以前にはまったく研究されておらず、自分の試みこそがその解決の最初の試みであるかのごとく振舞った。むろん、これは進歩の大きな妨げであった。それと同時に、一般大衆に与える自らの影響力に目を光らせ、世論を作り上げているのは自分なのだと思っていた。外殻を貫いて核心に至るのではなく、自分自身と自分を見つめ賞賛する世界を映す鏡へと——要するに、対象をすり替えたのである。桁外れのその活力は多くの業績を説明する。世界を革命的な説教で燃え立たせ、自らは神にも似た新しい世代を導く松明になるはずであった。それは、神に先んじて神の王国を実現しよう（神を出し抜こう）としているようにも見えた。彼が創始した宗教運動は、ツァーリたちの耐えがたい軛を取り壊すものと期待された。疑いもなくそれは革命に寄与し、想定された絶対君主制の擁護者たちよりもはるかに大きな破壊力を持っていた。またそれは、私有財産に対する蜂起を準備するものであった。従って財産家たちは恐怖で打ちのめされた。自らの原理が染み渡った共産主義的原理を、崇高な人道的目標にまで高めたことも事実だ。ここでレーニンの理念の幾つかをトルストイのそれに重ねてみよう。

レーニンは書いている。「トルストイは革命の鏡だ。多くの人々は目の前で起きている出来事の流れも意味も理解していないが、しかし彼らは間接的ながらその大変動の成功には貢献しているのである」と。トルストイの八十歳の誕生日の祝賀で、ロシア紙は不誠実に彩られた数多くの記事を掲載した——政府のお雇い新聞は、トルストイを秩序と権威の勇者として讃え、自由主義の機関紙は求道者として天高く祀り上げた。いずれも偽善である。後者はトルストイの神など信じていないし、前者はトルストイの政府への思いなど考えてもいない。

レーニンにとって、トルストイは矛盾の塊であった。ロシア人の生活を描く素晴らしい画家であり、世界文学の中でも第一級の作品の作者ではあったが、しかしまた、地主貴族であり、クロムウェルの狂信的追随者なのである。一方で、社会の嘘や虚偽に対する猛烈な抗議者であれば、他方では、ヒステリックで痩せた、泥にまみれた求道者（トルストイ主義者）であり、公然と胸を叩いてこう叫ぶ――「私は悪い、罪深い人間だが、自らを道徳的に完成させたい思いでいっぱいなのだ。最早、肉は口にしない。米を食して命を繋ぐ」。彼は資本主義的な搾取の容赦のない批判者であり、政府の暴力や裁判所と行政庁の喜劇を暴露しようとする。すなわち富者の富の拡大や文明の占有と貧困の拡大、野蛮な生活状況と大勢の労働者たちの犠牲との間にある矛盾の深さを開示するのだ。一方で熱狂的な説教者――「暴力で悪に抗するな」と説く求道者であり、同時に圧倒的なリアリズムでもってすべての仮面を剥ぎ取る現実主義者でもある。時には、「例えば宗教、すなわちロシア人教皇の支配を永続させるための説教」などというひどく癇に障ることを説き始める。

こうした矛盾を抱えるトルストイには、労働者の心も、社会主義のための闘いにおける労働者の役割も、ロシア革命も理解することはできなかった。これらの矛盾は決して偶然のものではなく、十九世紀後半（最後の三分の一）のロシア社会の相対する意見や目的に内包される諸々の矛盾の表明だったにすぎない。昨日農奴の身分から解放されたばかりの部落長が管理する村は、今日すでに首都と国庫の収奪に遭っていた。農民生活と経済秩序の昔からの支柱――何世紀にもわたって存続してきた支柱――は、瞬く間にスクラップにされてしまった。では、トルストイの矛盾をいかに扱うか。それは、現代の社会主義の観点からではなくして、資本主義や経済的荒廃や大衆の土地の無所有という逆巻く波に対して行ったあの抗議の視点から批評されるべきと考える。預言者としては半ば狂気の人であったトルストイは、人類の救済のためにひとつの新しい処方箋を発見した。それゆえ、国内でも国外でも、彼の貧しい追随者たちは、その説教から最も弱い者たちの教義を作り出そうとした。トルストイは、ロシアにブルジョア革命の迫りくるこの時期、何百万というロシアの「百姓」たちの上にもたらされた、そんな理念やそんな気分の提示者として偉大であった。彼は自らの見解の「アンサンブル」としては独創的だった(1)。

しかし、おそらく、マクシム・ゴーリキーほどトルストイの姿を活き活きと描いた人はいないだろう。彼自身、ひとりの偉大な芸術家としての感性でもって、ひとりの崇高な老人を「父なる神」のごとくに表現することができた。だが、ありのままのトルストイは、怒りに燃え、口汚く、歯止めのきかない猛烈な表現を口にした。己れの理念に同調しない者への憎悪に満ち、常に喧嘩腰だった。自己撞着しつつも、内心何とかこれらの矛盾を均そうと、荒々しく泡立ち沸き立っていた。「これは人間ではない。天与の、精神的豊かさに満ちたある種の奇人である」と、ゴーリキーは述べている。

人類の幸福とか、人類の運命という考えは、トルストイにとって何ら現実的力を持っていなかったように思われる。そのような考えにはあまり、関心がなかった。脇に置かれた。だが、これこそが、なぜ彼が民衆から離れ、離れたままに留まっていたか、という理由なのである。彼の不幸は、彼が自らにもまた他の人々にも人生を教えることができなかった、ということにある。彼は、人生の最後まで貴族であり続けた。初めは、自らの特権的身分が彼に与える完全に豊かな生活を心静かに享受したが、後になって、他人を搾取することは恥ずべきことであり、自分を超えたある力が（自らが人々を）搾取することを禁じている、という結論に至った。しかし、自身だけ人民を搾取することを慎むというだけでは十分ではない、ということには、決して思い至らなかったようである。

トルストイの偉大な芸術的才能こそこの世の彼の仕事の真の動機だった。そして芸術家であるかぎり、彼の人生には何の悲劇《ドラマ》もなかった。彼は自らが幸福であり、幸福を広める。ドラマが始まったのは、その芸術家が自らに預言者という新たな役割をあてがったときだった。悲劇に対してはいかなる力も手段も持ち合わせていなかった。内心の葛藤が課せられ、矛盾によって目を覚まされた。彼は自らを欺いた。後には、悪魔の声を神の声と聴き誤る。彼はひたすら自分を愛し、自分のすべての行為に栄光を求めた。彼は言う――「自らを美に捧げれば捧げるほど、我々は、それだけ幸福から遠ざけられる」と。この言葉は、彼の最大の矛盾のひとつに光を当てるものである。なぜなら、コーカサスの峻厳きわなき自然の美しさに汎神論的賛歌を捧げてその美を不朽にしたのも、彼自身であったからである。美は神からではなくて悪魔からくるものとまで書くようになる。トルストイにおけるすべての形而上学的幻想の欠如は、彼の宗教における詩情の欠如によるものである。彼の宗教は、光線も、色彩も、光も奪われており、展望も、姿も、生命も奪われている。彼は、美に対してと同様、力に対しても反対する。彼にとっては、美も力も、罪悪や悪業の始まりなのである。

彼は、贅沢は正しくないと非難したが、贅沢に取り囲まれて暮らさなければならなかった。身の回りの所有物を放棄したが、それらを享受し続けた。家族との関係を断とうとしたが、一緒に暮らし続けた。彼は世間の虚飾や虚栄を認めるのを拒否したが、年々それらに引き付けられていった。そしてついに、老境に差しかかって殉教者たらんとする決定的な瞬間が訪れたけれども、願望の実現はもはや不可能という現実を思い知らされることになった。最後の悲劇的試みも、それまでの試みと同じ体のもの――殉教でもなければ、孤独でもなかった。青年時代こそ、あらゆることが可能となる黄金時代なのである。

哲学的観点からしても、トルストイは不均衡だった。彼は世界を改造しようという気狂いじみた夢を抱いており、そしてそのために、我々の不完全な社会によって構築された、ほぼすべての良きもの美しきものまで引き倒した。祖国の中で、宗教的教義や教会、財産、裁判、警察や結婚等々を破壊するのに、他の誰よりも貢献したのは、他ならぬ彼であった。自らの家族にさえ幸福をもたらすことができなかったのに、多くの人々の幸福に貢献しようとした。当然、彼自身はどうしようもなく不幸であった。悲しみと不公平は常に存在したが、それをさらに凌駕するような悲しみと不公平の種子を、彼は世界中に蒔いた。

トルストイのような極論者は、一国の中の進歩の分子である。穏健派は堅実さと持続性の創造者である。トルストイは革命家であり、合理主義者であり、空想的理想家であった。彼は改革者ではなかった。改革者とは悪弊を取り除く者のことだ。トルストイは社会のあらゆる骨組みを取り外し、現実とは似ても似つかぬ彼独自の理念に据え替えようとする。そして、ひとりのロシア人として現実を考慮せず、自分の理念を入れる十分な余地を得るために宇宙をも変えた。彼には情熱も熱意もなかった、と言っては身も蓋もない。

この多面的な異才の肖像を描くことは容易なことでない。素地の特色が常に移り変わり、映像が浮かんでは消える幻燈機のように絶えず変貌し続けるからだ。ある時期のトルストイは別の時期の彼には少ししか似ていないが、それはちょうど、沸騰する水が気化しまた凍って氷の塊にもなるのに似ている。

それでも本質的には同じものなのである。

驚くべき気まぐれの数々と止むことのない変化を経ながら、しかし、この男、この思想家、この芸術家は、本質的に同じひとりの人間なのである。その生来の複雑な性格がくっきりと浮き彫りにされる前にも、彼は多くの段階を通過し、外的影響から生み出された反応は変幻自在であった。そしてその性格は終始一貫、何の発展も見せず、何の制約も受けなかった。

ひとりの芸術家として、彼はふたつの主要な才能を天賦されていた。それらは様々に組み合わされて、彼の書き残したすべてのページを特徴づけている。その才能とは、彼を取り巻く外的世界や彼自身の内的世界の実在性を直感し、思考し、それらに具体的な芸術的フォルムを与える驚くべき能力のこと、あらゆることの裏面にまで透徹し、その根本理念、すなわち自身が道徳世界に存在すると信じる究極の統一性と実在性を探求すること――そうしたことへの抗し難いまでの衝動なのである。

原註

（1）参照、「レーニンの手記」（ロシア語）。

第19章　トルストイはなぜ破門されたのか

ロシア人思想家トルストイの心の中に究極の真理として結晶化し、彼自身によって「議論の余地なきもの」と簡略された原理とは何であるのか？(1)　イギリス人は文学的レッテル貼りが好きである——すこぶる好きである。彼らは人間を、ローマ・カトリック教徒、ルター派信徒、メソジスト派信徒、不可知論主義者、ヤンセン主義者、あるいは仏教徒、と類別することを好む。明確化しようとするこうした努力は、しばしば事実を捻じ曲げ、時には人を傷つける。スウィンバーン〔ヴィクトリア朝イングランドの詩人〕の神学理論を定型化する際にも同様の試みがなされた、と言われている！　けれどもトルストイの場合、問題は、ロシア正教会が正式に提起し、彼に対して破門を宣告したことによって正教会の信徒たちとの精神的交流をまったく断たれることになった点にあった。破門勅令というこの厳粛な譴責が公にされると、トルストイに共鳴する者や友人たちによる憤りの嵐が、宗務院やその俗人総裁ポベドノスツェフに向けられ、吹き荒れた。トルストイ伯爵夫人も諫言書をしたためる。それに対してある高位聖職者が穏やかな回答書を寄せた。伯爵自身もフランス紙『テンプ』〔「タイムズ」〕に一書簡を発表した。

破門勅令は「恣意的で、不正な、欺瞞」であるとの激しい批判のものだったため、それが正論であろうとなかろうと、それを読んだ人は、これが愛の福音を説く宗教改革者の言葉かと驚いたほどだった。

難しい問題ではなかった。ひとつは正教会の説く教義を遵守することを止めてしまった者たち、それらをとにかく誤りだと非難する輩を埒外に追い出す権限が正教会にあるのかということ、もうひとつはトルストイがそのような輩のひとりであったのかということ――このふたつである。その名に値するすべての宗教組織は、会員規則を強要する権限を持っていること、新しい人をも同胞として受け入れることがあるが、いくら同胞とはいえ、繋がりを失った者あるいは敵として追い払うことも十分にあるということ。公正な観察者にとってそれは明らかなように思われる。すべてのキリスト教団体は、過去千九百余年の間に、ある組織は非常に厳しく、またある組織は非常に遠慮がちにこの権限を主張し、行使してきた。ロシア正教会は、教会法や伝統が信徒の排除を容認する時でさえも、破門のような勅令を下すことを通常以上に嫌っている。反対に、ローマ・カトリック教会は、何ら宗教的教義が問題とされない時でさえ、破門の嵐を吹かせたものである。大司教ルーディガーによって教会から破門されたオーストリア人たちや、司教が教会財産であると思っていたものを国家財産として要求したスペインの大蔵大臣のことは、比較的最近の事例である。このような例はいずれも、問題は信仰の本質とは関わりがなかった。時として単なる勤行の問題だとか、反逆と解されるような不服従の行為だけで十分であって、雷は落とされた。今世紀の初めに、ロンドンのある著名なローマ・カトリックの教授は、彼の仲間の多くの神学者たちにとって嘆かわしいまでに不適任に見えたという理由だけで、その教会の上級聖職者によって破門を宣告された。彼を知る者たちは決して、彼の信仰の純粋な正統性を疑問視しなかったのだが。

一方、トルストイ伯の場合には、疑いや疑惑の入り込む余地はなかった。すでに何年も前から、彼は正教会をキリスト教と認めず、公然と頑固なまでに正教会との関係を断ってきた。以来、何度も、訴訟手続きを繰り返してきた。例えば、一八九八年九月には、自分がいかにして真理を見出したかを述べるにあたって、以下のような文言を発した。

「私はもはや、日々の繰り返しを続けることができない。なぜなら、私の目の前の問題は隠しおおせても、何ら外面的にも心を虜にするものがないからである。私はまた、子どもの頃に教えられた宗教が信じられないのだ。私が知力を得て成人に達した時、それはすべて、私から離れていった。考えれば考えるほど、ますます確信するようになったのだ。『この宗教には真理がない。あるのはただ、欺く者の偽善と不正、欺かれた者のうちにある心の弱さと頑固さと恐れのみである』[2]」。

これらは厳しい言葉である。詐欺師たちを何人も刑罰に処する裁判官なら、時にはそのような言葉を発するかもしれないが、ひとりの宗教的指導者が他の者に対して口にするには、いささか厳しすぎる言葉のように思える。けれどもこれは手段の問題に過ぎない。

本質的事実は、トルストイが子ども時代からの教会と意図的にまた強引に縁を切った、ということである。彼の宗教的確信である「在るがままであること」ということから見ても、それは、譲ることのできない権利、否、神聖な義務であり何であれ宗教的な確信なのであった。それ以後、彼は正教会に対して全力を尽くして反対し、その信仰を残酷と言い切り、その実践を迷信として嘲り、その聖職者たちを偽善者として罵倒してきた。ロシアではそれに対して反対の声も上げられない。そもそも反対すること自体が禁止されていたからである。では、公正な心の持ち主（ロシア内外の）たちにとって、トルストイが教会に対して行使した権利は、はたして否定されるべきものなのか？　そして、もしもそのような当然の要求が真剣に提起され得ないのなら、なぜ破門勅令の公布の時に、あのような興奮と憤りの嵐が吹き荒れたのか？[3]　改革者トルストイは、かつては正教会の信徒であり、そして今なお信徒である多数の同胞たちに一定の勢力を持っていたのだから、それは当然起こり得ることである。しかし、そのような権力をもつ彼が、もはや正教会に所属していないということを、宗務院がすべての信徒たちに告げることも、同じように時宜を得た正しいことではなかったのか？　言い換えれば、ある個人が自分の属する教会との関係を断ち切ることが正しいとするならば、その教会も、その人の行為を認めて、その人がもはや教会には属していないということを関係するすべての人々に知らせることが、はたして誤りになり得るのか？　この偉大なロシア人は高潔な心の持ち主であり、その主たる関心事は、自分を在るがままに表現することであった。彼は、自分が正教の信者ではないのに、信者であると見せかけることによって、何百万という人々に自らの教義を受け入れるように働きかけるよりは、むしろ改宗などせずに死んだほうがましだったのだ。このことは、トルストイの人となりや著作に親しんでいる人々には、あまねく知られたことである。この特徴こそ他の何よりも彼の読者を引き付け、印象付けるものであったので、彼が自ら破門勅令に抗議したことは、返すがえすも残念なことだった。その表明は、自分が誤った役割を演ずることを防ぎ、主要問題には手を触れずに他の些末な問題に抗議の矛先を向けさせることを意図したものであった。正教徒として受け入れられたいと願うことは、彼の水晶のように澄んだ誠実さにまったく反したことであり、教会に属していることは、彼の信念にも反することであっただろう。それゆえに、黙って勅令を受け入れていたら、より一層の栄誉を与えられたかもしれず、また、おそらくもっとキリスト教徒的であっただろう。

東方キリスト教会の教義を拒絶したのなら、彼がその代わりに採用した独自の信仰体系は、どのように分類されるべきか？　この問題は簡単なものではなく、消去法を用いることが最善だ。かくして、トルストイが自ら打ち出した見解を保持している限りは、矛盾なく常時その一員であり得た宗教団体というものはない、ということはかなり確かであるように思える。否、それ以上に、そのロシアの改革者の教義と、すでに承認されているどこかのキリスト教の団体との間にすぐにも共通する何らかの神学理論的体系を簡潔に述べることは、極めて困難だ。しかし、こういうことは、単に事実を言っているだけのことであって、いうまでもなく、非難しているわけではない。良心の自由は基本的な権利であり、宗教的確信への忠誠は神聖な義務であり、そして、大思想家の誤りは、時には真理に対して有効でさえあるものである。トルストイによって説かれた倫理的宗教的体系は、すでに認知されているキリスト教体系とも合致されうるものなのかどうかを学ぶことは、多くの観点からしても興味あることである。

その道徳法典を真のキリスト教であると名付けていることは、教訓的事実ではあるが、しかし、確証のあるものではない。ダーヴィト・F・シュトラウス〔ドイツの神学者・哲学者〕は、センセーショナルな『イエスの生涯』を書いた後、なおも自分はルター派の牧師としてキリスト教徒たちの心の世話にあたる資格がある、と考えた。しかし、彼の要請は、牧師の任命を司る者たちによって許可されることはなかった。ロシアの道徳家は、自ら口にしたことをはっきりと意味付け、自分は真のキリストの後継者であり、自分の教義が唯一純正なキリスト教である、と素直に思っていた。しかし、その意見は合理的なものであるか？　その表現は、明らかに大変分かり易く、その教養が互いに異なる数多くの信仰や結社も共に取り入れている。少なくともそれらすべてに共通する数少ない本質的な信仰はある。けれども、公正な学徒の目からは、どうもトルストイのキリスト教概念はこれらすべてのものからも離れているだけでなく、それらのもののいかなる本質的教義とも共通するものを持っていないように見えるのである。

この問題における最も安全な手引きのひとつは、伯爵自身によって採用された方法を取ることである。彼は、現在のみならず過去のあらゆるキリスト教会と信条（教義）を認めず、それらをまったく問題外としている。まさしく彼の神学概念と見做されている平準的な作品では、自分はいかなる信条も信じることができないと断言している。「他の国々の中でも表明されていることであるが、同様な矛盾、不合理、奇跡、他のすべての宗教の排斥、そしてなかんずく教義に盲目的信用を強要する欺瞞が、それらすべての中にあるからである」[4]。それゆえ、彼自らも示すように、その宗教は、磔刑以来イエスの信条を表明してきた何十億というすべての人々の信条からは、大きく異なるものとなる。この相違は、彼の倫理的・宗教的戒律の内容のみならず、それに到る方法の中にも存在する。要するに、トルストイ主義は、通常諸国民がキリスト教と見做しているものとは正反対と言っていいほど、まったく異なるものである。実際、このロシアの改革者は、ほぼ二千年もの間、生き、考え、説教し、著作を残してきた何世代ものキリスト教徒は間違っていたという条件下でのみ、正しいのかも知れない。これはあり得るかも知れないが、人はあることを事実として受け入れる前に、それが満足に証明されるのを見たがるものである。しかし、その証拠の数々は、不幸にも、スラヴ主義者が提供したがらないものであった。イエスの教義は、それがまったく見えなくなるまで厚い外皮で覆われていることを認める人々にのみ教えられるもの、と彼は断言するだけである。「このことが、キリストが教えを説いてから千八百年後に、私が彼の教えの意味について何か新しいものを求めているという奇妙な立場に置かれている所以である」[5]と、彼は付け加える。

トルストイ主義は、それゆえその創始者の心の中では、これまでに知られているキリスト教のいかなる形態とも異なるものなのであった。しかし、もしもトルストイ主義が、キリスト教信条のひとつであると考えられるべきであることが立証されるならば、違いはあっても、トルストイ主義をキリスト教信条のより包括的な範疇から除外することは、必ずしも必要でない。ここにこそ、その問題の本質がある。トルストイ主義の教えや、それらが究極的に依って立つ土台は、トルストイ主義者たちをキリスト教徒と認知することを保証するようなものであるのか？　この問いには、各々自らの光に照らして、自ら答えを出さねばならない。問題解決のための手がかりとして、次のような事実が挙げられる。トルストイ主義は、人間理性だけに基づいた原理法典である。理性によって拒否されるものは何でも、新キリスト教の創造者トルストイによって、悪しきもの、不道徳なもの、忌むべきものとして脇に押しやられる。何の支えもない人間理性が自ら打ち建てた理性的尺度以外、何も適用されない宗教的倫理的体系の中では、キリストという人物はどんな役割を演ずることができるのか？　トルストイ主義者たちの神学概論と見做され得る冊子からの次の一節は、ロシア人小説家トルストイの理論の主要点は超自然的なすべてのものを厳しく排除することである、ということをかなり明確にするだろう。「しかし人は、子ども時代に教え込まれたごまかしから自らを解放し、感動的な儀式の惑わしを避け、自分と神との間のあらゆる仲介物を拒絶しても、超自然の奇跡的なことへの信頼から自らを解放しない限りは、宗教的惑わしから自由にはなれないし、キリストの教えも理解できるようにはならない……。このように、奇跡信仰という目くらましを逃れるためには、人はただ、自然であるもの、自分の理性と合致するもののみを真実として認めなければならず、不自然なもの——自分の理性に反したもの——はすべて誤りであると認識しなければならない。さまざまな時代の奇跡、病気の治癒とか、死者の蘇生とか、奇跡的幻影とか、聖骸とか、パンとぶどう酒の奇跡等々がそうであるように、また、聖書や福音書に関連する奇跡や、仏典やイスラム経典、老子の書物やその他の経典に詳述されている奇跡と言われるもの——それらすべては偽りのものであり、人間のごまかしである、ということを知らなければならない」[6]。

この主張は非の打ちどころのない真実であるかもしれないし、あるいは、とんでもない誤りであるかもしれない。しかし、現に我々の前にある唯一の問題はこれである。「それはキリスト教であるのか？」

理性だけでそれ自体を体現し、超自然のものをすべて否定し、理性の対極にあるとして知られる道徳性の根源に人間の頭脳を据えるような精神生活というのは、いったいどんな生活であるというのか？そして我々は、その同じ本の中でトルストイによって断定されているように、自分たちの個人的幸福を増進させる人間制度を利用してはならないという、前提の真理に、どのような理由付けをすれば辿り着くことができるというのか？　トルストイは言う。

「伝統的な罪とは、人々がそれぞれ個々人の幸福を増すために、既存の仕方——それまでに生きてきた人々によって創られた仕方——でもって利益を得るときに犯す罪である。ひとりの人間の幸福のために創られた制度や習慣によって得られるすべてが、伝統的な罪である」[7]。

文明や文化の恩恵を介してのみ、人間の理性は知の道具として現在のような有効な状態にまで研ぎ澄まされたのだということを知りながら、なぜその文明や文化の恩恵を避けなければならないのか。その理由など、普通の人間の頭では、決して分からないことである。もしも当の寛大なロシア人説教者が、自身この原理でもって育てられ、伝統的な罪を犯すことなく生きてきたのだとするならば、彼には、イエス・キリストの原初の教義を研究したり議論する資格はなく、また彼自身の新宗教を新たに作り出す資格もなかったことになるだろう。しかし、このような多くの深刻な心の内の矛盾を別にしても、このような原理を裏書きするようなキリスト教の一派なり、あるいは、それらの原理が歴史上知られているいかなるキリスト教の形態とも合致することを認めるような、何らかの聖書批判の一例はあるのだろうか？　けれども、トルストイ主義は、文化や文明を禁忌することを強いるのみならず、このような態度は理性によって推挙されているものである、と主張している。「キリストの教えは、これらすべての人間の過ち、これら『空しき事ども』と空虚な偶像――教会であり、国家であり、文化、科学、芸術、文明などと呼ばれていることども――を拒否したし、今なお拒否していることを、我々は大変よく知っている。それらをイエスの過誤一覧表から取り除きたいと思っている。それにしてもキリストは、それらすべてに反対している。彼の言葉は、あらゆる空しいことを排除している」(8)。

それでは我々は、福音が最初に説かれた時からほぼ千九百年も経ってから、北の果てで生まれた人間がその原初の純正さで世界に現した福音書を、キリストのキリスト教の要約としてみなすことができるのか。決してそうではない。「今日、真の意味を妨げ、隠すことを目的としているかのごとき、かくも多くの非良心的な注釈書を見るにつけ、原初の原本が半分なりとも焼かれるか抹殺されていたなら、福音の意味への到達がより容易であることは、私には明らかである」(9)。

それはそうとしても、人がその意味を確かめうる手段は何であるのか？　学問が空しい無駄なものであり、学問によって利を受けることが伝統的な罪であるとするなら、我々はどのようにして福音書の中の毒麦から良い麦を選り分けることができるのか？　そして、たとえそれが罪ではないとしても、時間も知識もない文盲の百姓は、どのように暮らせばよいのか。また、もしも理性が知識によっても援けられず、十分な教育によっても磨かれなかったとすれば、様々な状況下にあった理性こそただただ虚しいばかりの二千年だったということになるのだろうか？　まさにその通りのことを、我々はトルストイ自身から学ぶ。「真のキリスト教神学は……たった今誕生したばかりである。[10] しかし福音書的奇跡も、聖書の他の物語も、今なお子供たちへの教えとして、不道徳の意味を受け取り続けている」[11]と、伯爵は断言するのである。

再度、トルストイの『キリスト教に関する考察』から共通した土台を見出すために、次の一節を引用し、それらをキリスト教諸派の中でも最も神秘性の少ない宗派の教義と比較してみよう。

「あなた方は言う。神は五千年前に、アジアの一小民族にのみ自らとその真理を顕わしたが、それさえもそのすべてではなかった。さらに今から千九百年前に、神はその小さな民族に、同じく神である自身の息子を送って、真理を完全に顕した。その時、これらの人々が神の子を殺したという事実――それはこれら最初の人々と彼らの後に来るすべての人々とを救う方法であった。しかし、この救いとは別に、神は、その子を介して、すべての真理を見守り、聖餐を与える方法や、塗油の儀式や、パンとぶどう酒を与える儀式でもって人類の救済に寄与する教会というものを設立した……。なぜあなた方は、そのこと――洗礼や聖像や死者への祈禱、そして、なかでも『罰し贖う神』を、瑞々しい知性ある者にだけ語るのか。このような者たちは、決して以前にはそのようなものを耳にしたことはない、彼らは驚き、あなたから逃げようとした。あなたが怒って自分を打つのではないか、あなたが危険な狂人のように自分を盲目にさせるのではないか、と彼らは恐れおののいた。実際、それは、我々が子供の頃からこうした毒を吹き込まれて、ほとんど何も分からないままにそれに耐えていたという事実によるものである[12]」。

そしてその時、人はこう問うかも知れない。トルストイ自身の神についての理念とは何か？　神において自らを正当化し、信じるためにのみ口にされることを必要とする理念とは何か？　もし人が理性の同意に基いてのみ信仰を語ることができるとするならば、そも理念とは何か？　神は造物主ではない、と我々は学ぶ。

「実際、我々は、造物主なる神をイメージできる根拠を持たず、またその必要性もない。中国人やインド人にはそのような概念はない。また、造物主とか摂理は、父なる神、聖霊なる神とは相容れないものである……。造物主なる神は、無関心であり、苦しみをも悪魔をも許容する。聖霊なる神は、苦しみや悪魔から救い、常に完全なる幸福である。造物主なる神は存在しない[13]」。

しかし、そのように存在する神でさえ、人物とは見なされていない。彼は、自らの理性のみを駆使しながらも、いかにしてそのような一定の知識を得たのかを、我々に告げ知らせることには失敗している。しかしこのロシアの説教者は、自分では、「神は人格ではないということを確かに[14]」知っている、と宣言している。「神は、一人格として考えられるべきである、と言われる。これは非常な間違いである。人格には限界がある。人は、自分でも、自らが他の人格と接触しているがゆえに、人格を感ずる。もしも彼がひとりだけなら、彼は人ではない[15]」。この非人格的神が自らを分身させ、従って「人間は、肉体の殻に包まれた神の一分子である[16]」。……「なぜ、神は自らを分身したのか？　私は知らない。しかし、私は、これがそうであり、その中に生命があるということを『知っている』。我々はそのような神の分身以上のことは何も知らない……。そのような神の認識の方が、造物主とか、三位一体とか、贖罪者とか、支配者等々としての神の信仰よりも、はるかに確固としたものである」[17]。「神の意思は、社会や国家の意思よりもさらにすべての人々に知られている」[18]。

それでも、当の小説家自身がそれを見出すのに長い年月を要し、そして、今日に至るも、真のキリスト教神学は、誕生したばかりである！　神についての概念をこのように定型化しようとするすべての試みは、多くの者にとって、あたかもそれらは雲のみならず雲の中から話されているように響くものである。けれども、その概念を単純化させようとするさらなる努力は、なおのこと、その概念をより曖昧にさせるものである。たとえば、神についての伯爵の定義はこうだ。「全世界の幸福のための願望は、存在するすべてのものに生命を与えることであり、それこそが、我々が神と呼んでいるものである」[19]。

したがって、そのキリスト教徒の教えによれば、神とは人間が自らの内においても、また全宇宙においても、幸福への願望として認めるあの生命の実体そのものである。しかしおそらく、ロシア正教会が厳粛にも、その著名な小説家であり自称改革者を破門することに決定した時には、正教会の態度を説明するに足る十分なことが話されていたに違いないと思われる。

原註

（1）参照、『キリスト教徒の教え』vi頁。

（2）同書、v頁。

（3）勅令は一九〇一年三月五日に出された。
（4）『キリスト教徒の教え』vii頁。
（5）『キリストとキリスト教――私の信念』一六三頁、ロンドン、一八八五年。
（6）『キリスト教徒の教え』四〇、四一頁。
（7）同書、一八頁。
（8）『キリストとキリスト教――私の信念』一三九頁。
（9）同書、一七九頁。
（10）レフ・トルストイ『宗教と道徳』ロンドン、一九〇〇年。
（11）レフ・トルストイ『宗教的教育で』、『自由な言葉の解放』三頁、ロンドン、一九〇〇年（ロシア語）。
（12）前記引用文、九―一〇頁。
（13）レフ・トルストイ『神についての思索』二四頁、ロンドン、一九〇〇年。
（14）前記引用、三三頁。
（15）前記引用、三四頁。
（16）前記引用、二七頁。
（17）前記引用、三五―三六頁。
（18）前記引用、二七頁。
（19）『キリスト教徒の教え』一二頁。

訳者あとがき

一九〇一年三月五日、時の宗務院総裁ポベドノスツェフは、伯爵レフ・トルストイをロシア正教会から破門し、世界に布告した。ヤースナヤ・ポリャーナの写真を見ると、彼の墓は、屋敷の一隅、森に隣接した一角に十字架もないまま、ただ土を盛っただけの土塚である。今なお、人類の重い宿命を背負って永遠の眠りに就いている。何という重い光景であろうか。

本書（Count Leo Tolstoy: A New Portrait）は、Ｅ・Ｊ・ディロン（E. J. Dillon 一八五五―一九三三年）の永い執筆生活・ジャーナリストとしての最後の著作である。彼が死去したのは一九三三年であるが、本書の出版は一九三四年である。したがって、本の著者名としては珍しい故名の付された出版となっている。その意味からも本書は、一生の思いを懐いていたロシア（本人の言葉としては、「養子縁組をした国」と言っている。『ロシア―昨今。ソヴィエト・ロシアの公正な見方』から）に関しての彼の遺作、遺言ともいえる作品である。伯爵トルストイの評伝を書きたいという思いは、ディロンがまだ三十歳前後にウクライナ・ハリコフ大学で比較言語学の教授であった頃すでに懐いていたようであり、己れの宗教的関心からも、ぜひトルストイに会い、宗教的論議を交わしながら彼の伝記を書いてみたい、という思いがあったようである。けれども、ディロン自身にとっても、また、当時元気旺盛であったトルストイ自身にとっても、伝記を記すには余りにもまだ若く、結局この試みは沙汰止みになったが、その関心は、ディロンが晩年になっても消えることはなく、彼の死の直前まで続いた。おそらく、中断以後も書き続けていたものを、この時期最後の序文を書き上げ脱稿して、亡くなったものと思われる。本書序章末尾に、一九三三年五月、バルセロナ・サッリアの地名記載があるが、ちなみに、この地名は、一九二九年六―七月に脱稿されている前作の『ロシア―昨今。ソヴィエト・ロシアの公正な見方』の脱稿地とも同一であり、彼は、晩年にはスペイン・バルセロナ・サッリアが居所であったように思われる。

私は前に、彼のロシアについての主著『ロシアの失墜』（一九一八年ニューヨーク刊）を翻訳出版した（二〇一四年成文社刊）。その本の「解説・解題」の項で、私が知り得た限りのことでディロンについて記した。最近入手した『ロシア―昨今。ソヴィエト・ロシアの公正な見方』で、若干修正部分も分かったことから、今改めて、あえて重複を顧みず、彼についての大筋を要約しておきたい。

彼は、一八五五年（一説には一八五四年の説もあるが、通説として一八五五年をとる）、アイルランド人を父に、イギリス人を母に、アイルランドで生まれた。そして、前記の『ロシアの失墜』の中では、父母の国籍を逆に記されたことに抗議して、自らは、父方のアイルランド人としての誇りを強く持っていたようである（ちなみに、本書の仕上げはスペインで、一九三三年のことであるが、同年の彼の死去に際しては、彼は、北アイルランド・ベルファストにローマ・カトリック教徒として葬られた）。しかし、そうではあるが、国籍としてはイギリス人であり（『ロシア─昨今』）、ロシアにおいても当然のことイギリス人として遇されていた。当時のアイルランド知識人の多くがそうであるように、幼少年期はアイルランドで過ごし、青年期に入ってからロンドンなり、ヨーロッパ大陸で学んだように、彼も大陸に渡り、最初はパリで、次いでドイツ、ベルギーの諸大学でロシア語からオリエント古代言語に入っていった。ロシアに最初に関心を持つようになったのは、パリのコレージュ・ド・フランスで出会ったロシアからのひとりのニヒリスト青年との出会いであったようである（『ロシアの失墜』）。もともと、東方キリスト教への関心からロシアのキリスト教諸宗派への関心もあり、自らの言語的才能もあって、ペテルブルグ大学東洋言語学部の学生の頃には、現代アラビア語、アルメニア語のみならず、サンスクリット語、古代ヘブライ語、古代ペルシア語も修得し、ゾロアスター教のゼンド・アベスタが研究対象であった。アベスタ研究は、彼がジャーナリストとしてその後の生涯を送るにあたっても、彼の終生の研究主題であったようである（『ロシアの失墜』）。

彼は、一八七七年、初めてロシア南部の地ウクライナ・キエフ近郊の農村部に入った。ロシア民衆の言語を習得するためであり、彼の二十二歳の時であった。ある日の午後、村外れの草地の上でドイツ語版のロシア文法書を熱中して読んでいる時、村人たちからトルコから派遣されたスパイではないかと疑われ、金品を略奪されたのみならず私刑によって一命さえ落としかねなかった。当時、露土関係の緊張から戦争に到っていたとはいえ、彼はこの経験から現実のロシア人ロシア社会の実情を経験するところとなった。翌年、彼は、ウクライナ草原地帯を後にして、北都ペテルブルグに出て、彼のロシアでの地平線はこれを境に一段と広がっていった。初めに彼は、ふたりの友人の斡旋もあって宮廷顧問官ゴルチャコフ公に紹介され、ロシア外務省直轄下の東洋言語学校への適任候補者として推薦された。しかし、その条件は厳しかった。ロシア外交官、アジア専門顧問官として活動するための二〜三年間の研修はともかく、その許可を受ける条件として、自らの信仰であるローマ・カトリック教を放棄してロシア正教に改宗し、イギリス国籍を放棄することがあった。内なる怒りは顔に出さず、考えさせてほしいと回答した。ロシアでは、考えさせてほしいという回答は、拒絶を意味した。彼がロシアでの検閲の実情を体験し、同時に、彼が典型的なニヒリストと呼んだS・K（『ロシアの失墜』）に非常に共感したのも、この時期のことではないかと思われる。この後、彼はペテルブルグ大学東洋言語学部に入学し、前記の東洋言語の講義には常に出席した。彼が言うには「子供の頃から私の志望の最大のものは大学での席を得ることにあり、まったく自由に私の全生涯を哲学・歴史学・比較言語学の研究に捧げることにあった」（『ロシア―昨今』）。これが、彼の本来の気持であったろう。そして大学の勉強は「今、私は目に見えて待望の目的地に近づきつつある。なぜなら、私は自分の願望を実現する力のある人々によって、もし私が必要な試験を通るならば、サンクトペテルブルグ帝国大学の席への選任が確実に実現することを保証されたからである」。彼は、学生仲間からも冗談混じりに「教授」と綽名された。

その一方、彼はペテルブルグ大学でロシアを代表する知識人たちとも広く交流した。作家ドストエフスキーに至っては、彼の死去に際して彼の棺をその薄暗い部屋から担ぎ出したひとりであった。その他、学生時代に出会ったロシアを代表する思想家たちの中には、ゲルツェン、バクーニン、チェルヌイシェフスキーらもおり、ロシアの様々な革命的自由主義的思想家たちの輪の中にあった。

このように、ペテルブルグ大学では、彼はすべての試験に合格し、合格しただけでなく高い評価を受け、一部有力者からは強く推薦もされながら、結局、大学での研究職資格審査会において拒否された。それは、ひとつには大学人事への批判文の公表であり、学会誌の傾向への批判論文にもあったようであり、何よりも彼の思想傾向が大学の研究職に不適切である、と判断されたことにある。

こうして、ペテルブルグ大学での途は閉ざされ、試験も資格もすべて無になったが、彼の研究職への望みは断ち難かった。「恐るべき妨害」にも関わらず、改めてハリコフ帝国大学に「その試練の場」を選び、二年のうちにすべての資格を取得し、六か月間無給の非常勤講師となり、一年後には比較言語学の教授となり博士号を取得した（一八八四年）。かくして、彼は「私は、かくも思い焦がれていた平穏な居場所に到着」し、「進歩的教授仲間」の輪にあって研究職に没頭するはずであったが、当時の帝政ロシアの文教政策と次第に抵触するようになっていった。一八八一年のツァーリ・アレクサンドル二世の暗殺後で、ロシア帝政は大学教育の中にも強く介入し、各大学に、奇妙な、学生のみならず大学職員も監視する特別な監視官制度を導入していった（『ロシアの失墜』）。大学は自治があってこそを前提とするディロンにとっては、とても耐えられるものではなく、結局、ハリコフ大学を辞職することとなった。少年の頃からあれほど憧れていた研究職の現実を体験することから、結果彼は研究職を諦め、自由に自己の論説を述べるジャーナリストへの転身に向かうこととなった。ハリコフ大学辞職の後、オデッサに移住し、そこで最初、当市で最も古い日刊紙『オデッサベスニーク』に、ついで自由主義的日刊紙『オデッサノーボスチ』の編集長になった。しかし、ここでも検閲の目は厳しくなり、在職することは己れのみならず新聞社にも危険をもたらすという気配から、やむなく退社せざるを得なくなり、再度、北都ペテルブルグに立ち戻ることとなった。

一方、トルストイの青春期はまさに失意との葛藤であった。入学したカザン大学には失望し、不合格、留年、転学部を繰り返して、最後にはカザン大学を退学することになり、領地ヤースナヤ・ポリャーナに戻った。そして、そこでは若き領主として理想とする所領経営を目指したが、現実の農民とのトラブルにも遭い、また自らも種々の仕事を手懸けてはみるものの長続きすることはなく、かつ大学を去ってみればみたで、かえって勉学への郷愁は募り、再びペテルブルグ大学に再入学してみる。しかし、やはり大学に戻れば戻ったで、己れの理想とは齟齬し、ペテルブルグ大学を去ることになった。そして、モスクワに戻ったトルストイは、ペテルブルグ時代に知り合った街の音楽家ルドルフと、ジプシーの女を妻とした兄セルゲイと、ジプシー音楽を聴きながらキルケの杯の底を尽くすほど酒に浸った。

本書で述べているこのキルケの杯を飲み干す思いは、今、オデッサを去って再びペテルブルグにやって来たディロンの心境とも重なるものがあったようである。

ペテルブルグに戻ったディロンは、就くべき職もなく、当時、ロシアの様々な知識人、文化人、軍人、政治家たちの出入りするサロン・酒場に入り浸った。初めは、そういう場に出入りする貴婦人たちの社交の輪の中を楽しんでいたようであるが、その享楽的な話に満足できず、評論文を書いてヨーロッパやアメリカの評論誌に送ったり、またトルストイの作品を翻訳することで慰めを見い出していた（『ロシア―昨今』）。おそらく、こうしたなかで出会ったのが、哲学者ウラジーミル・ソロヴィヨフであり、作家レスコフであり、タタール王女の系譜の貴族チェルトコフであり、政治家ウィッテであろう。ウィッテは、おそらく評論誌に載るディロンの論文に注目して、彼のジャーナリストとしての資質を見抜いたのであろう。その他、画家ゲー、レーピンなど、当時ロシア文化を代表する文化人との交流は終生続いていった。このようなこともあって、一八八六年には、彼は正式にロンドンの『デイリー・テレグラフ』紙のペテルブルグ通信員に雇用された。

ディロンとトルストイとの関係はどうであろうか。

失意の中にあっても本来の清新な心を失うことのなかったトルストイは、軍役中美しいコーカサスに魅せられて心の郷愁である「幼年時代」を振り返った。作家トルストイの誕生でもあり、ツルゲーネフを始めとするペテルブルグ文学者たちへの仲間入りとなった。ツルゲーネフは、その後トルストイが作家・文学者というよりも、宗教家・道徳家に染まっていった際には、トルストイに対して「文学者に戻れ」と遺言して死んでいった、ということは有名な話である。ペテルブルグ大学生だった頃のディロンにとっては、『戦争と平和』の大文豪トルストイよりも、身近であったドストエフスキーとの交流の方が中心であったようである。前にも述べたように、卒業前に彼の死に遭い、その棺を担ぐ彼にとって、ドストエフスキーの死は万感の思いであったろう。

ハリコフ時代に彼のトルストイ観が変わったようである。本書第7章の「トルストイの芸術」の冒頭部分を引用してみたい。

「私がハリコフ大学の教授をしていて、まだ個人的にはトルストイを知らなかった時でも、彼の名前は我々皆にとってなじみの名前だった。我々はたいてい、彼の主な出版作品や、密かに入手できた未公開の手記のすべてを読んでいた。言語学部の私の同僚の中には、しばしば彼について語り、彼の小説について議論したり、その文体や構成について批評したりする者もいた。トルストイの宗教観については、認識はしていたが、ほとんど話題にはしなかった。注目はしたが、当時の状況を鑑みて議論せずに笑ってやり過ごしたのだ。（中略）

『戦争と平和』は熱心に議論され、その中に盛り込まれている歴史哲学は、さまざまな意見や感情を喚起した。ヘーゲル派の人々は、ことのほか声高に非難の声をあげた。

私はこれらの議論に熱心に耳を傾けたが、退屈でうんざりしただけで、啓発されるものはなかった。けれども、有名な評論家やトルストイの友人たちが語る彼にまつわる話の中には感動的なものもあった。そのうちのひとつは私の心に深い印象を与え、私のトルストイ観を一変させた。それは考え抜かれた体系的な方法論であって、トルストイがナポレオン以後の近代史上の主要な人々を軽視し、彼らの名による業績を、十分に考慮された目的のためではなく漠然とした本能によって突き動かされた大勢の名もなき人々の行動に依るもの——としていることを指摘したものだった」。

トルストイの評伝を書いてみたい、という動機もこのような認識の変化からではなかったろうか。しかし、ディロンにとっては、その後、ハリコフ大学も辞職し、オデッサでのジャーナリストへの転身もうまくいかず、失意のうちに北都ペテルブルグに戻った。この頃、ディロンを襲ったのが大学時代に心酔していた懐疑主義への深刻な煩悶ではなかったろうか。本書の中で、彼は不安から夜も眠れなかったと述懐している。トルストイとの面会が、このような心の状態の救いであった。

一八八〇年代といえば、トルストイは文学を忘れたかのごとく、宗教的道徳的哲学的観点に魅入られていた時期であった。ディロン自身もトルストイの翻訳に魅せられたのも、そのような事情からではなかっただろうか。トルストイに近いソロヴィヨフ、レスコフ、チェルトコフらと近づきになったのもこの頃と思われる。まさに、一八九〇年十二月、彼が初めてトルストイの屋敷ヤースナヤ・ポリャーナを訪れたのは、ちょうどキリスト教徒が聖地を訪れることで心の安らぎを覚えたように「巡礼」にも等しいものであった。

しかし、本書でも見るように、ディロンがトルストイに会いたいとするのが、彼の懐疑主義の不安からの脱却であるとするなら、実際、彼がトルストイとふたりになって宗教論議を交わしたことは、彼が長年自ら取り組んできた彼の神学理論を確証することであったようである。そして、また、トルストイの飢饉論文の翻訳を巡っての一連の齟齬によって新聞戦争にまでなってしまった経験も、トルストイの思いがけない素顔を知ることとなった。しかし、そういう経緯はあったものの、彼のトルストイへの尊敬の念は変わるものではなかった。それは、ロシアの本質への畏敬からくるものであった。

ディロンは、トルストイの評伝を仕上げる五年前にも、ロシア出国後、万感の思いを込めて再度懐かしい思い出の地ペテルブルグ―レニングラードを訪れた。一九二八年のことである（『ロシア―昨今』）。そこでは、彼は政治的分別を別にして、ありのままのソヴィエト・ロシアの現実を見てみたいと述べている。そして、ボルシェヴィキは、大きく人類史が、過去から今日に至るまでしばしば見る、あの積弊を洗い流す「瀉下剤」的現象であると見た。人類が罪を重ねた宿弊を洗い清める作用である、と。彼が晩年に到達した歴史観を要約した言葉であるのかもしれない。

最後に、本書が出版されるまでにお世話になった方々にお礼の言葉を述べさせていただきたいと思います。

何よりも本書出版への第一の手引きを与えて下さったのが、京都大学名誉教授中西輝政先生でした。名古屋の研究会の後、ディロンの本が京都大学経済学部図書室に公共図書館として唯一存在する、ということをインターネットで知ったことから、不遜も顧みず、先生に借り出しの紹介をお願いしました。先生には、快く承諾していただいたばかりでなく、自ら借り出し郵送して届けていただいたこと、感謝の言葉もありません。また、京都大学経済学部図書室にもお礼を申し述べさせていただきたいと思います。同図書室は、本書のみならず、ディロンの他の原書も所蔵していて、ディロン関連の原本の宝庫のように思われます。本書の原本も、濃紺の着地に金文字の刻字という気品ある装丁です。今日のアマゾンの復刻本は、その意味で大変貴重なものですが、その比ではありません。このようなイギリス本の出版当時の気品を伝える貴重な原本を利用させていただき、ありがとうございました。

また、二〇一六年十二月、日ロ国交回復六十周年記念のモスクワ・フォーラムに参加した折、ディロンについてのロシアの情報を知らせていただいたロシア科学アカデミー・東洋学研究所のスヴャトスラフ・ポルホフ教授に、今改めてお礼申し上げます。ディロンのロシア認識が私の研究主題ですが、やはり、当人のロシアにおける状況がしっかりと把握されない限り、それは砂上の楼閣にも等しいものであり、その点からロシア内でのディロンが、本人からの言葉だけでなく、ロシア人の言葉から、どのようであったのか期待したところでした。その点ではまだまだ不十分なようですが、博士論文が出ているということで、これから期待されるところです。このような情報を知り得たという点だけでも、先生の御親切に改めてお礼申し上げる次第です。

最後になりましたが、名古屋での研究会でいつもお世話になっている名城大学教授・法学博士稲葉千晴先生にお礼申し上げます。本書の出版に当って最初に相談したのが先生でした。先生は前回のディロンの『ロシアの失墜』の刊行時にも紹介いただいた成文社の南里功氏を再度紹介いただき、氏に出版を引き受けてもらいました。稲葉先生、南里氏の助言がなければ、本書も日の目を見ることができませんでした。今改めて両氏にお礼申し上げます。

私の思いは、ディロンについての認識が今一層深まってくれれば、ということだけです。

平成二十九年秋　油ケ淵湖畔にて

訳者紹介

成田富夫（なりた・とみお）

昭和12年、愛知県生まれ。

昭和35年、名古屋大学文学部国史学科卒業。

元愛知県立高等学校教諭。

現日ロ友好愛知の会　理事。

論文「日露戦争期におけるディロンの日露関係についての認識」（『軍事史学』第31巻第3号）。

訳本　E.J. ディロン著『ロシアの失墜』（平成26年、成文社）。

トルストイ　新しい肖像

2017年9月29日　初版第1刷発行

訳　者　成田富夫
装幀者　山田英春
発行者　南里　功

発行所　成　文　社

〒240-0003 横浜市保土ヶ谷区天王町
2-42-2
電話 045 (332) 6515
振替 00110-5-363630
http://www.seibunsha.net/

落丁・乱丁はお取替えします
組版　編集工房 dos.
印刷・製本　シナノ

Printed in Japan
ISBN978-4-86520-024-9 C0023

歴史

栗生沢猛夫著

『ロシア原初年代記』を読む

キエフ・ルーシとヨーロッパ、あるいは「ロシアとヨーロッパ」についての覚書

Ａ５判上製貼函入　１０５６頁　１６０００円　978-4-86520-011-9

キエフ・ルーシの歴史は、スカンディナヴィアからギリシアに至る南北の道を中心として描かれてきた。本書は従来見過ごされがちであった西方ヨーロッパとの関係（東西の道）に重点をおいて見直し、ロシアがヨーロッパの一員として歴史的歩みを始めたことを示していく。　２０１５

歴史

長縄光男著

評伝ゲルツェン

Ａ５判上製　５６０頁　６８００円　978-4-915730-88-7

トム・ストッパード「コースト・オブ・ユートピア」の主人公の本邦初の本格的評伝。十九世紀半ばという世界史の転換期に「人間の自由と尊厳」の旗印を掲げ、ロシアとヨーロッパを駆け抜けたロシア最大の知識人の壮絶な生涯を鮮烈に描く。　２０１２

歴史

稲葉千晴著

バルチック艦隊ヲ捕捉セヨ

海軍情報部の日露戦争

四六判上製　３１２頁　３０００円　978-4-86520-016-4

新発見の史料を用い、日本がいかにしてバルチック艦隊の情報を入手したかを明らかにし、当時の海軍の情報戦略を解明していく。さらに世界各地の情報収集の現場を訪れ、集められた情報の信憑性を確認。日本海軍がどれほどの勝算を有していたか、を導き出していく。　２０１６

歴史

土屋好古著

「帝国」の黄昏、未完の「国民」

日露戦争・第一次革命とロシアの社会

Ａ５判上製　３５２頁　６０００円　978-4-915730-93-1

日露戦争がロシアに問いかけたもの――それは、「帝国」という存在の困難と「国民」形成という課題であった。日露戦争を「長い一九世紀」という歴史的文脈の中に位置づけて、自由主義者たちの「下から」の国民形成の模索と第一次革命の意味を論じる。　２０１２

歴史

Ｅ・Ｊ・ディロン著　成田富夫訳

ロシアの失墜

届かなかった一知識人の声

Ａ５判上製　５１２頁　６０００円　978-4-86520-006-5

十九世紀半ば、アイルランドに生まれた著者は、ロシアへと深く入り込んでいく。ウィッテの側近にもなっていた彼は、帝政ロシアの崩壊に直面。ロシアが生まれ変わろうとするとき、それはロシア民衆にとって幸せなことか、未知なるものへの懐疑と願望を吐露していく。　２０１４

歴史

沢田和彦著

日露交流都市物語

Ａ５判上製　４２４頁　４２００円　978-4-86520-003-4

江戸時代から昭和時代前半までの日露交流史上の事象と人物を取り上げ、関係する都市別に紹介。国内外の基本文献はもとより、日本正教会機関誌の記事、外事警察の記録、各地の郷土資料、ロシア語雑誌の記事、全国・地方紙の記事を利用し、多くの新事実を発掘していく。　２０１４